山东大学中文专刊

牟世金文集

第四册

刘勰年谱汇考
台湾文心雕龙研究鸟瞰
文学艺术民族特色试探

人民文学出版社

目 录

刘勰年谱汇考

序例 ……………………………………………………… 3
刘勰年谱汇考 …………………………………………… 7

附录一 刘勰年谱、年表总表 ………………………… 108
附录二 刘勰年表 ……………………………… 陆侃如 112
附录三 《梁书·刘勰传》 ……………………………… 117

台湾文心雕龙研究鸟瞰

前言 …………………………………………………… 123

一、显学 ……………………………………………… 126
二、校勘 ……………………………………………… 135
三、注译 ……………………………………………… 143
四、理论研究 ………………………………………… 157
　1. 理论体系 ………………………………………… 157
　2. 自然之道 ………………………………………… 165
　3. 文之枢纽 ………………………………………… 171

4. 风格论 …………………………………………… 177
5. 风骨论 …………………………………………… 196
6. 三准论 …………………………………………… 203

五、主要论著 …………………………………………… 209
1. 王更生的《文心雕龙研究》 ……………………… 209
2. 黄春贵的《文心雕龙之创作论》 ………………… 215
3.4. 沈谦的《文心雕龙批评论发微》
  和《文心雕龙之文学理论与批评》 ……………… 218
5. 王金凌的《文心雕龙文论术语析论》 …………… 224
6. 龚菱的《文心雕龙研究》 ………………………… 227
7. 李曰刚的《文心雕龙斠诠》 ……………………… 232

六、发展民族文学 ……………………………………… 239

七、赞语 ………………………………………………… 254
1. 知无不言 ………………………………………… 254
2. 笔后之感 ………………………………………… 258

附录一 台湾省《文心雕龙》研究专书目录 …………… 261
附录二 台湾省《文心雕龙》研究论文目录 …………… 263

文学艺术民族特色试探

前言 ……………………………………………………… 279

景无情不发,情无景不生
　　——关于情景交融 ………………………………… 283
杜甫的《春望》
　　——情景交融一例 ………………………………… 302

诗学之正源,法度之准则
　　——关于赋比兴 ·················· 312
中国古代文学艺术的形神问题 ·················· 340
意得神传,笔精形似
　　——关于形神统一 ·················· 367
《文赋》的主要贡献何在 ·················· 397

刘翮年谱汇考

序　例

　　为刘勰制谱，余志久矣。惟谱必有据，无据之考，不足立证。而彦和之生平，史料既乏，歧见尤多；证既有矣，而证又待证。如其卒年，南宋《佛祖统记》直书"是年表求出家"，固属难得之可贵资料，然南宋之释，从何得知彦和于"是年"出家？而其生卒，史传既不书，唐以前又无闻；刘勰更是古代文论巨匠，举世睽睽，不容粗疏。故欲为刘勰之年谱，难矣。虽分年制卡，尘积已久，未遽下笔者，以此。

　　今所以贸然而为者，盖有三焉：人民文学出版社嘱撰《文心研究》，迄已四年，愧未能成，亦自有他故，而彦和之生平未详，可避其人而究其书乎？王更生氏著《文心雕龙范注驳正》一书，责范书无年谱为"未备"之首，固无足论；其谓"知人必先论世，而论世又莫善于纪传和编年"[1]，则是我所深以为然者。既为完成《研究》一书之所需，亦为供他人之研究提供资料，此促我不得不贸然为之者一。刘勰之年谱、年表，海内外现有十五六种之多，搜罗历年，多有所获。1983年访日，幸得日本和台湾学者之年谱四种。于今所集，已十有四种，虽尚缺一、二，亦已从有关著作知其概貌。故可谓今之谱表，尽入吾庐矣。年来研读众作，时感可取者多，可

---

[1] 《文心雕龙范注驳正》第8页，1979年台北华正书局出版。

辨者亦多,此促我贸然为之者二。而龙学至今,已成中外瞩目之显学。刘勰之生平犹未详,颇以为厕身龙学之愧;欲求龙学之全面深入发展,亦当不避其难,甘犯其误而略尽微力,此促我贸然为之者三。然今日之敢于捉笔,实有刘毓崧、范文澜、杨明照诸家长期考索,已奠良好之基,故亦可谓时机成熟矣。拙考之能成,除深谢中外龙友相助,更赖诸前辈开创之力也。

本书所考,虽大多久蕴于心,然近年应约所撰有关文稿,仍多沿旧说;时见报刊探讨刘勰系年之文,常有触发,亦欲言而止。盖以尚未通盘考核,未能自信也。近为此考,果有昨以为是而今以为非者。然今之着墨者,亦非每考必是,每证必确。尚望知者不弃,有以教我,亦所以为龙学之逐步完善也。

本书之撰,以深知为刘勰事迹系年之不易,特取汇考方式,一以汲收诸家研究之所成,一以汇诸家之说于一览,为进一步研究提供方便;乃图汇而考之,庶可于比较之中,折中近是。所汇年谱、年表,按其发表先后,有下列各种:

一、霍衣仙《刘彦和简明年谱》①,以下简称《霍谱》。

二、杨明照《梁书刘勰传笺注》②,以下简称《杨笺》。

三、张严《刘勰身世考索》③,以下简称《严考》。

四、翁达藻《梁书刘勰传大事系年表》④,以下简称《翁表》。

---

① 《刘彦和评传》附,载《南风》第12卷2、3号合刊(1936年5月)。
② 初刊于《文学年报》第7期(1941年6月),收入《文心雕龙校注》(1958年古典文学出版社出版)。
③ 台湾《大陆杂志》第20卷第4期(1960年6月),收入《文心雕龙通识》(1969年台北商务印书馆初版)。
④ 《刘勰论》附,载《温州师范学院学报》1963年第1期。

五、兴膳宏（日本）《文心雕龙大事年表》①，以下简称《兴表》。

六、王更生《梁刘彦和先生年谱》②，以下简称《王谱》。

七、王金凌《刘勰年谱》③，以下简称《凌谱》。

八、杨明照《梁书刘勰传笺注》④，以下简称《新笺》。

九、詹锳《刘勰简略年表》⑤，以下简称《詹表》。

十、李曰刚《梁刘彦和年谱》⑥，以下简称《李谱》。

十一、龚菱《刘勰彦和先生重要事略系年表》⑦，以下简称《龚表》。

十二、张恩普《刘勰生平系年考略》⑧，以下简称《张考》。

十三、李庆甲《刘勰年表》⑨，以下简称《李表》。

十四、穆克宏《刘勰年谱》⑩，以下简称《穆谱》。

---

① 日本《世界古典文学全集》第25卷《文心雕龙》附（1968年筑摩书房出版），译文见彭恩华编译《兴膳宏〈文心雕龙〉论文集》（1984年齐鲁书社出版）。

② 初刊于台北师范大学《国文学报》第2期（1923年4月），收入《文心雕龙研究》（1976年台北文史哲出版社初版）。《汇考》据1984年增订本。

③ 此谱为台湾私立辅仁大学中文研究所硕士论文，1976年台北嘉新水泥文化基金会印行。原著未见，转引据台湾之《王谱》《李谱》等。

④ 《文心雕龙校注拾遗》附（1982年上海古籍出版社出版）。此笺初刊于《中华文史论丛》1979年第1辑，收入《拾遗》略有修改。其新旧笺注均有较大影响，又系年各异，故分别列叙。

⑤ 《刘勰与文心雕龙》附（1980年中华书局出版）。

⑥ 《文心雕龙斠诠》附（1982年台北中华丛书编审委员会印行）。

⑦ 《文心雕龙研究》附（1982年台湾文津出版社出版）。

⑧ 《东北师大学报》1985年第1期（未完）。

⑨ 《再谈刘勰的卒年问题》，复旦大学《中国古典文学丛考》第1辑（1985年7月）。

⑩ 《福建师大学报》1986年第2期《刘勰生平述略》附。

十五、陆侃如《刘勰年表》①,以下简称《陆表》。

十六、华仲麐《刘彦和简谱》②,以下简称《华谱》。

本书约分四项:一、政治思想大事;二、有关人物之生卒;三、诸家谱表;四、汇考。此四项除汇考以方括号标出外,余不另标,亦非逐年必有此四项。

除重大政治事件外,为有助于理解刘勰思想之形成与发展,故侧重辑录儒、道、佛有关史料。

所录谱主以外人物,一般只载其生卒之年或首次出现时之年龄,个别与刘勰关系密切或于当时政治、军事、文化有较大影响者,亦略述其行迹。

诸家之谱表,一般只录其系事之年限,但其独到之见,或有重要参考价值之考证,或有异说,亦酌予辑录。为简明计,系年亦只录其第一年。如刘勰任太末令三年,只标第一年,易职后再列其新职之首年;但在必要时亦逐年录入。如系年之称"五年左右"者,便录入五年;其称"七、八年"者,便录入七年。

本书虽以汇考一项为主,然有话则长,无话则短,亦非逐年必考。盖以前后兼顾,有不言而喻者也。但或在关键、或为新证,则力求其详而突出重点。凡立新说,必以可靠史料为证,避免架空立说。彦和所云:"有同乎旧谈者,非雷同也,势自不可异也;有异乎前论者,非苟异也,理自不可同也。"系年制谱,正是如此。

1986 年 11 月 26 日

---

① 陈山东莒县定林寺。
② 《文心雕龙要义申述》附(台湾东吴大学讲义),未见。转引据《王谱》《李谱》等。

刘勰年谱汇考

《梁书·刘勰传》："刘勰字彦和,东莞莒人。祖灵真,宋司空秀之弟也。父尚,越骑校尉。"

《杨笺》："按莒,今山东莒县是,故春秋莒子国。前汉属城阳,后汉属琅邪。晋太康元年,置东莞郡,十年,割莒属焉。永嘉丧乱,沦于异族。渡江以后,明帝始侨立南东莞郡于南徐州,镇京口。宋齐诸代因之。舍人之世居京口者,以此。史氏以为非其本土,故仍著旧贯。"《霍谱》："彦和……初生地为京口(即今镇江),今山东日照刘三公庄,莒故里也。"①

《宋书·刘秀之传》："刘秀之字道宝,东莞莒人,司徒刘穆之从兄子也,世居京口。祖爽,尚书都官郎,山阴令。父仲道(余姚令)……秀之弟粹之,晋陵太守。"《刘穆之传》："刘穆之字道和,小字道民,东莞莒人,汉齐悼惠王肥后也,世居京口。"《史记·齐悼惠王世家》："齐悼惠王刘肥者,高祖(刘邦)长庶男也。"视此,则刘勰之祖上可追溯至汉高祖刘邦。自《霍谱》《杨笺》以下,据以列其世系者甚多,如《李谱》即列为:汉高祖——齐悼惠王

---

① 日照县建于金大定二十四年(1184),古属莒国。

肥……爽——仲道——灵真——尚——勰。① 但亦有疑之者，如范文澜《文心雕龙·序志》注（以下简称《范注》）云："秀之、粹之兄弟以'之'字为名（他如钦之、恭之、虑之、式之、贞之皆其同辈，见《新笺》《李谱》等），而彦和祖名灵真，殆非同父母兄弟，而同为京口人则无疑。"翁达藻《刘勰论》也认为"灵真的母亲可能是处于奴隶地位的妾"②。此皆推想为言。但王元化《刘勰身世与士庶区别问题》提出："至于世系表称东莞刘氏出自汉齐悼惠王肥后，则颇可疑。此说原本之《宋书·刘穆之传》，似乎应有一定根据。但是，南朝时伪造谱牒的现象极为普遍，许多新贵在专重姓望门阀的社会中，为了抬高自己的身价，编造一个做过帝王将相的远祖是常见的事。因此，到了后出的《南史》就把《宋书·刘穆之传》中的'汉齐悼惠王肥后'一句话删掉了。这一删节并非随意省略，而是认为《宋书·刘穆之传》的说法是不可信的。"③又，程天祜《刘勰家世的一点质疑》："《梁书·刘勰传》的'祖灵真，宋司空秀之弟也'这句话，在《南史·刘勰传》中，完全删去了。……这正是李氏（《南史》作者李大师、李延寿父子）认为'失实''常欲改正'的地方。……在《宋书》中，不仅记载了秀之的儿孙的官爵名位，而且记载了秀之的兄钦之、弟粹之、恭之的名位事迹。按照《宋书》的体例，如果秀之真有一个弟弟灵真，是不可能不记的。"④

---

① 李曰刚《刘彦和世系表》主要据《杨笺》，略有增补，见其《文心雕龙斠诠》第2404页，台北中华丛书编审委员会1982年版。
② 《温州师范学院学报》1963年第1期。
③ 《中华文史论丛》1979年第1辑，收入《文心雕龙创作论》。
④ 《社会科学战线》1981年第3期。

按：王、程二说是。晚出之《南史》以家传为体例，以同族同宗者合为一传。如《梁书·文学传》共二十五人，《南史》将其中到沆等十四人合入家传，而不列《文学传》。穆之、秀之二人，《宋书》原分为两传，《南史》合为《刘穆之》一传，且将穆之子虑之、虑之子邕、邕子彪，穆之子式之、式之子瑀、敳、敳子祥，穆之从子秀之等，均合入此传。其中不仅无虑之、式之、秀之兄弟灵真、灵真子尚、尚子勰，还列刘勰入《文学传》而删"祖灵真，宋司空秀之弟也"句，则灵真与穆之、秀之本非同宗可知。衡诸刘勰一生行事及其思想，亦与刘秀之一宗无涉。

刘尚事迹，史传未闻。越骑校尉为汉置五校之一。《宋书·百官志下》："越骑掌越人来降，因以为骑也；一说取其材力超越也。……汉东京五校，典宿卫士。自游击至五校，魏、晋逮于江左，初犹领营兵，并置司马、功曹、主簿，后省。……五营校尉，秩二千石。"

宋孝武帝大明八年（464）甲辰

闰五月，孝武帝刘骏卒，太子刘子业嗣，是为宋前废帝。刘秀之卒于是年，诏赠侍中、司空，增封邑为千户，谥忠成公（《宋书·刘秀之传》）。

丘迟生。萧衍生。谢朓生。沈约二十四岁。江淹二十一岁。孔稚珪十八岁。王俭十三岁。任昉五岁。萧子良五岁。

《王谱》《龚表》：刘勰生于本年。无考。

宋前废帝永光元年、景和元年，宋明帝泰始元年（465）乙巳

正月，前废帝改元永光，八月改元景和。十一月，湘东王刘彧谋杀前废帝。十二月，刘彧即位为宋明帝，改元泰始。

钟嵘《诗品》："大明、泰始中，文章殆同书钞。"

《范注》："彦和之生，当在宋明帝泰始元年前后"；《霍谱》《詹表》《凌谱》《穆谱》《李表》《陆表》《华谱》《严考》同。张严据《梁书》本传"家贫不婚娶"云："当知母殁之年，在彦和弱冠之时，时当齐武帝永明五、六年（约当公元486—487年）也；其所以'不婚娶'，一则家贫，一则以三年居丧也。故推算彦和出生之年，当在宋明帝泰始元年（约当公元465年）光景。"

泰始二年（466）丙午

正月，晋安王刘子勋在寻阳自立为帝，改元义嘉。八月，沈攸之等军入寻阳，斩子勋。鲍照卒。谢庄卒。

王僧虔撰《诫子书》："曼倩有云：'谈何容易。'见诸玄，志为之逸，肠为之抽，专一书，转诵数十家注，自少至老，手不释卷，尚未敢轻言。汝开《老子》卷头五尺许，未知辅嗣何所道，平叔何所说，马、郑何所异，《指例》何所明，而便盛于麈尾，自呼谈士，此最险事。设令袁令命汝言《易》，谢中书挑汝言《庄》，张吴兴叩汝（言）《老》，端可复言未尝看邪？谈故如射，前人得破，后人应解，不解即输赌矣。且论注百氏，荆州《八帙》，又《才性》《四本》，《声无哀乐》，皆言家口实，如客至之有设也。"案："谢中书"当指谢庄。《宋书·谢庄传》："太宗定乱，得出。及即位，以庄为散骑常侍、光禄大夫，加金章紫绶，领寻阳王师，顷之，转中书令，常侍、王师如故。寻加金紫光禄大夫，给亲信二十人，本官并如故。泰始二年卒，时年四十六。"是知《诫子书》必作于泰始元、二年间。其时玄风，于此可见。

《兴表》：刘勰生。《新笺》："假定舍人于永泰元年'搦笔和墨'时为三十二三岁，由此往上推算，当生于宋明帝泰始二、三年间。"《王谱》《龚表》：刘勰三岁，"父尚病逝"。《李表》："宋明帝泰始二年至泰始六年(466—470)二至六岁,其父刘尚在刘宋王朝任越骑校尉,当卒于这几年之中。"

泰始三年(467)丁未

裴子野生。

《南齐书·高逸·顾欢传》:"佛道二家,立教既异,学者互相非毁。欢著《夷夏论》。"任继愈《汉—唐佛教简明年表》亦以《夷夏论》作于本年。①

【汇考】刘勰生于本年。刘勰之生年,持说不一,迄今所见,以梁绳祎所定最早。梁云:"假定彦和完成《文心雕龙》在永泰、中兴年间(498—502),他的年纪在四十上下,应当生于宋孝武帝大明年间(460年左右),到刘宋灭亡的时候,他已接近二十岁。"②定其生年最晚者为贾树新,以为《文心雕龙》脱稿于天监二年,"假定刘勰于天监二年为三十二岁左右,其生年当为宋明帝刘彧泰豫元年左右,即公元472年左右"③。《张考》亦以同理认为:"刘勰当生于宋明帝泰始七年,公元471年左右。"此外,推定刘勰生年为464、465、466、467、469、470年者,不胜枚举。案诸说之难定,唯在缺乏具体确切之史证。种种推算,不外据逾立感梦及成书、献书之年,写成三万七千字之《文心雕龙》,短则数月,长则数年,都有可能。且纵定《时序》篇成于齐末,又何以知全书必成于齐末?沈约之"贵盛",固为重要线索,然献书求誉,非关军国大政,又何必

---

① 见《汉唐佛教思想论集》,人民出版社1981年第3版。汤用彤认为应作于宋末。
② 《刘勰与文心雕龙》,《台北文坛》第126期(1970年12月)。
③ 《关于文心雕龙的成书时间及刘勰生卒年的新探》,《四平师院学报》1980年第3期。

待其贵盛之极？凡此种种，多是推测而孤证无援。推测之理不一，其生年之定自难。今既苦于史料不足，欲得近是，厥途唯二：一以史证，一以理推。刘勰生平事迹年代，虽史无明文，无据不足立证，必以有关史实相佐；按常理推算，不以一时一事为据，而综考其一生以求诸事相宜。能两相结合，庶可不违其实。如此汇考诸家之说，当以《新笺》定刘勰生于泰始二、三年为是。系于本年，除刘勰成书献书均在502年之外，又据《序志》所云："予生七龄，乃梦彩云若锦，则攀而采之"，事在元徽元年（473），上推七年，是刘勰生于本年（详见元徽元年）。

泰始四年（468）戊申

王融生。钟嵘生于本年前后。

【汇考】刘勰二岁。

泰始五年（469）己酉

《资治通鉴·宋纪十四》："十一月丁未，魏复遣使来修和亲，自是信使岁通。"胡注："自元嘉之末，南北不复通好。帝即位之三年、四年，再遣聘史。是岁魏使来，复通好。"

吴均生。

《翁表》：刘勰生。

【汇考】刘勰三岁。

泰始六年（470）庚戌

《南史·宋本纪下》："九月戊寅，立总明观，征学士以充之。置东观祭酒、访举各一人，举士二十人，分为儒、道、文、史、阴阳五部学，言阴阳者遂无其人。"

虞和上《论书表》。中云："大凡秘藏所录，钟繇纸书六百九十七字，张芝缣素及纸书四千八百二十五字，年代既久，多是简帖；

张昶缣素及纸书四千七十字,毛宏八分缣素书四千五百八十八字,索靖纸书五千七百五十五字,钟会书五纸四百六十五字,是高祖平秦川所获,以赐永嘉公主,俄为第中所盗,流播始兴。及泰始开运,地无遁宝,诏庞、沈搜索,遂乃得之。又有范仰恒献上张芝缣素书三百九十八字,希世之宝,潜采累纪,隐迹于二王,耀美于盛辰。……朝廷秘宝名书,久已盈积,太初狂迫,乃欲一时烧除,左右怀让者苦相譬说,乃止。臣见卫恒《古来能书人录》一卷,时有不通,今随事改正,并写诸杂势一卷,今新装二王镇书定目各六卷,又羊欣书目六卷,钟、张等书目一卷,文字之部备矣。谨诣省上表,并上录势新书以闻。六年九月中书侍郎臣虞和上。"①

《王谱》《龚表》:刘勰七岁,"梦彩云若锦,则攀而采之。"《李谱》:刘勰生。李云:"杨明照于1978年7月28日发表于四川大学之《梁书刘勰传笺注》新篇,于舍人身世多所考证。其论及生年云:'前文假定《文心》于齐和帝中兴二年间定稿,舍人当时"齿在逾立",如为三十二三岁时,往上推算,则生于宋帝泰始六年(470)左右。'……衡诸史实与文义,堪信近是。"案:李氏引据乃《中华文史论丛》1979年第1辑所刊之《新笺》,"1978年7月28日"是此笺撰写时间。1982年出版之《文心雕龙校注拾遗》,已改定刘勰生年为泰始二、三年间。

【汇考】刘勰四岁。

泰始七年(471)辛亥

《穆谱》:道士陆修静上《三洞道经目录》。

《张考》:刘勰生。《穆谱》《李表》:刘勰七岁,夜梦采云。

【汇考】刘勰五岁。

---

① 见《全宋文》卷五十五。

宋明帝泰豫元年(472)壬子

正月,改元泰豫。四月,明帝刘彧卒,太子刘昱立,是为后废帝。

《宋书·刘怀慎传》:刺史刘亮"在梁州,忽服食修道,欲致长生。迎武当山道士孙道胤,令合仙药。至益州,泰豫元年药始成,而未出火毒。孙不听亮服,亮苦欲服,平旦开城门取井华水服,至食鼓后,心动如刺,中间便绝。后人逢见,乘白马,将数十人,出关西行,共语分明,此乃道家所谓尸解者也"。

陆厥生。

《李谱》:刘勰三岁,"父尚病逝"。

【汇考】刘勰六岁。

宋后废帝元徽元年(473)癸丑

正月,改元元徽。

《宋书·后废帝纪》:"八月……秘书丞王俭表上所撰《七志》三十卷。"《南齐书·王俭传》:"上表求校坟籍,依《七略》撰《七志》四十卷,上表献之,表辞甚典。又撰定《元徽四部书目》。"据《小学绀珠》,"七志"为经典、诸子、文翰、军书、阴阳、术艺、图谱七类,道、佛附见。

【汇考】刘勰七岁。《序志》"余生七龄,乃梦彩云若锦,则攀而采之",即此年。刘勰于"序志"中特别提到此梦,正是述志,其意甚明。案彩云乃吉祥之兆,所谓五彩祥云是也;刘勰又能攀而采之,则吉兆之中,又示刘勰少有奇志,当时正壮心满怀也。由是可知,其父必卒于本年之后。若为新丧,则其悲犹在,不可能夜有此梦;若为早逝,则家境渐窘,更难生此吉庆心情。其父殁于何年,是推断此梦系年之重要依据。《梁书》本传谓"勰早孤,笃志好学",似"早孤"与"好学"有一定联系。《孟子·梁惠王下》:"幼而无父曰孤。""幼",古代所指较泛。《周礼·秋官·司刺》:"一赦曰幼弱。"郑注:"年未满八岁";《礼记·曲礼上》:"人生十年曰幼,学";《仪礼·丧服》"子幼",郑注:"谓年十五已下";《论语·泰伯》:"可以托六尺之孤",邢疏引郑注:孤,"年十五已下"。此外,也有以十九岁以下为孤者。以上种种,随刑、丧等义而各别,刘勰之早孤好学,义近《曲礼》。是其父殁,当在八至十岁之间。

元徽二年(474)甲寅

五月,桂阳王刘休范举兵反于寻阳,直入建康朱雀门。右军将军王道隆、领军将军刘勔等战死。越骑校尉张敬儿诈降,杀休范。

《张考》:刘勰四岁。《李谱》:五岁。《翁表》:六岁。《兴表》《新笺》:九岁。《霍谱》《凌谱》《詹表》《穆谱》《李表》《陆表》《华谱》《严考》:均同《范注》十岁。《王谱》《龚表》:十一岁。

【汇考】刘勰八岁。父尚卒。《王谱》《李谱》《龚表》等,都有刘勰三岁"父尚病逝"之说(见466、472年),均无所据。刘尚为宋越骑校尉,查《宋书·百官志下》《南齐书·百官志》《隋书·百官志上》,宋、齐、梁五校尉设官,均无定员。唯《隋书·百官志中》载北魏、北齐之制为:"步兵、越骑、射声、屯骑、长水等校尉,奉车都尉等,各十人。"又参《宋书·沈攸之传》所载:宋顺帝升明元年(477)十一月,沈攸之举兵反萧道成,萧讨沈之《尚书符征西府檄》中有云:"今遣……辅国将军屯骑校尉长寿县开国男王宜与、辅国将军南高平太守军主陈承叔、辅国将军左军将军南濮阳太守葛阳县开国男军主彭文之、龙骧将军骠骑行参军军主召宰,精甲二万,前锋云腾。又遣散骑常侍领游击将军湘南县开国男新除使持节督湘州诸军事征虏将军湘州刺史军主吕安国、屯骑校尉宁朔将军崔慧景……屯骑校尉南城令曹虎头,舳舻二万,骆驿继迈。"其中同时派遣出五校尉中之屯骑校尉三人,是知刘宋时之五校尉,必非各置一人。则本年五月之建康激战,越骑校尉张敬儿杀刘休范,同为越骑校尉之刘尚亦必参战。《资治通鉴·宋纪十五》载当时战况云:"(萧)道成与黑骡(叛将)拒战,自晡达旦,矢石不息。其夜大雨,鼓叫不复相闻。将士积日不得寝食,军中马夜惊,城内乱走。道成秉烛正坐,厉声呵之,如是者数四。丁文豪(叛将)破台军于皂荚桥,直至朱雀桁南;杜黑骡亦舍新亭北趣朱雀桁。右军将军王道隆将羽林精兵在朱雀门内,急召鄱阳忠昭公刘勔于石头。勔至,命撤桁以折南军之势。道隆怒曰:'贼至,但当急击,宁可开桁自弱邪!'勔不敢复言。道隆趣勔进战,勔渡桁南,战败而死。黑骡等乘胜渡淮,道隆弃众走还台,黑骡兵追杀之。黄门侍郎王蕴重伤,踣于御沟之侧,或扶之以免。蕴,(王)景文之兄子也。于是中外大震,道路皆云:'台城已陷!'白下、石头之众皆溃,张永、沈怀明逃还。宫中传新亭亦陷,太后执帝手泣曰:'天下败矣!'"于此可知,建康皇室兵力已全部投入激战,若非越骑校尉张敬儿伪降,建康危矣。刘尚必战死其中,以无功而殁,史所不书也。刘勰七岁梦采云,自不能在本年之后;若提前一二年,则又与"早孤"不符。

元徽三年(475)乙卯

【汇考】刘勰九岁。

元徽四年(476)丙辰

《李谱》:刘勰七岁,梦攀采云。

【汇考】刘勰十岁。

元徽五年、宋顺帝升明元年(477)丁巳

七月，中领军萧道成使人弑宋帝刘昱，立安成王刘准，是为宋顺帝，改元升明。十二月，荆州刺史沈攸之起兵反萧道成。司徒袁粲等据石头城反萧道成，未几败死。

《张考》：刘勰七岁，梦攀采云。

【汇考】刘勰十一岁。

升明二年（478）戊午

正月，沈攸之败归自缢。二月，加萧道成太尉、都督南徐等十六州军事。九月，进萧道成假黄钺、大都督中外诸军事、太傅，领扬州牧；太尉、骠骑大将军、录尚书、南徐州刺史如故。

《南齐书·王僧虔传》："（升明）二年，为尚书令。僧虔好文史，解音律，以朝廷礼乐多违正典，民间竞造新声杂曲，时太祖（萧道成）辅政，僧虔上表曰：'……自顷家竞新哇，人尚谣俗，务在噍杀，不顾音纪，流宕无崖，未知所极，排斥正曲，崇长烦淫。……宜命有司，务勤功课，缉理遗逸，迭相开晓，所经漏忘，悉加补缀。……'事见纳。"

【汇考】刘勰十二岁。

升明三年、齐高帝建元元年（479）己未

三月，以太傅萧道成为相国，封齐公，加九锡。四月，进爵为齐王，辛卯（二十日）宋顺帝禅位。甲午（二十三日）萧道成即位，是为齐高帝，改元建元。《高僧传·玄畅》："以齐建元元年四月二十三日建刹立寺，名曰'齐兴'，正是齐太祖受锡命之辰。天时人事，万里悬合。……敕蠲百户以充俸给。"

《南齐书·王僧虔传》："太祖善书，及即位，笃好不已。与僧虔赌书毕，谓僧虔曰：'谁为第一？'僧虔曰：'臣书第一，陛下亦第一。'上笑曰：'卿可谓善自为谋矣。'"

《南齐书·王俭传》:"齐台建,迁右仆射,领吏部,时年二十八。"《廿二史札记·南朝经学》:"齐高帝少为诸生,即位后,王俭为辅,又长于经礼,是以儒学大振。"

【汇考】刘勰十三岁。《南齐书·高帝纪上》:"儒士雷次宗立学于鸡笼山,太祖年十三受业,治《礼》及《左氏春秋》。"又《文惠太子传》:"初,太祖好《左氏春秋》,太子承旨讽诵,以为口实。"按刘勰此时正值求学之际,齐祖尚儒,辅以王俭,其后数年之"儒学大振",对彦和之重儒必深有影响。

建元二年(480)庚申

《南齐书·文学·檀超传》:"建元二年,初置史官,以超与骠骑记室江淹掌史职。"

《张考》:刘勰十岁,是年前后父卒。"刘勰'早孤'的时间亦难确定。《南齐书·顾欢传》:'欢早孤。'而顾欢六七岁时,其父尚在。另据《梁书·安成王秀传》云:'年十二,所生母吴太妃亡,秀母弟始兴王瞻(应为"憺")时年九岁……(太祖,即梁武帝萧衍)哀其早孤,命侧室陈氏并母二子。'据此,笔者将'勰早孤'放在刘勰十岁左右,刘勰后著《文心雕龙》,亦应得于其早期教育。"按此理可取而史证不确。查《梁书·安成王秀传》乃云:"安成康王秀字彦达,太祖第七子也。年十二,所生母吴太妃亡,秀母弟始兴王憺时年九岁,并以孝闻,居丧,累日不进浆饮,太祖亲取粥授之。哀其早孤……"此"早孤"明指母殁而言,"哀其早孤"云云,与刘勰之"早孤"各异。《兴表》:"刘勰(十五岁)自此时起在僧处勤学。"

【汇考】刘勰十四岁。案彦和若于本年入定林寺投僧祐,至天监初出寺,已逾二十年,与本传"依沙门僧祐,与之居处,积十馀年"不符。此时仍居家勤学中。

建元三年(481)辛酉

《穆谱》:"齐司徒褚渊上臧荣绪所作《晋书》。"按《南齐书·高逸·臧荣绪传》:"纯笃好学,括东西晋为一书,纪、录、志、传百一十卷。隐居京口教授。"至"建元中",褚渊上启高帝,姑系于此年。

刘孝绰生。

【汇考】刘勰十五岁。

建元四年(482)壬戌

正月,齐立国学。《南齐书·高帝纪下》载《立学诏》云:"朕自膺历受图,志阐经训,且有司群僚,奏议咸集,盖以戎车时警,文教未宣,思乐泮宫,永言多慨。今关燧无虞,时和岁稔,远迩同风,华夷慕义。便可式遵前准,修建教学,精选儒官,广延国胄。"三月,齐高帝萧道成卒,太子萧赜嗣立,是为齐武帝。六月,立萧长懋为皇太子,封萧子良为竟陵王。

沈约《为文惠太子解讲疏》:"皇太子以建元四年四月十五日,集大乘望僧于玄圃园安居。宝地禁苑,皆充供具,珍台绮榭,施佛及僧。"①

【汇考】刘勰十六岁。是时之诏立国学,"精选儒官"及僧入玄圃,彦和当有所闻。

齐武帝永明元年(483)癸亥

正月,齐改元永明。《南齐书·高逸·顾欢传》:"永明元年,诏征欢为太学博士",不就。按顾欢为当时著名道家学者,著有《王弼易二系注》《夷夏论》《三名论》《老子义疏》《治纲》等,齐征

---

① 《广弘明集》卷十九。文惠太子即萧长懋,"文惠"是卒后之谥。

之为太学博士,则当时之儒学,与两汉大异可知矣。

沈约《为齐竟陵王发讲疏》:"思欲敷震微言,昭感未悟,乃以永明元年二月八日,置讲席于上邸,集名僧于帝畿。皆深辨真俗,洞测名相;分微靡滞,临疑若晓。同集于邸内之法云精庐,演玄音于六霄,启法门于千载。济济乎,实旷代之盛事也。"①

《翁表》:刘勰十五岁,依沙门僧祐,"因为削除没落官僚家族的免役权"。《霍谱》:刘勰十九岁。"于是年前后,依沙门僧祐居。先生少孤,母死,当在是年前后,盖母在世,不忍留母一人居家,母死,即依僧祐而居也"。《王谱》:刘勰二十岁。"据范文澜《文心雕龙注·序志篇注》,彦和约生于宋武帝大明八年(464年),母殁于齐武帝永明元年(483年),其间相去适二十年……故疑先生二十岁丁母忧。"②《龚表》:刘勰二十岁,丁母忧。

【汇考】刘勰自473年七岁梦攀采云,至今(483年)相距十年,应为十七岁。永明之后,儒风更浓,如《南齐书·刘瓛陆澄传论》所云:"永明纂袭,克隆均校,王俭为辅,长于经礼,朝廷仰其风,胄子观其则,由是家寻孔教,人诵儒书,执卷欣欣,此焉弥盛。"十七八岁之刘勰,当是"执卷欣欣"者之一。与此同时,佛教思想亦为皇室所重。《高僧传·僧柔传》:"齐太祖创业之始,及世祖(即武帝)袭图之日,皆建立招提,傍求义士。以柔耆素有闻,故征书岁及;文宣(即萧子良)诸王,再三招请,乃更出京师,止于定林

---

① 《广弘明集》卷十九。
② 按宋武帝无"大明"年号,当是宋孝武帝之误。范文澜注亦无"宋武帝大明八年"之说,自开明线装本至今本《文心雕龙注》,均谓"彦和之生,当在宋明帝泰始元年(465)前后"。王更生《年谱》则自1976年版《文心雕龙研究》已有此误,经1979、1984年增订再版,此说依然如故。

寺，躬为元匠。四远钦服，人神赞美。文惠、文宣，并服膺入室。"又《玄畅传》："至齐武升位，司徒文宣王启自江陵，旋于京师；文惠太子又遣征迎。既敕命重迭，辞不获免，于是泛舟东下，中途动疾，带恙至京。"又《僧远传》："文惠文宣，并服膺师礼。"①佛徒为帝王敬重如此，当使刘勰为之动心。

永明二年(484)甲子

正月，以竟陵王萧子良为护军将军兼司徒。《南齐书·王俭传》："二年，领国子祭酒、丹阳尹。"

《范注》：刘勰约二十岁。"彦和之生，当在宋明帝泰始元年前后，父尚早没，奉母居家读书。母没当在二十岁左右。"《詹表》《穆谱》：刘勰二十岁，入定林寺投靠僧祐。詹云："永明元年(483年)，齐武帝下令削除没落士族子弟的免役权。刘勰到定林寺投奔僧祐，可能与企图借寺院特权免役有关。"《李表》："二十岁。母没当在此时。刘勰家贫及居母丧之故，未婚娶。……竟陵王萧子良为司徒，开西邸召延文士，以萧衍、谢朓、王融、萧琛、范云、任昉、陆倕等为八友。"

【汇考】刘勰十八岁。其入定林寺，或有避役动机，然彦和至天监二、三年始出定林，则由484年到504年正二十年，仍为时过长。《梁书·刘勰传》："家贫不婚娶，依沙门僧祐。"按《礼记·曲礼上》："二十曰弱，冠；三十曰壮，有室。"《孔子家语·本命解》所作变通解释亦为："而《礼》，男子三十而有室，女子二十而有夫也，岂不晚哉？孔子曰：夫《礼》言其极，不是过也。男子二十而冠，有为人父之端；女子十五许嫁，有适人之道，于此而往则自婚矣。"则

---

① 释僧远卒于永明二年正月，则文惠文宣之"服膺师礼"，亦在永明元年。以上三传，均见《高僧传》卷九。

刘勰本年纵已二十,不过始具"为人父之端",去三十而有室尚远。"不婚娶"之说既不合于本年,"依沙门僧祐"必更在其后,何况其年始十八?

永明三年(485)乙丑

《资治通鉴·齐纪二》:永明三年正月,"诏复立国学,释奠先师用上公礼。……上以国学既立,五月乙未,省总明观。时王俭领国子祭酒,诏于俭宅开学士馆,以总明四部书充之。又诏俭以家为府。自宋世祖好文章,士大夫悉以文章相尚,无以专经为业者。俭少好《礼》学及《春秋》,言论造次必于儒者,由是衣冠翕然,更尚儒术"。

王僧虔卒。

《李表》:"二十一至二十三岁。在家居母丧三年。"

【汇考】刘勰十九岁。

永明四年(486)丙寅

富阳唐寓之于三年冬聚众四百人起义,本年春破桐庐,进占钱塘、盐官、诸暨、余杭,杀东阳太守萧崇之。寓之称帝于钱塘,国号吴,众至三万馀人,三吴大震。寻败死。

刘峻(孝标)约于此时自魏还齐。闻竟陵王萧子良博招学士,峻因人求职,吏部尚书徐孝嗣抑而不许。是知当时仕进之不易。

《王谱》《龚表》:刘勰二十三岁,走依僧祐。

【汇考】刘勰二十岁,母没。其母没之年,无从确考。《范注》谓:"母没当在(刘勰)二十岁左右",衡诸居丧三年后之行事,姑系于本年。

永明五年(487)丁卯

《南齐书·竟陵王萧子良传》:"子良少有清尚,礼才好士。居不疑之地,倾意宾客,天下才学皆游集焉。……(永明)五年,正位司徒,给班剑二十人,侍中如故。移居鸡笼山邸,集学士抄《五经》、百家,依《皇览》例为《四部要略》千卷。招致名僧,讲语佛法,造经呗新声。道俗之盛,江左未有也。"《梁书·武帝纪上》:"竟陵王子良开西邸,招文学,高祖与沈约、谢朓、王融、萧琛、范云、任昉、陆倕等并游焉,号曰八友。"案竟陵八友之形成,当始于此。《通鉴》系子良开西邸、集八友于永明二年春正月(《李表》或即据以列入二年),不确。《通鉴》胡注亦云:"据《子良传》,西邸在鸡笼山。"而《子良传》载本年始"移居鸡笼山"。《通鉴》永明二年载"八友"之集外,又云:"法曹参军柳恽、太学博士王僧孺、南徐州秀才济阳江革、尚书殿中郎范缜、会稽孔休源亦预焉。"

庾肩吾生。

《王谱》《李谱》《穆谱》:沈约奉命撰《宋书》。《严考》:母没及入定林寺在永明五、六年,彦和二十一二岁。《李谱》:刘勰十八岁,"弱冠丁母忧",考云:"范(文澜)、张(严)二氏所定彦和母没弱冠之年皆在二十以上,核与传文此后依僧祐积十馀岁及感梦孔圣而始著《文心》之'齿在逾立',不甚吻合。《礼记·曲礼》虽谓'二十曰弱冠',而后世大多用成童而后二十以内之称。《后汉书·胡广传》:'终、贾扬声,亦在弱冠。'终军年十八请缨,贾谊年十八为博士,皆未满二十也。"

【汇考】刘勰二十一岁,丁母忧。以萧子良为中心的文学集团之形成,为当时文坛盛事。与此同时,子良不断招致名僧,大讲佛法,又形成江左佛学高潮。汤用彤论之云:"计其所敬礼之僧尼见于《高僧传》《比丘尼传》者极多。其最有名者有玄畅、僧柔、慧次、慧基、法安、法度、宝志、法献、僧祐、智称、道禅、法护、法宠、僧旻、智藏等。齐梁二代之名师,罕有与其无关系者。……《南齐书》本传谓当时'道俗之盛江左未有也。'"①此所谓"道俗",乃文学与佛道。刘勰之"道俗"相兼,其非时风所致?

《李谱》以为刘勰本年不应在二十以上,而谓"弱冠"多用以指二十岁以内,惜只有《胡广传》一证,且又所解失实。《汉书·贾谊传》:"贾谊,洛阳人也。年十八,以能诵诗书属文,称于郡中。……文帝召以为博士,是时,谊年二十馀,最为少。"其为博士时已年二十馀,而非十八。据王先谦补注,贾谊生于高祖七年(前200),到文帝于公元前179年即位时,贾谊已二十二岁矣,则"文帝召以为博士",怎能十八岁?又《汉书·终军传》:"年十八,选为博士弟子。……至长安,上书言事,武帝异其文,拜军为谒者给事中。从上幸雍,祠五畤,获白麟,一角而五蹄……军上对曰……对奏,上甚异之,由是改元为元狩。"则其上对之年,至少十八岁,时在元狩之前一年(前123)。《终军传》又云:"南越与汉和亲,乃遣军使南越,说其王欲令入朝,比内诸侯。军自请,愿受长缨,必羁南越王而致之阙下。军遂往说越王……语在《南越传》。"据《南越传》,知其"请缨"说越王,事在元鼎四年(前113)。公元前123年十八岁,则"请缨"之年已二十八矣,是知"十八请缨"之说误②。

永明六年(488)戊辰

二月,沈约撰成《宋书》七十卷。其《谢灵运传论》第一次提

---

① 《汉魏两晋南北朝佛教史·齐竟陵王》,中华书局1983年版329页。
② 李曰刚说乃据李贤《后汉书·胡广传》注。原注为:"《前书》,终军年十八,为博士弟子,自请愿以长缨必羁南越王而致之阙下。上奇其对,擢为谏大夫,往说越。越听命,天子大悦。贾谊年十八,以诵《诗》属文称于郡中,文帝召为博士。"新《辞海》"弱冠"亦据以释为:"终军年十八请缨,贾谊年十八为博士,皆未满二十岁。"此正所谓一误再误也。

出较系统之声律论。但以为"自灵均以来,此秘未睹",陆厥有《与沈约书》予以反驳,认为"前英已早识宫徵,但未屈曲指的,若今论所申"。声律学自此渐兴。

臧荣绪卒。

《张考》:刘勰十八岁。丁母忧,服阕,依沙门僧祐。《陆表》《李表》:刘勰二十四岁,依僧祐入定林寺。

【汇考】刘勰二十二岁,丁母忧。

永明七年(489)己巳

《南齐书·武帝纪》二月己丑诏:"宣尼诞敷文德,峻极自天,发辉七代,陶钧万品,英风独举,素王谁匹。功隐于当年,道深于日月,感麟厌世,缅邈千祀,川竭谷虚,丘夷渊塞,非但洙泗湮沦,至乃飨尝乏主。前王敬仰,崇修寝庙,岁月亟流,鞠为茂草。今学敩兴立,实禀洪规,抚事怀人,弥增钦属。可改筑宗祊,务在爽垲。量给祭秩,礼同诸侯,奉圣之爵,以时绍继。"

《高僧传·僧辩传》:"永明七年二月十九日,司徒竟陵文宣王梦于佛前咏维摩一契,因声发而觉,即起至佛堂中,还如梦中法,更咏古维摩一契,便觉韵声流好,有工恒日。明旦即集京师,善声沙门,龙光寺普知、新安道兴、多宝慧忍、天宝超胜及僧辩等,集第作声。"陈寅恪《四声三问》[①]认为四声学说形成于永明年间与此有关。

僧祐《略成实论记》:"永明七年十月,文宣王招集京师硕学名僧五百馀人,请定林僧柔法师、谢寺慧次法师,于普弘寺迭讲。欲使研核幽微,学通疑执。即坐仍请祐及安乐智称法师,更集尼众

---

① 见《清华学报》第9卷第2期(1934年4月)。

二部、名德七百馀人,续讲十诵律志……八年正月二十三日解座。"①

王俭卒。萧子显生。以竟陵王萧子良为国子祭酒。

《张考》:刘勰十九岁,僧祐讲律三吴中,刘勰"与僧祐同归定林寺"。

【汇考】刘勰二十三岁,三年丧毕。推算刘勰居丧之时,主要依据《梁书》本传"家贫不婚娶,依沙门僧祐"。"不婚娶"应在二十岁之外已如前述,依僧祐又必待丧毕之后。《文心雕龙·指瑕》评"左思《七讽》,说孝而不从,反道若斯,余不足观矣"。其重孝道若此,则刘勰守丧三年自不可少。《范注》:"丁婚娶之年,其不娶者,固由家贫,亦以居丧故也。三年丧毕,正齐武帝永明五、六年。《高僧释僧祐传》云:'永明中,敕入吴,试简五众,并宣讲十诵,更伸受戒之法……'彦和终丧,值僧祐宏法之时,依之而居,必在此数年中。"其论居丧三年之理甚是。依僧祐之年,虽言之成理,惜所据不足。刘勰之入佛寺,有其时代和家庭之必然原因,而与僧祐入吴讲法并无必然联系。僧祐入吴在"永明中",永明凡十一年,从何知必为其正中之五、六年?僧祐奉命去三吴讲律,实在永明十年(详下),故范说不足为据。又《僧祐传》云:"初,受业于沙门法颖。颖既一时名匠,为律学所宗。祐乃竭思钻求,无懈昏晓,遂大精律部,有迈先哲。齐竟陵文宣王每请讲律,听众常七八百人。永明中,敕入吴……"按此记述,其律学"大精"之后,首先为萧子良请讲而见赏,然后敕之入吴。据上引《略成实论记》,子良请僧祐讲律,"名德七百馀人",既在永明七、八年间,则敕之入吴,必在永明八年正月二十三日之后。由此可知,纵据僧祐入吴

---

① 《出三藏记集》卷十一,大正新修《大藏经》卷五十五。

时间推算，刘勰依僧祐入定林寺，亦应在永明八年二月以后。

永明八年（490）庚午

《南齐书·武帝纪》：夏四月戊辰诏："公卿已下各举所知，随才授职。进得其人，受登贤之赏；荐非其才，获滥举之罚。"

《李谱》：刘勰二十一岁。三年丧毕，依僧祐入定林寺。李云："张严教授《刘彦和身世考索》，谓永明五、六年时，彦和二十一二岁，其实彼年为十八九岁。日本兴膳宏《文心雕龙略年表》谓：'刘勰于齐高帝建元二年（480年），佐定林寺僧祐整理经藏，编制目录。'又失之太前。兹酌定永明八年为彦和二十一岁时。如此，彦和依僧祐居积十馀年，至东昏永元二年感梦而撰《文心雕龙》，适与'齿在逾立'之《序志》篇语吻合。"

【汇考】刘勰二十四岁，离京口至建康，依僧祐入定林寺。据上年所考，刘勰依僧祐当在本年二月之后，但其下限，必在永明十年之前（刘勰已于其年为定林寺僧超辩撰写碑文）。在八、九两年中，以本年可能性最大：一为刘勰丧满之后，旋即来京，不可久滞。二为或闻四月之诏，即时赶来，冀得"公卿已下"之举。既无门径，则依僧祐以待时机，故入寺之后，未曾年满具戒。三为此时之僧祐正为萧子良所重。永明以还，子良虽渐重佛门，然初在文儒，西邸始开，与"八友"周旋较多。七年春二月之后，子良既更留意佛事，僧祐亦声位俱增，信可依托。四为自本年至天监二、三年出寺，计十三四年，与本传"依沙门僧祐，与之居处，积十馀年"相符。

《高僧传·昙摩蜜多传》："元嘉十年还都，止钟山定林下寺。蜜多天性凝静，雅爱山水，以为钟山镇岳，埒美嵩华，常叹下寺基构，临涧低侧。于是乘高相地，揆卜山势，以元嘉十二年（435）斩木刊石，营建上寺。士庶钦风，献奉稠叠，禅房殿宇，郁尔层构。于是息心之众，万里来集，讽诵肃邕，望风成化。"是知定林寺有上下二寺,刘勰所居为创建已四十五年之上定林寺。《新笺》:"又按当时庙宇,饶有赀财,富于藏书。舍人依居僧祐后,必'纵意渔猎'(《文心·事类》篇语),为后来'弥纶群言'(《文心·序志》篇语)之巨著'积学储宝'(《文心·神思》篇语)。于继续攻读经史群籍外,研阅释典,谅亦焚膏继晷,不遗馀力。故能博通经论,簿录寺中经藏也。……定林寺,即上定林寺,亦称定林上寺(因下定林寺齐梁时已久废,故往往省去"上"字,而止称为定林寺)。故址在今南京市紫金山(原名钟山)。自宋迄梁,寺庙广开,高僧如僧远、僧柔、法通、智称、道嵩、超辩、慧弥、法愿辈,皆居此寺(见《高僧传》各本传)。处士、名流如何点、周颙、明僧绍、吴苞、张融、袁昂、何胤等,王侯如萧子良、萧宏、萧伟之徒,亦皆策踵山门,展敬禅室,或咨戒范,或听内典(见《高僧传》卷八《释僧远传》、又卷十一《释僧祐传》及《南史》卷三十《何胤传》、又卷五十《明僧绍传》),曾极一时之盛。舍人寄居此寺长达十馀年之久,而又博通经论,竟未变服者,盖缘浓厚儒家思想支配之也。"按与刘勰同时在定林寺之高僧有僧柔、法通(《高僧传》卷九)、道嵩、超辩、慧弥(《高僧传》卷十四)、法令(《续高僧传》卷六)等。其中如超辩、法令,皆"足不出门三十馀载",慧弥亦"足不出山三十馀年"。此风必影响于"笃志好学"之刘勰,而"焚膏继晷,不遗馀力"。特别是所依僧祐,不仅"大精律部,有迈先哲",据《隋书·经籍志四》,还撰有《箴器杂铭》五卷、《诸寺碑文》四十六卷、《杂祭文》六卷等,其于刘勰论文,当更有直接影响。

永明九年(491)辛未

《南齐书·王融传》:"九年,上幸芳林茞禊宴朝臣,使融为《曲水诗序》,文藻富丽,当世称之。"

【汇考】刘勰二十五岁,佐僧祐于定林寺。

永明十年(492)壬申

二月,魏改谥宣尼曰文圣尼父,帝亲行拜祭。齐裴子野撰《宋略》。《梁书·裴子野传》:"子野曾祖松之,宋元嘉中受诏续修何承天《宋史》,未及成而卒,子野常欲继成先业。及齐永明末,沈约所撰《宋书》既行,子野更删撰为《宋略》二十卷。其叙事评论多善,约见而叹曰:'吾弗逮也。'"陶弘景退隐句曲山。《梁书·处士·陶弘景传》:"永明十年,上表辞禄,诏许之,赐以束帛。及发,公卿祖之于征虏亭,供帐甚盛,车马填咽。咸云宋、齐已来,未有斯事。朝野荣之。"

僧祐奉敕三吴讲律。《续高僧传·明彻传》:"释明彻,姓夏,吴郡钱唐人。六岁丧父,仍愿出家,住上虞王园寺。……齐永明十年,竟陵王请沙门僧祐三吴讲律,中途相遇,虽则年齿悬殊,情同莫逆。彻因从祐受学十诵,随出扬都,住建初寺。自谓律为绳墨,宪章仪体。仍遍研四部,校其兴废,当时律辩,莫有能折。"

刘勰撰释超辩碑文。《高僧传·超辩传》:"足不出门,三十馀载。以齐永明十年终于山寺,春秋七十有三。葬于寺南,沙门僧祐为造碑墓所,东莞刘勰制文。"

《霍谱》:刘勰二十八岁。"先生之《三藏记》《沙(法)苑记》《世界记》《释迦谱》及《弘明集》,作于是年之前,《文心雕龙》则作于是年之后。"

【汇考】刘勰二十六岁,佐僧祐于定林寺。僧祐之讲律三吴,事在本年,《明彻传》所载甚明。以为事在永明五、六年者,非。僧祐往返三吴,在京口与刘勰相遇,虽有可能,但就刘勰本年已撰超辩碑文考之,当在前二年入寺为是。

永明十一年(493)癸酉

正月,文惠太子萧长懋卒。七月,齐武帝萧赜卒,太孙(长懋子)昭业嗣立(后贬号郁林王)。王融以谋立竟陵王子良,赐死。六月,建康僧法智与徐州周盘龙聚众起事,攻入徐州,寻平①。九月,北魏定迁都洛阳之计。

四声论、永明体形成。《南齐书·文学·陆厥传》:"永明末,盛为文章。吴兴沈约、陈郡谢朓、琅邪王融以气类相推毂。汝南周颙善识声韵。约等文皆用宫商,以平上去入为四声,以此制韵,不可增减,世呼为永明体。"

【汇考】刘勰二十七岁,佐僧祐于定林寺。勰虽身居佛门,然于永明间声律论之发展,亦十分关注。其《声律》篇之论,正是沈、陆等人研究声律学之反映。

齐郁林王隆昌元年、齐恭王延兴元年、齐明帝建武元年(494)甲戌

正月,齐改元隆昌。七月,西昌侯萧鸾弑齐帝萧昭业,迎立新安王萧昭文(谥恭王),改元延兴。十月,萧鸾为太傅,加殊礼,进爵为王;废帝为海陵王,即帝位,是为齐明帝,改元建武。

萧子良卒。

《梁书·沈约传》:"隆昌元年,除吏部郎,出为宁朔将军、东阳太守。明帝即位,进号辅国将军,征为五兵尚书,迁国子祭酒。"

刘勰撰僧柔碑文。《高僧传·僧柔传》:"临亡之日,体无馀患,唯语弟子云:'吾应去矣。'仍铺席于地,西向虔礼,奄然而卒。是岁延兴元年,春秋六十有四,即葬于山南。沙门释僧祐……为立碑墓所,东莞刘勰制文。"

---

① 见《南齐书·王玄载传(附玄邈传)》。

《龚表》:刘勰三十一岁,"先生入定林寺为释僧柔制碑文"。按龚氏已于486年内注"先生居家守孝,家贫不婚娶,依靠僧祐生活"。《李表》:刘勰三十岁。三十至三十二岁间,"刘勰协助僧祐整理佛经的工作至此已告完成,服膺儒术的理想未变,乃感梦孔子,而拟在文论方面有所建树"。

【汇考】刘勰二十八岁。继续佐僧祐整理佛经于定林寺。

建武二年(495)乙亥

四月,魏主亲祠孔子,修孔子墓,封孔子后为崇圣侯。六月,魏下诏:不得为北俗之语(鲜卑语)于朝廷,违者免官。八月,魏立国子、太学、四门小学于洛阳。《魏书·高祖纪下》:"九月庚午,六宫及文武尽迁洛阳。"

《詹表》《穆谱》:刘勰三十一岁,开始撰写《文心雕龙》。《王谱》《龚表》:刘勰三十二岁,佐僧祐撰成《三藏记》《法苑记》《世界记》《释迦谱》《弘明集》等,并自造《灭惑论》。《王谱》主要据近人姚名达著《中国目录学史》,此书之《宗教目录篇》有《现存最古之出三藏记集》一节,其中引《梁书·刘勰传》:"刘勰字彦和……早孤,笃志好学,家贫不婚娶。依沙门僧祐,与之居处,积十数(原作"馀")年,遂博通经论,因区别部类,录而序之。今定林寺经藏,勰所定也。天监初,起家奉朝请。"姚氏据以论云:"由此可知僧祐经藏早成于齐世,编定其目录者乃勰也。又可知《祐录》所根据者,必定林寺《经藏目录》也。今读《祐录》,觉其笔调情致宛似《文心雕龙》。勰既依祐为生,且已为祐寺编目,则《祐录》殆亦由刘勰执笔欤?祐弟子慧皎作《高僧传》,载祐卒后,'弟子正度立碑颂德,东莞刘勰制文'。《费录》有'《释正度录》一卷',或为拾补《祐录》之遗。正度、慧皎及宝唱之俦,谅亦尝助勰、祐撰录也。至于《祐录》成书之年,《费录》称为'齐建武年',此盖草创之时耳。祐所新撰《贤愚经记》记有天监四年之事,亦已收入《祐录》,因知其书必成于此年以后、天监十四年以前。或目录部分于建武中先成,记传部分至天监中犹陆续加入。如此巨著,必非短期所能竣事也。"①《王谱》以为"姚说大致可从,至于彦和自造的《灭惑论》一文,现见存于《弘明集》卷八,其确切发表之年代已不可考……故我人只可谓《灭惑论》作于齐、梁之间"。

【汇考】刘勰二十九岁,继续住定林寺协助僧祐整理佛经。本年既未"齿在逾立",故不可能开始撰写《文心》。按《文心》成于502年,距此尚有七八年,五十篇之书,何须费时如此长久?是可反证,本年刘勰年未"逾立"。刘勰于490年入寺,至今六年,虽关注文艺,研读经史,然必以主要精力用于佛经整理。《梁书》本传谓"今定林寺经藏,勰所定也",则僧祐所撰《三藏记》《法苑记》《世界记》等,出刘勰之手者,诚不可少。姚名达之前,《杨笺》已谓:"僧祐使人抄撰诸书,由今存者文笔验之,恐多为舍人捉刀也。"《新笺》更详为补证:"明曹学佺《文心雕龙序》:'窃恐祐《高僧传》(案《高僧传》乃慧皎撰,非僧祐也……)乃勰手笔耳。'徐燉《文心雕龙跋》'曹能始云:"沙门僧祐作《高僧传》,乃勰手笔。"今观其《法集总目录序》及《释迦谱序》《世界序》(案序上合有"记"字)等篇,全类勰作。则能始之论,不诬矣。'清严可均《全梁文》卷七一释僧祐小传自注:'案《梁书·刘勰传》:"……今定林寺经藏,勰所定也。"如传此言,僧祐诸记序,或杂有勰作,无从分别。'皆持之有故,言之成理,可谓先得我心。"日本兴膳宏著《文心雕龙与出三藏记集》更谓:"刘勰在僧祐处悉心钻研十馀年,成了博闻广识的佛教学者。他作为佛教学者殚精竭思的最大业绩就是撰

---

① 据1984年上海书店复印本。

成佛典目录。《梁书》仅云：'遂博通经论，因区别部类，录而序之。'未记所编书目之名。后再经考证，估计是以师僧祐之名传世的《出三藏记集》；成书之年远在《文心雕龙》之后。"①

自曹、徐以来，其说日众，皆言之有理。所待考者，厥唯撰年；撰年未知，则撰者亦明而未融。《出三藏记集》之编撰，固始于齐，但其书最后不成于齐。其《名录序》云："发源有汉，迄于大梁，运历六代，岁渐五百，梵文证经，四百有十九部；华梵传译，八十有五人。鱼贯名第，略为备矣。"(卷二)又《杂录序》云："由汉届梁，世历明哲。"(卷十二)是为《出三藏记集》成于梁世之显证。其所录诸经，出于天监年间者亦不在少数②，如卷七所载王僧孺《慧印三昧及济方等学二经序赞》云："广州南海郡民何规，以岁次协洽，月旅黄钟，天监之十四年十月二十三日，采药于豫章胡翼山"，遇一长者赐以《慧行三昧经》。又云："后又有《济诸方等学经》……"，是更在天监十四年之后矣。故论者多据以断定《出三藏记集》必

---

① 原刊于京都大学人文科学研究所1982年出版之《中国中世纪的宗教与文化》，译文见彭恩华编译《兴膳宏〈文心雕龙〉论文集》，1984年齐鲁书社出版。
② 见李庆甲《刘勰〈灭惑论〉撰年考辨》，载《中国古代美学艺术论文集》，上海古籍出版社1981年版。李云："如卷二所载钟山灵耀寺沙门释僧盛依《四分律》撰的《教戒比丘尼法》出于'梁天监三年'。又如卷五所载的许多真伪混杂、泾渭莫辨之作的目录中，出于'梁天监二年'的有比丘释道欢撰的《众经要览法偈》；出于'天监元年'的有《益意经》《般若得经》《华严璎珞经》，出于'天监三年'的有《出乘师子吼经》，出于'天监四年'的有《逾陀卫经》《阿那含经》《妙音师子吼经》。……再如，载于卷五的伪作《萨婆若陀眷属庄严经》是郢州头陀道人妙光在'梁天监九年''抄略诸经''私意妄造'而成……"

成于梁代,且几成定论①。唯杨明照肯定"唐释智升《开元释教录》卷六谓释僧的《出三藏记集》撰于齐代"之说②,但未加论证。查智升之前,隋费长房有《历代三宝记》,卷十五著录云:"《出三藏集记录》,齐建武律师僧祐撰。"唯姚氏视为"此盖草创之时耳"。所谓"草创",当指尚未成书而言,然《三宝记》成于开皇十七年,去齐梁未远,岂可以"草创"之迹列入书目?故《王谱》系《出三藏记集》之年于齐世,亦不失为有据之言。

不可或忽者,为僧祐之《法集总目序》,今录其全文如次:

"尝闻沥泣助河之谈,捧土埤岱之论,虽诮发于古,而愧集于今矣。僧祐漂随前因,报生阎浮,幼龄染服,早备僧数,而慧解弗融,禅味无纪,刹那之息徒积,锱毫之勤未基。是以惧结香朝,惭动钟夕,茫茫尘劫,空阅斩筹。然窃有坚誓,志是大乘,顶受方等,游心四含。加以山房寂远,泉松清密,以讲席闲时,僧事馀日,广评众典,披览为业。或专日遗餐,或通夜继烛,短力共尺波争驰,浅识与寸阴竞晷。虽复管窥迷天,蠡测惑海,然游目积心,颇有微

---

① 除姚名达《中国目录学史》附《中国历代佛教目录所知表》定《出三藏记集》之"撰成年代"为"梁武帝天监四年至十四年"外,如陈垣《中国佛教史籍概论》第一章谓:"此书撰自梁代";汤用彤《汉魏两晋南北朝佛教史》第十五章谓:"惟梁僧祐于天监年间作《出三藏记集》……";李庆甲《刘勰〈灭惑论〉撰年考辨》认为:"《出三藏记集》绝对不是'撰于齐代'";李淼《关于〈灭惑论〉撰年与诸家商兑》认为:"天监十五年大致就是《出三藏记集》编成之时。"此外,如前所述,兴膳宏也认为"成书之年远在《文心雕龙》之后",后又具体论定:"《出三藏记集》成书的时期,应是在自天监十五年(515)起的一二年之内"。
② 《刘勰〈灭惑论〉撰年考》,《古代文学理论研究》第1辑(1979年12月出版)。

悟。遂缀其闻,诚言法宝,仰禀群经,傍采记传,事以类合,义以例分。显明觉应,故叙释迦之谱;区辩六趣,故述世界之记;订正经译,故编三藏之录;尊崇律本,故铨师资之传;弥纶福源,故撰法苑之篇;护持正化,故集弘明之论;且少受律学,刻意毗尼,旦夕讽持,四十许载,春秋讲说,七十馀遍,既禀义先师,弗敢坠失,标括章条,为律记十卷;并杂碑记,撰为一帙。总其所集,凡有八部,冀微启于今业,庶有籍于来津。岂曰善述,庶非妄作。但理远识近,多有未周,明哲傥览,取诸其心,使道场之果,异迹同臻焉。

《释迦谱》五卷。右一部第一帙。

《世界记》五卷。右一部第二帙。

《出三藏记集》十卷。右一部第三帙。

《萨婆多部相承传》五卷。右一部第四帙。

《法苑集》十卷。右一部第五帙。

《弘明集》十卷。右一部第六帙。

《十诵义记》十卷。右一部第七帙。

《法集杂记传铭》七卷。右一部第八帙。"

此文见《出三藏记集》卷十二。然原文既作"《出三藏记集》十卷",则与"十二卷"有矛盾,显然此文是十卷本编成后补入的。僧祐撰写此序时,所著法集八部,名目卷数已定,则非"草创"甚明,只是《出三藏记集》时为十卷本而已。又,此序乃仿《史》《汉》之《叙传》而写,必待八部法集基本告成方可下笔。故若能知其撰写时间,许多疑难便可释然。其可寻之迹,是"少受律学……四十许载"。

《高僧传·僧祐传》云:"年十四,家人密为访婚,祐知而避至定林寺,投法达法师。达亦戒德精严,为法门梁栋。祐师奉竭诚,及年满具戒,执操坚明。初,受业于沙门法颖。颖既一时名匠,为律学所宗。祐乃竭思钻求，无懈昏晓，遂大精律部，有迈先哲。"僧祐之"旦夕讽持"者指律学，其"少受律学"乃始于受业法颖。"年满具戒"指二十岁受戒，正式成为佛徒。但若是二十岁后受业于法颖，便不得言"初"。由是可知，僧祐受业法颖在十五至二十岁之间。八部法集之一《十诵义记序》记有僧祐从法颖学律情况："僧祐藉法乘缘，少预钻仰，扈锡侍筵，二十馀载。"①据《高僧传·法颖传》，法颖卒于齐建元四年（482），则僧祐从颖学必在482年之前。假定"二十馀载"为二十三四年，则由482年上推二十三四年，僧祐为十五六岁（459、460年）。此即僧祐从法颖学律而"旦夕讽持"之始，由此下推四十年（"四十许载"），便是《法集总目序》撰写之时：499或500年。故虽上下推延一二年，仍不出齐世，何况《法集总目序》之撰成，必在八部法集已成之后。若以上推算可立，便可确认齐世已有《出三藏记集》之十卷本，其十五卷本则为天监间补齐。八部法集中涉及梁世者，均类此。姚《史》虽定《出三藏记集》成于天监，犹云："或目录部分于建武中先成，记传部分至天监中犹陆续加入。"庶可谓近是。

　　撰时既明，则撰者可据以知其大略。正以僧祐诸法集成于齐世，时刘勰尚在定林寺中，其代为抄撰辑录，为理所当然。就《法集总目序》而言，其"短力共尺波争驰，浅识与寸阴竞晷"之句，确是妙文，或非僧祐所能为。徐煐谓之"全类勰作"（已见前引），一读《文心·丽辞》之"丽句与深采并流，偶意共逸韵俱发"，知非妄谈。此二句当是刘勰得意之笔，为僧祐之序润色或捉刀之际，自然流出。但也只是可能如此而已，未可断言其必是。成于刘勰出仕后之序传，当由僧祐门徒智藏、宝唱、明彻、正度等相佐，出于刘

---

① 《出三藏记集》卷十二。

勰手笔之可能性，势必更小。

建武三年(496)丙子

《南史·钟嵘传》："建武初，为南康王侍郎。时齐明帝躬亲细务，纲目亦密。于是郡县及六署九府常行职事，莫不争自启闻，取决诏敕。文武勋旧，皆不归选部。于是凭势互相通进，人君之务，粗为繁密。嵘乃上书言：'古者明君揆才颁政，量能授职，三公坐而论道，九卿作而成务，天子可恭己南面而已。'书奏，上不怿，谓太中大夫顾暠曰：'钟嵘何人，欲断朕机务，卿识之不？'答曰：'嵘虽位末名卑，而所言或有可采。且繁碎职事，各有司存。今人主总而亲之，是人主愈劳而人臣愈逸，可谓代庖人宰而为大匠斫也。'上不顾而言他。"《资治通鉴·齐纪六》系此事于本年三月。

《陆表》："刘勰三十二岁左右，开始写作《文心雕龙》。"《王谱》《龚表》：刘勰三十三岁，因感梦始撰《文心雕龙》。《严考》："《梁书》谓：'与之居处积十馀年'，此可以假定彦和自'博通经典(论)'，核定藏经，至撰定《三藏记》等书，前后费时十年。至永明帝建武三四年(约当公元496—497)，'诸功已毕'，乃感梦而撰《文心雕龙》"(此用《范注》，然系年有别，见下年)。

【汇考】刘勰三十岁。本年为刘勰佐僧祐之第七年，定林寺所存经藏，当已大致整理就绪。其所编诸经目录(姚《史》之《中国历代佛教目录表》列有刘勰撰《定林寺藏经录》)，尚待僧祐过目；"逾立"论文之梦，必非偶然，在此前后，已有酝酿。

建武四年(497)丁丑

《南齐书·张融传》："建武四年，病卒。"

《范注》以刘勰生于泰始元年前后，则本年三十三岁左右。范云："假定彦和自探研释典以至校定经藏撰成《三藏记》等书，费时十年,至齐明帝建武三四年,诸功已毕,乃感梦而撰《文心雕龙》,时约三十三四岁,正与《序志篇》'齿在逾立'之文合。"《凌谱》:"慧皎卒于梁元帝承圣三年(554年),享年五十八岁,以此而推,则生于是年也。"《王谱》《李谱》均引此说而云:"未知何据。"按王金凌说,当据《高僧传》金陵刻经处光绪十年本卷末之附记:"梁末承圣二年,太岁癸酉,(慧皎)避侯景难,来至湓城,少时讲说。甲戌岁二月舍化,春秋五十有八。江州僧正慧恭为首经营,葬于庐山禅阁寺墓。时龙光寺释僧果,同避难在山,遇见时事,聊记之云耳。"甲戌岁即承圣三年。《张考》:刘勰二十七岁,"协助僧祐校经,博览群书。是年,定林寺僧主释法献卒,献弟子僧祐为造碑墓侧,丹阳尹吴兴沈约制文。由是观之,沈约与定林寺早有联系,刘勰必定在负书取定沈约之前就与之相识"。案:《高僧传·法献传》云:"献以建武末卒。"

【汇考】刘勰三十一岁,佐僧祐之第八年。案"逾立"之年,应以三十一二岁为当,三十三四岁,则去"三十而立"之说远矣。本年刘勰三十一岁,正是"逾立"之年,感梦搁笔,始撰《文心》,亦有可能;然细审其书,未必延续五六年之久,故其"齿在逾立"之说,应指下年。若以本年刘勰二十七岁,则《文心》成书必在梁初,其说详下。

《灭惑论》撰于本年或稍后。此文之撰写年代,近年考证甚多,以确证难得,故分歧较大。杨明照《刘勰〈灭惑论〉撰年考》以为在《文心雕龙》成书之前①。王元化《〈灭惑论〉与刘勰的前后期思想变化》认为:"《灭惑论》的写作年代就在刘勰任中军临川王

---

① 《古代文学理论研究》第1辑(1979年12月),收入《学不已斋杂著》。

萧宏记室时间(天监三至七年)之内。"①李庆甲《刘勰〈灭惑论〉撰年考辨》认为："《灭惑论》的写作年代当在刘勰任仁威南康王萧绩记室后不久，具体地讲是在天监十六年左右。"②此外，有李淼《关于〈灭惑论〉撰年与诸家商兑》③、李庆甲《关于〈灭惑论〉撰年与诸家商兑之商兑》④、潘重规《刘勰〈灭惑论〉撰年商榷》⑤等文，反复辨证，虽无定论，然以撰于天监中者居多。在《文心雕龙译注引论》中，笔者亦曾以为《灭惑论》"写于《文心雕龙》成书之后的可能性更大"。今细考诸家之论，仍以杨说为近是。持撰成于梁说者，主要依据有二：一是《碛砂藏经》本已署撰者为"东莞刘记室勰"，一是《出三藏记集》编成于梁。按《碛砂藏经》本《弘明集》始刊于宋，固为迄今所见之最早版本，然碛砂版始刻于南宋理宗绍定四年(1231)，终于元武宗至大二年(1309)，上距齐梁八百年之久，是否如杨考之注所云："至碛砂藏本目录《灭惑论》下题'记室刘勰'，正文《灭惑论》下题'东莞刘记室勰'；汪道昆本则均题'梁刘勰'。后人追题，未足为训。"此确是可疑之处，故碛砂本之题，难成确证。至于《出三藏记集》之编撰时间，乃初成于齐而增定于梁，上文已有详考；尚可据以进而证实《灭惑论》必成于齐。传世之《出三藏记集》(十五卷本)卷十二载有《弘明集》之目录及序，序云："类聚区分，列为十卷"，是即成于齐末之十卷本《弘明集》。其目录亦详列为十卷，与序文一致。所可注意者，不仅其第

---

① 《历史学》1979年第2期，收入《文心雕龙创作论》。
② 《中国古代美学艺术论文集》，上海古籍出版社1981年出版。
③ 《社会科学战线》1983年第2期，收入与毕万忱合著之《文心雕龙论稿》。
④ 《中华文史论丛》1984年第4辑。
⑤ 《学术研究动态》1985年第4期，原载香港《明报》1985年1月。

五卷之末有"刘勰《灭惑论》"之目,更应重视此本《弘明集》之全部目录:

  牟子《理惑》
   右第一卷
  孙绰《喻道论》
  宗炳《明佛论》
   右第二卷
  宗居士炳《答何中丞承天书难白黑论》
  颜光禄延之《难何中丞承天达性论》
   右第三卷
  明征士僧绍《正二教论》
  周剡(令)颙《难张长史融门律》
   右第四卷
  道恒法师《释驳论》
  慧通法师《折夷夏论》
  僧愍法师《戎华论》
  玄光法师《辩惑论》
  刘勰《灭惑论》
   右第五卷
  罗君章《更生论》(四部丛刊本作罗含)
  孙盛《难罗重答》(四部丛刊本作《与罗君章书》)
  郑道子《神不灭论》
  远法师《沙门不敬王者论》五篇
  远法师《沙门袒服论》
  何镇南《难〈袒服论〉并答》
  远法师《答桓玄明报应论》

远法师《因俗疑善恶无现验三报论》
　　右第六卷
何司空尚之《答宋文皇帝赞扬佛法事》
高、明二法师《答李交州淼难佛不见形事》并李书
司徒文宣王《书与孔中丞稚圭疑惑书并笺答》
　　右第七卷
晋尚书令何充等《执沙门不应敬王者奏》三首并诏（语）二首
庐山慧远法师《答桓玄论沙门不应敬王者书》一首并桓玄书二首
庐山慧远法师《与桓玄论料简沙门书》一首并桓玄教一首
支道林法师《与桓公（玄）论州符求沙门名藉书》一首
道桓、道标二法师《答伪秦主姚略劝罢道书》三首并姚主书三首
僧䂮、僧迁、耆婆三法师《答姚主书停恒标奏》一首并姚主书二（三）首
庐山慧远法师《答桓玄劝罢道书》一首并桓（玄）书一首
僧岩法师《辞青州刺史刘善明举其秀才书》三首并刘书三首
　　右第八卷
《奉法要》郗嘉宾
《日烛》王该
　　右第九卷
《弘明论》
　　右第十卷

以上三十四目，撰者二十九家，除牟子外，全是晋、宋、齐三代之人。其中孙绰、道恒、孙盛、慧远、何镇南（镇南将军何无忌）、何充、支道林、道标、僧䂮、僧迁、耆婆、郗嘉宾（郗超）、王该为晋人；

宗炳、颜延之、慧通、僧愍、罗君章(罗含)、郑道子(郑鲜之)、何尚之、"高、明二法师"(道高、法明)皆宋人；其余五家则是齐人：明僧绍，《南齐书·高逸·明僧绍传》："永明元年，世祖敕召僧绍，称疾不肯见。诏征国子博士，不就，卒。"周颙，《南齐书·周颙传》："颙卒官时，会王俭讲《孝经》"(姜亮夫《历代名人年里碑传总表》定颙卒于485年)。萧子良，卒于494年。僧愍生卒年不详，但从其与刘善明往来三书，可知至晚在480年(刘善明卒于建元二年)之前。唯玄光一人无考。严可均录其文于《全齐文》卷二十六，题下注："按论中引陆修静事，修静南齐人。《弘明集》此论编在梁刘勰之前。"陆修静卒于宋末①，非齐人。就以上总体考察，刘勰之《灭惑论》虽为晚出者，然必撰成于齐世十卷本《弘明集》编成之前。而《弘明集》十卷之成于齐，已由僧祐《法集总目录序》所确证，其中正有"《弘明集》十卷"。或以为十卷本之序目，乃见于十五卷本之《出三藏记集》，《灭惑论》是否为梁人加入？上列细目可消此疑：既然三十四目(共录文六十篇)全是萧齐以前之作，何独容《灭惑论》一篇梁文？故《灭惑论》若撰于梁，则断不能加。查此序目，初成之迹甚明：如署名之直书姓名(孙绰、王该)者有之，书官衔(司徒文宣王、何镇南)者有之，姓名官衔并举(颜光禄延之、何司空尚之)者亦有之；或书其名(勰、盛)，或用其字(君章、道子)，或前以简称(远法师)而后以全称(慧远法师)等，是皆虽已草成而未加细酌所致。于斯可证，今所见《出三藏记集》之《弘明集目录序》，实为未曾增修之原始资料。而《灭惑论》为十卷本《弘明集》所固有，已不庸置疑。

《灭惑论》撰于齐，必矣；撰于何年，则乏显证，姑系于本年。

---

① 见《历代真仙体道通鉴》卷二十四《陆修静传》。

一为本年张融病卒，托名张融之《三破论》问世，反驳之作，不应相距太远，故即时撰成《灭惑论》与之论战；二为上考僧祐之《法集总目序》约撰于499或500年，其中已有"《弘明集》十卷"之目，则收入《弘明集》中之《灭惑论》，至少须写定于其前一二年；三为上年所考，刘勰入定林寺已七八年之久，其佐僧祐抄撰诸经，基本就绪，所谓"行有馀力"也；四为刘勰本年始入"逾立"，《灭惑论》虽非巨制，亦势难间入《文心》撰写之中，杨明照考其成于《文心》之前，衡诸上说，当以本年为宜，至晚在下年感梦孔尼而"乃始论文"之前。至于在《文心》之前撰成《灭惑论》，与刘勰之思想是否吻合，首先应根据史实以认识其思想，不可据思想以推论史实。杨明照《刘勰〈灭惑论〉撰年考》之结论云："综上所述，刘勰写的《灭惑论》，不管是在永明十一年前或建武四年后，为时都比《文心雕龙》成书早，这是无庸置疑的。由于它们各自的内容和写作时间不同，不仅'言非一端，各有所当'，即以创作思想而论，也不可能前后完全一致，毫无变化。同一葛洪嘛，所撰《抱朴子内外篇》，一属道家，一属儒家（见《抱朴子外篇·自叙》）。还是由于它们各自的内容和写作的时间不同，而判若天渊。……要研讨刘勰的世界观，也绝不能把《灭惑论》所说的'道'与《文心雕龙》谈到的'道'相提并论。"①而刘勰入定林寺已八年之久，《梁书》本传所谓"博通经论"，此其时矣。故于建武四、五年内撰成《灭惑论》，亦完全可能。至于佛道二教之争，自顾欢《夷夏论》以来，宋齐二代，论之多矣。见于今本《弘明集》六、七两卷者，十有馀篇，何必入梁始可有驳"三破"之《灭惑论》产生？

---

① 《古代文学理论研究》第1辑（1979年12月）。

建武五年、永泰元年（498）戊寅

四月，改元永泰。大司马王敬则举兵反于会稽，五月被杀。七月，明帝萧鸾病卒，子萧宝卷立，后废称东昏侯。《梁书·沈约传》："明帝崩，政归冢宰，尚书令徐孝嗣使约撰定遗诏。迁左卫将军，寻加通直散骑常侍。"

《南齐书·礼志上》："建武四年正月，诏立学。永泰元年，东昏侯即位，尚书符依永明旧事废学。领国子助教曹思文上表曰：'古之建国君民者，必教学为先，将以节其邪情，而禁其流欲，故能化民裁俗，习与性成也。是以忠孝笃焉，信义成焉，礼让行焉，尊教宗学，其致一也。是以成均焕于古典，虎门炳于前经。陛下体睿淳神，缵承鸿业，今制书既下，而废学先闻，将恐观国之光者，有以拟议也。……今学非唯不宜废而已，乃宜更崇尚其道，望古作规，使郡县有学，乡间立教。请付尚书及二学详议。'有司奏，从之。学竟不立。"

【汇考】刘勰三十二岁。《文心雕龙·序志》："齿在逾立，则尝夜梦执丹漆之礼器，随仲尼而南行；旦而寤，乃怡然而喜。大哉，圣人之难见也，乃小子之垂梦欤！自生人以来，未有如夫子者也。敷赞圣旨，莫若注经，而马、郑诸儒，弘之已精，就有深解，未足立家。唯文章之用，实经典枝条；五礼资之以成，六典因之致用，君臣所以炳焕，军国所以昭明；详其本源，莫非经典。而去圣久远，文体解散，辞人爱奇，言贵浮诡，饰羽尚画，文绣鞶帨；离本弥甚，将遂讹滥。盖《周书》论辞，贵乎体要；尼父陈训，恶乎异端；辞训之异，宜体于要。于是搦笔和墨，乃始论文。"刘勰之感梦而"搦笔和墨，乃始论文"，即在本年。按刘勰七岁梦攀采云为473年，则本年为三十二岁，正是"齿在逾立"之际；自本年始笔撰写《文心雕龙》，到502年春完成，历时四年，亦为合理。考诸家谱、

表之计《文心》撰写时间,三至七年不一(按跨越年度计):

三年:《李谱》500 至 502 年;

四年:《张考》501 至 504 年;

五年:《詹表》495 至 499 年,《杨笺》498 至 502 年;

六年:《陆表》496 至 501 年,《王谱》《龚表》同;

七年:《霍谱》493 至 499 年,《穆谱》495 至 501 年。

《文心雕龙》五十篇,总计三万七千馀言,以刘勰之才力,其文如行云流水,首尾一贯,谅不需六七年之久,三年而成,又失之太促。厘定四年,非为折中,除上下推算当为本年外,尚有可考者。《杨笺》之证已精:"按《南史》卷五《齐本纪下·明帝纪》:'(永泰元年)秋七月己酉,帝崩于正福殿。……群臣上谥曰明皇帝,庙号高宗。'据《时序》篇'高宗(原作中宗,考南齐诸帝庙号,无中宗者。以舍人本文次第推之,当为高宗无疑。)兴运'之语,则成书必在永泰元年七月以后。《南齐书》卷八《和帝纪》:'(中兴二年三月)丙辰,禅位梁王。'据《时序》篇'皇齐驭宝'文,则成书必在中兴二年三月以前(以上推演刘毓崧说)。其间首尾相距,将及四载,是书虽体思精密,非短期所能采摭摛藻,然其杀青可写,当在此四年中。"此与《范注》着眼不同而结论相近。范云:"假定彦和自探研释典以至校定经藏撰成《三藏记》等书,费时十年,至齐明帝建武三四年,诸功已毕,乃感梦而撰《文心雕龙》,时约三十三四岁,正与《序志篇》'齿在逾立'之文合。《文心》体大思精,必非仓卒而成,缔构草稿,杀青写定,如用三四年之功,则成书适在和帝之世、沈约贵盛时也。"二说皆各有其理,然必以"建武三四年,诸功已毕"为前提,则有待细考。

如前所述,僧祐诸法集虽已于建武中告成,但其后不仅陆续有大量增补,且录经是"发源有汉,迄于大梁",始为定型。是以

"诸功已毕"之说,直到刘勰离寺仍未可言。故《梁书》本传所谓"录而序之",如《法集总目》等序之撰,亦在本年以后四年之中。其可概言者,刘勰于本年之后,以主要精力撰写《文心》,而协助僧祐撰经之任务,亦未尝中断。查沈约于永明五年春,受敕编撰《宋书》,六年二月毕功,费时一年而完成七十卷;《文心》只有十卷,虽是创论,与据已有史料编撰《宋书》大异,但若全力以赴,最多三年已足。其具体进度,或可试推:《神思》篇范注有云:"《文心》各篇前后相衔,必于前篇之末,预告后篇所将论者,特为发凡于此。"由是可知全书五十篇,乃先有总体规划而后依次撰写。刘勰论"附会之术",强调"制首以通尾",反对"尺接以寸附"(《附会》),正与此合。案《时序》一篇,必写于中兴二年一至三月之内。以此篇历叙齐帝至和帝而止(详后),和帝于中兴元年三月即位江陵,到中兴二年三月禅梁,只一年。和帝即位之后,东昏侯尚继续为齐帝于建康,到永元三年(中兴元年)十二月被杀之前,为二帝对峙时期。刘勰当时仍在建康之定林寺,岂可在《时序》中述齐诸帝而略东昏?由其颂和帝而无东昏,可知此篇必写于中兴元年十二月东昏被杀之后。中兴二年三月丙辰(二十八日)和帝禅位,萧齐王朝结束。则《时序》篇必写于中兴二年元月至三月二十八日之间。若《文心》全书乃按元明以来通行本之篇次撰写①,则《时序》以下五篇亦均写成于此三月之内,若写于入梁之后,必改写《时序》篇之"皇齐"等说。由是可知其大致进度为三月内完成六篇,约每月两篇。但前二十五篇难度较大、篇幅较长,估计至少每月可得一篇。如是算来,上篇费时二十五月,下篇费时十二月,全书约三年

---

① 通行本《文心雕龙》篇次应为之原貌,详见拙文《〈文心雕龙〉理论体系初探》(《雕龙集》,1983年中国社会科学出版社出版)。

可成。另一年左右为继续佐僧祐撰经，故总计仍需四年完成《文心》。

《新笺》谓："舍人寄此寺长达十馀年之久，而又博通经论，竟未变服者，盖缘浓厚儒家思想支配之也。"本年为刘勰入寺第九年，而所梦为随孔子南行，尊之为"自生人以来，未有如夫子者也"，斯亦"浓厚儒家思想支配之也"。案齐建元、永明间，曾一度出现"儒家大振"时期，正是刘勰"笃志好学"之际，《新笺》谓"舍人笃志所学者，盖儒家之著作居多"，甚是。《梁书·儒林·伏曼容》有"明帝不重儒术"之说；《廿二史札记·南朝经学》亦称"建武以后，（儒学）则日渐衰落"。刘勰"逾立"梦孔，正当建武之末；本年七月，又有废学之议，经曹思文力争而"学竟不立"，其时儒风之衰可知。刘勰梦于此时，撰于此时，仍坚持"尼父陈训"以论文，虽非疾风劲草，其身在佛门而笃志于儒，盖亦明矣。

齐东昏侯永元元年（499）己卯

正月，改元永元。八月，始安王遥光举兵反，寻败死。十一月，太尉陈显达举兵于寻阳，十二月败死。《资治通鉴·齐纪八》："帝（东昏侯）既诛显达，益自骄恣，渐出游走，又不欲人见之；每出，先驱斥所过人家，唯置空宅。尉司击鼓蹋围，鼓声所闻，便应奔定，不暇衣履，犯禁者应手格杀。……尝至沈公城，有一妇人临产不去，因剖腹视其男女。又尝至定林寺，有沙门老病不能去，藏草间；命左右射之，百箭俱发。"刘勰此时，正在定林撰写《文心》，《时序》篇颂齐诸帝而略东昏，良有以也。

陆厥卒。谢朓卒。

《李谱》：刘勰三十岁，佐僧祐完成《三藏记》等。《翁表》：三十一岁，成书、献书均在本年。《霍谱》《詹表》：三十五岁，完成《文心》，献书沈约。

【汇考】刘勰三十三岁,撰写《文心》,兼佐僧祐。

永元二年(500)庚辰

平西将军崔慧景三月起兵围建康,凡二十日败死。十一月,雍州刺史萧衍起兵襄阳。十二月,西中郎长史萧颖胄起兵江陵,奉南康王萧宝融为主。

《梁书·沈约传》:"永元二年,以母老表求解职,改授冠军将军、司徒左长史,征虏将军、南清河太守。"

祖冲之卒。

《李谱》:刘勰三十一岁,因感梦始撰《文心雕龙》。《兴表》:刘勰三十五岁,《文心雕龙》于此际撰成。

【汇考】刘勰三十四岁,撰写《文心》,兼佐僧祐。

永元三年,齐和帝中兴元年(501)辛巳

正月,南康王萧宝融称相国,三月即位于江陵,是为齐和帝,改元中兴(建康之东昏侯政权继续存在)。九月,萧衍军逼建康。十二月,雍州刺史王珍国等杀东昏,迎萧衍。以宣德太皇令,萧衍为中书监、大司马、录尚书事、骠骑大将军、扬州刺史,封建安郡公。

萧统生。孔稚珪卒。

《张考》:刘勰三十一岁,梦随仲尼南行,始著《文心雕龙》。《陆表》《穆谱》:三十七岁,完成《文心》,献书沈约。《王谱》《龚表》:三十八岁,完成《文心》,负书干沈约。

【汇考】刘勰三十五岁,继续撰写《文心》,兼佐僧祐。

中兴二年,梁武帝天监元年(502)壬午

正月,萧衍为相国,进位梁公,二月进爵梁王。三月,齐和帝禅位。四月,萧衍即帝位,是为梁武帝,改元天监。十一月,立萧

统为皇太子。

《梁书·沈约传》:"高祖(萧衍)在西邸,与约游旧。建康城平,引为骠骑司马,将军如故。时高祖勋业既就,天人允属,约尝扣其端,高祖默而不应。它日又进曰:'今与古异,不可以淳风期万物。士大夫攀龙附凤者,皆望有尺寸之功,以保其福禄。今童儿牧竖,悉知齐祚已终,莫不云明公其人也。天文人事,表革运之征,永元以来,尤为彰著。谶云:"行中水,作天子。"此又历然在记。天心不可违,人情不可失,苟是历数所至,虽欲谦光,亦不可得已。'……梁台建,为散骑常侍、吏部尚书,兼右仆射。高祖受禅,为尚书仆射,封建昌县侯,邑千户,常侍如故。"

《李谱》:刘勰三十三岁,写成《文心》,干誉于沈约。《新笺》:刘勰本年三十七八岁。成书于中兴二年三月之前(已见前说),献书沈约亦在和帝时。杨云:"约仕齐世,和帝时最为贵盛;官骠骑司马,迁梁台吏部尚书兼右仆射。名虽府僚,实则权侔宰辅。舍人之无由自达,当在此时。"《李表》:三十八岁,《文心》书成,取定沈约。《严考》:三十七岁,起家奉朝请。《霍谱》《凌谱》《詹表》《穆谱》:三十八岁,起家奉朝请。

【汇考】刘勰三十六岁。撰成《文心雕龙》,并取定于沈约。《文心》之撰,需时四年而毕于本年三月,前文已作详考。其成于此时之主要依据为《时序》篇:"暨皇齐驭宝,运集休明。太祖以圣武膺箓,高祖以睿文纂业,文帝以贰离含章,中宗以上哲兴运;并文明自天,缉遐景祚。今圣历方兴,文思光被,海岳降神,才英秀发;驭飞龙于天衢,驾骐骥于万里。经典礼章,跨周轹汉,唐虞之文,其鼎盛乎!"清人刘毓崧《书文心雕龙后》,据此详考其成书、献书之时,向为论者所宗,其文为:

"《文心雕龙》一书,自来皆题梁刘勰著,而其著于何年,则多弗深考。予谓勰虽梁人，而此书之成，则不在梁时，而在南齐之末也。观于《时序》篇云：'暨皇齐驭宝，运集休明。太祖以圣武膺箓，世祖以睿文纂业，文帝以贰离含章，高宗以上哲兴运，并文明至天，缉遐（疑当作熙）景祚。今圣历方兴，文思光被'云云。此篇所述，自唐虞以至刘宋，皆但举其代名，而特于齐上加一'皇'字，其证一也。魏晋之主，称谥号而不称庙号，至齐之四主，惟文帝以身后追尊，止称为帝，馀并称祖称帝，其证二也。历朝君臣之文，有褒有贬，独于齐则竭力颂美，绝无规过之词，其证三也。东昏上高宗之庙号，系永泰元年八月事，据'高宗兴运'之语，则成书必在是月以后。梁武帝受和帝之禅位，系中兴二年四月事，据'皇齐驭宝'之语，则成书必在是月以前。其间首尾相距，将及四载，所谓'今圣历方兴'者，虽未尝明有所指，然以史传核之，当是指和帝而非指东昏也。《梁书勰传》云'撰《文心雕龙》既成，未为时流所称，勰自重其书，欲取定于沈约。约时贵盛，无由自达，乃负其书，候约出，干之于车前。约便命取读，大重之。'今考约之事东昏侯也，官司徒左长史、征虏将军、南清河太守，虽品秩渐崇，而未登枢要；较诸同时之贵幸，声势曾何足言。及其事和帝也，官骠骑司马，迁梁台吏部尚书，兼右仆射。维时梁武尚居藩国，而久已帝制自为，约名列府僚，而实则权侔宰辅，其委任隆重，即元勋宿将，莫敢望焉。然则约之贵盛，与勰之无由自达，皆不在东昏之时，而在和帝之时明矣。且勰为东莞莒人，此郡侨置于京口，密迩建康，其少时居定林寺十馀年，故晚岁奉敕撰经证功，即于其地，则踪迹常在都城可知。约自高宗朝由东阳征还，任内职最久，其为南清河太守，亦京口之侨郡，与勰之桑梓甚近；加以性好坟籍，聚书极多，若东昏时此书业已流行，则约无由不见。其必待车前取读，始得其书者，岂非以和帝时书适告成，故传播未广哉？和帝虽受制于人，仅同守府，然天命一日未改，固俨然共主之尊，勰之'扬言赞时'，亦儒生之职分。其不更述东昏者，盖和帝与梁武举义,本以取残伐暴为名,故特从而削之,亦犹文帝之后,不叙郁林王与海陵王,皆以其丧国失位而已。东昏之亡,在和帝中兴元年十二月,去禅代之期,不满五月,勰之负书干约,当在此数月中。故终齐之世,不获一官,而梁武天监之初,即起家奉朝请,未必非约延举之力也。至于沈之《宋书》,成于齐世祖永明六年,而自来皆题梁沈约撰,与勰之此书,事正相类。特约之序传言成书年月,而勰之《序志》未言成书年月,故人但知《宋书》成于齐,而不知此书亦成于齐耳。"①

此考共举三证:一据《时序》篇以证《文心》必成于和帝之世;二据沈约之"贵盛",以证负书干约亦在和帝之时;三据梁初刘勰始起家奉朝请,以证沈约延举之力,正在和帝时"书适告成"之后。三者互证,理周事密,故范、杨诸家,多本此以定《文心》成书之年。然三证之中,仍稍有可酌者。负书干约必在本年,未必在齐末和帝之时。刘毓崧谓:"东昏之亡,在和帝中兴元年十二月,去禅代之期,不满五月,勰之负书干约,当在此数月中。"此说不确。查东昏被杀之日为中兴元年十二月六日,齐和帝禅梁在中兴二年三月二十八日,实不足四月。到天监元年四月八日,萧衍正式即皇帝位,才正好四月一百二十日②。刘勰在此四月之内,撰成《时序》以下六篇,立即负书干约实无可能。自本年正月,萧衍即"内有受禅之志,沈约微扣其端"矣③。到三月二

---

① 《通义堂文集》卷十四。
② 《南齐书·东昏侯纪》:永元三年(自三月起,同时为和帝中兴元年)"十二月丙寅(六日),新除雍州刺史王珍国、侍中张稷率兵入殿废帝,时年十九。……直后张齐斩首送梁王。"又《和帝纪》:中兴二年三月,"车驾东归至姑熟。丙辰(二十八日),禅位梁王"。《梁书·武帝纪上》:中兴二年三月,"丙辰,齐帝禅位于梁王。诏曰:……(四月)壬戌(四日),策曰……是日,太史令蒋道秀陈天文符谶六十四条,事并明著,群臣重表固请,乃从之"。又,《武帝纪中》:"天监元年夏四月丙寅(八日),高祖即皇帝位于南郊。"
③ 《资治通鉴》卷一四五《梁纪一》。

十八日和帝禅梁之前,沈约乃禅代活动之主谋,《梁书·沈约传》记有之:"高祖命草其事,约乃出怀中诏书并诸选置,高祖初无所改。俄而(范)云自外来,至殿门不得入,徘徊寿光阁外,但云'咄咄'。约出,问曰:'何以见处?'约举手向左,云笑曰:'不乖所望。'有顷,高祖召范云谓曰:'生平与沈休文群居,不觉有异人处;今日才智纵横,可谓明识。'云曰:'公今知约,不异约今知公。'高祖曰:'我起兵于今三年矣,功臣诸将,实有其劳,然成帝业者,乃卿二人也。"沈约在助成梁武帝业之中,"才智纵横"之谋,正在此三月中。既是改朝换代,其可悠然自得?此时之沈约,地位固然重要,枢要确是在握,刘勰亦"无由自达"。然彦和岂能如此急不可待,必在是时负书干约?沈约又何能在此紧急关头,取读车前而评以"深得文理"?刘勰本传谓《文心》"既成,未为时流所称",然后才欲取定沈约。则是书成之后,必相距有时,始知是否为"时流所称",是亦三月之内所不容。故饶宗颐以为,负书干约必在梁武受禅之后①,此说甚是。然饶说与谓《文心》成书于天监二年以后者不同②,负书干约虽在禅梁之后,却必在本年之内。

奉书求誉,既无待于沈约"贵盛"之极,禅梁之后,约亦非不

---

① 《〈文心雕龙·声律篇〉与鸠摩罗什〈通韵〉》,《中华文史论丛》1985年第3辑。
② 贾树新《关于〈文心雕龙〉的成书时间及刘勰生卒年的新探》以为成书于天监二年(见《四平师院学报》1980年第3期),施助、广信《关于〈文心雕龙〉著述和成书年代的探讨》以为成书于天监七年左右(见《文学评论丛刊》1979年第3辑),叶晨晖《〈文心雕龙〉成书的时间问题》以为成书于天监六、七年(见《山西大学学报》1979年第3期),张恩普《〈文心雕龙〉成书年代辨》认为:"约在天监元二年完成全书……书成后经过一个阶段的流布,约三四年,大约在天监六年左右取定沈约(《隆兴佛教编年通论》云:'中书令沈约绝重其书。'考沈约任中书令乃在天监六年)"(见《东北师大学报》1984年第2期)。

"贵盛"。《梁书·沈约传》云:"高祖受禅,为尚书仆射,封建昌县侯,邑千户,常侍如故。又拜约母谢为建昌国太夫人。奉策之日,右仆射范云等二十余人咸来致拜,朝野以为荣。俄迁尚书左仆射,常侍如故。寻兼领军,加侍中。"未及一年而三迁其位,封侯拜相,岂不"贵盛"?《梁书·良吏·孙谦传》谓:"天监初,沈约、范云,当朝用事。"又,《南史·齐本纪下》:中兴二年四月"梁受命,奉(和)帝为巴陵王,宫于姑孰,……梁武帝欲以南海郡为巴陵国邑而迁帝焉,以问范云,云俯首未对。沈约曰:'今古殊事,魏武所云,"不可慕虚名而受实祸。"'梁武领之。于是遣郑伯禽进以生金,帝曰:'我死不须金,醇酒足矣。'乃引饮一升,伯禽就加折焉。"于此知沈约在天监初之权势,其于延誉刘勰,何足道哉!然刘勰之负书干约必在天监二年沈约丁母忧之前,以刘勰于天监三年初为临川王萧宏记室推之,其任奉朝请必在天监二年,故负书干约,当在本年萧梁王朝就绪后之下半年内。

考刘勰之干誉于沈约,非唯"贵盛",亦以其为齐梁文坛领袖;至于论文,更是当时唯一知音者。刘勰得沈约之"大重",向有非议,范、杨已有详辨。《文心雕龙·声律》范注云:"彦和于《情采》《镕裁》之后,首论声律。盖以声律为文学要质,又为当时新趋势,彦和固教人以乘机无怯者,自必畅论其理。而或者谓彦和生于齐世,适当王、沈之时,又《文心》初成,将欲取定沈约,不得不枉道从人,以期见誉。观《南史》舍人传,言约既取读,大重之,谓深得文理,知隐侯所赏,独在此一篇矣。……"杨明照《新笺》:"舍人书中,适有《声律》一篇。休文之大重,固不必仅在乎此;然以此引为知音,则意中事也。……清纪昀《沈氏四声考》(卷下)乃谓:'休文四声之说,同时诋之者钟嵘,宗之者刘勰。嵘以名誉相轧,故肆讥弹;勰以宗旨相同,故蒙赏识。文章门户,自昔已然;千古是非,于何取定？'空谈门户，浑言是非，殊有未安。所撰《四库全书总目提要》集部总序卷一四八又谓：'诗文评之作，著于齐梁。观同一八病四声也，钟嵘以求誉不遂，乃致讥排；刘勰以知遇独深，继为推阐。词场恩怨，亘古如斯！'其说亦与事实不符。寻《文心》之定名也，数彰大衍，舍人已自言之（见《序志》篇）。是其负书干约之前，原有《声律》一篇（《序志》篇有"阅声字"语）在内。非感恩知遇，始为推阐也。且声律之说，齐永明时已有争论（永明末，沈约、谢朓、王融以气类相推毂，高唱声韵，陆厥即不谓然，曾与约书致诘，约亦以书答之……）；而《文心》为'弥纶群言'之文论专著，特辟一篇论之，乃势理之所必然。况舍人所论，颇能自出机杼，并非与休文雷同一响。近人黄侃竟以'随时'（见《文心雕龙·声律篇》札记）相讥，亦复非是。"二说已臻详备，可稍事缀补者，刘勰之声律论，乃按自然之道立论，其谓："夫音律所始，本于人声者也。声含宫商，肇自血气，先王因之，以制乐歌。"与沈约之论异趣。又，就在本年，沈约尚以"行中水，作天子"之谶向萧衍劝进。而刘勰《文心》之《正纬》，却大论其伪，斥为"伎数之士，附以诡术"。则沈约"深得文理"之评，"门户"安在？

负书干约既在本年，《文心》之成书，必在其先。刘毓崧据《时序》考《文心》成书之时在本年四月之前，所举三证必互为表里，构成整体，方为确证。若断章取义，孤立曲解，论自难立。如"皇齐"二字，孤立而言，非齐人而称"皇齐"者有之，如非汉人而称"皇汉"者有之，若刘勰偶有"皇齐"二字，固不足为据。然如刘氏所云："此篇所述，自唐虞以至刘宋，皆但举其代名，而特于齐上加一'皇'字，其证一也。"其列论"十代"，九代皆但举代名，而独称"皇齐"，其义自明；何况十代之主，唯称齐帝庙号、唯于齐代之主有褒无贬？杨明照释"皇齐"，举证甚详，如云："自齐入梁的刘勰，在其著作中对齐的称呼，前后是不相同的。他在齐末撰写《文心雕龙》时，称齐为'皇齐'，是对当时王朝例行的尊称；入梁以后，天监十六年左右撰写《梁建安王造剡山石城寺石像碑》叙述齐代事迹时，则只称为齐（文中凡两见），并未冠有'皇'（或'大'）字，而于梁则称为'大梁'（文中凡两见），同样是对当时王朝例行的尊称。同一齐代也，刘勰称呼上的前后差异，正是写作年代不同的显著标志，也是最可靠的第一手资料。"①此证充分说明，刘勰之称"皇齐"绝非偶然；《文心》必成于齐末，已无庸置疑。

天监二年（503）癸未

正月，以尚书仆射沈约为左仆射，吏部尚书范云为右仆射。五月，范云卒。十一月，沈约以母忧解职。十月，萧纲生。

《道学传》："梁武帝天监二年，置大小道正。平昌孟景翼，字道辅，时为大正，屡为国讲说。"②《梁书·处士·陶弘景传》："义师平建康，闻议禅代，弘景援引图谶，数处皆成'梁'字，令弟子进之。高祖既早与之游，及即位后，恩礼逾笃，书问不绝，冠盖相望。"《隋书·经籍志四》："武帝弱年好事，先受道法，及即位，犹自上章，朝士受道者众。三吴及边海之际，信之逾甚。"

《杨笺》："《宋书·百官志下》：'奉朝请，无员，亦不为官。汉东京罢省三公，外戚、宗室、诸侯，多奉朝请。奉朝请者，奉朝会请召而已。'据下临川王宏引兼记室推之，舍人起家奉朝请，当在天

---

① 《〈文心雕龙·时序篇〉"皇齐"解》，《文学遗产》1981年第4期。《梁建安王造剡山石城寺石像碑》文有关称谓："至齐永明四年，有僧护比丘……次有僧淑比丘，纂修厥绪，虽劬劳招奖，夙夜匪懈，而运属齐末，资力莫由；千仞亏其积跬，百仞亏其覆篑。暨我大梁受历，道铸域中……以大梁天监十有二年，岁次鹑尾……"
② 《太平御览》卷六六六引。

监三年前两年中事也。"《陆表》《李表》：刘勰三十九岁，起家奉朝请。《王谱》《龚表》：四十岁，起家奉朝请。《李谱》：三十四岁，起家奉朝请。

【汇考】刘勰三十七岁。《梁书·刘勰传》谓"天监初，起家奉朝请"，事在本年。奉朝请既不为官，刘勰当仍住定林寺内，本年为入寺之第十四年。

天监三年(504)甲申

四月，梁武帝敕舍道事佛："天监三年四月八日，梁国皇帝兰陵萧衍稽首和南……弟子经迟迷荒，耽事老子，历叶相承，染此邪法。习因善发，弃迷知返，今舍旧医，归凭正觉。愿使未来世中，童男出家，广弘经教，化度众生。"①四月十一日又敕："大经中说，道有九十六种，唯佛一道，是于正道，其余九十五种，皆是外(邪)道。朕舍外道，以事如来，若有公卿能入此誓者，各可发菩提心。老子、周公、孔子等，虽是如来弟子，而为化既邪，止是世间之善，不能革凡成圣。公卿百官，侯王宗室，宜反伪就真，舍邪入正。"②

《张考》：刘勰三十四岁，《文心雕龙》撰成。《翁表》：三十六岁，起家奉朝请，临川王萧宏引兼记室。《李谱》：三十五岁，兼萧宏记室。《兴表》：三十九岁，为萧宏记室。《霍谱》《陆表》《穆谱》：四十岁，任萧宏记室。《王谱》《龚表》：四十一岁，兼萧宏记室。《严考》：萧宏引为记室在天监三、四年间(四十、四十一岁间)。《李表》：任萧宏记室在天监三至五年间(四十至四十二岁间)。《杨笺》："舍人被引兼记室，当在天监三年内，为时或未过

---

① 《舍道事佛疏文》，《全梁文》卷六。
② 《敕舍道事佛》，《全梁文》卷四。以上两文又见《广弘明集》卷四释道宣《叙梁武帝舍事道法》，文字略有出入。

一载,临川王进号可案也。"《新笺》:"舍人被引兼记室,当始于天监三年正月以后,萧宏进号可案也。"

【汇考】刘勰三十八岁。翁、李、兴、霍、陆、穆、王、龚、杨诸说,以刘勰于本年引兼临川王萧宏记室,是。刘勰本传谓:"中军临川王引兼记室",案《梁书·武帝纪中》:天监元年,"以弟中护军宏为扬州刺史,封为临川郡王。……三年春正月戊申,后将军、扬州刺史临川王宏进号中军将军"。则刘勰为其记室,即在王宏正月开府置佐之际。《高僧传·僧祐传》:"梁临川王宏、南平王伟……并崇其戒范,尽师资之敬。"是知刘勰之入仕,僧祐或有与力。

天监四年(505)乙酉

正月,梁置五经博士。《梁书·武帝纪中》:天监"四年春正月癸卯朔,诏曰:'今九流常选,年未三十,不通一经,不得解褐。若有才同甘、颜,勿限年次。'置五经博士各一人。"六月庚戌,立孔子庙。

《梁书·儒林传论》:"中原横溃,衣冠殄尽,江左草创,日不暇给,以迄于宋、齐,国学时或开置,而劝课未博,建之不及十年,盖取文具,废之多历世纪,其弃也忽诸。乡里莫或开馆,公卿罕通经术,朝廷大儒,独学而弗肯养众;后生孤陋,拥经而无所讲习,三德六艺,其废久矣。高祖有天下,深悯之,诏求硕学,治五礼,定六律,改斗历,正权衡。天监四年,诏曰:'二汉登贤,莫非经术,服膺雅道,名立行成。魏、晋浮荡,儒教沦歇,风节罔树,抑此之由。朕日昃罢朝,思闻俊异,收士得人,实惟酬奖。可置五经博士各一人,广开馆宇,招内后进。'于是以平原明山宾、吴兴沈峻、建平严植之、会稽贺玚补博士,各主一馆。馆有数百生,给其饩廪。其射策通明者,即除为吏。十数年间,怀经负笈者云会京师。"

江淹卒。

《杨笺》:"舍人迁任此职(车骑仓曹参军),盖在天监四年中。"《翁表》:刘勰三十七岁,迁车骑仓曹参军,"因为萧宏领军进攻北魏"。《陆表》:四十一岁,迁车骑仓曹参军。《王谱》《龚表》:四十二岁,迁车骑仓曹参军。

【汇考】刘勰三十九岁。《梁书》本传所云"迁车骑仓曹参军",事在本年。案:"车骑仓曹参军"乃车骑将军之仓曹参军。《南齐书·百官志》:"骠骑将军、车骑将军、卫将军……凡公督府置佐:长史、司马各一人,咨议参军二人。诸曹有录事、(功曹)、记室、户曹、仓曹……十八曹。局曹以上署正参军,法曹以下署行参军,各一人。"《隋书·百官志上》:"梁武受命之初,官班多同宋、齐之旧。"考天监元年至八年间之车骑将军,唯夏侯详、王茂二人。《梁书·王茂传》:"(天监)七年,拜车骑将军,太子詹事如故。八年,以本号开府仪同三司、丹阳尹,侍中如故。"若刘勰为王茂之仓曹参军,则必在天监七年以后。仓曹参军职掌仓账出入,定员一人,则天监七、八年间刘勰必不可能担任此职(详见该年)。王茂之前为车骑将军者乃夏侯详。《梁书·夏侯详传》:"天监元年,征为侍中、车骑将军,论功封宁都县侯。……三年,迁使持节、散骑常侍、车骑将军、湘州刺史。详善吏事,在州四载,为百姓所称。"则夏侯详之任车骑将军,由天监元年直到六年,若刘勰于天监六年前为车骑仓曹参军,自然是夏侯详之仓曹参军。刘勰离萧宏记室之任,最晚在本年十月。《梁书·武帝纪中》:天监四年"冬十月丙午,北伐,以中军将军、扬州刺史临川王宏都督北讨诸军事"。而萧宏北伐期间,记室之职,已易丘迟。《梁书·文学上·丘迟传》:天监"四年,中军将军临川王宏北伐,迟为咨议参军,领记室"。案记室之职,掌文书,为十八曹参军之一,与仓曹参军同列皆定员一人。中军将军位略次于车骑将军①，其置官基本一致，不可能同时设记室二人。故本年十月之后，刘勰已迁夏侯详之仓曹参军②。

天监五年（506）丙戌

　　天监元年，豫州刺史陈伯之奉齐主兵败，北入魏。《梁书·陈伯之传》："天监四年（十月），诏太尉、临川王宏率众军北讨。"本年三月，萧宏命记室丘迟私与陈伯之书，其末云："暮春三月，江南草长，杂花生树，群莺乱飞。见故国之旗鼓，感平生于畴日，抚弦登陴，岂不怆恨。所以廉公之思赵将，吴子之泣西河，人之情也。将军独无情哉！想早励良图，自求多福。"陈伯之乃拥兵八千归梁。

　　昭明太子萧统于六月庚戌出居东宫。

　　《翁表》：刘勰三十八岁，出任太末令。

　　【汇考】刘勰四十岁，继任车骑将军夏侯详之仓曹参军。

天监六年（507）丁亥

　　《梁书·武帝纪中》：天监六年四月，"以中军将军、扬州刺

---

① 《南齐书·百官志》列其次第为骠骑将军、车骑将军、卫将军、镇军将军、中军将军……。《隋书·百官志上》载梁代官制，以镇军将军、卫将军、骠骑将军四号为最高之二十四班；中军将军则为二十三班；时"以班多为贵"。

② 刘勰任夏侯详之仓曹参军，其说最早出于《陆表》："从天监三年七月到六年六月，担任车骑将军的是夏侯详（原注：参看《梁书·夏侯详传》及万斯同《梁将相大臣年表》），刘勰就做他的僚属。"其后，1978年上海古籍出版社出版之陆侃如、牟世金合著《刘勰和文心雕龙》、1981年齐鲁书社出版之陆、牟合著《文心雕龙译注》，均取此说。1985年《文献》第2期发表刘仁清《刘勰兼任中军临川王记室时间考》一文，对此又有进一步之详论。

史临川王宏为骠骑将军、开府仪同三司……右光禄大夫沈约为尚书左仆射"。六月,"以车骑将军、湘州刺史夏侯详为右光禄大夫"。闰十月,"以骠骑将军、开府仪同三司临川王宏为司徒、行太子太傅,尚书左仆射沈约为尚书令、行太子少傅……以右光禄大夫夏侯详为尚书左仆射"。十二月,"尚书左仆射夏侯详卒"。

范缜著《神灭论》。论出,梁武帝发动朝野六十馀人展开大论战,而未能屈缜①。

徐陵生。

《李谱》:刘勰三十八岁;《王谱》《龚表》:四十四岁,奉敕与僧智、僧晃等于定林寺抄一切经论。《霍谱》《凌谱》:四十三岁,迁车骑仓曹参军。王金凌谓迁任此职"当在天监六年夏四月丁巳",但未举证所据。《杨笺》:"按出令太末之年,虽无明文,然以下文推之,必在天监十年之前。政有清绩,为时匪暂。假定居此职为二、三年,则出任当在天监六、七年中。"《陆表》:四十三岁,出为太末令。

【汇考】刘勰四十一岁。本年六月之前,继任车骑仓曹参军;七月之后,则出为太末令。《陆表》:"刘勰到太末的时间,可以根据夏侯详的调职来推测。夏侯详在六年六月改任尚书右仆射,刘勰也可能同时离开仓曹。"此说是,但夏侯详六月之改职,据上引《梁书·武帝纪》应为右光禄大夫,其授尚书左仆射,在闰十月,亦非"右仆射"。案古之官制,多因人而设,其人升调或卒官之后,其官府往往不复存在,其僚属亦多随之离散。如夏侯详于本年六月授右光禄大夫后,未必同时委以他人继任其车骑将军之职、号。

---

① 详见《弘明集》卷九、卷十,《广弘明集》卷二十二。

年　谱

且同一称号之将军,复以实职各异而变化甚多,如同一车骑将军,但非湘州刺史之夏侯详,其属员亦将大异。《梁书·王茂传》:天监"六年,迁尚书右仆射,常侍如故。固辞不拜,改授侍中、中卫将军,领太子詹事。七年,拜车骑将军,太子詹事如故。八年,以本号开府仪同三司、丹阳尹,侍中如故"。王茂虽号车骑将军,亦必置仓曹、记室等属官,却与夏侯详之僚佐完全不同。是夏之改职,刘勰亦于同时离其仓曹。据刘勰本传,其任车骑仓曹参军之后"出为太末令",时在本年七月之后。

李、王、龚三家以为刘勰与僧智、僧晃等入定林寺抄经始于本年,唯据《高僧传二集·僧旻传》之如下记载:"天监六年,制注《般若经》,以通大训,朝贵皆思弘厥典。又请京邑五大法师,于五寺首(李作"宣")讲。以旻道居其右,乃眷帝情,深见悦可,因请为家僧,四时供给。又敕于惠轮殿讲《胜鬘经》,帝自临听。仍选才学道俗,释僧智、僧晃、临川王记室东莞刘勰等三十人,同集上定林寺,抄一切经论。以类相从,凡八十(八)卷,皆令取衷于旻。"以上所志凡五事:一、制注《般若经》;二、请五大法师首讲;三、请旻为家僧而"四时供给";四、敕惠轮殿讲经;五、请僧智等三十人集定林寺抄经。查其文意,是否五事全在天监六年,实有可疑。刘勰之参与抄经当在下年。

天监七年(508)戊子

正月,下《立学诏》。《梁书·儒林传论》:"七年,又诏曰:'建国君民,立教为首,砥身砺行,由乎经术。朕肇基明命,光宅区宇,虽耕耘雅业,傍阐艺文,而成器未广,志本犹阙,非以镕范贵游,纳诸轨度,思欲式敦让齿,自家刑国。今声训所渐,戎夏同风,宜大启庠教,博延胄子,务彼十伦,弘此三德,使陶钧远被,微言载表。'于是皇太子、皇子、宗室、王侯始就业焉。高祖亲屈舆驾,释奠于先师先圣,申之以宴语,劳之以束帛,济济焉,洋洋焉,大道之行也如是。"

《梁书·安成康王秀传》:天监七年,"迁都督荆湘雍益宁南北梁南北秦州九州诸军事、平西将军、荆州刺史。其年,迁号安西将军。立学校,招隐逸。下教曰:'夫鹑火之禽,不匿影于丹山;昭华之宝,乍耀采于蓝田。……既同魏侯致礼之请,庶无辟彊三缄之叹'"。

集僧俗编撰《众经要抄》。释宝唱《经律异相序》:"圣旨以为像正浸末,信乐弥衰,文句浩漫,鲜能该洽。以天监七年,敕释僧旻等备抄众典,显证深文,控会神宗,辞略意晓,于钻求者,已有太半之益。"①《高僧传二集·宝唱传》:"天监七年,帝以法海浩瀚,浅识难寻,敕庄严(寺)僧旻,于定林上寺缵《众经要抄》八十八卷。"费长房《历代三宝记》:"《众经要抄》一部并目录,八十八卷。……天监七年十一月,帝以法海浩博,浅识窥寻,卒难该究。因敕庄严寺沙门释僧旻等于定林上寺,辑撰此部,到八年夏四月方了。"

丘迟卒。任昉卒。萧绎生。

《新笺》:刘勰自天监三年正月被引兼萧宏记室,至"天监七年十一月之前,舍人仍任职萧宏府中,故道宣称其衔也"。《李谱》亦主杨说,以刘勰任萧宏记室至本年,然《新笺》刘勰四十三四岁,《李谱》则为三十九岁。《翁表》:四十岁,"除仁威王记室,兼东宫通事舍人"。《詹表》《穆谱》《李表》:四十四岁,参与编撰《众经要抄》。《王谱》《龚表》:四十五岁,出任太末令。

【汇考】刘勰四十二岁,继续在太末令任上,十一月至下年四

---

① 《全梁文》卷七十四。

月内,参与《众经要抄》之编撰。案《众经要抄》之辑,梁释宝唱之序为证最力。《宝唱传》云:"天监七年……(引如上,略)又敕开善(寺)智藏,缵众经理义,号曰《义林》,八十卷。又敕建元(寺)僧朗,注《大般涅槃经》,七十二卷。并唱奉别敕,兼赞其功,纶综终始,辑成部帙。"故知宝唱实《众经要抄》等三经之总编。宝唱既自谓《众经要抄》乃天监七年敕抄,隋费长房之《历代三宝记》、唐释道宣之《高僧传二集》,亦以其始于七年,则天监六年之说必误。《王谱》《李谱》皆云:《僧旻传》所述集上定林寺抄一切经论之事,与《宝唱传》所载,疑"同为一时之事,或此次校经,于六年始功,七年完成,故各传分别记载,要不相悖"(《李谱》改"七年完成"为"七年赓续其事",馀同)。按《僧旻传》与《宝唱传》同为道宣所撰,本不相悖,只如上年所考,误以《僧旻传》所叙五事为一年耳。《费记》明确记其始于七年十一月,则"七年赓续"或"七年完成"之说,均违其实。然宝唱之序、费长房之记及道宣之两传,所述"同为一时之事"则无疑(以僧旻为首,始于天监七年,集上定林寺辑成《众经要抄》八十八卷),故刘勰曾参与其事。唯《僧旻传》所署"临川王记室东莞刘勰",显然是道宣之误。所谓"临川王记室",按刘勰本传,实为中军将军临川王之记室,不可泛指临川王其后为骠骑将军、大将军或司徒、司空之记室。同是记室而官阶大别,《隋书·百官志上》载梁之官制,记室有二至六班多种,以其所主不同而异。而萧宏于天监六年四月迁骠骑将军,同年十月为司徒、太傅,八年四月,又为司空、扬州刺史,则天监七、八年间之"临川王记室",去"中军临川王记室"远矣。故道宣之误记,不足为刘勰任临川记室至本年之据。

天监八年(509)己丑

《梁书·武帝纪中》,五月壬午,诏曰:"学以从政,殷勤往哲,禄在其中，抑亦前事。朕思阐治纲，每敦儒术，轼间辟馆，造次以之。故负袂成风，甲科间出，方当置诸周行，饰以青紫。其有能通一经、始末无倦者，策实之后，选可量加叙录。虽复牛监羊肆，寒品后门，并随才试吏，勿有遗隔。"

僧祐奉敕助释法悦铸丈八铜像。《高僧传·法悦传》："宋明皇帝经造丈八金像，四铸不成。……以梁天监八年五月三日，于小庄严寺营铸，匠本量佛身四万斤铜，融泻已竭，尚未至胸……悦、靖二僧，相次迁化。敕以像事委定林僧祐。其年九月二十六日，移像光宅寺。……自葱河以左，金像之最，唯此一耳。"又，《僧祐传》："祐为性巧思，能自准心计，及匠人依标，尺寸无爽，故光宅(寺)嵝山大像、剡县石佛等，并请祐经始，准画仪则。"

《新笺》：四月撰经功毕，迁车骑仓曹参军。《李谱》：刘勰四十岁；《詹表》《穆谱》《李表》：四十五岁，任车骑仓曹参军。《霍谱》《凌谱》：四十五岁，出为太末令。

【汇考】刘勰四十三岁，四月撰《众经要抄》毕，继续为太末令。其撰经期间，未离太末令之职。

天监九年(510)庚寅

正月，以沈约为左光禄大夫，行少傅如故。三月、十二月，梁武帝两度驾幸国子学，亲临讲肆，策试胄子。

《李谱》：刘勰四十一岁；《詹表》《穆谱》：四十六岁，出为太末令。

【汇考】刘勰四十四岁，太末令。《梁书·刘勰传》："出为太末令，政有清绩。"刘勰于天监六年七月为太末令，至本年七月，已届三年，此间尚有约半年参与《众经要抄》之撰辑，其能"政有清绩"，刘勰之政治才能可见。据《南齐书·武帝纪》永明元年三月诏："莅民之职，一以小满为限。"何谓"小满"？《南史·恩幸·吕文显传》云："晋、宋旧制，宰人之官，以六年为限，近世以六年过久，又以三周为期，谓之小满。而迁换去来，又不依三周之制，送故迎新，吏人疲于道路。"视此，则往往有不足三周年便又"疲于道路"者矣。刘勰为太末令，既云"小满"，自当另调他职。按《梁书》刘勰本传所载，太末令之后乃"除仁威南康王记室，兼东宫通事舍人"，然此职最早当始于下年正月（下详），则或以其"政有清绩"，"小满"之后，又延续四五月；或以就太末令之任，不始于天监六年之七月，而在当年之末。此固难分毫不爽，然刘勰之太末令必止于本年，车骑仓曹参军亦必终于天监六年（夏侯详卒于此年十二月丙辰），则可肯定无疑。

天监十年（511）辛卯

《梁书·武帝纪中》：正月，以轻车将军南康王绩为南徐州刺史。

《李表》：刘勰四十七岁，任太末令。《杨笺》："舍人领南康王记室，自天监十年起，至十五或十六年乃止。"《严考》："领南康王记室兼东宫通事舍人，当是天监十年至十六年事，亦彦和四十六至五十二岁时也。"《霍谱》《陆表》：四十七岁，除仁威南康王记室。《王谱》《龚表》：四十八岁，任仁威南康王记室。

【汇考】刘勰四十五岁，除仁威南康王记室，兼东宫通事舍人。《梁书·南康简王绩传》："南康简王绩，字世谨，高祖第四子。天监八年，封南康郡王，邑二千户。出为轻车将军，领石头戍军事。十年，迁使持节、都督南徐州诸军事、南徐州刺史，进号仁威将军。绩时年七岁……"据《武帝纪》，其领南徐州刺史在本年正月，则进号仁威将军亦在同时。刘勰除为仁威将军南康王萧绩之记室，即在此时。案刘勰先为中军将军萧宏记室，继任车骑将军夏侯详之仓曹参军，据《隋书·百官志上》，中军将军为二十三班，车骑将军为二十四班（将军之最高级），何以在太末令"政有清绩"之后，乃除十六班之仁威将军记室？按齐梁之制，虽地方官吏"以小满为限"，亦有明诏："其有声绩克举，厚加甄异；理务无庸，随时代黜。"①刘勰除南康记室而兼东宫通事舍人，亦有"厚加甄异"之意耶？

东宫通事舍人之职，梁列末班，陈属九品②。官品虽低，然如杨明照《新笺》所举：《梁书·文学上·庾於陵传》："旧事，东宫官属，通为清选。……近世用人，皆取甲族有才望（者）。时於陵与周舍并擢充职，高祖曰：'官以人而清，岂限以甲族。'"刘勰既非甲族，则以"才望"兼舍人，亦为重用。视此，刘勰除为仁威将军之记室，与兼东宫通事舍人可能有一定联系。而诸家谱表，往往以"除仁威南康王记室"与"兼东宫通事舍人"，为异时之二事。如《霍谱》以刘勰天监十年为记室，十四年兼舍人；《陆表》以十年为记室，十五年兼舍人；《王谱》《龚表》皆以十年任记室，十六年兼舍人；《李谱》则以十一年除记室，十六年兼舍人等。

杨明照之新旧《笺注》未曾明确系年，然可寻其大略。《旧笺》谓领南康王记室始于天监十年，"兼东宫通事舍人"句笺，引《宋书·百官志》《隋书·百官志》及《梁书·庾於陵传》后云："是舍人兼任此职匪轻，昭明太子之爱接，当亦由此时始也。"《新笺》增引《梁书·庾肩吾传》《何思澄传》及《陈书·殷不害传》之后亦云："舍人亦文学之士，昭明爱接，谅由此时始。"两处之"此时"虽所指不同，然非其引文所及之时甚明（庾於陵与周舍共职东宫在天监初，殷不害为舍人在大同五年，昭明卒已八年），故当指刘勰

---

① 《南齐书·武帝纪》永明元年诏。
② 见《隋书·百官志上》，九品亦为末品。

任萧绩记室之时，即《旧笺》之"天监十年起"，《新笺》则为十一、二年起。然记室与舍人二职是同时兼任或相间有时，杨笺未明。

史称"兼""领"，虽无明文称为同时，然其本义已明。《韩非子·用人》："使士不兼官，故技长……人臣安乎以能授职，而苦乎以一负二。"注："谓一身两役也。"所谓"兼"，就是"以一负二""一身两役"。以《梁书》而言，如《袁昂传》："六年，征为吏部尚书，累表陈让，徙为左民尚书，兼右仆射。七年，除国子祭酒，兼仆射如故……八年，出为仁威将军、吴郡太守。十一年，入为五兵尚书，复兼右仆射。"此三"兼"，一为左民尚书兼右仆射，一为国子祭酒兼右仆射，一为五兵尚书兼右仆射，皆一身两役，同时承担。若以本官兼任他官，非为同时授职，则如《武帝纪》所说：天监十一年，"以吴郡太守袁昂兼尚书右仆射"，而其为吴郡太守，早在天监八年，其区分甚明。又如《江淹传》："永明初……还为骁骑将军，兼尚书左丞，寻复以本官领国子博士。少帝初，以本官兼御史中丞。"此例所叙三种情形，同时、稍间、远隔之兼官，皆清晰可辨，不容相混。本、兼之职，凡稍有前后，史必明言，如《裴子野传》："吏部尚书徐勉言之于高祖，以为著作郎，掌国史及起居注。顷之，兼中书通事舍人"。《刘孝绰传》："迁太子舍人，俄以本官兼尚书水部郎。"《沈约传》："迁太子家令，后以本官兼著作郎，迁中书郎……俄兼尚书左丞……梁台建，为散骑常侍、吏部尚书，兼右仆射……俄迁尚书左仆射，常侍如故。寻兼领军，加侍中。"其谓"寻兼""俄兼""顷之"等，皆特为指明所兼者稍有间隔；则直书兼某官者，必为同时任命，如沈约之"兼右仆射"，刘勰之"兼东宫通事舍人"等例，史不乏书，无庸详举。明乎此，知刘勰之为萧绩记室与萧统通事舍人，均始于本年正月。

天监十一年（512）壬辰

正月，临川王萧宏进位为太尉，十一月，左迁为骠骑大将军。萧子云撰成《晋书》一百一十卷。

《新笺》："天监十一年左右，仍在太末任内。"《李谱》：刘勰四十三岁，"任仁威南康王记室"。《詹表》《穆谱》：四十八岁，除仁威南康王记室，兼东宫通事舍人。穆云："刘勰任仁威南康王记室，当在天监十一年前后。"

【汇考】刘勰四十六岁，任南康王记室，兼东宫通事舍人。本年萧统十二岁。相传昭明书台遗址在"蒋山定林寺后山北高峰上"①。萧绩为南徐州刺史，南徐州治京口，与东宫相距甚遥，则如《隋书·百官志上》所说："通事舍人，旧入直阁内。梁用人殊重，简以才能，不限资地，多以他官兼领。"是刘勰兼领之初，并未"入直阁内"，而以记室之任为主。本传所云："昭明好文学，深爱接之"，文在"迁步兵校尉"之后。

天监十二年（513）癸巳

九月，以临川王萧宏为司空。

僧祐奉敕专任剡山石城寺佛像事。《高僧传·僧护传》："齐建武中，招结道俗，初就雕剪，疏凿移年，仅成面朴。顷之，护遘疾而亡。……天监六年，有始丰令吴郡陆咸，罢邑还国，夜宿剡溪。值风雨晦冥，咸危惧假寐，忽梦见三道人来告云：'君识信坚正，自然安隐。有建安殿下感患未瘳，若能治剡县僧护所造石像得成就者，必获平豫'……咸即驰启建安王，王即以上闻。敕遣僧祐律师，专任像事。……像以天监十二年春就功，至十五年春竟。坐躯高五丈，立形十丈。"像今尚存，在浙江新昌县大佛寺。

---

① 宋张敦颐《六朝事迹编类》卷上《梁昭明书台》。

沈约卒。庾信生。王褒生。

《李表》：刘勰四十九岁，"任仁威南康王萧绩记室；兼昭明太子萧统的东宫通事舍人，掌管章奏"。

【汇考】刘勰四十七岁，仍为南康王记室，兼东宫通事舍人。考沈约之荣贵，唯在梁建台至天监初年。《梁书·沈约传》：天监九年，以"久处端揆，有志台司，论者咸谓为宜，而帝终不用；乃求外出，又不见许。……（徐）勉为言于高祖，请三司之仪，弗许，但加鼓吹而已"。及其晚年，更与梁武多迕："高祖有憾于张稷，及稷卒，因与约言之。约曰：'尚书左仆射出作边州刺史，已往之事，何足复论。'帝以为婚家相为，大怒曰：'卿言如此，是忠臣邪！'乃辇归内殿。约惧……因病，梦齐和帝以剑断其舌。召巫视之，巫言如梦。乃呼道士奏赤章于天，称禅代之事，不由己出。高祖……及闻赤章事，大怒，中使谴责者数焉，约惧，遂卒。"刘勰之与沈约，除曾负书干誉外，似已别无关系。

天监十三年（514）甲午

正月，以晋安王萧纲为荆州刺史。七月，立皇子萧绎为湘东郡王。

释宝唱撰《名僧传》三十一卷。《高僧传二集·宝唱传》："初，唱天监九年，先疾复动，便发二愿：遍寻经论，使无遗失；搜括列代僧录，创区别之，撰为部帙，号曰《名僧传》，三十一卷，至十三年，始就条列。"

萧统赐庾仲容诗。《梁书·文学下·庾仲容传》："因转仲容为太子舍人……久之，除安成王中记室（安成王秀于本年出为使持节、散骑常侍、都督郢、司、霍三州诸军事、安西将军、郢州刺史），当出随府，皇太子以旧恩，特降钱宴，赐诗曰：'孙生陟阳道，吴子朝歌县，未若樊林举，置酒临华殿。'时辈荣之。"

崔灵恩自魏归梁。《梁书·儒林·崔灵恩传》："崔灵恩，清河东武城人也。少笃学,从师遍通《五经》,尤精《三礼》《三传》。先在北仕为太常博士,天监十三年归国。高祖以其儒术,擢拜员外散骑侍郎,累迁步兵校尉,兼国子博士。"

【汇考】刘勰四十八岁,仍为南康王萧绩记室,兼萧统东宫通事舍人。

天监十四年(515)乙未

正月,高祖临轩,冠昭明太子于太极殿(昭明年十五。太极殿新成于十二年六月)。

钟嵘《诗品》成书于本年前后。案《诗品序》云:"其人既往,其文克定,今所寓言,不录存者。"《南史·文学·钟嵘传》又云:"及(沈)约卒,嵘品古今诗为评,言其优劣。"沈约卒于天监十二年,则《诗品》当撰成于本年前后。其中所评梁代诗人最晚者,除沈约外,尚有鲍行卿、孙察等人。

《魏书·释老志》:"至延昌中(512—515),天下州郡僧尼寺,积有一万三千七百二十七所,徒侣逾众。"

《霍谱》:"五十一岁。是岁昭明太子十五岁。据《昭明太子传》,先生于是年后,兼东宫通事舍人。"《兴表》:五十岁,"刘勰仕于昭明太子为东宫通事舍人"。

【汇考】刘勰四十九岁,仍为南康王萧绩记室,兼昭明太子萧统通事舍人。任舍人与记室分隔数年之说,始于《霍谱》(1936年),前文已总考其"兼"应为同时。霍衣仙之分系(天监十年除仁威南康王记室),所据为《昭明太子传》,虽未详举传文,然不出如下数语:"十四年正月朔旦,高祖临轩,冠太子于太极殿。"似以冠岁之后,始置东宫属官,故谓:"先生于是年后,兼东宫通事舍人。"其说非是。案《昭明传》云:"天监元年十一月,立为皇太子。时太子年幼(时昭明二岁),依旧居于内,拜东宫属官,文武皆入直永福省。太子生而聪睿，三岁受《孝经》《论语》，五岁遍读《五经》，悉能讽诵。五年六月庚戌，始出居东宫。"由是可知，不仅天监五年，萧统已正式进入东宫，且早在天监元年立太子之时，已"拜东宫属官"矣。据近人何融之考，天监元年东宫属官有："范云以吏部尚书领太子中庶子；王暕除太子中庶子；到洽为太子舍人；到沆为太子洗马，管东宫书记；夏侯亹为太子洗马……"①既如此，则刘勰之为东宫通事舍人，何必待天监十四年之后？

天监十五年（516）丙申

五月，以临川王萧宏为中书监。

魏造永宁寺。《魏书·释老志》："肃宗熙平中，于城内太社西，起永宁寺。灵太后亲率百僚，表基立刹。佛图九层，高四十馀丈，其诸费用，不可胜计。"《洛阳伽蓝记》卷一《永宁寺》："永宁寺，熙平元年（516）灵太后胡氏所立也。……中有九层浮图一所，架木为之，举高九十丈。有刹复高十丈，合去地一千尺。去京师百里，已遥见之。……刹上有金宝瓶，容二十五石。宝瓶下有承露金盘三十重，周匝皆垂金铎。复有铁锁四道，引刹向浮图。四角锁上亦有金铎，铎大小如一石瓮子。浮图有九级，角角皆悬金铎，合上下有一百二十铎。浮图有四面，面有三户六窗，户皆朱漆。扉上有五行金钉，其十二门二十四扇（据范祥雍校注本补此句），合有五千四百枚。复有金环铺首，（布）殚土木之功，穷造形之巧。佛事精妙，不可思议。绣柱金铺，骇人心目。至于高风永夜，宝铎和鸣，铿锵之声，闻及十馀里。"

剡山石城寺佛像建成。《高僧传·僧护传》："像以天监十二年春就功，至十五年春竟。"（详见十二年）

---

① 《〈文选〉编撰时期及编者考略》，《国文月刊》1949第76期。

《李谱》:刘勰四十七岁;《霍谱》《陆表》《詹表》《凌谱》《华谱》《穆谱》《李表》:五十二岁;《王谱》《龚表》:五十三岁,撰《梁建安王造剡山石城寺石像碑》。

【汇考】刘勰五十岁,仍为南康王萧绩记室,兼昭明太子通事舍人。撰《梁建安王造剡山石城寺石像碑》,诸说是。其文云:"以大梁天监十有二年,岁次鹑尾,二月十二日,开凿爰始,到十有五年,龙集涒滩,三月十五日,妆画云毕。像身坐高五丈;若立形,足至顶十丈,园光四丈,座轮一丈五尺,从地随龛,光焰通高十丈。自涅槃已后,一百馀年,摩竭提国始制石像,阿育轮王善容罗汉,检其所造,各止六丈。鸿姿巨相,兴我皇时,自非君王愿力之至,如来道应之深,岂能成不世之宝,建无等之业哉!……"碑文尚存,载《会稽掇英总集》卷十六。杨明照《文心雕龙校注拾遗》附录全文,加"附按"云:"碑文称萧伟之封号为建安王;又谓石像于天监十五年三月十五日妆画云毕。考《梁书》卷二《武帝纪中》:'(天监十七年三月)景(丙)申,改封建安王伟为南平王。'是舍人此文,作于石像落成之后萧伟尚未改封之前,即天监十五年三月至十七年三月两年中也。"此最为稳妥之说。唯建安王萧伟之所以造此巨像,专在祈求解除沉疾。察《梁书·南平王伟传》所载,萧伟久病在身,确是事实。如云:天监"六年,迁使持节、都督扬南徐二州诸军事、右军将军、扬州刺史。未拜,进号中权将军。七年,以疾表解州。……十一年,以本号(镇南将军)加开府仪同三司。其年,复以疾陈解。十二年,征为抚军将军,仪同、常侍如故,以疾不拜"。而剡山佛像之始建,前引《僧护传》谓为"齐建武中",刘勰《剡山石像碑》则云,早在永明四年,僧护"游观石城",即开始筹造。然二十年来,"资力莫由",其像未成,乃于天监六年,寄望于"感患未瘳"之建安王,许以"剡县僧护造弥勒石像,若能成就,必获康复"(此与《僧护传》略同)。然于像成之后,萧伟是否"必获康复",却为刘勰之华辞辩言所难道。其谓"及身相克成,莹拭已定,当胸'万'字,信宿隆起,色以飞丹,圆如植璧,感通之妙,孰可思议?天工人巧,幽显符合"等,其言灵应虽多,唯于萧伟之病,避而不谈。察其所由,是萧伟本传所载如下事实:"十五年,所生母陈太妃寝疾,伟及临川王宏侍疾,并衣不解带。及太妃薨,毁顿过礼,水浆不入口累日。高祖每临幸譬抑之。伟虽奉诏,而毁瘠殆不胜丧。"而陈太妃之寝疾,据《萧宏传》乃"十五年春",即正当石像"妆画云毕"之际,斯刘勰有口难言之故也。

《剡山石像碑》以长达二千六百言专志凿像始末,而未言灵应之主旨,《僧护传》全传六百字而有言:"自像成之后,建安王所苦稍瘳,今年已康复。王后改封,今之南平王是也。"其云"今年",当指《高僧传》成书之天监十八年。据《萧伟传》,是时已改封南平郡王,且"迁侍中、左光禄大夫、开府仪同三司",此时未以疾不拜,故云"今年已康复"。康复之际撰叙其事,自可以"稍瘳"二字写石像初成时之萧伟,然正当其"水浆不入口累日"之时,则难为言矣。"康复"既不可说,"稍瘳"却又无力,其顾左右而言他,盖不得已也。是知《剡山石像碑》之撰,正在石像初成之时。

天监十六年(517)丁酉

《梁书·武帝纪中》:四月,"初去宗庙牲";十月,"去宗庙荐牲,始用蔬果"。

武帝欲自任白衣僧正未成。《高僧传二集·智藏传》:"梁大同中(应为"天监中"之误),敬重三宝,利动昏心,浇波之俦,肆情下达,僧正宪纲,无施于过门。帝欲自御僧官,维任法侣,敕主书遍令许者署名。于时盛哲,无敢抗者,皆匿然投笔。后以疏闻藏,藏以笔横轹之。告曰:'佛法大海,非俗人所知。'帝览之不以介意,斯亦拒略万乘,季代一人而已。帝意弥盛,事将施行于世,虽藏后未同,而敕已先被。晚于华光殿设会,众僧大集,后藏方至。帝曰:'比见僧尼多未调习,白衣僧正不解律科,以俗法治之,伤于过重。弟子暇日,欲自为白衣僧正,亦依律立法。此虽是师之事,然佛亦复付嘱国王。向来与诸僧共论,咸言不异,法师意旨如何?'藏曰:'陛下欲自临僧事,实光显正法,但僧尼多不如律,所愿垂慈矜恕,此事为后。'帝曰:'弟子此意岂欲苦众僧耶?正谓俗愚过重,自可依律定之。法师乃令矜恕,此意何在?'答曰:'陛下诚欲降重从轻,但末代众僧,难皆如律,故敢乞矜恕。'帝曰:'请问诸僧犯罪,佛法应治之不?'答曰:'窃以佛理深远,教有出没,意谓亦治亦不治。'帝曰:'惟见付嘱国王治之,何处有不治之说?'答曰:'调达亲是其事,如来置之不治。'帝曰:'法师意谓调达何人?'答曰:'调答乃诚不可测。夫示迹正欲显教,若不可不治,圣人何容示此?若一向治之,则众僧不立,一向不治,亦复不立。'帝动容追停前敕。"①案:此度皇权与教权之争,皇权为之让步,佛教势力之

---

① 刘汝霖《东晋南北朝学术编年》系此事于天监十六年,考云:"《续高僧传》载此事于大同中,《佛祖统纪》又载于太清中。考智藏卒于普通三年,其不能见及大同与太清甚明。《续高僧传》本段之后接以'天监末年春,舍身大忏'。则此事在天监之时显然。"案《智藏传》载此事之前有类似记述:"圣僧宝志迁神,窆宓于钟阜,于墓前建塔,寺名开善,敕藏居之。……时梁武崇信释门,宫厥恣其游践。主者以负扆南面,域中一人,议以御座之法,唯天子所升,沙门一不沾预。藏闻之勃然厉色,即入金门,上正殿,踞法座抗声曰:……帝遂罢敕,任从前法。"据《高僧传》卷十一《宝志传》,宝志卒于天监十三年冬,开善寺即建于此时(傅抱石《中国美术年表》系于本年)。可见智藏抗梁武"御座之法",必在其后,即天监十四年或十五年,其在"天监末年春"之前,反对梁武帝为白衣僧正,自当在天监十六前后。

发展，于此可见。

僧祐《出三藏记集》（十五卷）完成于本年前后①。

《范注》："天监十六年冬十月去宗庙荐牲，始用蔬果，本传谓勰乃表言二郊宜与七庙同改。彦和上表当即在是冬。"《新笺》："《隋书·礼仪志二》：'（天监）十六年四月，诏曰："……宗庙祭祀，犹有牲牢，无益至诚，有累冥道……可量代。"……十月，诏曰："今虽无复牲腥，犹有脯脩之类……可更详定，悉荐时蔬。"左丞司马筠等参议："大饼代大脯，馀悉用蔬菜。"帝从之。'是七庙飨荐之改用蔬果，自天监十六年冬十月始也。"《李谱》：刘勰四十八岁，兼东宫通事舍人。《王谱》《龚表》：五十四岁，兼东宫通事舍人。《翁表》：四十九岁，迁步兵校尉，兼舍人如故。《李表》：继任萧绩记室兼通事舍人，撰《灭惑论》。《霍谱》：五十三岁，表请二郊与

---

① 《出三藏记集》十五卷编成于梁代何年，其说不一。李淼《关于〈灭惑论〉撰年与诸家商兑》以为："从《出三藏记集》卷七载王僧孺《慧印三昧及济方等学二经序赞》文所记'广州南海郡民何规'得到《慧印三昧经》是在'天监之十四年十月二十三日'看，记事最晚已到天监十四年，据此可以确定，天监十五年大致就是《出三藏记集》编成之时。"李庆甲《〈关于《灭惑论》撰年与诸家商兑〉之商兑》据卷七所载《道行经后记》之"正光二年九月十五日，洛阳城西菩萨寺中沙门佛大写之"，以为"此书的十五卷本成书时间不会早于普通二年"（北魏孝明帝正光二年即梁武帝普通二年，公元521）。日本兴膳宏《〈文心雕龙〉与〈出三藏记集〉》认为，据《慧印三昧及济方等学二经序赞》所志时间，"《出三藏记集》成书的时期，应是在自天监十五年起的一二年之内"（查彭恩华译本及兴膳宏原文均注天监十五年为公元515年。误，应为516年）。案僧祐卒于天监十七年五月，其书之成必在十七年五月之前，偶见于其后之《道行经后记》，全文七十八字，乃"未详作者"之后记，当是后人所加。故以兴说为近是。

七庙同改。

【汇考】刘勰五十一岁,仍兼东宫通事舍人。《梁书·南康王萧绩传》:天监"十六年,征为宣毅将军、领石头戍军事。十七年,出为使持节、都督南北兖徐青冀五州诸军事、南兖州刺史"。故刘勰当于本年或下年离仁威将军南康王记室之职。何融《萧统年表》系"刘勰时兼东宫通事舍人"于天监十六年[①],除引《梁书》本传"除仁威南康王记室,兼东宫通事舍人。时七庙飨荐,已用蔬果"之外,别无他据。此止谓"刘勰时兼东宫通事舍人",而未言其兼东宫通事舍人始于本年。李、王诸谱,皆据何氏而系刘勰始兼于此,非是。然据萧绩于年内迁职,刘勰可能自本年起入直东宫而继续兼任通事舍人。

《萧统年表》天监十六年又系:"后此遣东宫通事舍人何思澄致手令褒美何胤。"其证为《梁书·处士·何胤传》之:"年登祖寿(七十二)移还吴,昭明太子遣舍人何思澄致手令以褒美之。"并加按云:"何胤七十二之岁即在本年。"则似本年何思澄已是东宫通事舍人矣。以何思澄任通事舍人之年,与刘勰兼期攸关,故须加明辨。考《梁书·文学下·何思澄传》:"天监十五年,敕太子詹事徐勉举学士入华林撰《遍略》,勉举思澄等五人以应选。迁治书侍御史……久之,迁秣陵令,入兼东宫通事舍人。"据《隋书·经籍志三》,梁撰《华林遍略》多达六百二十卷。又,《南史·文学·何思澄传》:"天监十五年,敕太子詹事徐勉举学士入华林撰《遍略》。……八年乃书成,合七百卷。"是知何思澄于天监十五年始入华林,不可能十六、七年便为东宫通事舍人。而《何表》之引据《梁书·处士·何胤传》,又不顾其实,任

---

① 《国文月刊》1949年第76期。

意省割，谬以千里。传文实为："胤家世年皆不永，唯祖尚之至七十二。胤年登祖寿，乃移还吴，作《别山诗》一首，言甚凄怆。至吴，居虎丘西寺讲经论，学徒复随之。……初，开善寺藏法师与胤遇于秦望，后还都，卒于钟山。其死日，胤在般若寺，见一僧授胤香炉奁并函书，云'呈何居士'，言讫失所在。胤开函，乃是《大庄严论》，世中未有。又于寺内立明珠柱，乃七日七夜放光。太守何远以状启。昭明太子钦其德，遣舍人何思澄致手令以褒美之。"《高僧传》二集卷六《钟山开善寺沙门释智藏传》："以普通三年九月十五日卒于寺房，春秋六十有五。"观上引《梁书》何胤本传，知智藏于普通三年卒后，萧统乃"遣舍人何思澄致手令以褒美"何胤，此去天监十六年远①。

天监十七年（518）戊戌

二月，以南康王萧绩为南兖州刺史。五月，临川王萧宏以事免骠骑大将军、扬州刺史，寻以为中军将军、中书监。十月，萧宏进位司徒。

安成王萧秀卒。《梁书·安成王秀传》："十七年春，行至竟陵之石梵，薨，时年四十四。……当世高才游王门者，东海王僧孺、吴郡陆倕、彭城刘孝绰、河东裴子野，各制其文，古未之有也。"

僧祐卒。《高僧传·僧祐传》："以天监十七年五月二十六日，卒于建初寺，春秋七十有四。因窆于开善路西，定林之旧墓也。弟子正度立碑颂德，东莞刘勰制文。初，祐集经藏既成，使人抄撰要事，为《三藏记》《法苑记》《世界记》《释迦谱》及《弘明集》等，

---

① 案何胤得《大庄严论》之说，《智藏传》所志略异。然考《南史》卷三十《何胤传》与《梁书》一致，推其相距之时，亦以《梁书》所载相符。

皆行于世。"

钟嵘卒。《梁书·文学上·钟嵘传》:"选(迁?)西中郎晋安王记室……顷之,卒官。"《梁书·简文帝纪》:"(天监)五年,封晋安王……十七年,征为西中郎将、领石头戍军事,寻复为宣惠将军、丹阳尹,加侍中。普通元年,出为使持节、都督益宁雍梁南北秦沙七州诸军事、益州刺史。"案:钟嵘既卒官于西中郎将晋安王之记室任上,而萧纲之为西中郎将既在天监十七年,又寻迁丹阳尹,其为时必不太长。考领石头戍军者,萧纲之前为萧绩。《梁书·南康王绩传》:"(天监)十六年,征为宣毅将军、领石头戍军事。十七年,出为使持节、都督南北兖徐青冀五州诸军事、南兖州刺史。"又据《武帝纪中》,萧绩为南兖州刺史在天监十七年二月,则萧纲继之领石头戍军事,时亦当在本年二月或稍后。是知钟嵘之卒官,不仅必在天监十七年,且是二月之后不久①。

《霍谱》:刘勰五十四岁;《王谱》《龚表》:五十五岁,为僧祐墓碑撰碑文;《李谱》:四十九岁;《穆谱》《李表》:五十四岁,撰僧祐碑,上表言二郊亦改用蔬果,迁步兵校尉。《陆表》《华谱》:五十四岁,与慧震于定林寺撰经。《新笺》:"按传文于七庙飨荐曰'已用蔬果',于二郊农社曰:'犹有牺牲',以'犹有'与'已用'对文,则舍人陈表,为时当在天监十七年八月之后,此又可就史传推知者。"

【汇考】刘勰五十二岁,仍为东宫通事舍人。本年为僧祐撰墓

---

① 王达津《钟嵘生卒年代考》有详考。见《光明日报》1957年8月18日,又见《古代文学理论研究论文集》(南开大学出版社1985年8月出版)。

碑、上表言二郊宜与七庙同改、迁步兵校尉，诸说是。《梁书·刘勰传》："时七庙飨荐已用蔬果，而二郊农社犹有牺牲，勰乃表言二郊宜与七庙同改。诏付尚书议，依勰所陈。迁步兵校尉，兼舍人如故。昭明太子好文学，深爱接之。"上年十月之宗庙荐牲，梁已始用蔬果，则刘勰陈表，请二郊宜与七庙同改，当在上年十月之后，本年春郊祀之前。所谓"二郊农社犹有牺牲"，未言"今"而谓"而……有牺牲"，乃谓当年十月之郊祀。又《广弘明集》卷二十六《叙梁武断杀绝宗庙牺牲事》："梁高祖武皇帝临天下十二年（误，《全梁文》卷七十一引作十六年），下诏去宗庙牺牲，修行佛戒，蔬食断欲。上定林寺沙门僧祐、龙华邑正柏超度等上启云：'京畿既是福地，而鲜食之族，犹布筌网，并驱之客，尚驰鹰犬，非所以仰称皇朝优治之旨。请丹阳、琅琊二境，水陆并不得搜捕。'敕付尚书详之。"《新笺》引此而谓："舍人表言二效宜与七庙同改，与僧祐等之上启如出一辙。"极是。然僧祐卒于本年五月，其启必在五月之前，与刘勰上表，应为同时之事。刘勰迁步兵校尉，即在上表之后不久。

案步兵校尉掌东宫警卫，位列六品（东宫通事舍人属九品）。此年前后二三年内，正是刘勰一生幸运之际。昭明爱接，亦在此时。考昭明之爱接文士，见于《梁书》者甚夥。如《殷钧传》："天监初，拜驸马都尉，起家秘书郎，太子舍人……母忧去职，居丧过礼，昭明太子忧之，手书诫谕曰：'知此诸德，哀顿为过，又所进殆无一溢，甚以酸耿。……并令缪道臻口具。'"《明山宾传》："迁北中郎咨议参军，侍皇太子读。累迁中书侍郎，国子博士，太子率更令，中庶子……昭明太子闻（山宾）筑室不就，有令曰：'明祭酒虽出抚大藩，拥旄推毂，珥金拖紫，而恒事屡空。闻构宇未成，今送薄助。'并贻诗曰：'平仲古称奇，夷吾昔擅美。令则挺伊贤，东秦固多士。筑室非道傍,置宅归仁里。庚桑方有系,厚生今易拟。必来三径人,将招五经士。'"《张率传》:"迁太子家令,与中庶子陆倕、仆刘孝绰对掌东宫管记,迁黄门侍郎。出为新安太守,秩满还都,未至,丁所生母忧。大通元年,服未阕,卒,时年五十三。昭明太子遣使赠赙,与晋安王纲令曰:'近张新安又致故。其人才笔弘雅,亦足嗟惜。随弟府朝,东西日久,尤当伤怀也。比人物零落,特可潸慨,属有今信,乃复及之。'"《刘孝绰传》:"迁太府卿、太子仆,复掌东宫管记。时昭明太子好士爱文,孝绰与陈郡殷芸、吴郡陆倕、琅琊王筠、彭城到洽等,同见宾礼。太子起乐贤堂,乃使画工先图孝绰焉。"《王筠传》:"累迁太子洗马,中舍人,并掌东宫管记。昭明太子爱文学士,常与筠及刘孝绰、陆倕、到洽、殷芸等游宴玄圃,太子独执筠袖抚孝绰肩而言曰:'所谓左把浮丘袖,右拍洪崖肩。'其见重如此。"《张缅传》:"大通元年,征为司徒左长史,以疾不拜,改为太子中庶子,领羽林监……中大通三年,迁侍中,未拜,卒……昭明太子亦往临哭,与缅弟缵书曰:'贤兄学业该通,莅事明敏,虽倚相之读坟典,郤縠之敦诗书,惟今望古,蔑以斯过。自列官朝,二纪将及,义惟僚属,情实亲友。文筵讲席,朝游夕宴,何曾不同兹胜赏,共此言寄。如何长谢,奄然不追!且年甫强仕,方申才力,摧苗落颖,弥可伤惋。念天伦素睦,一旦相失,如何可言。言及增哽,揽笔无次。'"类似记载,举不胜举,于此可知,昭明之"好士爱文",信非虚言。其于刘勰,固"深爱接之"矣,然生无一言可志,别无一语相赠(刘勰奉敕回定林寺撰经实已解职),死无一事相关(刘勰必死于昭明之前,详后)。然则比诸上举数人,虽亦"爱接",实差之远矣。刘勰最后毅然出家,岂以昭明之卒使然?

天监十八年(519)己亥

《南史·梁本纪上》:天监十八年"夏四月丁巳,帝于无碍殿受佛戒",法名冠达①。《高僧传二集·慧约传》:天监"十八年己亥四月八日,天子发宏誓心受菩萨戒,乃幸等觉殿,降雕玉舆,屈万乘之尊,申在三之敬,暂屏衮服,恭受田衣,宣度净仪,曲尽诚肃"。

慧皎撰《高僧传》终于本年。《高僧传序》:"始于汉明帝永平十年,终至梁天监十八年。凡四百五十三载,二百五十七人。又傍出附见者二百馀人。开其德业,大为十例:一曰译经,二曰义解,三曰神异,四曰习禅,五曰明律,六曰遗身,七曰诵经,八曰兴福,九曰经师,十曰唱导。"

张僧繇卒②。《历代名画记》卷七:"张僧繇,吴中人也。天监中为武陵王国侍郎,直秘阁,知画事,历右军将军,吴兴太守。武帝崇饰佛寺,多命僧繇画之。时诸王在外,武帝思之,遣僧繇乘传写貌,对之如面也。江陵天皇寺,明帝置,内有柏堂,僧繇画《卢舍那佛像》及《仲尼十哲》。帝怪问:'释门内如何画孔圣?'僧繇曰:'后当赖此耳。'及后周灭佛法,焚天下寺塔,独以此殿有宣尼像,乃不令毁拆。"

《杨笺》:"舍人陈表,当在天监十八年正月后也。""步兵校尉因陈表而迁,其年当在天监十八年内。""(僧)祐于前次校定之后,续有搜储,未及理董,即溘焉羽化,梁武帝虑其散失,故敕与慧

---

① 《高僧传二集》卷二十一《智颛传》:"为灵耀褊隘,更求闲静,忽梦一人,翼从严正,自称名云:'余冠达也,请住三桥。'颛曰:'冠达梁武法名,三桥岂非光宅耶?'"
② 据王仲荦《魏晋南北朝史》下册附《魏晋南北朝大事年表》。

震共修纂之。考祐以天监十七年五月二十六日卒,舍人任步兵校尉,兼东宫通事舍人,在天监十八年,则此次奉敕,当在十八年或普通元年。"《龚表》:刘勰五十六岁,"上表言二郊宜与七庙同改"。《陆表》:五十四岁;《凌谱》《詹表》:五十五岁;《王谱》:五十六岁,上表言二郊与七庙同改,迁步兵校尉。《严考》《李表》:任步兵校尉兼东宫通事舍人。《穆谱》:五十五岁,奉敕与慧震于定林寺修纂佛经。

【汇考】刘勰五十三岁。《梁书》本传云:"勰为文长于佛理,京师寺塔及名僧碑志,必请勰制文。有敕与慧震沙门于定林寺撰经证……"慧震无考。其于定林寺撰经之时,《范注》《杨笺》之说甚是。范云:"定林寺撰经,在僧祐没后。盖祐好搜校卷轴,自第一次校定后,增益必多。故武帝敕与慧震整理之。"杨云"虑其散失",亦为得理。《高僧传二集》卷八《明彻传》:"帝以律明万绪,条章富博,欲撮聚简要,以类相从。天监末年,敕入华林园,于宝云僧省,专功抄撰。"敕刘勰再入定林撰经,约与此同时。梁武帝本人于四月亲受佛戒,崇佛正值高潮,而僧祐未竟之业,亦待及时完成,故敕刘勰、慧震二人,必在本年。尤足为证者,是刘勰之奉敕,已解步兵校尉之职。盖继成僧祐所集之经卷,虽工程不大,无须广聚众僧,然刘勰、慧震二人,费时一二年则当不可少,步兵校尉自须随时易人。《梁书·谢举传》:"天监十一年,迁侍中。十四年,出为宁远将军、豫章内史,为政和理,甚得民心。十八年,复入为侍中,领步兵校尉。普通元年,出为贞毅将军、太尉临川王长史。"其继刘勰领步兵校尉者即谢举。考梁代之步兵校尉,连任三年以上者既寡,敕以他任,二年后再复其职者则未闻。见于《梁书》曾任(或兼领)步兵校尉者凡四十余人,自天监元年至中大同间,其任期可知者有:

何远,天监元年①。

萧子恪,天监元年(未拜)②。

王份,天监初③。

司马褧,天监初④。

卢广,天监中⑤。

贺玚,天监七年⑥。

傅昭,天监八、九年⑦。

王泰,天监九、十年⑧。

崔灵恩,天监十三年后⑨。

---

① 《梁书·良吏·何远传》:"高祖践阼,为步兵校尉。"
② 《梁书·萧子恪传》:"天监元年,降为子爵,除散骑常侍,领步兵校尉,以疾不拜。"
③ 《梁书·王份传》:"天监初,除散骑常侍,领步兵校尉。"
④ 《梁书·司马褧传》:"天监初,诏通儒治五礼,有司举褧治嘉礼,除尚书祠部郎中。是时创定礼乐,褧所议多见施行。除步兵校尉,兼中书通事舍人。"
⑤ 《梁书·儒林·卢广传》:"天监中归国。……顷之,起为折冲将军,配千兵北伐,还拜步兵校尉,兼国子博士,遍讲《五经》。"
⑥ 《梁书·儒林·贺玚传》:"天监……七年,拜步兵校尉,领《五经》博士。"
⑦ 《梁书·傅昭传》:"天监……八年,迁通直散骑常侍,领步兵校尉,复领本州大中正。"
⑧ 《梁书·王泰传》:"征为宁远将军,安右长史,俄迁侍中。寻为太子庶子,领步兵校尉,复为侍中。仍迁仁威长史、南兰陵太守,行南康王府、州、国事。"南康王萧绩于天监十年进号仁威将军,南徐州刺史。
⑨ 《梁书·儒林·崔灵恩传》:"先在北仕为太常博士,天监十三年归国。高祖以其儒术,擢拜员外散骑常侍,累迁步兵校尉,兼国子博士。"

王峻,天监十五、六年①。
刘勰,天监十六、七年。
谢举,天监十八至普通元年。
周舍,约在普通初②。
朱异,普通三年③。
到洽,普通五年(未拜)④。
谢举,普通六年(又领)⑤。
刘显,普通六、七年⑥。
王筠,普通七、八年⑦。
刘杳,大通元年⑧。

---

① 《梁书·王峻传》:"又以本官兼起部尚书,监起太极殿(天监十二年)。事毕,出为征远将军、平西长史、南郡太守。寻为智武将军、镇西长史、蜀郡太守。还为左民尚书,领步兵校尉。"
② 《梁书·周舍传》:"服阕,除侍中,领步兵校尉,未拜。……普通五年,南津获武陵太守白涡书……舍坐免。"
③ 《梁书·昭明太子传》:"(普通)三年十一月,始兴王憺薨。旧事,以东宫礼绝傍亲,书翰并依常仪。太子意以为疑,命仆刘孝绰议其事……司农卿明山宾、步兵校尉朱异议……"
④ 《梁书·到洽传》:"普通……五年,复为太子中庶子,领步兵校尉,未拜。"
⑤ 谢举,除汇考中已引证《梁书·谢举传》中其于天监十八年领步兵校尉外,同传又云:"普通……六年,复为左民尚书,领步兵校尉。俄迁为吏部尚书,寻加侍中。"
⑥ 《梁书·刘显传》:"又除为骠骑鄱阳王记室(普通五年,鄱阳王萧恢进号骠骑大将军),兼中书舍人,累迁步兵校尉、中书侍郎,舍人如故。"
⑦ 《梁书·王筠传》:"普通……六年,除尚书吏部郎,迁太子中庶子,领羽林监,又改领步兵。"
⑧ 《梁书·文学下·刘杳传》:"大通元年,迁步兵校尉,兼舍人如故。"

裴子野,大通一、二年①。

刘孺,大通三年②。

王规,大通三年至中大通元年③。

刘之遴,中大通二年④。

殷钧,中大通三年四月前⑤。

韦粲,中大通三年五月后⑥。

自天监元年(502)至中大通三年(531)萧统卒,正三十年。此期已知曾任步兵校尉者二十四人,平均一人十五月,其更易之频繁可知。则刘勰任期不能独长,最多延续到天监十八年前数月。及其受命入定林寺撰经,便由谢举领步兵校尉之职矣。案宋初置官,太子三校尉各有七人⑦,如此,则刘勰与谢举,或可同时并任其职;然据《隋书·百官志上》,梁世官制已改:"其屯骑、步兵、翊军三校尉各一人,谓之三校。"则步兵校尉之任,不可能同时有二

---

① 《梁书·裴子野传》:"大通元年,转鸿胪卿,寻领步兵校尉。"
② 《梁书·刘孺传》:"大通二年,迁散骑常侍。三年,迁左民尚书,领步兵校尉。"
③ 《梁书·王规传》:"大通三年,迁五兵尚书,俄领步兵校尉。中大通二年,出为贞威将军骠骑晋安王长史。"
④ 《梁书·刘之遴传》:"后转为西中郎湘东王长史,太守如故……丁母忧,服阕,征秘书监,领步兵校尉。"湘东王萧绎为西中郎将、荆州刺史在普通七年十月。
⑤ 《梁书·殷钧传》:"授散骑常侍,领步兵校尉,侍东宫。寻改领中庶子。昭明太子薨,官属罢。"
⑥ 《梁书·韦粲传》:"初为云麾晋安王行参军……王立为皇太子,粲迁步兵校尉,入为东宫领直。"晋安王萧纲于中大通三年五月立为皇太子。
⑦ 《宋书·百官志下》:"太子屯骑校尉、太子步兵校尉、太子翊军校尉:三校尉各七人,并宋初置。"

人以上。上举二十四校尉之次第,纵难绝对准确,然亦足以证:"三校尉各一人"之制,不容同时有二人以上任同一校尉。

普通元年(520)庚子

正月,梁改元普通。以临川王萧宏为太尉、扬州刺史。十月,以晋安王萧纲为平西将军、益州刺史。

吴均卒。

《詹表》《严考》:五十六岁,奉敕与慧震撰经。《王谱》《龚表》:五十七岁,奉敕与慧震撰经。《陆表》《穆谱》:五十六岁,撰经毕,启求出家,改名慧地。《兴表》:五十五岁,卒①。

【汇考】刘勰五十四岁,撰经毕。《范注》:撰经"大抵一二年即毕功",其说近是。案此度撰经,并非新著或始编,唯予僧祐之集辑,重加整理与增订;或有部分序文,亦修定于此时。故大抵始于上年而毕于本年。

普通二年(521)辛丑

正月诏:"凡民有单老孤稚不能自存,主者郡县咸加收养,赡给衣食,每令周足,以终其身。又于京师置孤独园,孤幼有归,华发不匮。若终年命,厚加料理。尤穷之家,勿收租赋。"

刘峻卒。王僧孺卒②。《南史·王僧孺传》:沈约曾以"昨日卑细,今日便成士流……臣谓宋、齐二代,士庶不分,杂役减阙,职

---

① 兴膳宏在后撰《〈文心雕龙〉与〈出三藏记集〉》中,以李庆甲新说为妥。李说中大通三年出家,四年卒。详见该年。
② 此据《南史·王僧孺传》。《梁书·王僧孺传》作"普通三年卒"。

由于此",请梁武帝明辨士庶。"武帝以是留意谱籍,州郡多离其罪,因诏僧孺改定《百家谱》。……僧孺之撰,通范阳张等九族以代雁门解等九姓。其东南诸族别为一部,不在百家之数焉。普通二年卒。"是知王僧孺改定《百家谱》在本年之前不久①。案《隋书·经籍志二》,梁有王逡之《续(王)俭百家谱》四卷、《南族谱》二卷、《百家谱拾遗》一卷,王僧孺《百家谱》三十卷、《百家谱集钞》十五卷,傅昭《百家谱》十五卷,贾执《百家谱》二十卷等。是知谱牒之风,盛极一时。除以区别士庶,更为选官授职之依据也。梁武用人,虽时有寒素,然适当其风,以致"州郡多离其罪",此与刘勰之仕进,多有不利。

《霍谱》:刘勰五十七岁,迁步兵校尉,兼东宫通事舍人如故。《李谱》:五十二岁。《李表》:五十七岁,仍任步兵校尉,兼东宫通事舍人。《王谱》《龚表》:五十八岁,继续校经于定林寺。《严考》《陆表》《穆谱》:刘勰五十七岁,卒。《范注》:"大抵一二年(撰经)即毕功,因求出家,未期而卒,事当在武帝普通元二年间。"《杨笺》:"按毕功、变服之年,俱不可考。假定于天监十八年始事,历三两载告成,则出家当在普通二三年内,其卒亦在此两年间或次年也。"

【汇考】刘勰五十五岁。《梁书·刘勰传》:"遂启求出家。先

---

① 刘汝霖《东晋南北朝学术编年》系王僧孺改定《百家谱》于普通元年,考云:"案《梁书·王僧孺》本传,僧孺'转北中郎南康王咨议参军,入直西省,知撰谱事'。考《梁书·南康王绩传》,绩进号北中郎将在天监十七年之后,撰谱事当更在后(《梁书·王僧孺传》原文无'转'字)。"

燔鬓发以自誓,敕许之。乃于寺变服,改名慧地。"即在本年。

考刘勰与慧震之撰经,虽不足二年可毕,然刘勰启求出家既是其一生大事,谅非仓猝间所定;又由燔发自誓、启求、敕许到变服,须有时日,当非上年内所能完成。故其出家之事,虽紧承撰经功毕之后,亦必在普通二年之初。刘勰自天监十八年受敕重返定林之后,虽已解步兵校尉之任,犹兼东宫通事舍人之职,盖以此官既非一人(定员二人),又多以他官兼领,本不必入直东宫,故可保留。刘勰出家,实弃官为僧,尚待启求敕许,盖以此也。

综考刘勰一生之思想行事,其毅然遁迹佛门,必非初衷。诚如《文心雕龙·程器》所云:"是以君子藏器,待时而动,发挥事业,固宜蓄素以弸中,散采以彪外,楩楠其质,豫章其干,摛文必在纬军国,负重必在任栋梁;穷则独善以垂文,达则奉时以骋绩:若此文人,应梓材之士矣。"是为刘勰所论理想之文人,实亦彦和之理想也。本图著《文心》以"待时而动,发挥事业",成为经纬军国大政之栋梁,然岁月飘忽,时不可再,虽深晓"涓流所以寸折"之理,而今已五十有五,壮志难酬,已成定局。又何况昭明之"爱接",实为冷落;九品之舍人虽存,六品之校尉已解;"奉时骋绩"之"达"既已绝望,"独善其身"之"穷",其唯佛门一途矣。佛教思想之于刘勰,固已浸渍多年,然查其时风,崇佛之王侯将相多矣,何甘于终老末品?故其燔发自誓,愤而为之也。若纯心事佛,何必待此穷途末路之日?其可想见者,以刘勰此度旧地重游,昔日随孔圣南行之美梦、奉时骋绩之幻想、负重栋梁之宏图,皆萌于定林而悉成泡影,感愧之馀,三思之后,乃有此抉择也。又,刘勰之弃官,既

年　谱

然非以疾辞,却"敕许"之后,"未期而卒"。联系上述种种,其愤而出家之心情可知。故刘勰之最后皈依,诚非以事佛为主。

普通三年(522)壬寅

五月,梁武帝诏郡国举贤良方正直言之士。

刘孝绰编《昭明太子集》十卷,并为之序。《梁书·刘孝绰传》:"太子文章繁富,群才咸欲撰录,太子独使孝绰集而序之。"按刘孝绰《昭明太子集序》有"粤我大梁之二十一载"句,知文集及序成于本年①。

郭祖深上封事二十九条。《南史·循吏·郭祖深传》:"时帝大弘释典,将以易俗,故祖深尤言其事,条以为:'都下佛寺五百馀所,穷极宏丽。僧尼十馀万,资产丰沃。所在郡县,不可胜言。道人又有白徒,尼则皆畜养女,皆不贯人籍,天下户口几亡其半。而僧尼多非法,养女皆服罗纨,其蠹俗伤法,抑由于此。请精加检括,若无道行,四十已下,皆使还俗附农。罢白徒养女,听畜奴婢。婢唯著青布衣,僧尼皆令蔬食。如此,则法兴俗盛,国富人殷。不然,恐方来处处成寺,家家剃落,尺土一人,非复国有。'"②

---

① 刘孝绰《昭明太子集序》,见《全梁文》卷六十。
② 刘汝霖《东晋南北朝学术编年》系郭祖深上封事于此年,考云:"按祖深上封事二十九条,此其一也。别条中'有皇基兆运,二十馀载'之语,则当在普通二年之后。又言及左仆射王暕'在丧被起为吴郡,曾无辞让'。考王暕卒于普通四年,则祖深之上封事劾暕当在其前。"王元化《文心雕龙创作论》1984年版之"二版附记"与此说一致。案《梁书·王暕传》:"复迁左仆射,以母忧去官。起为云麾将军、吴郡太守。还为侍中、尚书左仆射,领国子祭酒。普通四年冬(十一月甲辰),暴疾卒,时年四十七。"则普通四年之春秋三季亦"在其前"。然据《梁书·武帝纪下》:"普通元年春正月……尚书左仆射王暕以母忧去职。"至四年正月,王暕已非"在丧",知祖深上封事当在普通三年。

《李谱》：刘勰五十三岁，仍任步兵校尉兼通事舍人如故。"昭明太子于是年开始编撰《文选》。"①《王谱》《龚表》：五十九岁，校经功毕，启求出家，未期而卒。王云："按功毕变服之年，俱不可考，各家说亦互歧，难可依据，姑系于此。"《詹表》：五十八岁，校经毕，出家变服。

【汇考】刘勰五十六岁，卒。

考诸家谱表于刘勰之卒年，在本年前者有《兴表》《陆表》《严考》《穆谱》《范注》等，《杨笺》则以卒于普通二、三年或次年；卒于本年之后者，有《詹表》《霍谱》《翁表》《新笺》《李谱》《李表》等，卒于本年者有《凌谱》《王谱》《龚表》等。其最早者为520年，最晚者为538、539年。确如王更生所说："各家说亦互歧，难可依据。"诸说之难可为据，要在史无明文，说者虽各有其理，而所据无力，未足令人信服。然刘勰之卒年，亦非无从考定；其生平事迹，均史无明文，既已渐趋明确，何独卒年无考。现有诸说，可大别为二：一在普通初年，上举《詹表》以上十家是也；一在萧统卒后，《霍谱》以下五家是也（其中兴、杨二家先主上说，后主下说）。虽两类之间互有歧异，察其关键，唯在何年奉敕与慧震于定林寺撰经。此事必在刘勰迁步兵校尉之后，始与传文相符，是亦诸家谱表所公认者。若于萧统卒后始奉敕撰经，则步兵校尉之职延至531年既不可能，在此长达十馀年内若授新职，则史不能不书。故非撰经于萧统卒后甚明（以下另有详考）。据上考僧祐卒于天监十七年，刘勰步兵校尉之职迁于十七年而止于十八年，足证刘勰奉敕

---

① 此说出何融《〈文选〉编撰时期及编者考略》："普通三年至六年东宫学士最称繁盛时期，业已着手编撰矣。"

撰经必在天监十八年。斯年既定,则刘勰卒于其后第三年无疑①。

普通四年(523)癸卯

阮孝绪编《七录》。《广弘明集》卷三载阮孝绪《七录序》:"有梁普通四年,岁维单阏,仲春十有七日,于建康禁中里宅,始述此书。"书分内外篇,以《经典录》《记传录》《子兵录》《文集录》《技术录》为内篇,《佛录》《道录》为外篇,共七录,收图书六千馀种,四万多卷。书目之兼收儒道佛典籍,始于此。

《詹表》:刘勰五十九岁,卒。《李谱》:五十四岁。《李表》五十九岁,继为步兵校尉兼东宫通事舍人。《霍谱》:五十九岁(未注事迹、任职)。

【汇考】《高僧传》二集卷六《僧旻传》:"仍选才学道俗,释僧智、僧晃,临川王记室东莞刘勰等三十人,同集上定林寺,抄一切

---

① 《梁书·刘勰传》之"未期而卒"四字,为《南史·刘勰传》所删,是否晚出之《南史》另有发现,尚无确证。萧洪林、邵立均《刘勰与莒县定林寺》以为:"刘勰出家以后并没有'未期而卒',而是不久即潜居故乡莒县,传说他'未期而卒'之时,很可能就是他北归之日;莒县定林寺之创建与彦和之出家北归,恰在同一时期;莒县定林寺实刘彦和所创建……最后没于斯寺,亦葬于斯寺。"其主要依据是近年出土文物有莲花纹瓦当一片,是唐以前建筑遗物;撰成于唐贞观十九年(645)之《高僧传》二集卷三十六《昙观传》有云:"释昙观,莒州人……仁寿(601—604)中岁,奉敕送舍利于本州定林寺。"仁寿上距刘勰出家仅四十年,当时已有山东莒县之定林寺,又正在刘勰之故里,难以巧合为释。故今存山东莒县定林寺内之清代石碑,或以该寺"为六朝北魏时期创建无疑",或以"浮来为莒西一幽胜处。考史,定林寺实萧梁刘舍人彦和所创建"(详见《文史哲》1984年第6期)。案刘勰之变服,实为失志退隐。然钟山定林寺,近在京郊,达官贵人,往来不绝,故刘勰之居定林,乃退而非隐。其返回故里亦非不可。然史证不足,仍取《梁书》"未期而卒"之说,以待再考。

经论,以类相从,凡八十卷,皆令取衷于旻。……暨普通之后,先疾连发,弥怀退静,夜还虎丘,人无知者。时萧昂出守吴兴,欲过山展礼。山主智迁先知,以告旻,旻曰:'吾山薮病人,无事见贵二千石。昔戴隐居北岭,宋江夏王入山诣之,高卧牖下,不与相见。吾虽德薄,请附戴公之事矣。'及萧至,旻从后门而遁。其年,皇太子遣通事舍人何思澄,衔命致礼,赠以几杖炉奁褥席麈尾拂扇等。五年,下敕延还,移住开善。"此"五年"指普通五年,则皇太子遣通事舍人何思澄乃在四年。又《梁书·萧昂传》:"普通二年,为散骑常侍、信威将军。四年,转散骑侍郎、中领军、太子中庶子,出为吴兴太守。"可证萧统之遣何思澄必在普通四年。则本年何思澄为通事舍人无疑①。案刘勰与僧旻曾共撰一切经论于定林寺,若刘勰本年仍为萧统之通事舍人,何不遣刘勰而遣何思澄?

普通五年(524)甲辰

三月,北魏六镇起义开始。六月,梁攻魏,半年内连克十馀城。《梁书·武帝纪下》:十月,"扫虏将军彭宝孙克琅邪。甲申,又克檀丘城。……十一月丙辰,彭宝孙克东莞城。"案,此东莞即山东刘勰祖籍。

《梁书·昭明太子传》:"普通中,大军北伐,京师谷贵,太子因命菲衣减膳,改常馔为小食。"

《李谱》:刘勰五十五岁,仍任步兵校尉兼东宫通事舍人。《霍谱》:六十岁。《李表》:六十岁,仍任步兵校尉兼东宫通事舍人(下同)。

【汇考】按自普通元年以后,史传明文有谢举、周舍、朱异等相

---

① 普通三年,萧统已"遣舍人何思澄……",见天监十六年汇考。

继任步兵校尉之职,本年又以到洽领步兵校尉,刘勰怎能继任至今?虽到洽未拜,然亦适足说明本年步兵校尉之职曾有空缺。

普通六年(525)乙巳

六月,魏六镇起义败终。

普通七年(526)丙午

临川王萧宏卒。陆倕卒。

《李谱》:刘勰五十八岁,"仍任步兵校尉兼通事舍人如故"。《昭明文选》完成①。

普通八年、大通元年(527)丁未

三月,建康同泰寺建成。梁武帝于同泰寺舍身事佛。改元大通。《建康实录》:大通元年,"帝创同泰寺,寺在宫后别开一门,名大通门,对寺之南门取反语以协同泰为名(同泰反为"大",大通反为"同")……帝初幸寺舍身,改普通八年为大通元年"。

郦道元卒。

大通二年(528)戊申

《梁书·武帝纪下》:"夏四月辛丑,魏郢州刺史元愿达以义阳内附,置北司州。时魏大乱,其北海王元颢、临淮王元彧、汝南王元悦并来奔。……六月丁亥,魏临淮王元彧求还本国,许之。冬十月丁亥,以魏北海王元颢为魏王,遣东宫直阁将军陈庆之卫送还北。"

大通三年、中大通元年(529)己酉

四月,陈庆之拔魏荥城。五月,克大梁。元颢入洛阳。闰六

---

① 据何融《〈文选〉编撰时期及编者考略》,《文选》所录梁代作家最晚者为陆倕,陆倕卒于本年,故《文选》之编成,当在本年稍后。

月,魏尔朱荣攻杀元颢,复据洛阳。九月,梁武帝幸同泰寺,设四部无遮大会。释御服,披法衣,行清净大舍。群臣以钱一亿万奉赎。十月,又设四部无遮大会,道俗五万馀人。会毕还宫,改元中大通。

南康王萧绩卒。

中大通二年(530)庚戌

六月,遣魏汝南王元悦北还为魏王。九月,魏帝杀尔朱荣。十二月,尔朱兆入洛阳,杀魏帝,大屠洛阳。

裴子野卒。

《李谱》:刘勰六十一岁,任步兵校尉兼通事舍人至此年止。《霍谱》:六十六岁。《李表》:六十六岁,任步兵校尉兼通事舍人至本年止。

【汇考】《霍谱》于普通二年系刘勰迁步兵校尉兼通事舍人,自普通三年至本年共九年,均未列刘勰职官和任何事迹。《李谱》《李表》均以刘勰于天监十七年迁步兵校尉兼通事舍人,至本年共十一年。《霍谱》之未明言虽属审慎,然正显露其困难之所在。长达十年左右,刘勰不能不有所作为,而史所不书,其人安在?继任步兵校尉兼通事舍人,既一无所据,又如前所考,自天监十八年之后便不可能。又,任此职而十一年不迁,十一年之久而无一事可载,其可乎?若萧统真爱其才,则东宫属官高于校尉与舍人者甚多,早已升迁矣;反是,若刘勰此时尚在人世,亦必出为他官,便与萧统之存亡无涉,何必待萧统之卒,刘勰始启求出家?

中大通三年(531)辛亥

四月,萧统卒。七月,立晋安王萧纲为皇太子。十月,梁武帝行幸同泰寺,讲《大般若涅槃经》;十一月,又幸同泰寺,讲《摩诃般若波罗蜜经》。

《霍谱》:刘勰六十七岁,"据《昭明太子传》,是年奉敕与沙门慧震撰经定林寺"。《翁表》:六十三岁,因萧统死,启求出家。《新笺》:"又案《梁书》卷二七《殷钧传》:'乃更授散骑常侍,领步兵校尉,侍东宫;寻改领中庶子。昭明太子薨,官属罢。又领右游击,除国子祭酒,常侍如故'(《南史》卷六十《钧传》无'昭明太子薨'下三句)。又《刘杳传》:'(昭明)太子薨,新宫建,旧人例无停者'(《南史·刘杳传》同)。又卷四《简文帝纪》:'(中大通)三年四月乙巳,昭明太子薨。五月丙申,诏曰"……(晋安王纲)可立为皇太子"'(新宫建后,庾肩吾兼东宫通事舍人。见《梁书》《南史》的《庾肩吾传》)。舍人为昭明旧人,既不得留,又未新除其他官职,中大通三年四月后,或即受敕于上定林寺与慧震共事撰经乎?"《李谱》:六十二岁,"奉敕与沙门慧震撰经于定林寺"。引据《新笺》之说,后云:"今从杨明照《刘传笺注》新篇之说,置此事于梁武中大通三年。诚以此时昭明太子已薨,舍人未有新职,正好藉此遣寄。况梁武年近古稀,人老多悔,又遭丧明之恸,于是乃有舍身说法之事,故于此时敕校经论,似为允洽。"《李表》:六七十岁,据"昭明太子薨,新宫建,旧人例无停者",刘勰于此年奉敕与慧震在定林寺整理佛经。

【汇考】以刘勰于本年始奉敕与慧震撰经,四家之说均据昭明太子萧统卒于本年。若刘勰在萧统卒前确任职于东宫,固有可能于萧统卒后奉敕撰经。然不仅本年四月之前,且如上年所考,在长达十年之内,已无刘勰踪迹可寻,欲得刘勰自天监末迁步兵校尉以来仍一直任职东宫之史证,难矣。相反,足证天监十八年以后刘勰不在东宫者,史料甚多:一、步兵校尉定员一人,而刘勰之后见于史传者十余人,已如前考;二、通事舍人定员为二人,《隋书·百官志上》:"舍人十六人,掌文记。通事舍人二人,视南台御史,多以馀官兼职。"仅考萧统卒前之通事舍人,正有二人:何思澄、刘杳。《梁书·文学下·何思澄传》:"久之,迁秣陵令,入兼东宫通事舍人。除安西湘东王录事参军,兼舍人如故。时徐勉、周舍以才具当朝,并好思澄学,常递日招致之。昭明太子薨,出为黟县令。"何思澄兼东宫通事舍人至昭明卒,传文甚明。《梁书·文学下·刘杳传》:"服阕,复为王府记室,兼东宫通事舍人。大通元年,迁步兵校尉,兼舍人如故。昭明太子谓杳曰:'酒非卿所好,而为酒厨之职,政为不愧古人耳。'俄有敕代裴子野知著作郎事。昭明太子薨,新宫建,旧人例无停者,敕特留杳焉。……寻为平西湘东王咨议参军,兼舍人、知著作如故。"其为咨议参军之后,仍兼舍人如故,更知其于昭明卒前卒后,通事舍人之兼并未间断。有此两人于昭明卒前为通事舍人,自不容再有第三人矣。又,东宫属官于昭明卒后,皆有"昭明太子薨",及其后何去何从之交代,如《何思澄传》《刘杳传》。又如《殷钧传》:"昭明太子薨,官属罢,又领右游击,除国子祭酒,常侍如故。"《陆襄传》:"昭明太子薨,官属罢,妃蔡氏别居金华宫,以襄为中散大夫、领步兵校尉、金华宫家令、知金华宫事。"《王筠传》:"昭明太子薨,敕为哀策文,复见嗟赏。寻出为贞威将军、临海太守。"《孔休源传》:"顷之,领太子中庶子……昭明太子薨,有敕夜召休源入宴居殿,与群公参定谋议,立晋安王纲为皇太子。"于此可见,凡昭明卒前东宫官属,"昭明太子薨"一语,传文每不厌其烦,一再道及。盖以昭明之薨既为大事,而官属之更易又不能不书。若刘勰亦为其时属官,何独其本传无闻?上举诸例,有去有留,有为哀策之文者,有因以议事者,不必改任他官而后及。尤当留意者,若刘勰滞于东宫以至是年,则其任期特长,自兼通事舍人之日起,迄已二十年左右,当与昭明之情更深、关系更密,若刘勰果为昭明之卒而誓不为官,或萧统生前便不允刘勰出家,则他传或可不书"昭明太子薨"后云云,勰传则不仅必书,且应大书特书。然今考《刘勰传》,其撰经、变服,萧统之卒,实渺无消息。是知刘勰之奉敕撰经、燔发出家,均与萧统之卒了不相关。

中大通四年(532)壬子

《翁表》:刘勰六十四岁,卒。《霍谱》:六十八岁,"据《梁书》本传,撰经毕,要求出家,先燔须发自誓,敕许之。乃于寺变服,改名慧地,未期而死。则先生当死于此年左右也"。《李表》:六十八岁,去世。《新笺》:"按撰经仅有二人,当非短期所能竣事。刘勰约于昭明卒后(中大通三年四月)受敕与慧震共事撰经,本年仍继续撰经中。"《李谱》:六十三岁,"续撰经论于定林寺"。

【汇考】《翁表》《霍谱》《李表》三家定刘勰卒于本年,主要据萧统之卒而奉敕撰经,其说之不足据已详上年。唯《李表》于刘勰卒年另有详考。李庆甲先有《刘勰卒年考》[1],继撰《再谈刘勰的卒年问题》[2],并在此基础上撰成《刘勰年表》,即简称之《李表》。于刘勰卒年,李考甚力,已在国内外产生一定影响,并举笔者为

---

[1] 《文学评论丛刊》第1辑(1979年10月出版)。
[2] 《中国古典文学丛考》第1辑(复旦大学出版社1985年7月出版)。

"赞同"其说者之一①。兹略申鄙见如次：

考刘勰卒年与萧统卒年之联系，始见于1935年问世之敖士英《文学年表》卷三。《霍谱》发表于次年，是为第一个《刘勰年谱》，已明确萧、刘先后去世之关系。其后如《翁表》等亦取此说，然其说乏证，未能引人注意。刘汝霖《东晋南北朝学术编年》出版于1936年，系刘勰出家于大同四年，已据《佛祖统纪》为说。其历五十年而仍未能引人瞩目者，盖如《刘勰卒年考》所云："近人刘汝霖《东晋南北朝学术编年》卷五（下）采用了《佛祖统纪》关于刘勰于大同四年出家为僧的说法，可是他既没有提到另外几种不同的说法，也没有说明他为什么引用此说而不用它说的原因，更没有论证志磐此说的可靠性如何……当然不足以证明它就是准确、可靠。"李考及稍后发表之杨明照《梁书刘勰传笺注》②，则据相继发

---

① 《再谈刘勰的卒年问题》注"赞同"其《刘勰卒年考》者有陆侃如、牟世金、张少康、王达津、郭晋稀、日本兴膳宏等。鄙见虽时有改进，然于此说仍前后一致，故转录李注所引拙文于此："有关刘勰卒年问题，目前还存在一些不同看法。范文澜推算在普通元、二年（520，521），见《文心雕龙注》731页。杨明照《梁书·刘勰传笺注》一说为普通二—四年（521—523），见《文心雕龙校注》1958年版10页；近说为大同四、五年（538—539），见《中华文史论丛》1979年第1辑187页。李庆甲《刘勰卒年考》定为中大通（'中'字原漏，李引补。原著1984年版亦已增订为'中大通'）四年（532），见《文学评论丛刊》第1辑184—194页。杨、李二家主要以南宋《隆兴佛教编年》《佛祖统纪》等所载为据。这些新发现的线索是有价值的。尚存疑问是，若刘勰卒于大同四、五年，则他任步兵校尉之后的一二十年，史无记载；而《梁书》和《南史》于其任步兵校尉之前的十多年，既详载其官职活动，何独后二十年一无可载？"（见《文心雕龙译注》上册109页）

② 《中华文史论丛》1979年第1辑。

现释书《隆兴佛教编年通论》《佛祖统纪》《释氏通鉴》《佛祖历代通载》《释氏稽古略》等多种史料之有关记载,并互考其得失,详究诸释书之关系,从而探出其较为合理之记载。李、杨二家,虽取材互异,结论不一,然其证刘勰于萧统卒后撰经则同。刘勰之卒年,既始有具体年代之史料可资;五十年前之旧说,因之而获一大进展。是其考证之价值,固当首先肯定也。然其所考,是否即为定谳,仍可继续研讨,或待多方检验,然后可知。

《隆兴通论》等释书所载,固为考核刘勰卒年之珍贵史料,然可献疑者四:一、《李表》以刘勰自天监十八年至中大通二年(共十二年),一直任步兵校尉兼通事舍人,如前所考,实无可能。《新笺》以天监十七年八月以后任步兵校尉兼舍人如故,至中大通三年四月昭明卒后受敕撰经,其间十馀年刘勰所任所在,亦难得而明。此十馀年之去向未明,则《隆兴通论》等佛教史籍纵然明言刘勰表求出家在萧统卒后,亦无法落实。二、《隆兴通论》等既撰于南宋隆兴(1163—1164)之间及隆兴之后,虽其史料当有所据,但迄今尚难考知所据何典,故必生疑窦。若知其所据,犹须核其真伪,何况相距六百多年后出现之新说,而对其根据又一无所知?今视其与萧统相联系而为言,似为合理,又安知其非僧徒一贯附会帝王之常技?三、刘勰与萧统之关系,如前所考,其密切程度,往往言过其实。致使萧统之"爱接",适与刘勰滞东宫之漫长时间成反比。四、《隆兴通论》等书之载入刘勰事迹,盖附载之也。刘勰既非王公贵人,落发为僧,又不足一年,其能载入佛史,未附僧祐之末而托于萧统之尾,乃以萧统为崇佛之皇太子也。若非萧统之故,《隆兴通论》等佛家之史,未必有刘舍人一席之地。于此可知,诸释书之旁及刘勰,亦犹正史之有附传也。李庆甲《再谈》一文,详考《梁书·文学传》全部文人之卒年,而略其附传,如《庾於陵传》所附之《庾肩吾传》，《刘昭传》之附载其子刘缙、刘缓，《钟嵘传》之附载其兄弟钟岏、钟屿，《刘峻传》之附《刘沼传》等。不计附传，李云："而'正史'合传的通例是传主排列以卒年先后为序"，而"附于主要传主之后的人物不受此限"。李文又据陈垣之说云："《隆兴通论》编排史料'悉依"正史"本纪之法'，以朝代先后为次……"则《隆兴通论》等附刘勰于萧统之后，是否亦依"正史"之法，而以刘勰为萧统之附传？是否其编排亦以主传传主之卒年先后为序？同样，是否"附于主要传主之后的人物不受此限"？既有此四疑，故南宋至元代诸释书之说，厥唯存以待进一步之核证。

继《刘勰卒年考》之后，李庆甲又撰《再谈刘勰的卒年问题》，除重申前说，又有更进一步之"新证"：详考《梁书·文学传》各传之次第。除附传之外，其考各传传主之卒年为：到沆，506年。丘迟，508年。刘苞，511年。袁峻，"难确考"。庾於陵，515年？刘昭，"难确考"。何逊，518年？钟嵘，518年？周兴嗣，521年。吴均，520年。刘峻，521年。谢几卿，527年？刘勰，532年。王籍，536年。何思澄，536年。刘杳，536年。谢征，536年。臧严，546年？伏挺，548年。庾仲容，549年？陆云公，547年。任孝恭，548年。颜协，539年。其加问号者，为原著存疑之年。此考不乏精到之处，亦大多与史相符。既以证各传次第乃按传主卒年编排，则刘勰位于谢几卿（527年？）之后，王籍（536年）之前，其卒于532年，似正与传次相合。

史传以传主之卒年先后相次，固属通例；李考之多数皆是，亦非虚言。然其存疑者五，"难确考"者二：在二十三传中，已十有其三矣，更无论其馀十六传是否必确。此其一。成于唐贞观十年（636）之《梁书》，撰者姚思廉之列《文学传》，固大致按史书通例而为，其《文学》二十馀传，亦大致按传主卒年先后而编，然《文学传》中多非显要人物，其卒年或有难明者，姚氏父子亦无可奈何。如《到沆传》之明言天监"五年，卒官"；《丘迟传》之天监"七年，卒官"者，只十一传，其未明言卒年之十二传，必有为姚氏所难者，中有误排之次第，亦难免矣。若原史之传次有误，李考虽精，必无能为力。如"难确考"之刘昭，传云："历为宣惠豫章王、中军临川王记室。初，昭伯父彤集众家《晋书》注干宝《晋纪》为四十卷，至昭又集《后汉》同异以注范晔书，世称博悉。迁通直郎，出为剡令，卒官。"李考据此"结合刘昭在《文学传》的排列顺序，他卒于天监十五、六（516—517年）可能性较大"。若果然如此，则其前为《庾於陵传》，李考庾卒于天监十四年前后；其后为《何逊传》，李考何卒于天监十七年左右①，自是上下相符。然据《梁书·临川王宏传》，萧宏于天监"三年，加侍中，进号中军将军。……六年夏，迁骠骑将军、开府仪同三司，侍中如故"。是刘昭任萧宏记室，在六年夏萧宏迁骠骑将军之前，此后即"迁通直郎，出为剡令，卒官"。

---

① 李考庾、何二人卒年皆近是。《庾於陵传》："出为宣毅晋安王长史、广陵太守，行府州事，以公事免。复起为通直郎，寻除鸿胪卿，复领荆州大中正。卒官，时年四十八。"据《梁书·简文帝纪》，萧纲于天监五年封晋安王，"九年，迁使持节、都督南北兖青徐冀五州诸军事、宣毅将军、南兖州刺史。十二年，入为宣惠将军、丹阳尹"。则於陵任其长史，在天监九至十一年内，卒于荆州大中正任，当在十三、四年。《何逊传》："除仁威庐陵王记室，复随府江州，未几卒。"据《梁书·庐陵王续传》，萧续于天监八年封庐陵王，天监"十六年，为都督江州诸军事、云麾将军、江州刺史"。按《南史》卷三十三《何承天附何逊传》，亦作何逊"卒于仁威庐陵王记室"。查南康王萧绩曾封仁威将军，而萧续无此封号，当是"云麾"之误，由"庐陵王"之为江州刺史，而何逊"随府江州"可知。萧续于天监十六年为江州刺史，何逊卒于随府不久，李考为天监十七年左右，亦是。

县令任期以三年为限,其卒于县令任上,必不满三年;其任通直郎,亦不过一二年。则自天监六年夏之后再经此二职,必在天监十一年之内。姚氏列之卒于天监十四年之庚於陵后,误也。如斯之类,在《梁书·文学传》中并非绝无仅有。如《吴均传》既明书传主乃"普通元年卒",却置于《周兴嗣传》("普通二年卒")之后;《颜协传》既已书传主为"大同五年卒",却置于《陆云公传》《任孝恭传》(均明知其卒于太清一、二年)之后。于此可知撰史者本无意严守传主卒年之次第,计其大概而列传次,岂能无误?故《刘勰传》之编次,可否为其卒年之依据,不能不慎。试考列于勰前之《谢几卿传》,所究问题,更可得而明。

传云:"普通六年,诏遣领军将军西昌侯萧渊藻督众军北伐,几卿启求行,擢为军师长史,加威戎将军。军至涡阳退败,几卿坐免官。居宅在白杨石井,朝中交好者载酒从之,宾客满坐。时左丞庾仲容亦免归,二人意志相得,并肆情诞纵,或乘露车历游郊野,既醉则执铎挽歌,不屑物议。湘东王在荆镇,与书慰勉之。几卿答曰……未及序用,病卒。"据此,李考其卒于普通八年前后,杨明照《新笺》考其卒于大同四年之冬。细较二考,窃以杨说近是。案《几卿传》文,其于普通六年免官之后,可考之线索有二:一为"时左丞庾仲容亦免归……不屑物议";一为"湘东王在荆镇,与书慰勉之"。查《梁书·元帝纪》,萧绎于天监十三年封湘东王,"普通七年(十月),出为使持节、都督荆湘郢益宁南梁六州诸军事、西中郎将、荆州刺史。中大通四年,进号平西将军。大同元年,进号安西将军。三年,进号镇西将军。五年(七月),入为安右将军、护军将军,领石头戍军事"。则萧绎于普通七年十月至大同五年七月在荆镇,其与几卿书勉,必在此期之内。李考萧绎之慰勉应在谢几卿免官之后不久,至晚不出普通七年。杨考:"因不屑物议,故湘东王绎在荆镇与书慰勉。几卿答书，满腹悲愤……传末谓其未及序用病卒，盖即在大同四年之冬者。"案两说皆各有其理，然杨考又据《庾仲容传》所载："迁安西武陵王咨议参军。除尚书左丞，坐推纠不直免。"推算庾仲容之免官"疑在大同四年"。其据乃《梁书·武帝纪下》：大同三年闰九月"扬州刺史武陵王纪为安西将军、益州刺史"，以证庾仲容任萧纪之咨议参军在大同三年九月之后，又为尚书左丞而免官，则必在大同四、五年间。《谢几卿传》之谓"时左丞庾仲容亦免归"，即此"时"也。案《庾仲容传》，亦正免于尚书左丞，故知其证甚确。再结合萧绎在荆州止于大同五年七月，可证几卿之卒，必在大同五年前后①。

　　谢几卿既卒于大同年或稍后，则《谢几卿传》在《文学传》中之次第，亦为姚思廉所误矣。该传之后为《刘勰传》《王籍传》《何思澄传》《刘杳传》《谢征传》，前二传未明言传主之卒年，然后二传皆云"大同二年，卒官"，《何思澄传》虽未直书卒年，然其卒年甚明，亦为大同二年②。是知《谢几卿传》次第之误甚远。案谢几卿之实际卒年，其传应移于《谢征传》之后。则《刘勰传》前为《刘峻传》。刘峻卒于普通二年，汇考刘勰卒于普通三年，斯为得矣。且可见《梁书·文学传》之排列次序未可据为传主卒年之准的。

① 杨考"卒于大同四年之冬"或稍前。以庾仲容于大同三年九月之后始任萧纪之咨议参军，而萧至大同九年才改职："十一月辛丑，安西将军、益州刺史武陵王纪进号征西将军、开府仪同三司。"(《梁书·武帝纪下》)则其任期至少一年左右，再"除尚书左丞"；而"推纠不直"至于免官，亦须有日；免官之后，又当有与谢几卿至少共处数月，始为谢几卿之卒年，故疑在大同五年或稍后。
② 李庆甲考亦"肯定"何思澄卒于大同二年。

中大通五年(533)癸丑

二月,梁武帝幸同泰寺,设四部大会,武帝升法座开讲,众数万人。

《李谱》:刘勰六十四岁,"续撰经论于定林寺"。《新笺》:约六十八岁,继续撰经。

中大通六年(534)甲寅

十月,魏高欢立清河王世子元善见为孝静帝,迁都于邺,是为东魏。东西魏之分自此始。二月,魏永宁寺遭火,三月不灭。

《李谱》:刘勰六十五岁,"续撰经论于定林寺"。《新笺》:约六十九岁,继续撰经。

大同元年(535)乙卯

正月,梁改元大同。魏宇文泰立南阳王元宝炬为帝,是为西魏文帝。

《李谱》:刘勰六十六岁,"续撰经论于定林寺"。《新笺》:约七十岁,继续撰经。

大同二年(536)丙辰

九月,东魏命侯景攻梁,十月,梁大举伐东魏。

陶弘景卒。阮孝绪卒。

《李谱》:刘勰六十七岁,"续撰经论于定林寺"。《新笺》:约七十一岁,继续撰经。

大同三年(537)丁巳

萧子显卒。

《李谱》:刘勰六十八岁,"续撰经论于定林寺"。《新笺》:约七十二岁,继续撰经。

【汇考】《新笺》《李谱》皆以刘勰于中大通三年(531)萧统卒后,即奉敕与慧震撰经于定林寺,迄今七年。《新笺》云:"按撰经仅有二人，当非短期所能竣事。"此说固是，然须视其所撰何经及其规模而定。今苦于不知其撰经之内容，故其费时之长短，固难为说也。试以《文心雕龙》十卷（分之十卷固后人所为）推之，刘勰一人撰著，且恐非全力以赴，尚未及七年，今二人专司撰经，又当非创制，不过抄校整理而已，则为时七年，必完成数十百卷之巨著。如此功绩，而《梁书》《南史》既不载，《隋志》又未录，费长房《历代三宝记》以下之释书目录亦未闻，故为可疑。

大同四年（538）戊午

十二月，国子助教皇侃撰成《礼记义疏》五十卷表上。

《李谱》：刘勰六十九岁，"撰经功毕，遂燔发自誓，启求出家，改名慧地"。《新笺》：约七十三岁，"传文既言舍人变服未期而卒，是其出家与卒均在十二个月以内。如此段时间前后跨越两年，则舍人之卒，非大同四年即次年也"。

【汇考】《李谱》系年全据《新笺》，除所定刘勰生年略晚，别无大异。《新笺》仍以宋元释书及《梁书·文学传》之编次二途，以证刘勰出家与卒年。其考《隆兴佛教编年通论》（李考简称《隆兴通论》）等"五书均以舍人出家于昭明太子既卒之后"，此与李庆甲说所同者。其异有二：一、李考以宋释祖琇之《隆兴通论》为准，认为"祖琇的记载具有较高的史料价值，对于确定刘勰的卒年有决定性的意义"。《隆兴通论》卷八所志为："大同元年，慧约法师垂诫门人，言讫合掌而逝。……三年四月，昭明太子薨。……名士刘勰者，雅无（应作"为"）太子所重。撰《文心雕龙》五十篇。……累官通事舍人。表求出家，先燔须自誓。帝嘉之，赐法名惠地。"杨考则以宋释志磐之《佛祖统纪》为准，其卷三十七所志为："大同……三年，昭明太子统薨。……四年，通事舍人刘勰，雅为太子所重。……是年，表求出家，赐名慧地。"二、杨考核以《梁书·文学传》中《刘勰传》之前后二传:《谢几卿传》传主几卿卒于大同四年冬,《王籍传》传主籍卒于大同二年之后,五年七月之前。《刘勰传》在其中,故与《佛祖统纪》刘勰于大同四年出家相符。李考则如前述,乃核以《梁书·文学传》诸传之次第,以证刘勰卒于中大通四年。两考之卒年虽相距六七年,然依据之史料与考证之方法略同,而关键在于刘勰之撰经变服,是否与萧统之卒相关。此于前考已有详说,勿庸赘述。须略予补充者有四:

一、刘勰增寿六七岁之后,势必延长其撰经时间,而更增疑窦。

二、此时之刘勰既已无官,特别是年逾古稀,其欲出家,又何"启求""敕许"之有?更无须"先燔鬓发以自誓"矣。七十馀岁而久无官职之刘勰,并无重任在身难以解脱,似无燔发自誓之必要。

三、宋元五种释书,不确之处甚多,即杨、李所准者,亦不或免。如《隆兴通论》之萧统卒年"三年四月",按上文应为大同三年四月;李说当是中大通三年四月,"是祖琇的错误所造成的"。是亦误也。《佛祖统纪》亦以大同"三年,昭明太子统薨"。故即使是二家所准所据之史料,尚且上句为非,下句为是;其是者亦各是其所是而已。以此作为"确定刘勰的卒年有决定性的意义"之史证,其可定乎?

四、谢几卿之卒年,虽以鄙见杨考较李考为准,然正以其准,适足证明《梁书·文学传》之次第,并非严格按传主卒年之先后为序。按杨考谢几卿"卒于大同四年之冬",则《谢几卿传》之位置应移至《刘杳传》《谢征传》之后(刘杳、谢征二人皆卒于"大同二年")。又,杨考王籍之卒"必在大同二年谢征卒之后,五年七月萧绎未离荆州之前"。则《王籍传》亦必移于《谢征传》之后,始合"先后盖以卒年为叙"之史家通例。如此,《刘勰传》之前传后传皆移,《刘勰传》又将安置?

大同五年(539)己未

刘孝绰卒。

《李谱》:刘勰七十岁,卒。

【汇考】《李谱》全据《新笺》,别无他证,故略。

附录一　刘勰年谱、年表总表

刘勰公元\谱表年龄	霍衣仙谱	张严考	翁达藻表	兴膳宏表	王更生谱	王金凌谱	杨明照笺	詹锳表	李曰刚谱	龚菱表	张恩普考	穆克宏谱	李庆甲表	陆侃如表	华仲麐谱	范文澜注	汇考
464					1				1								
465	1	1		2	1		1		2		1	1	1	1	1		
466	2	2		1	3	2	1	2		3		2	2	2	2	2	
467	3	3		2	4	3	2	3		4		3	3	3	3	3	1
468	4	4		3	5	4	3	4		5		4	4	4	4	4	2
469	5	5	1	4	6	5	4	5		6		5	5	5	5	5	3
470	6	6	2	5	7	6	5	6	1	7		6	6	6	6	6	4
471	7	7	3	6	8	7	6	7	2	8	1	7	7	7	7	7	5
472	8	8	4	7	9	8	7	8	3	9	2	8	8	8	8	8	6
473	9	9	5	8	10	9	8	9	4	10	3	9	9	9	9	9	7
474	10	10	6	9	11	10	9	10	5	11	4	10	10	10	10	10	8
475	11	11	7	10	12	11	10	11	6	12	5	11	11	11	11	11	9
476	12	12	8	11	13	12	11	12	7	13	6	12	12	12	12	12	10
477	13	13	9	12	14	13	12	13	8	14	7	13	13	13	13	13	11
478	14	14	10	13	15	14	13	14	9	15	8	14	14	14	14	14	12
479	15	15	11	14	16	15	14	15	10	16	9	15	15	15	15	15	13
480	16	16	12	15	17	16	15	16	11	17	10	16	16	16	16	16	14

续表

刘勰公元\谱表年龄	霍衣仙谱	张严考	翁达藻表	兴膳宏表	王更生谱	王金凌谱	杨明照笺	詹镁表	李日刚谱	龚菱表	张恩普考	穆克宏谱	李庆甲表	陆侃如表	华仲麐谱	范文澜注	汇考
481	17	17	13	16	18	17	16	17	12	18	11	17	17	17	17	17	15
482	18	18	14	17	19	18	17	18	13	19	12	18	18	18	18	18	16
483	19	19	15	18	20	19	18	19	14	20	13	19	19	19	19	19	17
484	20	20	16	19	21	20	19	20	15	21	14	20	20	20	20	20	18
485	21	21	17	20	22	21	20	21	16	22	15	21	21	21	21	21	19
486	22	22	18	21	23	22	21	22	17	23	16	22	22	22	22	22	20
487	23	23	19	22	24	23	22	23	18	24	17	23	23	23	23	23	21
488	24	24	20	23	25	24	23	24	19	25	18	24	24	24	24	24	22
489	25	25	21	24	26	25	24	25	20	26	19	25	25	25	25	25	23
490	26	26	22	25	27	26	25	26	21	27	20	26	26	26	26	26	24
491	27	27	23	26	28	27	26	27	22	28	21	27	27	27	27	27	25
492	28	28	24	27	29	28	27	28	23	29	22	28	28	28	28	28	26
493	29	29	25	28	30	29	28	29	24	30	23	29	29	29	29	29	27
494	30	30	26	29	31	30	29	30	25	31	24	30	30	30	30	30	28
495	31	31	27	30	32	31	30	31	26	32	25	31	31	31	31	31	29
496	32	32	28	31	33	32	31	32	27	33	26	32	32	32	32	32	30
497	33	33	29	32	34	33	32	33	28	34	27	33	33	33	33	33	31
498	34	34	30	33	35	34	33	34	29	35	28	34	34	34	34	34	32
499	35	35	31	34	36	35	34	35	30	36	29	35	35	35	35	35	33
500	36	36	32	35	37	36	35	36	31	37	30	36	36	36	36	36	34
501	37	37	33	36	38	37	36	37	32	38	31	37	37	37	37	37	35
502	38	38	34	37	39	38	37	38	33	39	32	38	38	38	38	38	36
503	39	39	35	38	40	39	38	39	34	40	33	39	39	39	39	39	37
504	40	40	36	39	41	40	39	40	35	41	34	40	40	40	40	40	38
505	41	41	37	40	42	41	40	41	36	42	…	41	41	41	41	41	39

续表

刘勰公元\谱表\年龄	霍衣仙谱	张严考	翁达藻表	兴膳宏表	王更生谱	王金凌谱	杨明照笺	詹锳谱	李曰刚表	龚菱表	张恩普考	穆克宏谱	李庆甲表	陆侃如表	华仲麐谱	范文澜注	汇考
506	42	42	38	41	43	42	41	42	37	43	…	42	42	42	42	42	40
507	43	43	39	42	44	43	42	43	38	44		43	43	43	43	43	41
508	44	44	40	43	45	44	43	44	39	45		44	44	44	44	44	42
509	45	45	41	44	46	45	44	45	40	46		45	45	45	45	45	43
510	46	46	42	45	47	46	45	46	41	47		46	46	46	46	46	44
511	47	47	43	46	48	47	46	47	42	48		47	47	47	47	47	45
512	48	48	44	47	49	48	47	48	43	49		48	48	48	48	48	46
513	49	49	45	48	50	49	48	49	44	50		49	49	49	49	49	47
514	50	50	46	49	51	50	49	50	45	51		50	50	50	50	50	48
515	51	51	47	50	52	51	50	51	46	52		51	51	51	51	51	49
516	52	52	48	51	53	52	51	52	47	53		52	52	52	52	52	50
517	53	53	49	52	54	53	52	53	48	54		53	53	53	53	53	51
518	54	54	50	53	55	54	53	54	49	55		54	54	54	54	54	52
519	55	55	51	54	56	55	54	55	50	56		55	55	55	55	55	53
520	56	56	52	55	57	56	55	56	51	57		56	56	56	56	56	54
521	57	57	53		58	57	56	57	52	58		57	57				55
522	58		54			58	57	58	53	59			58				56
523	59		55			58	59		54				59				
524	60		56			59			55				60				
525	61		57			60			56				61				
526	62		58			61			57				62				
527	63		59			62			58				63				
528	64		60			63			59				64				
529	65		61			64			60				65				
530	66		62			65			61				66				

续表

刘勰公元\谱表年龄	霍衣仙谱	张严考	翁达藻表	兴膳宏表	王更生谱	王金凌谱	杨明照笺	詹镆表	李曰刚谱	龚菱表	张恩普考	穆克宏谱	李庆甲表	陆侃如表	华仲麐谱	范文澜注	汇考
531	67	63			66	62			67								
532	68	64			67	63			68								
533					68	64											
534					69	65											
535					70	66											
536					71	67											
537					72	68											
538					73	69											
539						70											

附录二　刘勰年表

陆侃如

公元465年(南朝宋明帝泰始元年)：刘勰大约生于这年前后。他字彦和，东莞莒(今山东莒县)人。祖父刘灵真，事迹不详。父亲刘尚，宋末做过越骑校尉，死得比较早。

【说明】刘勰生年不详。刘毓崧《书文心雕龙后》考定成书在齐和帝时(详下)，范文澜同志《文心雕龙注》据以推定他的生年"当在宋明帝泰始元年前后"(第730页)。这个假定是可信的，因为《文心雕龙》动笔在他三十岁以后(详下)，那么到成书时的年龄在三十五与四十之间，是比较合理的。他的籍贯以及祖父、父亲的情况，《梁书·刘勰传》说得很明确；不过他的伯祖父刘秀之"世居京口"(《宋书·刘秀之传》)，那么他也可能南迁京口(今江苏镇江)。秀之是灵真之兄，但不知是否同父母。秀之的父亲刘仲道曾做过余姚令，祖父刘爽曾做过山阴令，也不知是否即灵真的父亲和祖父。秀之自己做的官比较大，死后赠司空。秀之的堂兄穆之，在《宋书》里也有传，传中说穆之是齐王刘肥的后裔，而刘肥是汉高祖刘邦的儿子。从这些记载，我们可以大略知道刘勰祖上的情况。

公元488年(南朝齐武帝永明六年)：刘勰二十四岁左右。僧祐到江南讲佛学，刘勰和他两人同住在定林寺里。

【说明】《梁书·刘勰传》说刘勰父亲死后，家中贫困，不能结婚，就和僧祐同住了十多年，因而博通了佛教著作，整理了定林寺的藏经。据慧皎《高僧传·释僧祐传》，僧祐于"永明中敕入吴"。永明是齐武帝萧赜的年号，共十年，始于公元483年，终于493年；根据"中"字，可以假定在本年前后。僧祐是当时有名的佛教徒，编《弘明集》十四卷，并在《后序》里引用儒家经典以证佛法；这种儒佛相通的观点，不能不对刘勰起一定的影响。这里所说的定林寺，应指京口的庙宇；现在山东莒县也有定林寺，恐怕是另一所了。刘勰在定林寺时期，除整理藏经外，还替僧祐写了篇释超辩的碑文，现已亡佚；事在永明十年，他二十八岁左右（参看《高僧传·释超辩传》）。

公元496年（齐明帝建武三年）：刘勰三十二岁左右，开始写作《文心雕龙》。

【说明】《文心雕龙·序志》说，他"齿在逾立"的时候，梦见孔子，很受感动，想做儒家经典的注解；但又怕不能超过马融、郑玄等杰出经学家，所以改而写《文心雕龙》。从这里可以看出三点：第一，他是儒家学说的忠实信徒；第二，他在儒家今古文两派中，崇奉马郑古文学派；第三，他动手写《文心雕龙》一定在三十岁以后。范文澜同志假定他动笔在"齐明帝建武三四年"（《文心雕龙注》第730页），是可信的；不过这时他的年龄不是"约三十三四岁"而是三十二三岁。

公元501年（齐和帝中兴元年）：刘勰三十七岁左右，《文心雕龙》完成。

【说明】刘毓崧《书文心雕龙后》断定成书在齐和帝时，主要根据书中《时序》关于齐代文学的论述。这一段讲到太祖、高祖、文帝、中宗四帝。太祖即齐高帝萧道成，文帝即文惠太子萧长懋，这是没有问题的。但是齐代帝王中并无高祖和中宗，因此范文澜同志疑"高是世之误……中为高之误"（《文心雕龙注》第 688 页）。世祖即武帝萧赜,高宗即明帝萧鸾。但《时序》下文所说"今圣历方兴"又指谁呢？明帝以后有东昏侯萧宝卷及和帝萧宝融二人,刘毓崧认为指和帝。因为据《梁书·文学传》的记载,刘勰成书后,当时人没有重视；沈约是这时的文坛领袖,他就想请沈约看看。可是沈约声势煊赫,他无法接近；所以他就装卖货的,等沈约出行时,把书稿送到车前。沈约读了,很称赞他。刘毓崧根据沈约在东昏侯时不及在和帝时显贵这一点,断定他求沈约应在和帝时,这是可信的。和帝于 501 年三月在江陵即帝位,十二月杀东昏侯,次年二月自江陵迁建康,四月被梁武帝萧衍所杀,齐亡。《文心雕龙》的完成,当在 501—502 年间的数月中。

公元 503 年（南朝梁武帝天监二年）：刘勰三十九岁左右,开始做官,最早的职位为奉朝请,是个有名无实的空衔。

【说明】《梁书·文学传》说这事在"天监初"。天监共十八年,今假定刘勰出仕在二年前后。这事在他和沈约见面后不久,可能由于沈约的推荐。

公元 504 年（天监三年）：刘勰四十岁左右,做中军将军萧宏的记室,管理文书工作。

【说明】萧宏是萧衍的弟弟,于天监元年封临川郡王,三年进号中军将军。他是很崇敬僧祐的,可能因僧祐的关系而和刘勰来往。

公元 505 年（天监四年）：刘勰四十一岁左右,做车骑仓曹参军,管理仓帐出入的事务。

【说明】他调职的时间未详,杨明照同志假定"在天监四年中"（《文心雕龙校注》第 5 页）,大约因为萧宏这时出师北伐了。从天监三年七月到六年六月,担任车骑将军的是夏侯详（参看《梁书·夏侯详传》及万斯同《梁将相大臣年表》），刘勰就做他的僚属。

公元507年（天监六年）：刘勰四十三岁，到太末（今浙江龙游）做县令。

【说明】刘勰到太末的时间，可以根据夏侯详的调职来推测。夏侯详在六年六月改任尚书右仆射，刘勰也可能同时离开仓曹。

公元511年（天监十年）：刘勰四十七岁，做仁威将军萧绩的记室。

【说明】萧绩是萧衍的儿子，于天监八年封南康郡王，十年进号仁威将军，十六年改为宣毅将军。刘勰做他的记室，应该在这几年中。

公元516年（天监十五年）：刘勰五十二岁左右，做昭明太子萧统宫中的通事舍人，管理章奏。作《梁建安王造剡山石城寺石像碑》《灭惑论》等文。

【说明】萧统是萧衍的长子，天监元年立为太子。刘勰调到太子宫中，大约在萧绩不做仁威将军的时候，也可能略早些。《石像碑》载《会稽掇英总集》卷十六及《艺文类聚》卷七十六；文中讲到天监十五年"三月十五日妆画云毕"，可见作于这时以后。《灭惑论》载《弘明集》卷八，集为僧祐所编，当作于僧祐卒前。

公元518年（天监十七年）：刘勰五十四岁左右，与慧震一起在定林寺整理佛经。

【说明】这事不知在何年。据《高僧传·僧祐传》，僧祐卒于天监十七年五月二十六日，疑刘勰即在此时做整理工作。他还做了僧祐的碑文，大约也在这时，文已亡佚。进行这些工作的时候，他仍是通事舍人。

公元519年（天监十八年）：刘勰五十五岁左右，上表请祭南北郊改用素菜。兼步兵校尉,管理警卫工作。

【说明】《梁书·文学传》记他上表在做通事舍人与兼步兵校尉之间,表文已亡佚。杨明照同志据梁初祭祀情况,假定上表"在天监十八年正月后"(《文心雕龙校注》第6页),是可信的。他兼步兵校尉,当在上表后不久。这时他不但仍做通事舍人,而且还同时在做整理定林寺佛经的工作。

公元520年(武帝普通元年):刘勰五十六岁左右,在定林寺出家,改名慧地,不满一年就死了。

【说明】刘勰出家,是在整理定林寺佛经完毕的时候,所以年代虽难确定,但总在僧祐死后二三年。《梁书·文学传》说他出家后"未期而卒",范文澜同志假定他卒"在武帝普通元二年间"(《文心雕龙注》第731页),还算合理。《文学传》最后一句是"文集行于世",可是早就失传了。除上述三篇碑文、一篇论文外,文集中可能还包含有关定林寺、建初寺和僧柔的碑文,现均亡佚。

(本篇为山东莒县刘勰纪念堂作)

附记:

此表为陆侃如先生1963年应莒县刘勰纪念堂之请而撰,由书法家蒋维崧先生写为六幅,陈于莒县定林寺。此表惠我良多,以迄今仍鲜有知者,莒县陈列六幅又无说明部分,现据先生手稿录其全文,以飨同好。

牟世金
1986年12月6日

附录三 《梁书·刘勰传》

刘勰,字彦和,东莞莒人。祖灵真,宋司空秀之弟也。父尚,越骑校尉。

勰早孤,笃志好学。家贫不婚娶,依沙门僧祐,与之居处,积十余年,遂博通经论,因区别部类,录而序之。今定林寺经藏,勰所定也。

天监初,起家奉朝请。中军临川王宏引兼记室,迁车骑仓曹参军。出为太末令,政有清绩。除仁威南康王记室,兼东宫通事舍人。时七庙飨荐,已用蔬果,而二郊农社,犹有牺牲,勰乃表言二郊宜与七庙同改,诏付尚书议,依勰所陈。迁步兵校尉,兼舍人如故。昭明太子好文学,深爱接之。

初,勰撰《文心雕龙》五十篇,论古今文体,引而次之。其序曰:

> 夫"文心"者,言为文之用心也。昔涓子《琴心》,王孙《巧心》,心哉美矣夫,故用之焉。古来文章,以雕缛成体,岂取驺奭群言"雕龙"也?夫宇宙绵邈,黎献纷杂,拔萃出类,智术而已。岁月飘忽,性灵不居,腾声飞实,制作而已。夫肖貌天地,禀性五才,拟耳目于日月,方声气乎风雷,其超出万物,亦已灵矣。形甚草木之脆,名逾金石之坚,是以君子处世,树

德建言,岂好辩哉,不得已也。

予齿在逾立,尝夜梦执丹漆之礼器,随仲尼而南行,旦而寤,乃怡然而喜。大哉圣人之难见也,乃小子之垂梦欤!自生人以来,未有如夫子者也。敷赞圣旨,莫若注经,而马、郑诸儒,弘之已精,就有深解,未足立家。唯文章之用,实经典枝条,五礼资之以成,六典因之致用,君臣所以炳焕,军国所以昭明,详其本源,莫非经典。而去圣久远,文体解散,辞人爱奇,言贵浮诡,饰羽尚画,文绣鞶帨,离本弥甚,将遂讹滥。盖《周书》论辞,贵乎体要;尼父陈训,恶乎异端。辞训之异,宜体于要。于是搦笔和墨,乃始论文。

详观近代之论文者多矣。至如魏文述《典》,陈思序《书》,应玚《文论》,陆机《文赋》,仲洽《流别》,弘范《翰林》,各照隅隙,鲜观衢路;或臧否当时之才,或铨品前修之文,或泛举雅俗之旨,或撮题篇章之意。魏《典》密而不周,陈《书》辩而无当,应论华而疏略,陆赋巧而碎乱,《流别》精而少功,《翰林》浅而寡要。又君山、公幹之徒,吉甫、士龙之辈,泛议文意,往往间出,并未能振叶以寻根,观澜而索源。不述先哲之诰,无益后生之虑。

盖《文心》之作也,本乎道,师乎圣,体乎经,酌乎纬,变乎骚,文之枢纽,亦云极矣。若乃论文叙笔,则囿别区分,原始以表末,释名以章义,选文以定篇,敷理以举统。上篇以上,纲领明矣。至于割情析表(采),笼圈条贯,摛神性,图风势,苞会通,阅声字,崇替于《时序》,褒贬于《才略》,怊怅于《知音》,耿介于《程器》,长怀《序志》,以驭群篇。下篇以下,毛目显矣。位理定名,彰乎《大易》之数,其为文用,四十九篇而已。

夫铨叙一文为易，弥纶群言为难，虽复轻采毛发，深极骨髓，或有曲意密源，似近而远，辞所不载，亦不胜数矣。及其品评成文，有同乎旧谈者，非雷同也，势自不可异也；有异乎前论者，非苟异也，理自不可同也。同之与异，不屑古今，擘肌分理，唯务折衷。案辔文雅之场，而环络藻绘之府，亦几乎备矣。但言不尽意，圣人所难，识在瓶管，何能矩矱。茫茫往代，既洗（沉）予闻，眇眇来世，傥尘彼观。

既成，未为时流所称。勰自重其文，欲取定于沈约。约时贵盛，无由自达，乃负其书，候约出，干之于车前，状若货鬻者。约便命取读，大重之，谓为深得文理，常陈诸几案。

然勰为文长于佛理，京师寺塔及名僧碑志，必请勰制文。有敕与慧震沙门于定林寺撰经证，功毕，遂启求出家，先燔鬓发以自誓，敕许之。乃于寺变服，改名慧地。未期而卒。文集行于世。

（《梁书》卷五十）

台湾文心雕龙研究鸟瞰

前　言

　　台湾省的《文心雕龙》研究情况，祖国大陆的学术界一直是很关注的。中国《文心雕龙》学会成立之后，一直在谋求和台湾学者共同研究这一珍贵的民族遗产。我写这个小册子，即图向大陆读者做点初步介绍，以促进海峡两岸的共相切磋得以早日实现。

　　不幸的是，由于一峡之阻，两岸学者的相互了解至今甚微。就我自己来说，1979年才第一次在上海看到王更生的《文心雕龙研究》和黄春贵的《文心雕龙之创作论》。中国社会科学院于1983年组织《文心雕龙》考察团访日，我在日本期间，较多地看到台湾的有关著作，引起我进一步的注意。大陆的许多论著，包括我自己的在内，台湾"龙著"已列入"重要参考书"之内了，而我们不少研究者对他们还一无所知。回国后便一直设法搜集这方面的材料，除从北京图书馆、复旦图书馆等处借到我在日本未能购得的几种外，又承日本广岛大学杨启樵博士、东洋大学市村伊都子先生、京都大学釜谷武志先生等，陆续惠寄一些材料，特别是市村先生两次寄来四本，加上自己从日本购回的七八本，台湾《文心雕龙》的主要研究情况，便可得知其大略了。所以，这本小册子的完成，是首先要向日本友人深表谢意的。他们的热心相助，不能视为对我个人的友谊，而是对他们也相当重视的"龙学"，并对海峡两岸的中国学者寄以深意。我相信，海峡两岸的中国学者，也必以"雕龙"为桥梁而沟通和加深中日之间的友谊。

最后要说的是,即使得日本"龙友"之助,仍远远未得台湾的"全龙"。好在古人有言:"第指其一鳞一爪,而龙之首尾完好,故宛然在。"大陆读者迫切希望了解台湾全龙,纵知一鳞半爪,"全龙"就宛然在目了。而两岸人民更迫切盼望的,是早得中国的"全龙"。

1985 年 7 月于山东大学

《文心雕龙》是我们中华民族的一份光辉遗产。它不仅一向为海内学者所珍视,也日益受到全世界文艺理论研究者的瞩目。三十多年来,台湾学者同样以此为祖国旷绝千古的"宝典",在版本资料不足的条件下,对《文心雕龙》进行一系列认真的研究。就我所知,除个别人物在其论著中简单生硬地杂以政治问题外,绝大多数研究者都以严肃的态度,切切实实地坚持学术研究;有的数十年如一日,有的在和癌魔搏斗之中,"自知生命快要结束"①,仍未停止《文心雕龙》的研究。这种勤勤恳恳献身于"龙学",而不为任何困难曲折所服的精神,是令人钦佩的。他们并非徒劳,确对"龙学"有一定的贡献。笔者力图就其所知,对台湾省《文心雕龙》研究的得失予以客观地述评。

----

① 徐复观《中国文学论集续篇自序》。

一、显　学

　　最早称《文心雕龙》研究为当今"显学"的,是香港大学饶宗颐先生①。七十年代以来,台湾研究者称之为"显学"的渐多。如沈谦以为:此书"堪为中国文学史上最伟大之论文巨著。近世以来,研究者甚夥,或校正版本,或讲疏章句,或发扬义理,绩效辉煌,遂成显学焉"②。王更生也称,近数十年来,《文心雕龙》研究"蔚然成风,逐渐成为今日中国文学批评上的显学"③。这种说法并不是凭空产生的。台湾学者谈"龙学",多从全中国的整体着眼,虽然他们对大陆情况所知甚微,因而难免有某些误解,但能以国家的整体观念来对待学术问题,则是正确的。他们视《文心雕龙》研究为"显学",正是如此。如王更生所论:"使《文心雕龙》得为中国当前文论中的显学者,以上各家都尽了催生的力量。"所谓"以上各家",就是他在上文提到的王利器、范文澜、李曰刚、潘重规、刘永济、杨明照等④。1980年,台北出版《文心雕龙研究论文

---

① 《文心雕龙探原》,香港大学1962年《文心雕龙研究专号》。
② 《文心雕龙批评论发微自序》。
③ 《近六十年来文心雕龙研究概观》,《中华文化复兴月刊》第7卷第3期（1974年3月）。
④ 《文心雕龙导读》第97—98页。

选粹》,其中也选入大陆作者刘绶松、刘永济、陆侃如、王元化、黄海章等人的论文十余篇①。这都说明,他们认为"显学"的形成,是与大陆研究者的成就分不开的。

祖国大陆的《文心雕龙》研究,台湾省的学者也是颇为关注的。如对"文革"期间的停滞状态,他们曾发出"言之痛心"之叹。大陆学者在《文心雕龙》研究方面取得的成就,凡为他们所知者,往往能给以较为公正的评价。如李曰刚谓杨明照、王利器二书"集自来各版本各校本之大成,堪称《文心》之两伟大功臣"②;王更生评杨明照的《文心雕龙校注拾遗》:"这是杨氏呕心沥血之作。在《文心雕龙》的研究上,为后人树立了一个新的断代。"③又谓"大陆上早期出版的几篇文章",如许可的《读文心雕龙笔记》、刘绶松的《文心雕龙初探》等,"都是铿锵有节,掷地有金石之声的东西,只要是想研读《文心雕龙》的学者,对这几篇文章,是不会轻易失之交臂的"④。又如评陆侃如先生的《文心雕龙术语用法举例》说:此文"所涉范围虽然有限,但在这块新辟的荒原上,他的确是第一位拓荒者"⑤。

对问题的研究,他们也往往着眼于全国。如王更生论"风骨",首列十五家之说,除黄侃、范文澜、刘永济外,还有廖仲安、刘国盈、潘辰、舒直、王达津、罗根泽、李树尔等⑥。此外,台湾出版的多种《文心雕龙》论著,都列范文澜、杨明照、王利器、刘永济、陆

---

① 详见本书附录。凡引台湾诸书之出版时间、出版社,均见附录。
② 《文心雕龙斠诠》第19页。
③ 《文心雕龙导读》第70页。
④ 王更生《文心雕龙研究》第41页。
⑤ 王更生《文心雕龙研究》第54页。
⑥ 王更生《文心雕龙研究》第320—328页。

侃如、牟世金、郭晋稀等人的著作为"重要参考书"。这些情况说明,一峡之隔并未阻止一国两岸的学术交流,台湾学者仍能尽其所知而从全国范围来研究《文心雕龙》。这样,他们视"龙学"为"显学",就有充实的内容了。

当然,台湾学者尊之为显学,也有该省具体的原因。对《文心雕龙》的珍贵意义作高度评价,在台湾学者中可谓众口一声。如李曰刚称:"《文心雕龙》五十篇之规模,齐梁以前不曾有,齐梁以后未之见,于中国文学批评翰籍之中,震铄千古,迄今仍无出其右者"①;王更生则以为刘勰此书可"悬诸日月"②;王叔岷说此书"非唯品藻之圭臬,亦文章之冠冕也"③;龚菱更认为:"刘勰《文心雕龙》实为我国文学的瑰宝,要研究中国文学,就必须研读这本书。要阐析传统作家作品,要研究我国文学理论,要探究文学批评,乃至于要了解我国文学各层面,都要研读、参考《文心雕龙》这本书。"④这些评价虽有溢美之处,却于此可见他们重视这部书的程度。有人以为《文心雕龙》年代已久,在今天还有什么可取之处?黄春贵斥这种观点"徒为有识者所嗤耳"⑤,此可谓之知言。

台湾学者不仅给此书以高度评价,尚图"以为建立现代文艺理论之准的与借镜"⑥;希望"能实际应用于今日,作为发展民族文学的张本"⑦。因此,台湾多数大学的中文系都开设了《文心雕

---

① 《文心雕龙斟诠》第 2284 页。
② 《文心雕龙导读》第 4 页。
③ 《文心雕龙斠记》见于大成、陈新雄主编《文心雕龙论文集》。
④ 《文心雕龙研究》第 303 页。
⑤ 《文心雕龙之创作论》第 198 页。
⑥ 沈谦《文心雕龙批评论发微》第 138 页。
⑦ 王更生《文心雕龙研究·例略》。

龙》选修课,张严还讲到有的大学"已列为文学部门之必修科目矣"①。李曰刚先生长期在台湾师范大学讲授《文心雕龙》,不仅"初授诸生选修",还"继导硕博专研"②,培养了一批后继之才。《文心雕龙》研究在台湾成为显学,这些都起了不小的作用。

一种学术的兴盛,主要还是人才,没有一批对《文心雕龙》研究有素的学者,台湾的"显学"是无由出现的。台湾的《文心雕龙》研究,大致以师范大学为中心,其中李曰刚、潘重规、高仲华、方远尧等教授,都是三十年代在南京中央大学受业于黄侃的门人。他们多年来相继在师大从事《文心雕龙》教学,培养出王更生、龚菱、沈谦、黄春贵等后起之秀。此外,台湾大学的廖蔚卿、郑骞,政治大学的张立斋、王梦鸥,东海大学的徐复观,成功大学的张严,辅仁大学的王金凌,以及卒业于师大,后来执教于淡江文理学院的黄锦铉等,就是构成台湾《文心雕龙》研究队伍的中坚。台湾省的"显学",主要就是这些学者的业绩。他们既自己从事研究,又培养成大批的人才。仅以培养硕、博研究生来说,其学位论文较著者有:

《文心雕龙之文学理论与批评》(台湾师范大学国文研究所沈谦)

《刘勰文学理论的比较研究》(台湾大学外文研究所纪秋郎)

《刘勰年谱》(辅仁大学中文系王金凌)

《文心雕龙批评论发微》(沈谦)

《文心雕龙批评论》(李宗懂)

《文心雕龙之创作论》(黄春贵,与上两篇同是台湾师大)

---

① 《文心雕龙文术论诠序》。
② 《文心雕龙斠诠·序言》。

《刘勰明诗篇探讨》(中国文化学院中文研究所刘振国)

《刘勰钟嵘论诗歧见的析论》(陈端端)

《文心雕龙与儒道思想的关系》(韩玉彝,与上文同为辅仁大学中文研究所)

　　以上前两种为博士论文,其余为硕士论文;其中第一、三、四、五、六种已正式出版(详见书末附录)。这只是我所得知的一部分,已足说明台湾各大学是为当今显学输送了一些人才的。

　　徐复观教授曾说:"台湾(原注:大陆也是如此)年来研究《文心雕龙》的风气相当盛,刊出的专文专书也不在少数。"①这是事实。台湾研究《文心雕龙》的专文专书,到1982年底,已出版论文集七种,校注译释十一种,理论研究十种,其他(年谱、导读)二种,总计三十种。论文截至1980年共发表约二百多篇,其中考校笺释四十余篇,评介序跋二十余篇,"文之枢纽"部分二十余篇,文体论约十篇,创作论三十余篇,批评论十余篇,其他四十余篇。以作者而论,发表论文最多的是王更生,共二十余篇,次为张严、徐复观,各十余篇,李曰刚、沈谦、王梦鸥、陈拱、廉永英等,也在七、八篇以上。总计台湾曾出版专书和发表论文的研究者共九十余人。以台湾省有限的地域、人员和条件而论,《文心雕龙》的这个研究队伍是相当庞大的,其论著的成果也是相当可观的(还有一些大学教材、翻印前人和大陆著作未计)。

　　从以上种种情况来看,称《文心雕龙》研究为当代中国之显学,也就诚非虚言了。下面便进而考察这一显学在台湾省的发展大势。

　　全省研究《文心雕龙》的专书,六十年代出版五种,七十年代

---

① 《中国文学论集续篇》第170页。

出版十七种，八十年代的前三年便出版八种。论文的发表，五十年代六篇，六十年代五十余篇，七十年代一百三十余篇。这个数字显示了他们从七十年代开始，有愈来愈加强的发展趋势，也反映出台湾学者对《文心雕龙》研究的重视，正处于方兴未艾之中。王更生评李曰刚的《文心雕龙斠释》曾说："今后《文心雕龙》的研究，或将由李氏《斠释》的带动，展开一个崭新的境界。"①这本《斠释》(师大讲义)已于1982年正式出版，我们期待着台湾"龙学"，真能在此书的带动下，"展开一个崭新的境界"。

　　再从研究的具体内容来看。其校注译释方面的十一种，有九种出版于1976年之前，其后虽有王更生的《文心雕龙范注驳正》和李曰刚的《文心雕龙斠诠》二种，但王书重在驳议，李书不仅是综合性的著作，且是早已完成的讲义。所以，其校注译释工作，主要集中在1976年之前。理论研究方面的十种，则有八种出版于1975年之后。论文集七种，虽出版于1976年之前的较多，其中对某些理论问题已提出了一些初步的探究，但如收入易苏民编《文心雕龙专号》中的《文心雕龙考索》(张严)、《神思注译》(钟升)等文，收入张严《文心雕龙通识》中的《文心雕龙五十篇指归考微》《文心雕龙版本考》等文，黄锦鋐等人的《文心雕龙研究论文选》中所收《文心雕龙五十篇赞语用韵考》(韩耀隆)、《文心雕龙用易考》(王仁钧)等文，也有不少考校注译的文章。至于陈维雄、于大成主编的《文心雕龙论文集》，多是1949年以前的论文，49年以后的台湾作者之文只有两篇：一是潘重规的《唐写文心雕龙残本合校》，一是王叔岷的《文心雕龙斠记》，均非理论研究。七十年代中期之后，校注译释方面的论著，虽仍有继续问世之作，但理论研究

------

① 《文心雕龙导读》第84页。

方面的著作渐多了。如蓝若天的《文心雕龙的枢纽论与区分论》，专论《文心雕龙》的上篇；王更生和龚菱各有一本《文心雕龙研究》，都做了较为全面系统的论述；沈谦先后出版了《文心雕龙批评论发微》和《文心雕龙之文学理论与批评》，前者专研究其批评论，后者综论全书；黄春贵的《文心雕龙之创作论》，专究其创作理论；王金凌的《文心雕龙论术语析论》，专析其文论术语；冯吉权的《文心雕龙与诗品之诗论比较》，则究两书论诗的异同。这些事实充分说明，台湾的《文心雕龙》研究，以七十年代中期为分界线，前期以校注译释为主，后期以理论研究为主；理论研究又循着从部分到整体，进而深入某些专题研究的道路发展。这就是三十年来台湾省《文心雕龙》研究的发展大势。

王更生在1977年曾论及"文心雕龙学"的发展趋向。他认为在范文澜、王利器、李曰刚等研究成果的基础上，"《文心雕龙》研究的方向，可以遵循以下六个途径去努力"：一、校勘，二、注释，三、文论，四、今译，五、资料集结，六、比较研究①。这六个途径，是考虑得很全面的，任何一个方面，都既不可忽视，也确有继续努力，精益求精的必要。只是鄙见以为，这六项不应轻重不分而一视同仁。作为"发展方向"来看，这种包罗万象的"途径"是四通八达的通衢，实际上无方可向，无向可趋。三十多年来，台湾"文心雕龙学"经历的实际途程，已把它的发展趋向显示得很清楚了。当然，1977年以后的事，王更生氏并未看到，也未预计到。

谁也不是算命先生，能预卜未来的天下大事。但我们搞学术研究的人，要充分尊重事实，并进而总结事物的必然发展规律。

---

① 《文心雕龙导读》第53—65页。

一、显　学　　　　　　　　　　　　　　133

所谓"阴阳盈虚,五行消息,变虽不常,而稽之有则也"。这是刘勰便有的认识了。"稽之"龙学的发展,也是"有则"的。无论大陆和台湾,海内和海外,既曰龙学,就必有龙学的必然发展规律。如施友忠虽早有英译本问世,其译却不太理想;朱利安的法译本还正在翻译中。这样,在欧美诸国,《文心雕龙》研究就必然成不了"显学"。日本的情况就大不相同了,校注译释都有较好的基础,理论研究便可迅速发展①。1984年在上海召开的中日《文心雕龙》讨论会,他们可以组成以目加田诚为团长的十二人代表团参与此会。《文心雕龙》研究在日本的汉学家中,也可谓之"显学"了。所以,必以校注译释为基础,才可能开展深入的理论研究,台湾大陆正是如此,这就是规律。校注译释必然转入理论研究,也是不可转移的规律。以翻译来说,日本有三种全译本,台湾也是三种,大陆四种。由于对原文理解不一而译文互有出入,今后继续有多种较好的译本出现是完全可能的,但译文的任务止于转达原意,新译本只能愈来愈少。校勘就更是如此。虽有"校书如扫落叶"的古语,绝不可能越扫越多。经过数百年来古今校勘家的努力,未校或误校的已不会太多了。而校注译释并不是研究《文心雕龙》的目的,它只是理论研究的基础。要使《文心雕龙》发挥作用于今日,只能是其理论中的民族精华。所以,龙学史的必然发展趋势,是逐步加深其理论意义的研究。

　　台湾学者绝大多数对《文心雕龙》研究的性质及其发展方向都是清楚的。王更生氏在理论认识上虽有模糊之处,但他的研究实践却是很明确的。其《文心雕龙研究例略》有云,他著此书,即图"俾此一部旷古绝今的宝典,真能实际应用于今日,作为发展民

---

① 参拙文《日本〈文心雕龙〉研究一瞥》,《克山师专学报》1984年第1期。

族文学的张本"。这既是多数台湾学者积极实践的正确道路,也是海峡两岸学者正共同前进的方向。台湾学者在这方面做了很大努力,后面拟另作专题介绍。

二、校　勘

　　台湾学者对《文心雕龙》的校勘，虽限于当地的条件，但以其用力甚勤，仍取得了一定的成就。这方面的著作有张立斋的《文心雕龙注订》和《文心雕龙考异》，潘重规的《唐写文心雕龙残本合校》，王叔岷的《文心雕龙斠记》和《文心雕龙缀补》[1]，蒙传铭的《文心雕龙校订》，以及李曰刚的《文心雕龙斠诠》等，其中有的兼有校注，这里先谈校勘。

　　近数十年来《文心雕龙》的几个重要校注本，如范文澜的《文心雕龙注》、王利器的《文心雕龙新书》、杨明照的《文心雕龙校注》、刘永济的《文心雕龙校释》等，台湾都曾翻印出版[2]。台湾学者的校注工作，主要就是在以上几种的基础上进行的。李曰刚《文心雕龙斠诠例略》的第一条就说：

---

[1]　《文心雕龙斠记》原载《新加坡大学中文学会学报》第5期，收入陈、于主编之《文心雕龙论文集》，《文心雕龙缀补》即由《斠记》一文增订而成。

[2]　《文心雕龙注》：台北明伦出版社于1970年据香港商务印书馆1960年之"增订本"影印，名《文心雕龙注增订本》。《文心雕龙新书》：台北成文出版社于1968年据香港龙门书店版影印。《文心雕龙校注》：台北世界书局于1962年据香港龙门书店版翻印。《文心雕龙校释》：台湾原传1948年的正中书局版，1974年台北华正书局又据上海中华书局本翻印。

　　　　自来《文心雕龙》板本，以清乾隆六年(1741)姚刻黄叔琳辑注养素堂本为最善，今即以此为底本，再参以黄季刚师《札记》、刘永济君《校释》，范文澜注所引孙仲容、顾千里、黄荛圃、谭复堂、铃木虎雄诸家校本，暨杨明照《校注拾遗》、王利器《新书》……期能折衷诸说，有益斯书之董理。

李书如此，其他各家也基本相同。台湾学者在这方面虽没有什么大的发展，但也有一些具体的成就，其功是不可没的。这里只就张立斋、李曰刚二家之校略予考察。

　　张立斋的《文心雕龙考异》，也曾"旁参《御览》及近世范文澜注本，杨明照校本，王利器《新书》"，但其自序，于三家均有微辞。其评王杨二书说：

　　　　二氏之作，于校雠则每失，于论断则频误。兹就唐本十余篇中，王氏失校者，有廿余条，杨氏失校者，达三百四十余条。如唐写本《辨骚篇》"汤武之祗敬"句下，原脱"典诰之体也"，至"讽之旨也"，四句共廿二字。又《铭箴(应为箴)篇》"盖臧武之论铭也，"句下原脱"曰天子令德，诸侯计功，大夫称伐，"三句共十三字，二氏均未校出，谨细忽大，不见舆薪，为失之最者也。

对此，我以为首先要明辨校书的目的、任务何在，是以唐本校今本或以今本校唐本？张立斋的要求似为二者兼有。这种要求，只少数几种版本兼校互出，是不难做到的，而王杨二家以数十种版本相校(目的又只在校今本)，欲求将此数十种之有出入者一一校列，那就既无必要，亦不可能。因此，张氏的所谓细之与大，是不切实际的。

　　其次，以张氏所斥"谨细忽大，不见舆薪"之二例来说，若非虚张声势，便是夫子自道了。倘论唐本之校，而不知前有赵万里，后有潘重规，那才真是"不见舆薪"。赵万里的《唐写本文心雕龙残卷校记》发表于1926年①，潘重规的《唐写文心雕龙残本合校》出版于1970年，赵潘之校都已指出唐写本的二处脱文，他们又都远在张校之前，却云"诸家皆未校出"，岂非"不见舆薪"？王杨二家纵然未见潘校，却是必见赵校的，赵万里是专校唐本，王杨则是专校今本。所以，王杨二家之略，当是非不能也，是不为也。

其三，张校唐本固有精到之处，其失校者同样不少。仅以《辨骚》一篇为例：除"名儒辞赋"等三处的"辞"，唐本均作"词"未校而可以不校外，"同于风雅"的"于"，唐本作"乎"；"酌奇而不失其贞"的"其"，唐本作"居"；"不有屈原"的"原"，唐本作"平"；"艳溢锱毫"的"溢"，唐本作"逸"，张氏《考异》均未校出。又，"驷虬乘翳"的"翳"，从铃本作"鹥"，而唐本实为"翳"。这种情形，用张氏《考异》的重点乃在据唐本以校今本来解释，我以为是完全可以的，但对王利器、杨明照的评论，就应用同一尺度；其间区别，只在王杨所用校本特多，而张立斋特少，并以唐本为重点。

借刘勰的话来说，"虽欲訾之（圣），弗可得已"。王杨二书绝非尽善，只是"谨细忽大"之评，未免"轻言负诮"。但我们并不以此而忽视张立斋氏精勘细校之功。他的所补所正，确有一些人所未及之处。如《征圣》篇的"事迹贵文之征也"句，张云："唐写本迹作绩。立斋按：《书·尧典》：'庶绩咸熙。'传：'绩，功也。'又蹟同迹。《诗·小雅》：'念彼不蹟。'传：'不蹟，不循道也。'二字义殊，唐本是，王失校。"《明诗》篇的"婉转附物"句，王校："唐写本婉作宛。""立斋按：唐写本正作婉，非作宛也，王校误识。"又如

---

① 载《清华学报》第3卷第1期。

《诸子》篇的"陆贾典语",王利器、杨明照、刘永济诸家,皆校"典语"应为"新语"。张立斋认为:"典语非误,下有《新书》字,故上称《典语》。"张书中像这类或为精细或系独见者是不少的。如果注意到著者的处境和条件,便知其成绩是得之非易的。《文心雕龙考异》的自序有云:"王杨二氏校本,自述所据唐写本以下,王凡廿三种,杨凡十七种,余则唐写本以下,仅得其五,颇惭寒俭。"这就是台省学者的苦衷了。

铨衡一位学者的成就,固不应苛求于其尚未达到的境地,而当以其已经达到之处为主。张立斋仅以五种版本为据,却细校精按一千二百余条,虽非条条必当,却有其难能可贵之处。更值得注意的,是他这五种本子也来之不易。其五种是:一、唐写本,二、涵芬楼影印本,三、杨升庵批点梅庆生音注本,四、凌云本,五、黄叔琳集注纪评合刻本。其中三、四两种得自美国哈佛大学,第五种得于哥伦比亚大学。一位中国学者研治中国的古籍,却以求助于外邦为主,这就是台湾学者的处境。

《文心雕龙》的刻本,道光十三年两广节署本(黄叔琳注,纪昀评,朱墨套色合刊),大陆公私收藏甚多,是一个较为普通的本子,笔者在五十年代初便曾以0.6元购得一部。不仅大陆,日本冈村繁教授的《文心雕龙索引》,即以之为底本,可知此本在日本也是并不难见的。但在台湾,却只师大藏有1924年上海扫叶山房的石印本;本人未曾核校过这个石印本,但扫叶山房的印书质量是众所周知的,而台湾却视若家珍,约在1961年由经文书局影印出版,虽可略胜于无,也就由此可知台湾文物资料之不足了。清刻本尚且如此,其他稀世善本即可想见。如清初已极不易得的王惟俭训故本,王更生听说北京图书馆尚存此书,乃谓:"这真是从事

二、校　勘

校勘《文心雕龙》者的福音。"①其实，北图及各省图所藏之珍，各校勘家私藏之秘，何止一训故本！如元刊至正本，日本龙友、《文心雕龙》版本专家户田浩晓先生也听信前人之误，以为"元代的至正十五年（1355）刊本，皆徒存其名，至今并无实物传世"②。王更生却知祖国大陆尚"原璧无瑕"地保存着，但一再发出"万分难得""可望而不可及"之叹③。其实，既是中华遗产，凡我炎黄子孙，都有共同继承的权利，也有共同研究的义务，又何"可望而不可及"之有？此书已于1984年由上海古籍出版社影印飨世，有志于龙学者皆可得人手一册。台湾学者若非自绝于中华文化，完全可以共享其珍。

台湾现存最早的刻本，据说乃弘治十七年（1504）的吴门本。其发现过程是：香港饶宗颐先生于1962年撰《唐写文心雕龙景本》一文，讲到"友人神田喜一郎博士藏有其书"，并附其书影④。到1973年，王更生才据以查验台北故宫博物院所藏"明刊本《文心雕龙》二册"，断言与神田君的藏本"纤毫不差"⑤。此外，明清以来的许多重要校本，如谢兆申、徐𤊹、钱允治、黄丕烈、张绍仁、冯舒、何焯、顾广圻、谭献、吴翌凤、徐渭仁、傅增湘等诸本，都是台湾看不到的⑥。既然这样，他们的校勘工作就不能不受到很大的限制。其难取得较大成就者在此，其已获成效之可贵者亦在此。

---

① 《文心雕龙导读》第37页。
② 《文心雕龙小史》，原载日本无穷会东洋文化研究所1978年《纪要》第十辑，本文收入王元化编《日本研究〈文心雕龙〉论文集》。
③ 《文心雕龙导读》第32页。
④ 见香港大学1962年《文心雕龙研究专号》。
⑤ 王更生《文心雕龙导读》第34—35页。
⑥ 见王更生《文心雕龙研究》第33页。

校勘是"文心雕龙学"的基础,字不正则义难明,整个研究就失去可靠的依据。台湾的《文心雕龙》研究在上述条件下仍能发展而为当代显学,固然是众多学人的共同努力所致,而图发展民族文化,却是许多有志之士的重要动力。李曰刚先生有言曰:"笔者末学肤受,明知蚊力不足以负山,蠡瓢不足以测海,然仍不揣谫陋,勉成斯编者,冀能存千虑之一得,为复兴中华文化、发展民族文学,而略尽其绵薄耳!"①善哉斯言。正因出于发展民族文化,故能排除己见,以学术为重而兼取众长,完成其继往来开之巨著。李氏弟子王更生评其书云:"每下一义,确能博采众长,每校一字,必通引中外各家之说相比勘"②,这是事实。从校勘上说,必须以有价值的版本为据,仅仅依靠台湾现存版本,是难有较大的新发展的。李曰刚的《文心雕龙斠诠》其所以有成,一方面固出于他长期的辛勤耕耘,另方面就在他重视前人"经验之积累",因而博取众长,成为台湾目前最好的校本。但龙学在不断发展,王利器、杨明照各有新著问世(《文心雕龙校证》《文心雕龙校注拾遗》),都在原有基础上有程度不同的增补;而李氏之校,也难万无一失,故仍有美中不足者在焉。现就《明诗》一篇之校以见其大概。

李校《明诗》篇凡六十七条,与王利器校此篇六十七条之数正合。其中与王校相同或直引王校者十五条。如"圣谟所析"之"谟"字;"舜造南风"之"舜"字;"太康败德"之"太"字等便是。

在王校的基础上加以补证者二十一条。如"有符焉尔"句,王校:"唐写本'有'上有'信'字。"李校"唐写本'有'上有'信'字。刚按彦和用四字句作断结语以'有'字领头者,不乏他例。如《谐

---

① 《文心雕龙斠诠》自序。
② 《文心雕龙导读》第84页。

隐》篇：'有足观者'；《诏策》篇：'有训典焉'；《情采》篇：'有实存也'；《附会》篇：'有似于此'；《才略》篇：'有偏美焉'，'有足算焉'，'有条理焉'可证，无增'信'字必要。宋本《御览》五八六引'有'上无'信'字，与今本合。"又如"九序惟歌"句，王校："'序'，《玉海》二九，一〇六作'叙'。"李校同上，又增："宋本《御览》作'序'不作'叙'。"

诸家未校而为李氏新出者共四条：一、"傅毅之词"句："唐写本'词'作'辞'"；二、"怜风月"句："唐写本'怜'作'怜'"；三、"驱辞逐貌"句："唐写本'辞'作'词'"；四、"应璩百一"句："'璩'，唐写本作'瑒'形误"。

王校所无者共七条，除上举四条外，还有：一、"大禹成功"句，李校："唐写本'功'字无"（赵万里已有此校）；二、"雅颂圆备"句，李校引铃木虎雄说："案'圆'字可疑，下云：'亦云周备'，'圆'疑'周'字讹。"李按："'圆备'犹'周备'也。……不须改字；三、"庄老告退"句，李校："唐写本'庄'作'严'，《御览》五八六引亦然。"下引杨明照说。

改正王校之误者有二：一为"两汉之作乎"句，王校："唐写本、《御览》，'两'上有'固'字。"李校："句首'固'字原脱，据《御览》五八六引补。唐写本'固'作'故'，字通。'也'字原作'乎'，据唐写本改。"二为"挺拔而为俊矣"句，王校："唐写本'俊'作'雋'。"李校："唐写本作'儁'。"查唐本以李校为是。

李校也有改王校或从王校而误者。如"婉转附物"句，王校："唐写本，'婉'作'宛'。"李校同。查唐写本实作"婉"，此从王而误。又"其难也方来"句，王校："《御览》，'来'下有'矣'字。"李校："《御览》，'来'下有'也'字。"查《御览》五八六实作"矣"，此改王校而误。

此外,还有取范文澜、杨明照、潘重规、铃木虎雄及斯波六郎诸说而附以己意者十余条,不再列举。据上述情况可知,李曰刚之校,从王利器者较多,于唐写本之校特细,虽超越于前人的发现不多,也没有什么重要的新校,但能博取众长,并补正部分前人之失,从而完成了一个目前较为完善的校本。其中也偶有所失,但瑕不掩瑜,成就是主要的。以张、李二氏之精审,若尽得今日尚存元明清数十种版本而手校之,《文心雕龙》的校勘工作,还必将大有可为。

三、注 译

　　台湾有关注译方面的著作,除上举张立斋《注订》、王叔岷《缀补》、李曰刚《斠诠》兼有注释外,还有李景溁的《文心雕龙新解》、彭庆环的《文心雕龙释义》、陈弘治等三人合著的《译注文心雕龙选》、黄锦鋐等十五人合著的《语译详注文心雕龙》等。总上诸书,台湾《文心雕龙》的注本有二,译本有四(其中全译本三,选译本一)。

　　王更生曾谓:"近代言翻译,已成专门的学术,而《文心雕龙》的翻译,更是专门学术中的专门学术。"①这说明他对《文心雕龙》的翻译是颇有见地的。近闻王氏亦有译本问世,未见。王更生氏还叙述了这种"专门学术"的发展情况:

　　　　近十数年从事于译白者颇不乏人,如钟露升先生的《刘勰神思译注》,陆侃如、牟世金的译注《原道》《辨骚》《神思》《风骨》《情采》《知音》《序志》七篇,郭晋稀《文心雕龙译注十八篇》,李景溁先生《文心雕龙新解》等。

正如本书上节所说,这也是着眼于全国学术之整体的一例。但此例适足说明,王氏所知的整体是很不全面的。王更生的《文心雕

---

① 《文心雕龙导读》第59—61页。

龙导读》出版于1977年，但早在1961至1963年间，周振甫先生就连续发表了近三十篇译文。与此同时，赵仲邑、刘禹昌诸家，也有大量译文问世①。陆侃如、牟世金则在1962、1963年内出版了《文心雕龙选译》和《刘勰论创作》二书，前者选译二十五篇，后者译入八篇②。这样多的早期译文均为王更生所不知，而首举1967年才发表的钟露升一篇，因此，王氏号称《近六十年来文心雕龙研究总结》，这个"总结"就很不全面和准确了。《文心雕龙》的今译，发表单篇译文始于周振甫，选译本以陆、牟为先，而全译本则以李景溁为早；译为外文则单篇始于日本目加田诚③，选译本以户田浩晓为先④，全译本则以施友忠的英译本为早⑤。

  理清以上事实，就可较为准确地看清台湾学者在这方面的贡献了。《文心雕龙》的今译工作不始于台湾，这是很清楚的。郭晋稀和陆、牟的译文传入台湾后是有一定影响的。但第一个中文全

---

① 周振甫的《文心雕龙》译文见《新闻业务》1961年第4期至1963年第9期，赵仲邑的译文见《作品》1962年第2期至1963年第2期，刘禹昌译文见《长春》1962年第8、9期至1963年第9期。
② 香港龙门书局于1970年出版周康燮编《文心雕龙选注》，选陆牟《文心雕龙选译》中的译注七篇、颜虚心集注五篇（初刊于四十年代之《国文月刊》）、北京大学《魏晋南北朝文学史参考资料》一篇、刘师培遗说一篇、许文雨《文论讲疏》二篇、王力注二篇等。王更生所知陆牟七篇，即据此。
③ 目加田诚，日本九州大学名誉教授，从1945年3月开始在九州大学《文学研究》上陆续发表译文七篇。
④ 户田浩晓，日本立正大学教授，现已退休。1972年出版《文心雕龙》，选译十八篇。
⑤ 施友忠，美国华盛顿大学教授，1959年出版英译本《文心雕龙》，1970年改为中英对照本在台北中华书局出版。

译本,是李景溁的《文心雕龙新解》。此书出版于1968年4月,与兴膳宏的第一个日文全译本同年而早八个月(兴译本初版于昭和四十三年十二月)。李氏著《新解》时,是台南一位中学教师,以舌耕之余,费时五年而成,其辛勤首创之力是可以想见的。李曰刚评此书说:

> 李君积月穷年,写成此帙,树国内语译《文心》之先声。惟谛审全书,无论校字、释义、译白,或因思欠周密,或以囿于旧说,疏误多所不免。然就新解如此深奥之古典名著而论,勤心毅力,难能可贵。①

这是公允之评。其首创之功不可没,但语译这种难度较大的骈文,尚存一些不足之处却是难免的。如本书译《神思》篇的首句为:

> 古人说:"身在遥远的江海,心中却驰骛着朝廷的宫阙。"这正可比况"神思"(灵感与文思)的不可捉摸啊!

此句显然并非《文心雕龙》中的难译者,但李译却存在不少问题:一、"神思"一词尚未得到确解,在进行"神思"的过程中,有可能出现"灵感",但绝非神思即灵感;二、"驰骛着朝廷的宫阙",把活话译死而有违原意;三、原文"神思之谓也",丝毫没有"不可捉摸"之意;四、"形在江海之上,心存魏阙之下",乃谓身在此而心在彼,本身就正是"神思之谓也",而非"正是比况";从下文"文之思也,其神远矣"可知,其上言"神思",下言"文思",分别甚明。一个普通句子的翻译尚且如此,全书的"思欠周密"可知。

---

① 《文心雕龙斠诠》第2528页。

尊《文心雕龙》今译为"专门学术中的专门学术",窃以为实有识之论。其为"专"者甚多,主要是难于确切地转达原意。海峡两岸学者虽经二十多年的努力,至今仍难得一本公认的准确译本,何况译事伊始的李景溁。究其原因,关键是在对原文的理解。信达的译文,必以准确的注释为基础。若得精确翔实的注本为据,则所谓"信达雅"的译事,无论今译或外译,就和一般翻译相去不远了。故所谓专门中的"专门",其根在注。如李曰刚先生的《斠诠》,不用"译"而用"直解",固然是一种较为灵活的方式,但无论是译与解,都首先要求有正确的注。《斠诠》是台湾晚出而有集大成性质的著作,现以其"解"《史传》篇的二例来看。一是"宣后乱秦"句,直解为:"秦昭王母宣太后与义渠戎王私通而生二子,以乱秦国";一是"傅玄讥后汉之冗烦"句,直解为:"傅玄讥评《后汉书》之冗赘烦琐。"可否这样"直解"呢?这就必须考其注文。"乱秦",何以知其为宣太后与义渠戎王私通而乱秦;"讥后汉",何以知其为讥评《后汉书》,这是从原文与解文的字面上无法判断其是非的。因此,寻根探源,必讨其注。

《斠诠》注前句为:见《史记·匈奴传》:"秦昭王时,义渠戎王与宣太后乱,有二子。"此注始于黄叔琳,范文澜等继之,李曰刚即据以直解为私通生子,以乱秦国;其他诸家译文,亦莫不据此注而为言。其实,虽言之有据,却与原意了不相干。笔者曾试作如下新解:

> 细读彦和原文可知:这段话首先反对班固、司马迁为吕后立纪,因为自"庖牺以来,未闻女帝者也";继举周武王的誓词:"牝鸡无晨"、齐桓公的盟词:"妇无与国",以反对妇女参与国政,因而提到"宣后乱秦,吕氏危汉"的历史数训。"宣后

三、注　译

乱秦"和"吕氏危汉"的性质是相同的,都与淫乱毫不相干。《史记·穰侯列传》:"穰侯魏冉者,秦昭王母宣太后弟也。……昭王少,宣太后自治,任魏冉为政。"这就是中国历史上第一个登台执政的女后。《史记·范雎列传》:"穰侯,华阳君,昭王母宣太后之弟也;而泾阳君、高陵君,皆昭王同母弟也。穰侯相,三人者更将,有封邑;以太后故,私家富重于王室。及穰侯为秦将,且欲越韩、魏而伐纲寿,欲以广其陶封。"这就是"乱秦"的部分内容了。①

这些史料中虽无"乱"字,而"乱秦"的史实甚明。这个"乱秦",便与刘勰在《史传》篇强调"妇无与国"之旨相符,故下文即云"政事难假",完全是着眼于国政。若释以和上下文无关的"淫乱",岂不更使人"但恨连章结句,时多涩阻"? 一注之误,使许多译文随之而误,这是一个典型的例子。如果拙解可以成立,则无论以译以解,译技之或高或低,便不致违背原意而强解为"私通生子"之类了。

后一例的"讥评《后汉书》"是明明有问题的。生活在魏晋之际的傅玄,如何能讥评近两百年之后才出世的《后汉书》呢? 以"后汉"为"后汉书",本不为错,原文"后汉"二字,确是指的史书,但此处是"解",解为"后汉书",如果又未另加说明其所指何史,它就只能专指范晔的《后汉书》。《斠诠》既直解为《后汉书》,又未注其具体所指。其注全文是:

《晋书·傅玄传》云:"玄少时避难于河内,专心诵学,后虽显贵,而著述不废,撰论经国九流及经国(二字衍)三史故

---

① 见《文心雕龙的"范注补正"》,《社会科学战线》1984年第4期。

事,详(应为评)断得失,各为区别(应为区例),名为《傅子》"。严可均《全晋文》四十七至五十,有《傅子》辑本,无论"后汉冗烦"之文,其详不可考。

傅玄评"后汉"之文固已不存,然"后汉"指何书,并非"不可考"。傅玄既曾评断"三史"得失,则"后汉"必在其内,讥冗烦之语亦必在其中。《三国志·蜀书·孟光传》谓光"古书无不览,尤锐意三史,长于汉家旧典"。卢弼《三国志集解》引沈家本曰:"此文称长于汉家旧典,则所谓'三史'者皆属汉史。惟《后汉书》并魏晋以后人所作,必不在'三史'之数,岂班、马之外,兼数《东观汉记》欤?"此说极是。《四库全书总目提要》之《东观汉记》条即云:"晋时以此书与《史记》《汉书》为三史,人多习之。"由是可知,傅玄所讥之"后汉",只能是《东观汉记》。故《史传》之"讥后汉",不应不明白地译、解为"讥评《后汉书》"。此例亦足说明,未有注不确而译能准的。

以下便进而考察台湾的《文心》之注。注和校的情况略同。在范文澜、杨明照的注本问世之后,无论港台或大陆,近三十年来的注本,无不以范杨二家为基础。二家之注,自然远非十全十美。范注之误已被陆续发现并予补正了不少,杨注主要补范注之不足,但所补只是有得则录,既非全面作注,亦难尽补范注之未备。但居今言《文心》之注,舍范杨而完全另起炉灶者,尚未有所闻。诸家新注,仍不断有新的发展,但总是在他们的基础上,或加详注细,或纠正某些误注,或增补某些出典。台湾近数十年来的新注即大致如此。

张立斋在《文心雕龙注订》的自序中讥范注:"著其勤劳,乏其精采;虽便翻检,而拙于发明;少所折衷,而务求博览。体要似疏,

三、注 译

附会嫌巧。"评杨注："掇拾者少，而失检者多，谬误处甚于别本。"而自称曰："《注订》之作，一以正诸本之讹失，与补其所未备。"这种口气，诚如李曰刚先生之评："其自负亦不浅矣"，然其书固非"完美无瑕"之作[①]。王更生亦谓："行文简要是张氏《注订》的佳处，至于正讹补阙，也许尚待进一步的努力"[②]。台湾之评如此，其注之价值大致可知。联系上节所述张氏《文心雕龙考异》及其自序来看，其虚张声势之风，或非绝无仅有。然张既重自得，不愿苟从牵合，其独到之处亦间有之。仅举《原道》篇"文之为德也大矣"句注如次：

> 范注云："按《易·小畜》：'君子以懿文德'，彦和称文德本此。"此敷会之说，盖不明《小畜》之言文德也。卦意在畜德为主，而懿之者，美君子之潜修也。与《雕龙》"文之为德"不相侔，而竟以相从，不亦谬乎！盖"文德"与"文之为德"有殊，"文德"重"德"字，"文之为德"重"文"字，言文之为德者，观其效而察其所得，明斯文之体与用，大可以配天地也。盖彦和实取《系辞下》"以通神明之德"句为本。

此注确有其独得之见，主要在于较早而又明确"文德"与"文之为德"的区别。古书中讲"文德"的甚多，或与武功相对，或文、德并称而以"实行为德"（王充），与"文之为德"迥异。德，《广雅·释诂》："得也。"彦和乃取"文"所独得独具之义。张注虽明而未融，然较早指出其"不相侔"，亦为可贵。但谓其在范注的基础上有所

[①] 《文心雕龙斠诠》第2525页。
[②] 《近六十年来文心雕龙研究概观》，《中华文化复兴月刊》第7卷第3期（1974年3月）。

发展则可,谓其正范注之"谬"则不可。查范注已征章炳麟、王充之说,而谓"王章诸说,别有所指,不与此同";更具体讲到:"仲任之意,盖指当时儒生讽古经,读古文,不能实行以成德,雕缛以成文,倍有德者必有言之旨,而上书奏记之人徒作丽辞,更无德操,指义理情实而言,与彦和文德之意不同。"张立斋之注,正是此意的发展。

王叔岷的《文心雕龙缀补》,或校或注,共得二百七十余条。著者自为小引说:"近岁讲习是书,复颇有创获,补苴前说",而成此书,"或亦偶有可取者耳"。其书虽小(五十九页),确是有所创获而可取者。只举一例:《明诗》篇的"回文所兴,则道原为始",这个"道原"指谁,长期来疑而难定。明人梅庆生音注本疑"道原"乃"道庆"之误。贺道庆,刘宋时人,有四言回文诗一首。但其诗不传,只梅注说:"宋贺道庆作四言回文诗一首,计十二句,四十八言,从尾至首,读亦成韵。"更主要的是贺道庆之前作回文诗者已众,最著名的就是《晋书·列女传》所载苏若兰的《回文璇玑图诗》。所以,至今注家虽多引梅说,却存很大的疑问。王叔岷《缀补》提出新说:

> 案晋窦滔妻苏蕙(若兰)以《璇玑图回文诗》著称。蕙乃苏道贤第三女(见唐武后《璇玑图诗序》)。则其善作回文诗,盖由家学。窃疑此文"道原"乃"道贤"之误。

虽然这仍是一种推测,但较梅说似为合理。不过,查《全唐文》卷九十七则天后之《织锦回文记》①,苏蕙之父不是"道贤",而是"道质"。其文为:"前秦苻坚时,秦州刺史扶风窦滔妻苏氏,陈留令武

---

① 据北京中华书局1982年据原刊本缩印本。

功道质第三女也。""道原"与"道贤"形误的可能性甚小,"道质"误为"道原"则较可能。

此外,《缀补》值得一提的一个特点,是多注虚词。如《原道》篇的"夫岂外饰"注:"夫犹此也";"其无文欤"注:"其犹岂也";"言之文也"注:"之犹而也";"文胜其质"注:"其犹于也";"必金声而玉振"注:"必犹若也"等,其例甚多,是向来诸注所未曾留意的。虚字则义虚,随文变化无定,既是注家的一大难处,更是读者的一大障碍。故为读者计,虽不易注精注确,仍不失为有益之举。

台湾有的龙著,虽非注本,也偶有值得注意的见解,王金凌的《文心雕龙文论术语析论》即其一,后面将另作评述,这里只举一例。其释《宗经》篇之"象天地,效鬼神"中的"鬼神"一词,引《礼记·礼运》:"是故夫礼必本于天,殽于地,列于鬼神……",谓"此为刘勰语所本。鬼神指先祖"。按《礼记》郑玄注:"鬼者精魄所归,神者引物而出,谓祖庙、山川、五祀之属也。"解"鬼神"为"先祖"是有根据的。刘勰论五经乃"效鬼神"之作,照鬼神的通义实不可解,故此解至少可备一说。但这也不是王金凌的新发现,范注已引《礼运》之文,并谓"此殆彦和说所本"了。只是范注未具体解"鬼神"为何指,所以,王说亦为在范注基础上的发展。

最后再看李曰刚的《文心雕龙斠诠》。此书博采众长而勤以己力,在台湾诸注中是成就较高、影响较大的一部,故当作为重点而略予详述。本书之注和它的校一样,也是相当全面而精深的,这是李注的重要特点。如注《原道》篇的"文之为德也大矣"句:

> 此"为德"二字与《中庸》"鬼神之为德盛矣乎"之用法同。朱注:"为德,犹言性情功效。"所谓性情功效,质言之即"德业"之义。案"德"与"得"通,本字作"惪"即宋儒体用之

谓。《说文》："惠者，外得于人，内得于己也。"又《淮南子·缪称训》："德者，性之所扶也。"《新书·道德说》："德者，变及物理之所出也。"所谓"理所出""性所扶""得事宜""得于己"，皆"性情功效"之异言。王充《论衡·佚文篇》："繁文丽辞，无文德之操。"北魏杨遵彦依用之而作《文德论》，其所谓德，指操行学养而言，与彦和文德之意不同。（下引张立斋《文心雕龙注订》之注，已如前录）

以"性情功效"释"为德"之"德"，我以为是很好的，但归结为"德业"则有可疑。这要联系"文之为德也大矣，与天地并生者何哉"的句意来看。李氏直解为："文章之德业至为盛大矣！其能与天地同生并存，究何缘故乎？"原文的"文"，既与天地并生，就不可能是"文章"，只能是广义的万物自有之"文"（纹）。这个"文"，就无"德业"可言了。万物之文，其至大之"德"，正是"文"的"性情功效"；也正因天地万物皆自有其"文"，刘勰乃谓"文之为德也大矣"。以"德"训"得"的本义联系"性情功效"之释，可知刘勰所讲之"德"，是指"文"所独得、独具的特性或意义。这样，就和"外得于人，内得于己"的古训完全符合。李注用多种例证来说明古书中"德"字的基本含义是"性情功效"，是很有价值的。本书之注，不仅为明一义，往往广引众说为证，其所引经史等文，又多录有关传注以至疏解，这对读者也是颇有助益的。

旧注多重典实而略于词意，范杨诸家也大都如此。李书则对一般字词也认真作注。如《诔碑》篇的"旌之不朽"，范杨均无注。李注云："旌，表章之意。《左传·僖公二十四年》：'且旌善人。'杜注：'表也。'又《定公元年》：'以自旌也。'杜注：'章也。'不朽：《左传·襄公二十四年》：'穆叔如晋，范宣子逆之，问焉，曰：古人有言曰:死而不朽,何谓也?……'孔疏:'此三者虽经世代,当不腐朽。'今谓人虽死而名不灭曰不朽。"这样的例子甚多,虽有烦冗之处,但对初学者还是有必要的。从对"不朽"二字也如此细注,可知本书之注是如何详细了。

本书的注释不仅取材宏富,言之有据,还增补了不少前人未注的出典。如《夸饰》篇的"辞入炜烨,春藻不能程其艳;言在萎绝,寒谷未足成其凋。"李氏除分别注释"炜烨""春藻""萎绝"三辞外,注"寒谷"则引刘峻《广绝交论》:"叙温郁则寒谷成暄,论严苦则春丛零叶。"(按:"寒谷"一词,最早见于刘向《别录》)。又如《事类》篇的"号依诗人",注引王逸《楚辞章句序》:"屈原……独依诗人之义而作《离骚》。"《宗经》篇的"不刊之鸿教",注引刘歆《答扬雄书》(按:应是扬雄《答刘歆书》):"悬诸日月不刊之书",及杜预《春秋左氏传集解序》:"左丘明受经于仲尼,以为经者不刊之书也。"

《斠诠》之注,不仅求全务详,还力图解决一些长期存疑的问题,如《指瑕》篇的"赏际奇至""抚叩即酬",《总术》篇的"动用挥扇"等。范注:"动用挥扇"四字:"未详其义"。黄叔琳无注。杨明照旧本亦无注,1982年本注云:"按此文向无注释,殆书中之较难解者。"乃据《说苑·善说篇》以为改"用"为"角",改"扇"为"羽","则文从字顺,涣然冰释矣"①。台湾诸家于此所见略同。张立斋《文心雕龙注订》首先置疑曰:"挥扇一辞诸家皆未详,纪氏亦疑讹误难解。按扇疑为羽字,盖形近而讹。据下文'初终之韵',及'比篇章于音乐'句,知挥扇应作挥羽,则得其解矣。"潘重

---

① 《文心雕龙校注拾遗》上海古籍出版社本第331页。

规继之,据《说苑·善说》及蔡邕《琴赋》,推此四字当为"动角挥羽"①。此与杨明照说不约而同。

李曰刚认为潘说"就字形之误而论,仅更正'用''扇'二字,甚合情理。惟'动角''挥羽'二词皆平列对称,与上文'伶人''告和'二词一纵一横之性格有异,非丽辞常态",因据嵇康《琴赋》中的"田连操张",校"动用挥扇"为"田连挥羽"。其注甚详,摘引如下:

> 嵇康《琴赋》云:"伶伦比律,田连操张"……操张,与"操畅"同。《文选》枚乘《七发》:"使师堂操畅,伯子牙为之歌。"注:"五臣本作张字。善曰:'《琴道》曰:尧畅达则兼善,天下无不通畅,故谓之畅。'"向曰:"操张者,张琴也。"刚案"挥羽"盖即"操张"之意。《文选》江淹《别赋》:"琴羽张兮钟鼓陈。"李善注谓"琴羽,琴之羽声。"引《说苑》"雍门周以琴见孟尝君,微挥角羽"一语以明之,于此可见。彦和其所以不袭"操张"而易以"挥羽"者,极状其心闲手敏,随便一挥而已。……

李曰刚认为,原文"动用挥扇"之误乃:"'田'先形误为'用',传写者以'用连'不辞,又改'连'为'动'而乙之。语虽勉通,而不知与上文'伶人'不相对应矣。"此虽推测之辞,但有一定道理。"田连挥羽"(李善注,田连乃"天下善鼓琴者也")比之"动用挥羽""动角挥羽",都有新的发展。这也是台湾诸多研究者经过长期努力的结果。

《文心雕龙》校注中长期存在的一些疑难,台湾学者不断为求

---

① 《讲坛一得》,中国文化学院《创新周刊》第213期(1977年4月4日)。

得解决而努力,这种精神是值得提倡和发扬的。前人的存疑,我们也任其存在下去,把它留给后人,是有失于自己的责任的。但也必须看到,不少疑难问题的正确解决,亦非轻易可得。力求新解是好的,但有些难点,尚待多方商酌,以期于是。如《论说》篇的"诠文则与叙引共纪",范注:"引,未详。"李曰刚注:"引,亦文体之一,与'叙'同。《后汉书·班固传》:'固又作《典引篇》,叙述汉德。'后世如宋苏洵之《族谱引》皆是。"按刘勰明明以"叙、引"为二体,所谓"序者次事,引者胤辞"是也,这是其"八名区分"之二,李说"引"与"叙"同,恐非①。又如《养气》篇的"会文"二字,李注为:"谓会友论文也",并引《论语》"以文会友"等为证。按《养气》篇的原文是:"至于文也,则申写郁滞,故宜从容率情,优柔适会。若销铄精胆,蹙迫和气,秉牍以驱龄,洒翰以伐性,岂圣贤之素心,会文之直理哉?"从上下文意,是看不出所论有"以文会友"之意的。而"至于文也"之"文","优柔适会"之"会",却和"会文之直理"有一定联系。"会文"者,会而成文也,实即撰文之意。如《封禅》篇的"致义会文",《熔裁》篇的"万趣会文",其意皆同,而与"以文会友"无关系。

又如《熔裁》篇的"谢艾王济",范注:"王济不见于传",也是一个未得确解的老问题。李注王济:"晋晋阳人,王浑子,字武子……"此注也大有可疑。王武子虽为太原晋阳人氏,却与谢艾之为"西河文士"不可同日而语。谢艾是张重华的主簿。重华之父张骏评谢艾、王济,把他儿子的部属和与之相距七八十年之久的王武子相提并论,是不可能的。更主要的是,王武子起家中书郎,继为骁骑将军,累迁侍中,岂能在他生后还称之为"西河文

---

① 见拙文《文心雕龙的"范注补正"》,《社会科学战线》1984 年第 4 期。

士"？窃以为此"王济"既不见史传，不过是和谢艾的年龄、地位都相去不远的普通文士，不得与史称"豪俊公子"(《晋阳秋》)而身为晋室驸马的武王子相混。

《斠诠》之注，为补范注之未备而作的努力，即使有的尚待作进一步探讨，但总的来说是值得肯定的。从《斠诠》的多数注释可知，注者实无标新立异之意，对"势自不可异"者，多以实事求是的态度直取范注，有的甚至全注照抄。其用范注也有两种情形：一是纠正范书之误，一是范误亦随之而误。前者如范注《正纬》篇的"康王河图，陈于东序"，引《尚书·顾命》："河图陈于东序。"李注正为："河图在东序。"又如范注《才略》篇的"蚌病成珠"，引《淮南子·说林训》："明月之珠，蚌之病而我之利也。"查今存诸本《淮南子》均作"蚖之病"，李注即正为"蚖之病"(按《艺文类聚》卷九十七引作："明月之珠，螺蚌之病而我之利也"，可见古本有作"螺蚌之病"者)。《斠诠》不同于范注之处还多，以上只是虽取范说仍有所正的简明例子。

另一方面，随范注之误而误者亦屡有所见。如范注《铭箴》篇"魏文九宝"，引曹丕《典论·剑铭》，将"露陌刀"误为"灵陌刀"，显然是排印之误(查1929年文化学社版即作"露陌刀")，《斠诠》亦据其误印之文引作"灵陌刀"。又如《杂文》篇的"崔寔《答讥》"，范注谓"《艺文类聚》十五载《答讥》文"(文化学社版亦如此)，但查《艺文类聚》卷十五乃后妃部，无此文。应为卷二十五人部嘲戏类。李注未察，亦照抄为："《艺文类聚》十五载《答讥》文。"这样的小例，《斠诠》中也为数不少。其事虽小，却正能说明《斠诠》与范注的关系。范注是值得参考的，但一方面不能完全信赖，一方面还需坚持严谨的治学态度。李曰刚谓张立斋是"范注之诤友"，看来，对前人的研究成果，既要尊重，"诤友"的精神也是不可少的。

四、理论研究

本书第一部分已经说明，台湾的《文心雕龙》研究，不仅以理论研究为主，且其总的发展趋势，是愈来愈更集中、更深入地研究其对文学理论的论述。《文心雕龙》的校注译释固不可少，且是整个"文心雕龙学"的重要基础，但它本身毕竟是一部文学理论著作，所以，《文心雕龙》研究的重点，理应是理论方面，我们所关注的，也以这方面的情况为主。近三十多年来，台湾属于理论研究的一百多篇论文，十部专著，研究的内容极为广泛和丰富，所以，要做全面的述评是不可能的，只拟就几个较为重要的问题略予陈说。

1. 理论体系

台湾《文心雕龙》研究者常说："古人立言，均有体例；今人论学，首重系统。"这种观点是正确的。凡研究一家之言，不从整体上把握，不究其全貌和系统，只徘徊于枝枝节节的局部问题之中，是难深入理解其实质的，对于理论著作的研究更是如此。王更生曾说："我认为分科研究者，必须先对《文心雕龙》五十篇内容作通盘性的了解，因为《文心雕龙》全文有特定的体系，不啻如常山之蛇，击首则尾应，击尾则首应，否则，驾空腾说，徒病鲁莽，贻害学界,莫此为甚!"①此论甚善,说明掌握其总体是《文心雕龙》研究者必须的,即使研究某一局部内容也应如此。一部理论著作的总体,主要就是其理论上"特定的体系",离开这个体系,就不存在对一部理论著作的全面认识。

《文心雕龙》具有完整而严密的理论体系,这是台湾诸家都极口称赞的,因此,对其理论体系的研究也相当重视。沈谦的《文心雕龙批评论发微》和《文心雕龙之文学理论与批评》,龚菱的《文心雕龙研究》等书,都有《文论体系》的专章或专节予以论述;李曰刚的《文心雕龙斠诠》,也在《序志》篇的论析中,详究《文心雕龙》的"文论体系"。其他许多论著,虽未专辟章节,但有关论述也不少。

沈谦《文心雕龙批评论发微》中论"文论体系"有云:"学者持论或不尽一致",这是必有的正常现象。查台湾的"不尽一致",约有二端:一是有关全书总的体系的认识,一是对创作论部分体系的认识。前者之异,唯王更生讲到:"所以刘勰《文心雕龙》论文学与现实,论内容与形式,论风格,论题材,论文藻,论辞气,论通变,论衡文,构成了他全部的理论体系。"②余则沈氏二书,龚氏《研究》,李氏《斠诠》,均按刘勰自己在《序志》篇所说,分全书为四大部分:一、文原论(亦称枢纽论)的五篇,二、文类论(亦称文体论)的二十篇,三、文术论(亦称创作论)的二十篇,四、文衡论(亦称批评论)的四篇。有的另以《序志》篇为一部分,而称之为"总论"或"总序"。

王更生之说,只上引数语,别无详论。其余三家四书各有具

---

① 《文心雕龙研究》第43页。
② 《文心雕龙研究》第56页。

体论述,都大致相同。这种区别,可能是立论角度不同所致:王更生着眼于《文心雕龙》的理论,沈、龚、李三家则是着眼于《文心雕龙》内容的结构。就理论的结构而言,三家之说无疑是切合《文心雕龙》之实际的。全书内容安排的结构,和理论体系有密切关系,但理论的结构并不就是理论的体系。这种区别,台湾研究者似还未曾注意到,因而大多是按其书分为几部分,各述其基本内容,即谓之"文论体系"。王更生着眼于《文心雕龙》的理论是可取的,但第一是忽略了他自己的说法:《文心雕龙》有其"特定的体系"。这个"特定体系",和它的理论结构是分不开的,否则就不会是《文心雕龙》的"特定体系"了。其次,仅有若干论点,如所谓"论风格""论题材""论文藻"等的组合,未必就能构成一个体系。必须在某种思想的统领之下,组成一系列互有内在联系的论点,才能谓之体系;仅仅罗列各个组成部分或若干论点,就无从判断它是不是一个体系。如刘勰的《体性》篇,一般谓之"风格论";司空图的《二十四诗品》也多谓之"风格论",两种"风格论"不能混为一谈,就因各属不同的"特定体系"。至于"论文藻""论辞气"等,就更是如此。

  由此看来,台湾诸家对《文心雕龙》的"文论体系"的研究虽然不少,登堂入室之论,还不多见。笔者以为这方面较有可称者,一是龚菱的《文心雕龙研究》,二是王更生的部分论述。龚书有一个专章:《文心雕龙文论体系》。不过,此章只是按《序志》篇所示次第,逐一分述全书五个组成部分的基本内容,并没有提出什么独到的见解。但他这本《文心雕龙研究》,不仅按照这个基本结构来论述,还注意到各个部分之间的关系和指导全书的基本思想。如《枢纽论的研究》章结语说:"可知此枢纽论即是刘勰文学观的基础。刘勰(的)文论思想,就以经学思想为主干,从《宗经》《辨骚》两源流出发的。"又在《文体论的研究》章结语中说:"我们要知道探讨刘勰《文心》中原道、宗经精神所在,必视文体论是他的渊薮;要了解《文心》创作论和批评论的理论依据,则文体论就不可不读。"在《创作论的研究》章,首先就提出:

> 我们研究《文心雕龙》创作论前,也必须先知道刘勰对文学的几点重要观点,亦即本书中编所研究枢纽论中所提到刘勰的文论原则原理,刘勰就是以此原理原则,以此文学观点为出发,去分析文体的构式,说明创作的现象,批评作家作品的优劣。

这就说明,《文心雕龙》确是一个严密的整体,它是在一个统一的思想统领之下,由互有关联的几个部分组成的。必须揭示出这种内在的关系,才能显示《文心雕龙》的理论体系。龚书在这方面的探讨虽还不够具体和深入,但在台湾还只此一家,也就有其可贵之处了。

王更生的《文心雕龙研究》,其书并未从原著的理论体系着手而作全面论述,但如其中《文心雕龙之经学》章,分论刘勰的经学思想与全书各大部分的关系,也接触其书理论体系的一个重要方面。又如王更生在论《文心雕龙》的研读方法中,提到其书的"两大脉络":

> 这两大脉络,一是"经学思想",一是"史学识见"。常人只知道他有《宗经》《史传》二篇,殊不知在《文心雕龙》全书里,"宗经思想"和"史学识见"汇成两道纵横交织的主流。"宗经"是刘勰的思想主导,"史学"是刘勰运笔的金针。[①]

---

① 《文心雕龙导读》第41—42页。

四、理论研究

这虽不是正论《文心雕龙》的理论体系，但其论对理解刘勰的理论体系也有参考意义。"宗经思想"纵贯全书已是公论，文学发展的"史学识见"，确是超越《史传》篇而实际运用于全书多数问题的论述，其对《文心雕龙》理论体系的形成，是一个值得注意的重要因素。

《文心雕龙》的文学理论集中在创作论部分，要具体研讨其理论体系，自然也要以创作论部分为主。台湾研究者对这部分的研究也更为精细。李曰刚《文心雕龙斠诠》，虽是一部兼有校、注、译、论的全面性著作，在不少理论问题上，也是台湾诸家中成就较高的。理论体系研究方面就是其中之一。在其书的自序中，著者制有《文心雕龙》全书内容组织总表；在《序志》篇的"题述"中，制有《文心雕龙全书体系表》《文术论二十篇之篇序义脉索引表》《创作轨范图》，又在《总术》篇的"题述"中制有《文学创作理论体系图》。这些图表从各种不同角度，对《文心雕龙》的组织结构和理论体系进行了具体剖析，这里只摘要介绍其《文学创作理论体系图》。其图为：（见下页）

黄侃《文心雕龙札记》论《总术》有云："总术者总括《神思》以至《附会》之旨，而丁宁郑重以言之也。"李曰刚即据此说（但改《附会》为《指瑕》）而由《总术》篇入手探索创作论部分的理论体系。他认为：

> 文之组成，不外"情"与"采"两大要素。故欲文能成章，其首要方法在"控引情源"。情源既经控引，则灵感自可呼之即来，挥之即去，得心应手，无往不利。而写作之真正目的，在"制胜文苑"。所谓"制胜文苑"，亦即《序志》篇"按辔文雅之场，环络藻绘之府"之意。故文苑之制胜，决定于辞藻之发

（脑）

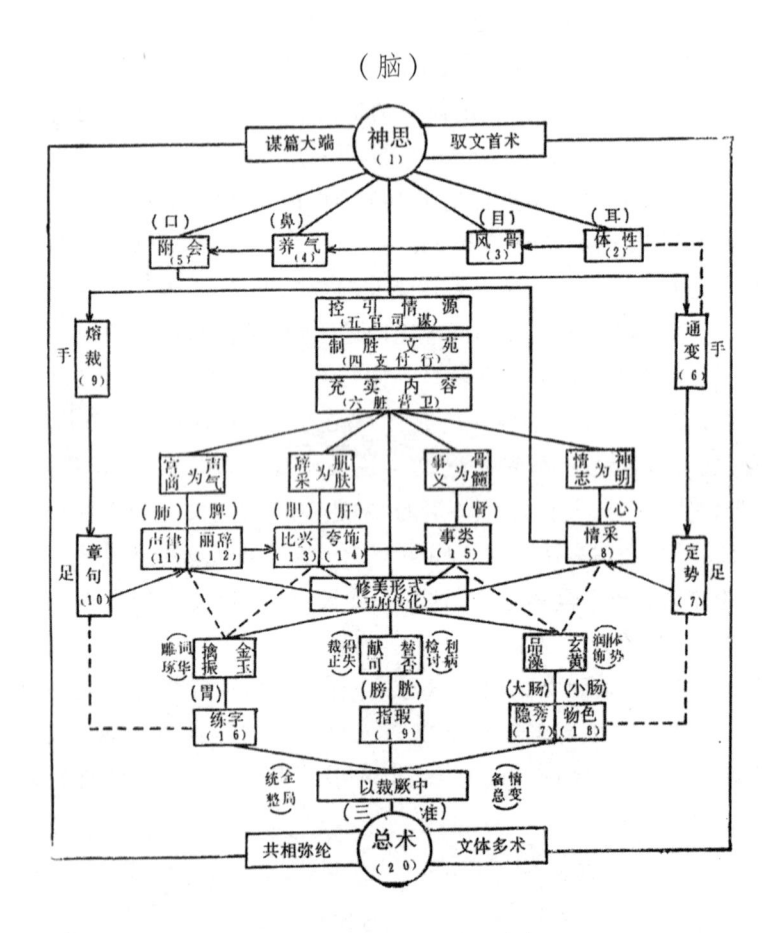

```
                        ┌─────────┐
        ┌───谋篇大端─────│ 神思(1) │─────驭文首术───┐
        │               └─────────┘                │
        │          (口)  (鼻)  (目)  (耳)           │
        │         附会  养气  风骨  体性             │
        │         (5)   (4)   (3)   (2)            │
        │                                           │
        │              控引情源(五官司谋)            │
        │              制胜文苑(四支仵行)            │
        │              充实内容(六脏骨卫)            │
        │                                           │
       熔裁   宫商为声气  辞采为肌肤  事义为骨髓  情志为神明   通变
       (9)    (肺)(脾)   (胆)(肝)    (肾)       (心)         (6)
       手     声律 丽辞   比兴 夸饰   事类       情采         手
              (11)(12)   (13)(14)    (15)       (8)
              │    │           │         │           │
       章句           修美形式(五附传化)              定势
       (10)                                         (7)
       足     词 抢 金   献 整  检 利   品 玄  润 体   足
              琢 振 玉   可 否  讨 病   藻 黄  饰 势
              华
              (胃)       (膀胱)       (大肠)(小肠)
              练字       指瑕         隐秀  物色
              (16)       (19)         (17) (18)
                   统        备
                   全        情
                   整        变
                   局
                         ┌─────────┐
              ───共相弥纶│ 总术(20) │文体多术───
                         └─────────┘
                         以裁厥中
                          (三准)
```

据。……彦和之实际创作规模，即循"控引情源"与"制胜文苑"两大阶程而发展者。"控引情源"总论创作之理则；"制胜文苑"分述修辞之技巧。理则为体，技巧为用，体用兼备，自可因应制宜，随变适会。彦和论文，悉以人之生理为喻，如《神思》篇："陶钧文思，贵在虚静，疏瀹五藏，澡雪精神。"《风骨》篇："辞之待骨，如体之树骸；情之含风，犹形之包气。"《情采》篇："盼倩生于淑姿，辩丽本于情性。"……如此例证，不胜枚举；而整个文术之理论体系，亦系按照人体部位而设计。

李曰刚先生的这个体系设计，虽觉主观"设计"的成分多一点，却很有特色和独到之处。《总术》篇确为刘勰整个创作论部分论旨的总括，从本篇着手来探索其创作论的理论体系是可取的。其中"控引情源，制胜文苑"的本意，我以为并非分论"创作理则"和"修辞技巧"两个方面，但作为借用之辞，是未尝不可的。从刘勰创作论的实际构成来看，按原书篇次，《神思》至《熔裁》诸篇，确以"创作理则"为主，《声律》《章句》以下诸篇，则多论"修辞技巧"。刘勰的理论，不仅以人为喻者甚多，其创作论本身就是从创作的主体——"人"出发，从各种不同角度论述对"人"（作家）的要求。如《神思》自然是论作家的想象构思；《体性》是论作者的才气学习对艺术风格的决定作用；《风骨》之论"怊怅述情，必始乎风；沉吟铺辞，莫先于骨"，以及"文以气为主"，也是从人出发；《通变》主张"凭情以会通，负气以适变"；《定势》是论"因情立体，即体成势"之理；《情采》则强调"述志为本"等等，都不外是论"人"在创作中的作用，和创作如何为"人"，正所谓"文学即人学"是也。因此，从"人"的角度来研究刘勰创作论的理论体系，确是一个值得注意的重要途径。但这里还存在一些尚待继续研究的问题,最主要的是仅从人体的部位来设计其创作论体系,一方面对某些刘勰并非以人体为喻或不宜以人体为喻的项目,难作适当处理,如李图以《通变》《定势》《熔裁》《章句》四篇为左右手足等,只能是李氏自己的设计而已。其他心、肾、肝、胆诸喻,更直接违背刘勰的自喻。另一方面,以人体部位喻作品的各种因素,或喻文学创作的各种功能,虽可勉强"设计",却无法设计独立于人或人体之外的东西。李曰刚注意到"文之组成"的两大要素:情、采,但文之创作,仅有这两大要素是不能完成的。所谓"情以物迁",离开"物"(包括人所处的社会环境和自然环境)便不可能有创作之情,而创作之情必然是某种物的直接或间接的反映,所谓"瞻言而见貌,即字而知时"是也。情和物的关系,正是刘勰创作论的一个重要组成部分:必须有"物色之动",才使人"心亦摇焉";对外在事物,只有"目既往还",才能"心亦吐纳"(《物色》),离开外物,根本就无所谓创作。照刘勰看来,创作构思,本身就是"物以貌求,心以理应"的心物交融活动(《神思》);即使是"修辞技巧",也要求"触物圆览",以期达于"物虽胡越,合则肝胆"的境地(《比兴》)。刘勰的创作论中,这样的论述很多,却是李曰刚的体系图所无法表达的。其图虽也把创作论各篇都"设计"进去了,但既从人体部位着眼,就不能不产生详于主体而略于客体之失。

　　《文心雕龙》的理论体系,是一个较为重要的问题,必须把握这个"常山之蛇",才能进而准确地认识其中各种具体理论。台湾研究者有识于此而进行了长期的研究,提出了不少有益的见解,这对进一步深入研究《文心雕龙》是有好处的。但刘勰的理论体系本身既很复杂,研究者见仁见智亦不可免,随着对其书各种分题研究的发展,也势必推动和深化理论体系的研究继续向前发展。这虽不是一个永无止境的问题,但从现在的认识程度来看,显然还有待作较大的努力。

2. 自然之道

张立斋早在1967年出版的《文心雕龙注订》中就讲到"自然之道"的意义:"此《文心》为书,第一要旨。"可见他对"自然之道"在《文心雕龙》中的重要地位是有一定认识的。但台湾对这个"第一要旨"的研究,却一直裹足不前。其初期的解释,如李宗憼的《文心雕龙原道辨》,曾试图调和释道而为言:"道是无体之名,而《文心》之作,实本于文而体于儒,因于释而成于道,并取所需,成此杰作者也。"[①]其后诸家之说,大都折衷于儒家之道,直到1982年出版的龚菱《文心雕龙研究》,仍以为《原道》之"道",即熊十力《读经示要》所析儒家的"生生不息真常维极之道"[②]。其间有的著作,虽标目为"师圣体经,文原乎道"[③],但所原何"道",却始终避而不谈。这或许是对其"道"有难言之隐。

《原道》篇的"自然之道",确是一个相当难于掌握其确切意义的复杂问题,海内外研究者,长期来存在较大的争议,这是并不奇怪的。令人感到奇怪的,反而是台湾诸家鲜有异议,近二十年来流行一种普遍的观点,已几成定论。如沈谦的《文心雕龙批评论发微》,于列举诸说之后说:"推而论之,以自然之道似较合宜",他的具体解释是:

---

① 见《大陆杂志》第30卷第12期(1965年6月)。
② 《文心雕龙研究》第70页。
③ 《文心雕龙之创作论》第102页。

> 自然者,客观事物是也,道乃原则或规律。自然之道可谓客观事物之原则或规律,道之文乃符合客观事物之原则或规律之文。①

这是1977年的说法。在四年之后的另一本书中,著者仍照录此说,一字未改②。这段话还在台湾的其他《文心雕龙》论著中不断出现,如李曰刚的《文心雕龙斠诠》中也有这段话,也是一字不差③。甚至认为这个"道"是儒家"生生不息真常维极之道"的龚菱也说:"道即是原则或规律,自然之道可谓客观事物之原则或规律,道之文乃符合客观事物之原则或规律之文。"④对照上引文字,可知这是有所变化的了,但只是据刘永济说,改"自然者,客观事物也"为"自然者即道之异名",其余仍与上文完全一致。这是一个十分有趣的现象。其说从何而来呢?王更生有清楚的交代:

> 今人陆侃如作《文心雕龙论道》及《原道篇译注》,确认此处所谓之"道",就是"自然之道";刘永济《原道篇校释》也说:"此所谓自然者,乃道之异名。"自然是客观事物,道即原则或规律;自然之道也就是客观事物的原则或规律。⑤

据此,我们一读陆侃如先生的原文,就真相大白了。他是这样说的:

> 自然是客观事物,道是原则或规律,自然之道就是客观

---

① 《文心雕龙批评论发微》第33页。
② 《文心雕龙之文学理论与批评》第25页,1981年初版。
③ 《文心雕龙斠诠》第4页。
④ 《文心雕龙研究》第72页。
⑤ 《文心雕龙研究》第199页。

事物的原则或规律,道之文就是符合于客观事物的原则或规律的文。①

这就是台湾诸家之说的总源头了。可以由此得出的结论之一,是台湾与大陆的《文心雕龙》研究,不仅有历史的血缘关系,且这种关系一直保持至今,并没有因一峡之隔而割断。这种关系是永远也无法割断的。大陆上一篇六十年代之初的文章,在一个基本观点上,决定了台湾几乎是全部重要著作的论述,一直延续到八十年代。这就很能说明海峡两岸学术关系之密切了。(这只是一例,类似情形还很多。)其二,此事更有力地说明,海峡两岸的学术研究,实有密切联系的必要。陆侃如先生早在1961年首创"规律"说,到1969年经香港选入《文心雕龙研究专集》才传入台湾,直到1980年才编入台湾出版的《文心雕龙研究论文选粹》②。这就是说,陆文到八十年代之后才能为多数台湾读者所知。这显然是一个十分漫长的过程。

作为历史资料来看待,自然是可以的,因其论反映了陆侃如先生在六十年代初期的研究水平。他当时首创"规律"说,是有其重要的历史贡献的,也是自黄、范以来论"道"的一大发展。台湾诸家沿用其说是可以的。但自1961年以后,大陆对"原道"论的研究,又不断有新的发展,而台湾却直到1982年,还原封不动地沿用二十多年前的旧说。一种新说的提出,往往是很难一出现便臻于完善之境的。以自然规律解释"自然之道",也同样如此。

古人讲"自然",乃天然或自然而然之意,与今人所说"自然

---

① 《文心雕龙论道》,《文史哲》1961年第3期。
② 《文心雕龙研究专集》,香港龙门书局1969年出版。《文心雕龙研究论文选粹》,王更生编,台北育民出版社1980年9月出版。

界""大自然"之"自然"迥异。所以,用"客观事物"解《原道》篇中的"自然",显然是一个重要失误。对于此误,当时就有人发现了。如王元化先生的《文心雕龙创作论》,此书虽正式出版于1979年,但从其后记可知,实完稿于1964年。其中就明确讲到:"在前人著述中'自然'一词并不一定代表'自然界',更不一定等于今天所说的'物质'。"他列举了大量例证,最后说:刘勰的"自然之道","不是指物质自身运动的客观规律"①。不仅如此,陆侃如先生自己的见解,自1961年之后也很快有了发展。这从1978年出版的《刘勰和文心雕龙》可知。其附记云:"此书是我们在'文化大革命'前写的旧稿。"实则原书稿于1963年交上海中华书局,次年已三校清样而后停版。其论已改为:

  他所谓"原道"的"道",一般指道理或规律。"自然之道"就是自然的道理或规律。②

此书是一本通俗读物,有关"道"的论述甚简,但已明确放弃"自然是客观事物"之说,而以"自然之道"为"自然的道理或规律"了。其后大陆对"自然之道"的研究还不断有所发展,从台湾至今仍未改旧说可知,他们对大陆的新发展似乎未有所闻。这种事实说明,一峡之阻对两岸学术的交流与发展,确乎为害非浅。

  由此看来,台湾学者对"自然之道"的研究,一直进展不大。究其原因,窃以为主要在于拘守成说而忽于自己的深思熟究。在学术问题上,吸取前人成果是完全必要的,但独立思考就更为必要。留停在前人的原地不动固非所宜,不辨是非而顽拒,而盲从,

---

① 《文心雕龙创作论》第62页,上海古籍出版社1979年版。
② 《刘勰和文心雕龙》第15页,上海古籍出版社1978年版。

更是学术之大忌。在"自然之道"的研究上,不能不说台湾同仁是慎重有余,而研究不足。一字不易前说的态度,慎则慎矣,却失去一个研究者的本色。他们一遍一遍地重复着"自然者,客观事物也",却未曾稍加思索:若"自然之道"为客观事物的规律,这个"规律"的具体涵义是什么?它究竟是个什么规律?《文心雕龙》首标"自然之道",讲这个"客观事物的规律"干什么?《文心雕龙》不是哲学讲义,而是文学理论,其首篇专论"自然之道",是提出指导全书的基本文学观点,台湾诸家所谓"文原论"是也。既如此,刘勰一开篇就大讲一番"客观事物的规律",衡诸《序志》篇之"《文心》之作也,本乎道",岂非文不对题?"客观事物的规律"云云,明明与《文心》全书的内容不着边际,何况"自然"根本就不是"客观事物"。这些都是不难而明的,台湾诸家长期录而不疑,盖未深思也。

"道",确是法则或规律。吾师陆侃如首创其说,是他的一大贡献。什么规律呢?鄙见以为正是自然而然的规律,即所谓"自然之道"。它的具体命意,不难得之于《原道》篇的本论:本篇详论了有天地便有天地之文,有万物便有万物之文,这些"文"都是自然形成的:"夫岂外饰,盖自然耳。"刘勰概括其理为:"形立则章成,声发则文生",即天地万物,凡有其形其声,便有其自然之"文"。所以称这种文为"道之文",称这种道为"自然之道"。这个"道"既是从天地万物概括出来的一种必然之理,故可谓之"规律"。但这个规律不是抽象的客观事物的规律,而是天地万物必有其自然之文的规律。作为《文心雕龙》的一个基本文学观点,就是为文就应遵循既要有"文"又要"自然"的规律。刘勰论文而首标"原道",不仅是贯彻全书既重文采又反对雕饰(即违反自然规律之文)之旨,且列此论于《征圣》《宗经》之前,认为一切圣人也

"莫不原道心以敷章",其用意至深。他之所以要如此突出"自然之道"的地位,盖决定于《文心雕龙》的性质不是其他,而是论文。

台湾研究者不详察其实,不仅多年来回骤于庭间,难出前人之樊篱,且既守成说,则黄侃之成说、刘永济之成说、陆侃如之成说,均不得不守。于是兼收并蓄,陷于重重矛盾而不能自拔。如沈谦既以刘永济的"自然者,即道之异名"为"的论",又以陆说为其结论。李曰刚则认为黄侃、刘永济"二家之说,辞异而义同",然后"细加体味",取"自然者,客观事物也……"之说。其注又云:"道,指上文所言'天、地、日、月、山、川',亦即宇宙本身";复谓:

> 彦和所谓道,虽系自然之道,然亦兼包儒家之道,前已言之,二者旁通而无涯,并行而不悖者也。……《序志》篇曰:"本乎道,师乎圣。"此言本道心以表人文,法圣哲而充义类。而所谓圣实指孔圣,道亦即儒家经典中所阐明之道也。①

这种论述,显然是未明"自然之道"的确切意义造成的。"自然之道"既是天地万物自有的、自然而然的规律,便与儒家之道无涉。只是在刘勰看来,儒家经典能体现"自然之道",所以并不矛盾,并非"自然之道"可以"兼包儒道",或二者可并行不悖,甚至等同。儒道以道德规范为主,自然之道则不涵任何仁义道德的因素。不究其本,若照上举诸释,则道即自然,自然即客观事物,即宇宙本身,亦即规律、即儒道,就终不知"道"之为何物了。

但也应看到,台湾诸家论"道",亦非全无自得。如徐复观就曾正确地解释"自然之道"为"自自然然地道理";所谓"自然",就

---

① 《文心雕龙斠诠》,见《原道》篇题述及注。

是"自己如此"①。此说平实,然正得刘勰之本意。只惜其说晚出,尚未引起台湾学人的普遍注意。又如李曰刚虽认为狭义的"道"可兼指儒道,却详细地论证了它与儒家之道的区别。他在详考后世韩愈、柳宗元、周敦颐、朱熹之论道后说:"总之,韩、柳、周、朱四贤之论文与道,以道为文之质,文为道之形,与彦和之以道为文所本,文为道所生,迥然有别。盖彦和所谓道,乃自然之道;四贤所谓道,完全囿于儒家之道。"②又如王更生之论:"古来以'原道'命篇的作品,首推汉初的《淮南子》,另外是唐朝的韩昌黎。《淮南子》所原之道,根据高诱注与许慎间诂,显然属于道家之道。而韩昌黎排佛老,尊孔孟,自是局促于儒家的仁义之道。惟刘勰介乎二氏之间,所著《原道》篇,乃专从天地、山川自然的实体出发,倡言文章之道。"③这些见解,虽前人已有所及,但他们是经过一番实地核究之后得出的认识。以《原道》之"道"不同于儒道,而是从天地万物的实体出发总结出来的"文章之道"。

以上见解,不仅是他们的自得,而且接触到刘勰"原道"论的某些实际。如果不囿于成说,真正从《原道》篇的实际出发,必能在此基础上获得更深一层的认识。

3. 文之枢纽

《文心雕龙·序志》:"盖《文心》之作也,本乎道,师乎圣,体乎经,酌乎纬,变乎骚:文之枢纽,亦云极矣。"根据此说,研究者通

---

① 《中国文学论集续篇》第178—179页,1981年台北学生书局出版。
② 《文心雕龙斠诠》第9页。
③ 《文心雕龙研究》第199页。

以《原道》《征圣》《宗经》《正纬》《辨骚》五篇为《文心雕龙》的第一部分,即谓之"文之枢纽",或称"枢纽论"。因这部分论及《文心雕龙》全书的一些基本文学观点,所以历来为研究者所重视,台湾学者也是如此。这部分存在的不同理解也一向较多,除"自然之道"外,台湾诸家的研究还涉及三个问题:一、《文心雕龙》的基本思想,二、枢纽论的构成,三、《辨骚》篇的归属。这些问题也只是有所涉及而已,和对"自然之道"的研究情况大致相似,在台湾是分歧不大的。

刘勰的基本思想,台湾研究者略无异议,大都认为其属儒家。如黄春贵认为:"舍人著作《文心雕龙》,以儒家思想为骨干";"儒家思想贯串《文心雕龙》全书,惟有发挥儒家思想之文章,始能符合《征圣》《宗经》之要求,而为立言之正统。"①王更生特立《文心雕龙之经学》的专章,详论《文心雕龙》的经学思想,结论是:"刘彦和不仅以五经为他的主导思想,而且他本人更是一位古文经家。"②龚菱也认为"刘勰文学思想的主流是儒家思想",其结论与黄春贵之说基本相同③。但在具体论述中,龚氏却以为:"常人以五经为修己治人的道德规范,刘勰却以五经为文学创作的宝库"④。王更生论刘勰的经学中,亦有"处处释经,却处处言文"的妙解;又说"他从文学的角度去测量群经,自是不同于马融、郑玄"⑤。又如王梦鸥之论:"他(刘勰)的宗经观念,是出于对中国

---

① 《文心雕龙创作论》第 102、106 页。
② 《文心雕龙研究》第 236 页。
③ 《文心雕龙研究》第 66、93 页。
④ 《文心雕龙研究》第 182 页。
⑤ 《文心雕龙导读》第 42 页。

文章'祖型'的崇拜,远胜于其对经义的信仰……因为他着重的是辞章,而不是义理,所以兼容纬书骚赋诸子百家的语言。"①

以上诸论,都是言之有理的,但细加剖析,则存有明显的矛盾:如果刘勰是一位古文经学家,他就难以兼容纬书和诸子百家;如果他是从文学的角度去测量五经,以五经为文学创作的宝库,所重在辞章而非义理,就不会只以发挥儒家思想的文章为立言之正统。《论说》篇评何晏、王弼等人的玄学论文,就是最明显的例子。其云:"辅嗣之两例,平叔之二论,并师心独见,锋颖精密,盖人伦之英也。"给玄论以这样高的评论,说明刘勰并未要求一切文章都必须发挥儒家思想。以上矛盾的存在,说明台湾研究者中,有的可能对刘勰文学思想的理解尚欠深透;有的则或与其具体处境有关。试读以下诸论:

龚菱:经书是古圣先贤垂范后世的常典,我国民族文化的精神产物。②

王更生:在我们全力推动复兴中华文化,建立民族文学的今天,研究《文心雕龙》中的经学思想,作为我们温故知新的张本,不但是有必要,而且是迫切的。③

李曰刚:每当吾民族生命濒于颠蹶,文学创作迷入歧途时际,五经即可焕发国运更新之生机,引领文学前进之去路,故有志文学深造,欲研摩子史杂集,以便广搜博采,而可取精用弘者,安能不一宗于经乎!④

---

① 《刘勰论文的观点试测》,《中外文学》第8卷第8期(1980年1月)。
② 《文心雕龙研究》第85页。
③ 《文心雕龙研究》第236页。
④ 《文心雕龙斠诠》第80页。

黄春贵：江左齐梁文章之积弊，殊为切至。此时期作家遗理存异，寻虚逐微，繁采寡情，言之无物，靡靡之音，终至动摇国本，归于毁灭。舍人面对此种文学厄运，自不忍视若无睹，置若罔闻。于是著论《原道》《征圣》《宗经》，提出儒家思想作为文章之内质，冀能振衰起弊，端末归本，使不致"习华随侈，流遁忘反"。①

这些面对现实而深刻总结的历史教训，对台湾学者"迫切"地感到须要"建立民族文学的今天"来说，可谓出自肺腑之言。"靡靡之音，终至动摇国本，归于毁灭"的历史教训是应该记取的，虽然这并非仅仅是文学创作的问题，但他们赞颂刘勰"不忍视若无睹，置若罔闻"的精神，寄望于五经"焕发国运"，确是良有以也。

关于枢纽论的构成，王更生、沈谦、李曰刚、龚菱诸家，都一致取刘永济的正负说。其中沈、李、龚三家，皆直引刘永济说而无申论。王更生虽未引刘书原话，仍本《文心雕龙校释》而为言："如果我们把《原道》《征圣》《宗经》三篇当成一组，属于正面揭(示)刘彦和的宗经论的话，那么这两篇(指《正纬》《辨骚》)便是另一组，属于反面开示刘彦和箴俗、卫道的精神。"②其后，在《文心雕龙导读》中又论及此，只是将前三篇省去《宗经》，而以"《原道》《征圣》两篇当成一组"，别无改易。由此可见，台湾学者在这个问题上，只是谨守成说而已，既无异议，亦无发明。其略有出入者，唯王更生。刘永济《辨骚》篇释义谓"前三篇揭示论文要旨"，王更生改为前三篇揭示"刘彦和的宗经

---

① 《文心雕龙之创作论》第100—101页。
② 《文心雕龙研究》第220页。

论"。虽然都以此三篇"属正",却有非同小可的变化。"论文要旨"自可兼赅"原道""征圣""宗经"三义;"宗经论"则最多兼括"征圣",却把刘勰论文的"第一要旨"——"原道"忽略了。《原道》篇的论旨绝非"宗经",仅"宗经"一义就构不成刘勰的枢纽论。这说明台湾研究者在枢纽论上,只能照抄前人成说,否则,小改变则造成大不当。

至于《辨骚》篇的归属,以上诸家都以之属枢纽论,唯台湾文学史家多以《辨骚》属文体论。如赵聪的《中国文学史纲》,其第三章第四节论《文心雕龙》的结构,以《原道》《征圣》《宗经》为文学概论,以《辨骚》至《书记》的二十一篇为文体分析;黄公伟的《中国文学史》,其第五篇第四章云:"《文心雕龙》有纲有目:依今而言,则论文艺哲学者,如《原道》《征圣》《宗经》《正纬》……论纯文学体裁者,如《辨骚》《明诗》《乐府》……";宋海屏的《中国文学史》则以《原道》至《正纬》四篇为"全书之总论",以《辨骚》至《书记》的二十一篇为"分述各类文体"[①]。

这种分歧,台湾研究者尚未展开辨析,大多数《文心雕龙》著作都取存而不议或避而不谈的态度,唯王更生氏略有所辨。他说:"《辨骚》篇是刘彦和'文之枢纽'之一,而范文澜先生不察,把它误入文体论。"[②]能提出异于前人之见解,这在台湾是颇为难得的,只惜他未能予以充分地论证。刘勰在《序志》篇明明自谓"变乎骚"乃"文之枢纽"之一,这是常人皆"不察"而可知的。鄙见以为范注并非"不察",正是有所察而为之。其《序志注》十九,首引黄侃之说而云:"论文叙笔,谓自《明诗》至《哀吊》皆论有韵之文,

---

① 以上三例均转引自王更生《文心雕龙研究》第 418—430 页。
② 《文心雕龙研究》第 221 页。

《杂文》《谐隐》二篇,或韵或不韵,故置于中,《史传》以下,则论无韵之笔。"这里以《明诗》为论文之首,和他以《辨骚》为"文类之首"是矛盾的。当然,这是就其师说所做的解释,正由此可见,范文澜未从师说而以《辨骚》为"文类之首",必然是经过熟察深思后做出的判断。

王更生提出解决这个分歧的三条主张,其一是"从刘彦和自己的主张去观察",这似乎是最有分量的一条理由或根据。但范文澜表未列"文之枢纽"一项,我们也无从说他否定了《辨骚》篇的枢纽性质。其二是"从历史演进的立场去分析",这是对的,但范表谓《辨骚》乃"轩翥诗人之后,奋飞辞家之前,故为文类之首",正是"从历史演进的立场去分析"作出的结论。其三是"从文学本身的成分去探究",也是应该的,但王更生强调从"变"字看"楚辞在中国文学史上承先启后的地位";从"辨"字的意义看其"重点当然放在骚辞与经典之异同上"等,适足以说明《辨骚》篇正是"文类之首"。其"变",是由儒家奉为"经"的著作,变而成的文学作品了,正是楚辞能"自铸伟辞……故能气往轹古,辞来切今,惊采绝艳,难与并能矣"。这种称扬,实在五经之上,而着眼点正在"文"上。所以,"辨"之与"变",其意有别,而其义一致,就是楚辞之异于经典和较经典有所发展者,都在楚辞不是经典而是文学作品了。

楚骚去圣未远,虽已具有文学创作的独立性,但同于经典之处尚多,因而在文学发展上既有枢纽意义,又是"文类之首"。这样看来,范注并非"不察"的"误入"。如果我们注意到上引《序志》之注及《原道》之表,都说明"文笔杂用"的《杂文》《谐隐》二篇,刘勰特列在文笔二类之间,则间于"文之枢纽"与"论文叙笔"两大类相交处的《辨骚》篇,何尝不可既是"枢纽",又是"文类之首"?

4. 风格论

《文心雕龙》的风格论是台湾学者研究的重点之一。他们在这个问题上研究较深,成就较大,但也存在一些有待斟酌的问题。

王更生的《文心雕龙研究》和王金凌的《文心雕龙文论术语析论》,都有风格论的专章研究;黄春贵的《文心雕龙之创作论》、龚菱的《文心雕龙研究》、沈谦的《文心雕龙之文学理论与批评》等,都有风格论的专节。单篇论文如廖蔚卿的《刘勰的风格论》、徐复观的《文心雕龙的文体论》、郑蕤的《文心雕龙体性篇中的八体》等①,也是对刘勰风格论的专题论述。此外,如李曰刚的《文心雕龙斠诠》、张严的《文心雕龙文术论诠》及种种注解本,也分别在有关篇章中做了程度不同的论述。特别是李曰刚的《斠诠》,其《体性》篇的题述,对刘勰的风格论做了尤为全面深入的研究。

台湾的学风,常呈一呼百应之势。在学术问题上,鲜有歧议和争论,往往一说既出,百家相从(关于这种风气,后面还要谈到)。但在风格论上,却存在较大的歧议,也偶有颇为严厉甚至过火的争执。盖以台湾研究者看来,风格论不仅是《文心雕龙》的重要内容之一,有的还认为全书皆以风格论为中心,或者认为《文心雕龙》就是一部风格论。如徐复观认为:"《文心雕龙》本是以'文

---

① 其发表时间与刊物均见本书附录。

体'的观念①为中心而展开的"②;王更生认为:"《文心雕龙》之论风格,不仅有承先启后的新发现,其全书五十篇亦由风格论作前导,推展他论文的范畴。"③李曰刚更认为:"《文心雕龙》广义言之,全书均可称之为我国古典文体论专著。"④正因他们认为风格论在《文心雕龙》中如此重要,故对这问题的研究极为重视。既受重视,研究必多,就难免有分歧出现。而不同意见的商讨,又促使他们对风格论的理解逐步加深。

早在1959年,徐复观在《东海大学报》第一期发表《文心雕龙的文体论》一文,就提出"文体"和"文类"两个概念被长期混淆的问题,认为这是理解传统文论,特别是研究《文心雕龙》的"最大障碍"。徐文认为这种混淆始于南宋,影响及今以至国外的汉学家,都误称"文类"(文章体裁)为"文体"。为澄清其混淆,扫除此障碍,他的这篇长文是做了很大的努力的。此文问世之后,不能不引起研究者的注意和探讨,台湾近年出版的多数著作虽仍继续称《明诗》等篇为文体论,称《体性》等篇为风格论,但对此却展开了较多的研究。

首先是风格论的范围。

既然是研究刘勰的风格论,自当从《文心雕龙》的具体内容出发,首先明确其中论风格问题的范围,然后才能据以探讨它是怎样论风格的。黄春贵、沈谦、龚菱三家之见略同,都是以《体性》篇

---

① 台湾研究者认为古代的"文体"这个概念即相当于今人所说的文章风格,故有的称风格论为"文体论"。
② 《王梦鸥先生〈刘勰论文的观点试测〉一文的商讨》,见徐复观《中国文学论集续篇》,1981年台北学生书局出版。
③ 《文心雕龙研究》第288页。
④ 《文心雕龙斠诠》第1159页。

为主而兼及《风骨》篇。但他们大都是两篇内容兼提并列而已,未能具体说明何以要两篇并论,以及这两篇有何关系。黄春贵尚略有所及,其论为:

> 《文心雕龙》有关风格之论说,侧重《体性》与《风骨》两篇,《体性》篇自文章之静态立说,《风骨》篇自文章之动态立说……体为文章之形态,性为作家之性格,作家之性格有殊,所为文章之形态自各不同。风为文章之气韵,骨为文章之结构,有其气韵之生动,便自有其调;有其结构之完整,便自有其格,合此气韵生动之调与结构完整之格而为一,则形成文章之格调。故所谓风格,由于作家内在之性格不同,所为文章之外形遂有差异,《体性》篇曰:"各师成心,其异如面",即是此意。①

这段话前论《风骨》《体性》两篇立说之别,后论《体性》与《风骨》之关系。二论之别是否在于"静态"与"动态",是尚待斟酌的,《体性》篇强调"八体屡迁"等,则非"静态";《风骨》篇是要求文章写得"风清骨峻",亦非"动态"。至于"风骨"与风格的关系,其论虽有"犹抱琵琶半遮面"之态,但从论"格调"之后,继以"故所谓风格"之说,显然是说"风骨"即"格调",亦即"风格"。以"格调"释"风骨",说出杨慎。杨云:"诗有格有调,格犹骨也,调犹风也。"姑无论"风骨"是否即"格调",至少可由此发现一个明显的问题:诗的"格调"和文人的"风格"未可同日而语。由此可见,《体性》和《风骨》两篇何以并属风格论,还是一个须要进一步研究的问题。

----
① 《文心雕龙之创作论》第183—184页。

此外，沈谦还论述了《定势》篇的文体之风格（详下）。王金凌则以《体势》章专论风格，开章明义提出："体势是今人所习称的风格。"他析"体"字有六种含意：篇幅、内容、形式、体要、体势、泛称文章，认为其中只有"体势"一意指"今之所谓风格"；并进而肯定："若严格地说，只有势才是风格。"王金凌认为"体势"连用是偏义复词，因而完全排除以"体"为风格的传统见解。王氏详举《文心雕龙》中"体"字三十四例，但略于《体性》篇中"体性"之"体"，"数穷八体""八体屡迁"之"体"等，必以"势"为风格，他的主要理由是：

> 然而"势"何以能解为风格？许慎《说文》解势为威力权（按《说文》为"盛力权也"），可见势有力的性质，势的其他意义也都由力衍生出来。"即体成势"就是作品完成立刻产生力的现象，这种现象是对作品整体的感觉，而不是对内容或形式或媒介技巧的感觉。这种整体的感觉在文学中只有风格才足以说明。而我国文学评论又将风格简要的分为刚柔两大类，并常以风力、骨力表示，可见风格即力的表现，活力的表现，生命力的表现。因此，势就是指风格。①

这是一种新说，也可说是言之有理的。至于此理能否成立，还有待把刘勰自己的论述范围考查清楚后，再作进一步研究。因为此说完全是就《定势》篇立论，它和刘勰风格论的范围有直接关系。这里只先就王氏上述新解略献其疑。用"力"来解"势"是不错的，但存在一个明显的问题：是否只有"力"之刚强者才可谓之风格，而柔弱则不与？恐怕只能说，刚与柔皆可形成一种风格。不

---

① 《文心雕龙文论术语析论》第236页。

仅如此，无所谓"力"，与"力"无关的种种表现特色，也可形成某种风格。如刘勰所论八体，典雅、远奥、精约、显附、繁缛、新奇、轻靡等，大都很难用"力"的大小强弱来衡量。如此，以"势"为风格，甚至"只有势才是风格"之说，就会发生动摇。但照王氏之论，"八体"并非风格，仍是自有其理的。所以，这还有待研究刘勰风格论的范围是否唯《定势》一篇。不过，据刘勰自己的解释，圆者自转，方者自安，便是"势"；"激水不漪，槁木无阴"，也是"势"。"势者，乘利而为制也"，他的许多解释，都未必是"力"所能范围的。如果只有所谓"风力""骨力""刚柔"之类是风格，而把千变万化"其异如面"的种种特色摈斥于风格之外，这样的"风格"，就未必是真正的风格，更未必是刘勰所讲的"风格"了。

除《体性》《风骨》《定势》三篇外，台湾论者涉及面甚广。如徐复观以为："《文心雕龙》一书，实际便是一部文体论。"①王更生则加以具体化，在《文心雕龙风格论》专章中，从"群经的风格"，讲到"文体风格""时代风格""作品风格"等，而谓"事实上，全书五十篇无处无之"②。论风格的范围到此，也就无以复加了。王更生在此章的结论中说：

> 如果我们广义的说，《文心雕龙》五十篇著述之旨趣，就在昌明文章的风格，亦并不为过。常人误以《体性》专论风格，殊不知《体性》篇只是明标风格的类别，至于风格的主导思想，文体的风格，时代的文风，作品风格的鉴赏，它的多元性与全面性，决非《体性》一篇可以概括尽的。③

---

① 《文心雕龙的文体论》，《东海大学报》第1期（1959年6月）。
② 《文心雕龙研究》第314页。
③ 《文心雕龙研究》第316页。

这个意见,我以为有很可取的一面。不仅从广义上说,《文心雕龙》的风格论不止于《体性》一篇;从实质上看,《文心雕龙》全书是一个整体,各篇、各个部分之间都有一定的联系,把任何一篇从整体中分割出来进行孤立研究,都是难究其实、难得其全的。用一个具体例子来说:《知音》篇论文学批评,通称为批评论,既是批评论,研究者多以为其中必提出批评之标准,于是台湾学者包括王更生自己在内,多以其中的"六观"为"批评标准",因而对六观做了许多牵强附会的解说。这就是把《知音》视为一篇独立的批评论造成的。如果从全书着眼,则刘勰论文学创作和批评的基本原理、基本要求,"文之枢纽"中早已讲得很清楚了。风格论同样如此,不局限于《体性》一篇,而从全书作全面的研究是完全必要的。但所谓"广义",仍应有一定的限度,亦犹全书有关文学批评的内容甚多,仍不能改变《文心雕龙》的性质而称之为批评之书。要是"全书五十篇无处无之",照这样"广"法,也就可说我国古籍无书无之了。另一方面,注重全面不能不以科学的、实事求是的态度进行研究。《体性》虽非《文心雕龙》风格论的全部,却也绝非"只是明标风格的类别",其论八体的篇幅不过《体性》篇的三分之一,其余三分之二岂能视而不见?特别是其论风格的形成和决定因素部分,理论价值远胜于八体的区分;要解决风格论研究中的许多歧议,我以为最根本的途径在于把握刘勰风格论的实质,其论风格的形成与决定因素,正是实质之所在。如果研究者用掩目捕雀的方法,任何问题都是难得确解的。

由上述可见,台湾研究者笔下的风格问题,其范围小则一篇,大则全书。由于范围不同而主旨难明,或以"体"为风格,或以"势"为风格,或以风骨、格调为风格,分歧因之而生。其共同趋势,是以竞相扩大风格论的范围为主,随着风格论范围的其大无边,"风格"一词的涵义也其大无边了。只举一例可明。如王更生把《才略》对诸家文才之评视为论"作品风格",其例之一为:"桓谭著论,富号猗顿,宋弘称荐,爰比相如,而《集灵》诸赋,偏浅无才,故知长于讽谕(原作"论",至正本作"论"),不及丽文也。"笔者不敏,反复读这段话,桓谭作品的风格何在,却是百思不得其解。"富号猗顿"是风格?"偏浅无才"是风格?抑"长于讽论""不及丽文"是风格?且看王更生是怎样论说的:

> 彦和论各家作品风格,有许多独到的见地,例如他评扬雄的作品,"子云属意,辞义最深,观其涯度幽远,搜选诡丽,而竭才以钻思,故能理赡而辞坚矣"。评桓谭云:……皆切中肯綮,由各家之辞令华采,以见其才能识略,作我人学海之南针也。①

上引"桓谭著论"的一段话,就是这里"评桓谭云"的内容。读者很希望得到著者解答的是,这段评语指什么"作品风格",著者却"王顾左右而言他"了。"才能识略""学海南针"云云,是和"作品风格"风马牛不相及的。这样的"风格论",全则全矣,却不知"风格"之为何物。所以,在争相扩大范围之后,风格的真义愈来愈模糊不清了。

第二是风格涵义的历史真相。

李曰刚曾批评误称"文类"为"文体"者是"数典忘祖"。一般说来,台湾研究者大都注重传统文论的本来面目,对"文体"的研究是较突出的一例。这是一种可贵的态度。研究古代文论,不首先认清其原貌,纵有卓识高论,往往离题千里,是虽多无益的。台

---

① 《文心雕龙研究》第313页。

湾学者拳拳于此,在还"文体"论以历史的真相上,是颇有贡献的。

较早对此发表的文章,是上文所说徐复观的《文心雕龙的文体论》,李曰刚继而做了较为全面的论述。徐说已多为李论所吸取,现在就以李曰刚之论为主以鸟瞰其说。何谓为"体"?李氏认为,构成文学艺术的三要素之一是"艺术形相",他由此申说:

> 文学中之形相,英法通称之为 Style;日人译为样式或文体;而在中国则称之为"文体"。体即形态、形相;黄师《礼记》所谓"体斥文章形状"是也。……一切艺术必须是复杂性之统一,多样性之均调,均调与统一,为艺术之生命,亦为文章之生命,而文体正所以表征作品之均调与统一。①

这种"文体",他认为"今皆通称之为风格"。古代有关文体的论述,李氏以为"殆胚胎于两汉之际,诞育于魏晋,成长于齐梁"。李论于魏晋以后列举例证甚多,汉代则无一例。按《汉书·地理志下》有云:"故齐诗曰:'子之营兮,遭我虖峨之间兮';又曰:'竢我于著乎而',此亦其舒缓之体也。"这个"体"字,正指诗的风格而言,可补李说之未备。论及魏晋,首举《典论·论文》之"文非一体""唯通才能备其体""清浊有体",认为这三个"体"字皆指文体,"亦即文之风格"。次如《文赋》之"体有万殊""其为体也屡迁""混妍蚩而为体"等,皆指"期穷形而尽相"之体。《文章流别论》有"备曲折之体"等五例;《宋书·谢灵运传论》有"文体三变"之说,萧纲《与湘东王书》之"比见京师文体",刘孝绰《昭明太子集序》的"属文之体"等等,以至《诗品》中大量运用的"文体",李

---

① 《文心雕龙斠诠》第1157页。本节所引李说,均见《文心雕龙斠诠》之《体性》篇题述(1157—1214页)。

曰刚认为"无不指文学中之艺术形相而言"。进而谓"《文心雕龙》中所言之体,更皆如此"。他说:

> 盖《文心雕龙》之论文原、文类、文术、文衡四者体用一贯,义脉相连,阳秋文学,势非涉及作品之艺术形相不可,故文体之检讨,遍及全书……《太平御览》卷六一〇载《齐春秋》谓:"彦和撰《文心雕龙》五十篇,论古今文体。"晁公武《郡斋读书志》称:"《文心雕龙》评自古文章得失,别其体制,凡五十篇",是知古人早有视其全书为文体论者矣。

著者列举大量史实说明,"文体"这个概念在古代(至少在当时)多指作品"形相"(样式),而不是文章分类的体裁。这对我们认识古代文论中所谓"文体"的原貌是十分有益的,更有助于正确理解《文心雕龙》的基本性质及有关"体"字的真义。《梁书·刘勰传》既说他"撰《文心雕龙》五十篇,论古今文体",刘勰自己也说,是有感于"去圣久远,文体解散……于是搦笔和墨,乃始论文"(《序志》)。则谓《文心雕龙》"全书均可称之为我国古典文体论专著",是很有道理的。

鄙见以为,《文心雕龙》一书,确可说基本上是一部"文体论",是一部论述"艺术形相"的专著。除上述理由外,还可作两点补证:一是"《文心》之作也,本乎道",刘勰首标"自然之道"以统摄全书,正有为全书定性的作用;二、其创作论要求掌握各种文术以达到的理想境地是:"视之则锦绘,听之则丝簧,味之则甘腴,佩之则芬芳"(《总术》),这样的统一体,有形、有色、有声、有味,正是"艺术形相"的最好说明,刘勰的全部文术论,就是要求创造这样的"艺术形相"。同时,从本篇不满于"或义华而声悴,或理拙而文泽"的作品可知,这种"艺术形象"的要求,也是其文学批评的原则。加之全书不断强调的"体物写志""驱辞逐貌""图貌写物""体物为妙"等,足以说明《文心雕龙》的基本性质,确是一部以"艺术形相"为主的文学评论。

但这里还存在一个有待研究的问题:古人所讲的"文体",是否即今人所说的"风格"?从一般理论上看,古今论艺术形象的书甚多,可以说,凡是论文学艺术的著作,就离不开艺术形象的问题,绝非凡论艺术形象的都是风格论或论风格。从《文心雕龙》的实际看,言"体""文体"即风格者有之,但不仅并非都指风格,且大多数不是风格。单讲"体"字,可以一词多义,但"文体"连用者,也是如此。《文心雕龙》全书共八处:

1.《诔碑》:傅毅所制,文体伦序。
2.《风骨》:洞晓情变,曲昭文体。
3.《体性》:势流不反,则文体遂弊。
4.《章句》:巧者回运,弥缝文体。
5.《附会》:义脉不流,则偏枯文体。
6.《总术》:况文体多术,共相弥纶。
7.《时序》:因谈余气,流成文体。
8.《序志》:而去圣久远,文体解散。

这八个"文体",除第七例略近"风俗"之义外,其他都和今人所说的"风格"相去甚远。"伐柯伐柯,其则不远",就请用李曰刚先生自己对这些话的"直解"为证。例一的"文体伦序",他解为"属笔伦理条畅,层次分明";例二的"文体"解作"文章之体要";例三的"文体"则解为"文章体裁";例四、五的"文体"均解为"体势";例六的"文体"解作"文章体制";例七的"文体"解作"文章之体裁风格";例八之"文体"解为"文章体格"。这些"直解"或有可酌之处,但第一,大都并非风格之义是无疑的;第二,李氏自己的理论和实际难以统一。所以,用概括性较大的"艺术形相"解释古代涵义广泛的"文体"或有可能,但把"文体"笼统地视为今人之所谓"风格"就不可能了。"艺术形相"和"艺术风格"显然是不同的范畴。台湾学者把风格论的范围作无限制的扩大,正与混同二者的区别有关。

第三是风格和体裁(文体和文类)的关系。

如前所述,台湾研究者既反对用"文体"指文章体裁,则"文体"与"文类"必有其严格的区别。但体裁和风格又往往有其密切的联系,所以沈谦的《文心雕龙之文学理论与批评》一书,就以《文心雕龙之文学类型》一章,兼论体裁与风格,而认为风格与体裁都是"文学之形态类别"。因此,厘清其区别与关系,不仅对《文心雕龙》研究至为必要,对整个古代文论的研究,也是一大任务。李曰刚先生于此有具体的论析,他从中西对照入手。其论西方文学云:

> 西方以其文学领域属纯文学性,甚少含有人生实用之目的,颇觉文学之类,亦即是文章之体,两者往往易于混淆。即使如此,吾人仍能发现"类"(Genre)与"体"(Style)有不可逾越之界线。盖"类"是纯客观的存在,不涉及作者个人因素在内,其形式固定不移;而"体"则是半客观半主观之产物,必须有个人之因素在内,其形式则为流动无定。

此论是很值得注意的。古今中外的文学艺术,都既有其共通的基本规律,也有各不相同的特点。凡是文学艺术,都有各自的分类,都有不同的风格。文学如此,音乐、绘画等亦无不如此。文类和文体都是由内容和形式的不同而形成的区分,自然就既有其同,亦有其异。一是纯客观的,一是半客观的。西方文学是这样,中国文学也是这样；古代文学是这样，现代文学也是这样。但传统的中西文学又有其相异之处：西方偏重于为艺术而艺术，中国则偏重于实用的艺术。为艺术而艺术，不受外因的制约，主客观容易统一，因此，"两者往往易于混淆"，歌德的风格就在他的诗中，莎士比亚的风格就在他的剧中。重实用的中国传统文学就不尽然。如颂、赞、铭、箴、章、表、奏、议之类，其实用价值的要求，就不允许任意发挥每个作者的主观因素。这样的事实，刘勰讲到很多，如《颂赞》篇："班、傅之《北征》《西巡》，变为序引，岂不褒过而谬体哉！马融之《广成》《上林》，雅而似赋，何弄文而失质乎！"把颂写成长篇散文或赋，这就是"谬体""失质"，也就是主客观的矛盾。这种矛盾，在中国的传统文学中是相当普遍的，研究中国古代文论就不能不重视这一特点，也就是说，不能一般地用西方理论来分析中国古代文论。

李曰刚认为中国传统文论的体类特点有三：

> 第一，中国传统文学之类，远较西方复杂，因而分类工作亦远较西方为重要。第二，文学分类主要是根据题材在实用上之性质，至于文字语言构成之形式仅居于次要地位，无足轻重。此即说明西方之 Genre 与 Style 有时可以混淆，而中国之类与体，则决不能混淆。第三，有实用性之文学，在客观上均有其所须达到之一定目的，而此种所须达到之目的，即成为文体之重大要求，亦构成文体重大因素之一。于是某类文学要求某种文体，亦便成为文体论之重要课题。

这三点认识是颇为重要的，尤其第二点说明中国传统文学中体与类不能混淆之理，是较为有力的。文学既决定于文章的实用价值，则文类之区分与确立，它本身并没有"个人因素在内"。但是，当作者出于某种目的而运用某种文类时，就有可能与主观因素得到一定程度的统一，文类和文体便可趋于一致。李氏的三点，正是讲文类和文体的这种关系。由于不同的文类各有其不同的目的性，某种文类一旦形成，它就积淀了社会历史诸因素而有相对固定的要求，并对这一体裁的"形相"特征形成一定的制约性，无论作者的主观因素如何，凡运用这种体裁，就必须服从其制约性，以求体类相合。李曰刚论之曰："体与类相合者为佳作，不相合者为劣品，此即《文心雕龙》上篇'圆鉴区域'之最大任务。"他所说的"文体论的重要课题"，也就是指研究如何做到体类相合。

此外，沈谦也曾论及风格与体裁的关系，论其区别云："前者（体裁）乃纯由作品性质作用不同而分类，后者（风格）乃缘于作者才性流露迥异而有别。"此与李曰刚说略同，唯论体类之关系对李说有所补充：

> 二者虽迥然有别，然亦有相辅相成之处，若王维、孟浩然诸田园诗人，风格多恬静淡雅，而诗体以五言为主；岑参、高适诸边塞诗人，风格多奔放雄伟，而诗体以七言为主。盖由于五言诗句法缓舒，适于呈现清静闲适之情，而七言诗句法多变，适于显示慷慨雄浑之气也。①

这提出了体类关系的一个重要理论：归根结蒂，任何风格实为人的风格、作者的风格。同样是诗，既可以有"恬静淡雅"的风格，也可以有"奔放雄伟"的风格，这种区别与五言和七言诗体有关，但并非这种诗体决定王、孟、高、岑，而是生活在田园和边塞的诗人们，出于"情性所铄，陶染所凝"的个人因素，决定他们采用与之相

---

① 《文心雕龙之文学理论与批评》第82页。

适应的七言诗或五言诗。其实,这个道理刘勰在《明诗》篇已讲得很清楚了:

> 若夫四言正体,则雅润为本;五言流调,则清丽居宗,华实异用,惟才所安。故平子得其雅,叔夜含其润,茂先凝其清,景阳振其丽……随性适分,鲜能通圆。

诗人之或雅或润,或清或丽并非偶然,而是"惟才所安"。"才"者才性,即所谓"随性适分"是也。这是把握体类关系的关键所在。台湾学者对风格论的研究,确较深入而多有发明,唯惜于此,尚觉明而未融。如李曰刚之论,宏矣,深矣,却未遑细究"个人因素"作用于艺术风格的实质,因而在论"各类文章应具备之文体"时,就割裂了个人的因素而只讲文类的作用。如谓:"每一类文章反映一方面之生活内容,于群治民生各起不同之作用,因而产生相应之文体。"这样产生的"文体",就和他自己所说"必须有个人之因素在内"相抵牾。在实际写作中,作者必取某种体裁,这是无疑的。既取某种体裁,则必受某种体裁的制约也是无疑的。但离开人就无所谓风格,其人其文所显现之风格,无论采取何种体裁都是存在的;同一体裁,同是诗,甚至同是四言或五言,其风格仍因人而异。所以,体裁本身是不能产生风格的,它只是对风格有一定制约作用。准确地说,所谓风格实为"作家风格"。它如"时代风格""民族风格"等,也主要是某个时代或民族的人在一定条件下形成的共同的特色。这就是下面要探讨的最后一个问题。

第四是关于风格的决定因素。

艺术风格的决定因素,是研究以上诸问题的归结点:扩大风格论的研究范围是应该的,但扩大到什么程度为宜?很有必要厘清风格论的历史真相,但古人讲的"文体"是否就是风格?以及怎样准确地认识体和类的关系等,都集中到一个根本点上,就是什么是风格,特别是什么是刘勰的风格论?这似乎是《文心雕龙》研究者尽人皆知的问题,但上述种种分歧、矛盾和疑义,都因有忽于此而生。问题虽较复杂,若能切实掌握其关键,也是不难拨云雾而见青天的。这个关键,就是风格的决定因素。

台湾诸家对风格的决定因素,不仅都有明见,而且都是一致的。这是一个很有趣的现象。现略举诸论如下:

黄春贵:故所谓风格,由于作家内在之性格不同,所为文章之外形遂有差异,《体性》篇曰:"各师成心,其异如面",即是此意。①

王更生:《文心雕龙·体性篇》以为决定作品风格的因素有四:即才、气、学、习。②

王金凌:不论中西学说,都以个性为造成体势(风格)所以不同的根本原因。③

沈谦:故所谓风格者,作者内在之性格迥异,流露于作品所显现之特色也。……作品之风格乃决定于作家先天之才调、气质与后天之学力、习业。④

龚菱:所谓风格,由作家内在之性格不同,所为文章的外形就有差异……刘勰在《体性》篇中说明决定文章体性的因素有四,即"才""气""学""习"。⑤

---

① 《文心雕龙之创作论》第184页。
② 《文心雕龙研究》第294页。
③ 《文心雕龙文论术语析论》第234—235页。
④ 《文心雕龙之文学理论与批评》第83、88页。
⑤ 《文心雕龙研究》第189页。

李曰刚：文体决定于作家性格……彦和以为作品之体度风格与作家之性格不可分割，作家之性格乃由先天之才调、气质与后天之学力、习业诸条件相凝结而成，因而作品之体度风格与作家先天之才调、气质及后天之学力、习业，亦不可分割。①

上引六家之说，可谓异口而同声，其于风格，虽有"文体""体势"之说不一，但决定风格的因素，诸家的认识是一致的。我以为这种一致性，借刘勰的话来说："非雷同也，势自不可异也。"（《序志》）因此，就有可能据以探得问题的实质，而正确地解决上述种种疑难。从诸家之论中，至少可以得到两个重要的基本认识：一是"风格"的界说，二是风格的成因。这是一个问题的两个方面，实际上是一回事。什么叫风格呢？就是由作家各不相同的个性所决定的作品的独特风貌。文学创作是"情动而言形，理发而文见"，是作者的"气以实志，志以定言"，所以作家和作品不可分割，"因内符外""表里必符"。文学创作之所以出现"笔区云谲，文苑波诡"的状态，乃由于每个作者的才、气、学、习各不相同，因而"各师成心，其异如面"。刘勰自己讲得如此清楚而明确，台湾诸家自然也就较为准确地据以认识到个性决定风格的基本原理。既然风格是这样形成的，是否可以由此得出结论：只有由作者的才、气、学、习（也就是个性或谓之艺术个性）所决定的作品风貌才是风格，其他则不得谓之风格呢？这是很值得研究的一个重要问题，风格论研究中的种种歧议便由此而生。

　　就一般理论上来说，我以为李曰刚论体类之别的意见是不可

---

① 《文心雕龙斠诠》第1190页。

忽视的。"体"必须有个人因素在内,"类"则不涉及作者个人之因素,"是纯客观的存在"。台湾研究者提供了很好的教训,忽视了这种区别,便可把《文心雕龙》五十篇全部视为"文体论"或"风格论",也可把一切古代文论视为风格论。这除了徒增混乱,别无意义。如"奏议宜雅,书论宜理,铭诔尚实,诗赋欲丽"中的"雅""理""实""丽",它只是文章体裁的纯客观要求,并不因人而异,也不决定于任何个人因素。所以,从体类之别着眼,就只能说它是"类"的要求,而非"体"的呈现。只要忽视这种差别,则"形相"可以为风格,"体势"可以为风格,"风骨"可以为风格,各种说法都可言之成理,而"风格"就可无所不包,无所不在了。又如风骨论,它无疑是刘勰针对当时文风而提出的创作要求,是刘勰对文学创作的最高理想。若以风骨为刘勰所主张的一种最好的风格,那就无异说他要求一切作家统一于一种风格,这显然和他自己所总结的风格多样化的必然性("笔区云谲,文苑波诡","各师成心,其异如面")相矛盾。风格决定于作者各不相同的个性,因此难有统一的要求;风骨则正是对一切作品提出的总的要求,就因为风骨不决定于作者的个人因素。风格既决定于作者的个人因素,则每个作家都自有其风格;风骨既不决定作者个性,则有的作品有风或有骨,有的作品却无风或无骨。风格是一个不可分割的整体,风骨不仅可析之为二,且不包括"采",所以,"风骨乏采""采乏风骨"都不是理想的作品,而风格却是"因内符外""文辞根叶,苑囿其中"的。这些都说明,风格和风骨是迥然有别的两个范畴。二者的根本区别,就在于是否取决于个人因素。

所谓"艺术形相"就更是如此。李日刚对这点已有很好的论述:"惟此风格一词之广义用法,纵为吾人所承认,仍依然不能代替传统之文体观念。一则'风格'过于抽象,不易表示'文体'一词所含之艺术形相性。二则风格但指某种特殊文体而言,不能包括文体之全面。"①古代的"文体"二字是否"艺术形相",这是另一问题,但"文体"的概念和风格大不相同,却是至为明显的。无论对"文体"一词作何解释,都是与作者的个性无关的。令人难解的是:李曰刚先生既然有识于此,明知"风格"一词"不能代替传统之文体观念",何以论及"文体"时,又一再注以"今皆通称之为风格""亦即文之风格""亦即风格"等②?我们于此看到,台湾的某些研究者,旧的混淆尚未彻底理清,却又纠缠于新的混淆之中了。风格论本是他们成就较大的一个论题,唯惜未能把握个性的决定作用这个核心,因而造成概念上的混乱,致使一些研究者对何谓风格论,也是模糊不清的。

最后,不能不为之一辨的是,台湾研究者既明知作者的才、气、学、习(亦即四者汇成的个性)是风格的决定因素,何以又把"艺术形相""体势""风骨"以至文章体裁等混为一谈?对此,我想总是有他们的理由的,不过只有台湾研究者自己才能解答,因为不少论者只是一边讲个性的决定作用,一边讲其他。论者未明其理,笔者自然不知其理安在。可得而言者,是已联系到个人因素之论。如沈谦引《风骨》篇论"重气之旨"一段后说:"先天之才与气,随人之禀赋而殊异,不可力强而致。发为文章,遂形成各种不同之风格。才气内蕴,文辞外发,表里相符也"③"才与气"确是决定风格的因素,但不仅《风骨》篇未论"才",即使"才气"二者,也只是沈氏自己所说"先天"的因素。仅凭先天的因素是不能形

---

① 《文心雕龙斠诠》第1165页。
② 《文心雕龙斠诠》第1158—1159页。
③ 《文心雕龙之文学理论与批评》第90页。

成艺术风格的。又如王金凌认为"体势即今之所谓风格",《定势》篇有"因情立体,即体成势"之论,他析论说:"所谓'因情立体'就是依情志(主题)的性质而决定用那一种文类(从另一个角度来说是体要)表达。表达完成,自然有一种活力呈现出来,这就是势,就是风格。"①"势"的形成与"情"有关,"情"就是人的主观因素,所以把"势"解为风格也似有根据。又如李曰刚和王更生,都以《才略》篇对作家文才的评论为风格论,这可能因为"才"也是决定风格的"才、气、学、习"之一。其所举例甚多,如:"左思奇才,业深覃思,尽锐于《三都》,拔萃于《咏史》,无遗力矣。"使人反复求索,莫知风格何在。

从以上种种,可以看到一个共通点,即凡涉"才、气、学、习"之一者,便被纳入风格论。台湾风格论研究的范围无限扩大和种种分歧的产生,大都与此有关。所谓"风格即人",并不是人的某一部分,而是内外诸因素构成的一个整体在作品中的反映,论者各执一隅,虽东说东有理,西说西有理,实则未必是作品的风格。凡是文学创作,无不有作者的个人因素在内,刘勰的创作论各篇,篇篇都有涉及,岂能说篇篇都有风格论?《文心雕龙》五十篇,是五十个不同的专论,但全书又是一个有内在联系的整体。研究此书就既不应忽略其整体性,也不能否认各篇的独立性。创作论部分更是如此,《神思》以下各篇,从不同的角度论述文学创作的各个环节,形成一个互有联系的创作论整体。因此,在研究其中某一专题时,联系或参照其他有关论述是既必要也合理的。如《练字》篇说:"心既托声于言,言亦寄形于字",则据用字的"妍媸异体"决定于作者的心声,以证艺术风格的"因内而符外"是很有力的。

---

① 《文心雕龙文论术语析论》第224页。

但《练字》篇的宗旨是论如何用字,它是一篇关于用字的专论,绝不能说《练字》篇是风格论。王更生有云:"我们发觉《文心》各篇均有单独的命意",不可能某篇是另一篇的附庸,或"一意两出"①。这个"发现"是正确的。如果看不见或不承认《文心雕龙》实实在在存在的这种立论特点,有意否认其篇各有旨的区别,就只能造成理论上的混乱,或者说研究者根本就无意于认清《文心雕龙》的原貌。

总的看来,台湾对刘勰风格论的研究,虽有尚待商酌之处,其贡献是较主要而值得重视的。

5. 风骨论

《文心雕龙》的风骨论,由于其本身的复杂性和抽象性,研究者长期来存有多种不同理解,台湾也大致如此。但总的看来,他们的论点基本上不出黄侃和刘永济二家的范围,虽也有他们自己的一些研究所得。

现按其发表先后介绍几种主要论点:

(一)廖蔚卿于1954年在台湾大学《文史哲学报》第六期发表《刘勰的创作论》一文,首先接触到风骨问题。但其论甚略,只引"怊怅述情,必始乎风"数语,而谓"黄氏《札记》解释风即文意,骨即文辞",自己却析以:"所以对于文学作品的布局结构,是在提笔之前,首先应该考虑周详的。"以"必始乎风""莫先于骨"为首先要考虑作品的"布局结构",显然还是研究初期的一种朦胧理解。

(二)张立斋于1967年出版《文心雕龙注订》,其《风骨》篇注

---

① 《文心雕龙研究》第322页。

一云:"风以骨立,骨以风清,骨立而后义贞,风清而后情爽……此文章之为效也。然意以生情,情生则骨渐,此风之说也。文以成辞,辞成则骨显。《风骨》一篇,继《神思》《体性》之后以述者,知《神思》即风之主,而《体性》即骨之干也。故言情者,同于风也,言辞者同于骨也。"此说仍沿黄侃之解而加以和《神思》《体性》两篇的联系。《风骨》在《神思》《体性》之后,自有其理论发展的脉络可寻,但以"风"继《神思》,"骨"继《体性》却未必然。盖《神思》并非"言情",《体性》亦非"言辞"。

(三)曹升于同年在《大学文选》第九、十期上发表《文心雕龙书后》,在《风骨》篇书后中提出了稍异于前的认识:"摅情发志,婉而成风,断事属辞,凝而为骨,风出于情,骨出于气,情真则风采飞扬,气厚则骨力凝炼。"以"事""辞"凝而为骨,台湾研究者其后用此说者较多,但以"骨出于气"则不多见,而"辞"与"气"如何统一于骨,却未闻其详。

(四)王更生于1976年出版的《文心雕龙研究》中,以《文心雕龙风骨论》一章专论之。他首先综论海峡两岸十五家之说[1],然后提出己见,得出"风即辞趣,骨为情理"的结论。其说甚详,留在后面作重点研讨。

(五)王金凌在1981年出版的《文心雕龙文论术语析论》,是研究《文心雕龙》理论术语的专书,对风骨自有较详的论述。但本书的《释风骨篇》,是按原文逐段疏释的方式,故乏系统深入的研

---

[1] 王更生分此十五家为三组:以风即文意骨即文辞者,有黄侃、范文澜、张立斋、曹升;以风即情思骨为事义者,有刘永济、廖仲安、刘国盈、潘辰;以风骨就是文字的风格者,有罗根泽、郭绍虞、李树尔。见《文心雕龙研究》第320—328页。

究。他的结论是：

> 从以上的讨论，可知风骨的几层含意：一为个性上的风骨，风为柔，骨为刚。一为临文前的风骨，风为真情，骨为正理。三为作品中的风骨，风多由声律表现神情，骨多由辞义表现思想，前者为感性内容，后者为知性内容。四为风格上的风骨。这是文学赏鉴时直观的感受，若要说明则必须求诸作品之中。①

此论细而新，特别是注意到风骨有临文前和表现在作品中之别，是较有道理的。唯四义并列而未明主次，则难知刘勰风骨论的基本意义何在。又意多推衍而出，如以"气指个性"，而"依《体性》篇所云'气有刚柔'，风骨实即刚柔。骨有坚硬的性质，为刚。风有流动的性质，故为柔"。尤其是解"真情"的方法，乃以"吾人可以如此问——什么样的情能感人，则风实即真情"。所谓"正理"亦如是得来，都出自著者想当然之辞②。

（六）龚菱1982年出版的《文心雕龙研究》，主要取李曰刚和黄春贵说，以风骨为风格之静态。惜李、黄、龚三氏于此均无详论。龚氏之论风骨，也止于泛述大意，结论为："风当指文辞旨趣融成的风力，骨当指事义情理融汇的气骨。"③

（七）李曰刚的《文心雕龙斠诠》正式出版于1982年，但在此之前，早已印成讲义流传。李氏论风骨，徘徊于黄侃、刘永济二说之间，意欲折衷而难能。故其说有三：初以风为"气韵感染力量"，

---

① 《文心雕龙文论术语析论》第253—254页。
② 《文心雕龙文论术语析论》第248—253页。
③ 《文心雕龙研究》第196页。

骨为"体局结构技巧";继以"风是作品之个性倾向,亦即构成作品风神之激情","骨是作品之中心题材,亦即构成作品骨格之事义"。最后又说"情思属意,事义属辞,故质言之,风即文意,骨即文辞也"①。黄侃之师说,乃不能不从,又以刘永济说为可取,虽图各取所长,却终成难以调和之论。既以骨为"事义",又以骨为"文辞",只用"事义属辞"四字沟通二说,理由是不充足的。

以上就是台湾研究风骨的几种主要观点,也是近三十年来的大概发展情况。其初期之论,多以黄侃为据,后期诸论,则以刘永济为主。诸家之论都较为简略,也鲜有发明,唯王更生氏有较详的研究,并有其与众不同的见解。王更生之后,尚未见台湾有新的发展,故就其论,已可见台湾研究风骨论的成就如何了。

王更生对风骨问题是下了一番功夫的,他特立专章研究,不是做人云亦云的应景文章,而是力图对此作出自己的贡献。其论虽也有和前人"理自不可异"之处,确是经过认真研究后的自得。当然,风骨论是《文心雕龙》研究史上的一个老大难问题,要能真正前进一步,特别是提出公认的结论,并不是很容易的。但笔者以为,无论王氏努力的成果如何,他的精神对解决这个老问题是有益而可取的。

王更生首先提出:"我当然是要以各家的成说作基础,可是我也认真的向《文心雕龙》的本身来觅求答案。"②因而对自黄侃以下十五家之论,逐一进行检讨,然后以《风骨的确解》一节,提出自己的见解。虽全章多达七节,王氏的基本论点就集中在此节之中。本节一开始就提出研究这问题的原则:

---

① 《文心雕龙斠诠》第1237—1239页。
② 本节所引王更生文,均见其《文心雕龙研究》第319—361页。

欲求"风骨"一词的确解，必须首先认定一项事实，那就是刘勰《文心雕龙》五十篇，由《原道》至《序志》，从文原论开始，依次而文体论、而创作论、而批评论，皆前后衔承，脉络一贯，无论你研究哪一篇，总是"乘一总万，举要治繁"，牵一发而全身动的。

我以为此论极是，不从全书着眼，特别是不究其理论的一贯脉络，仅仅局限于《风骨》篇的本论，画地为牢，这个复杂的问题是难得而明的。即使能得其解，由于仁智之见各异，也无以服众之力。若能从全书理论体系上求得印证，既合本篇之实，又符全书之理，庶可谓得矣。不幸的是，王氏所谓"前后衔承，脉络一贯"，不是理论的"衔承"与"脉络"，而仅仅着眼于词语的运用，从全书中去找"风"字和"骨"字的解释；不是从"风骨"之论上去探讨，而是就"风骨"二字求解。故云："通观《文心雕龙》有关风骨的解释，约分以下几种意义。"他共列六种，现录其三如次：

甲、以辞为风，志即骨者：《体性》篇云："若夫八体屡迁，功以学成，才力居中，肇自血气，气以实志，志以定言，吐纳英华，莫非情性……才性异区，文体繁诡，辞为肌肤，志实骨髓。"

乙、以辞采为风，事义为骨者：《附会》篇云："夫才量学文，宜正体制，必以情志为神明，事义为骨髓，辞采为肌肤，宫商为声气。"

丙、以辞为风，义实骨者：《辨骚》篇云："观其骨鲠所树，肌肤所附，虽取熔经义，亦自铸伟辞。"

其后三条，均取例于《风骨》篇，可略。仅从这种求解的方法便可判知，其例是虽多无益的，何况每一用法只一孤证。他由此归纳出的结论是：

  风—辞—辞采—辞—意气激发—辞趣—形式上所表现的感性。

  骨—志—事义—义—结言端直—思理—文章的中心思想。

王更生对这两个公式作更简要的概括，就是："风即辞趣，骨为情理。"这种论证，虽用力甚勤，但可疑处颇多。首先是用非其例。细考上列三条，虽有"骨髓""骨鲠"之辞，并无"风骨"之意，它本身就和《风骨》篇讲的"骨"不是同一概念。最显而易见的是：这些例句中没有一例是"风骨"并用的。"风骨"的"骨"是一个专门术语，怎能把它和一般"骨"字混为一谈？强把"肌肤""辞采""伟辞"当作"风"，是为常识所不容的。如果见到"事义为骨髓，辞采为肌肤"二句中有"骨"字，便推断"辞采"为"风"，则"骨髓"为"事义"，"风"为"辞采"，岂不把"肌肤"变成"风"了？解"骨"为"事义"，说出刘永济。王更生在此基础上的新发展，是为了自圆其说而率性把"辞采"解为"风"。作此解者，胡宁勿思：《附会》的原文本为四喻："情志为神明，事义为骨髓，辞采为肌肤，宫商为声气。"四者全面喻指文章的各个组成部分，本是不容分割的，而王氏却以秦琼卖马的方法，截头去尾，置首尾二喻于不顾。殊不知从文章的整体来说，刘勰是最重喻为"神明"之"情志"的，文章无"神明"而有"风骨"，可乎？

  王叔岷曾说：《文心雕龙》"亦文章之冠冕也"[1]。凡研读其书，切不可无视这一重要特点。《文心雕龙》是骈文，它虽是理论

---

[1] 《文心雕龙斠记》，《新加坡大学中文学会学报》第5期（1964年）。

著作,也是做文章,既做文章,就不能不重辞藻。王金凌专究其术语,于此颇有体会。他说:"传统的诗文评书籍,并不像现代人那么注重术语的运用,要求统一,他们把文学批评也当作文学作品来写,易言之,即是以创作文学的态度来撰述诗文评。"①《文心雕龙》正是如此。若把其中的"风"字"骨"字都视为统一的理论术语,那就大错特错了,何况汉字一词多义的相当普遍。王更生氏久治龙学,论著已富,想必不致有忽于此,他的失误,可能有多种原因。现略举数例来具体剖析:如《风骨》篇的"情""意""思"等字,他不认为是情意本身,而是"从辞趣的本质上变通说法",并据"情者文之经,辞者理之纬"等语而论曰:"情以内含,辞以成文,情辞本不可离。"此说未尝不对,一切作品都是以辞达情而情辞不分的,但岂可据此而否定情辞有别,一切文辞都可谓之情?而王更生却正是用这样的逻辑来论风骨。他说:"'怊怅述情,必始乎风'者,言文家欲叙述个中抑郁的感情,必由达意的辞趣入手。"这样就把"始乎风"解作"始乎辞"了。这种解释,犹不足奇,"风"字在王氏笔下,可谓变幻莫测,如云:

  他(刘勰)甚少以"风清骨峻"去赞许他人的作品,有者亦多属分说。如许以风者,《辨骚》篇有"惊才风逸,壮采烟高"。《明诗》篇"兴资(发)皇世,风流二南"。《乐府》篇有"好乐无荒,晋风所以称远"。《诠赋》篇"子云《甘泉》,构深玮之风"。《杂文》篇"枚乘摘艳,首制《七发》,腴辞云构,夸丽风骇。"

这些"风"字,都释为"风清骨峻"的"分说",就未免骇人听闻了。

---

① 《文心雕龙文论术语析论》第189页。

"风逸"和"烟高"对举,此"风"明明是"风雨"的风;"晋风"者,《唐风》也;"云构"与"风骇"并用,也显然是"风云"的风。如此明确的用词,是不辨自明的,也是任何强词夺理所改变不了的,却都在王更生手里,变幻为"风骨"之"风"了。这使我联想到徐复观的几句话,他说有的《文心雕龙》研究者,"只在原书中摘录几句话,不顾文字训诂,不顾上下文关连,随意作歪曲的解释"①。这虽非对王更生的评论,就上述情形来看,是可借用而毫不为过的。

就笔者的浅见,王更生的新解并不是成功的。但必须肯定,他这种积极讨索的努力,比某些死守成说或拾人牙慧的盲从者,却胜过十倍。新的探索倘未成功,所谓"失败为成功之母",尚有总结经验,以求成功之时。若死守成说,学术研究便永无发展之日。所以,我不同意其部分论点,却十分赞赏其勇于探求的精神。

6. 三准论

台湾对《熔裁》篇三准论的理解,和大陆诸家不同,而在台湾省内,则除个别研究者外,不仅大同小异,甚至某些文字、用例、论述程序都如出一辙。如李曰刚说:三准乃"发展主题之轨范","此言作家经营草稿之始,必先标立三层程序"②。黄春贵之说与此一字不差③,沈谦略改为"表达主题之三项步骤","此言构思谋篇,经营草稿,必先标立三层程序"④。王更生也说"三准则是表

---

① 《中国文学论集续篇》第166页。
② 《文心雕龙斠诠》第1460—1461页。
③ 见《文心雕龙之创作论》第142页。
④ 《文心雕龙之文学理论与批评》第142页。

达主体(题?)的三个步骤"①。或称三步骤,或谓三程序,其基本理解是一致的。

对"三准"的具体解释,李曰刚说:

> 首先立意,则设定主旨,以建立体干(亦即定立中心思想);其次选材,则酌量事义,以取合情类;末后提纲,则撮记警辞,以举出事要。②

黄春贵之解,便直称"本师李健光(即李曰刚)先生"曰,而径引上文③。沈谦之论略有变化:"首先命意,设立主旨,选定体裁,以奠定中心思想也"④,其下仍抄李说而一字不易。稍有不同的是龚菱之论,其说为:

> 刘勰所谓的三准:"设情以位体",就是提出中心思想作为文章的基础,简单地说,就是立意。"酌事以取类"就是斟酌题材的办法,再依据中心思想为取舍,简单地说,就是取材。"撮辞以举要"就是运用扼要的文辞、语言来表达思想内容,简单地说,就是布局。⑤

上涉四家之说,虽有的在表达文字上略有差异,但细加推究,仍可谓实出一辙,并无根本性的差异。龚菱的"布局"说,似为前三家所无的新说,细究其实,仍无二致。龚氏论三准,是在其书《谈文章的组织》一节之中,若只讲"立意""取材",而无"布局"一项,就

----

① 《文心雕龙研究》第 323 页。
② 《文心雕龙斠诠》第 1461 页。
③ 《文心雕龙之创作论》第 14 页。
④ 《文心雕龙之文学理论与批评》第 142 页。
⑤ 《文心雕龙研究》第 209 页。

与文章组织关系不大了。刘勰所说的"撮辞以举要"是不是指"布局",暂且不说。这里要注意的是,沈谦论三准,也在《文章的组织》一节中;黄春贵论三准,更在其书首章《论文章之组织》的第一节《谋篇》之中。至于李曰刚的《斠诠》,本无章节之分,而是在《熔裁》篇的"题述"中所作论述,但也是就"谋篇命意"而为言的。于此可以得到一个基本了解:台湾研究者论"三准",大都以其性质为谋篇布局。

在《文心雕龙》研究中,三准论也是一个争议较大的问题。台湾研究者以命意谋篇解三准论,是有一定道理的,但有两点值得进一步商讨:第一,这三项都是横的要求,而不涉文章纵的结构。李、黄二家都以"起、承、转、合"与三准相比较,我却从这种不伦不类的比拟之中受到相反的启示。"起、承、转、合"倒真是讲文章的谋篇问题,其特点是讲全篇首尾一体的关系,而三准虽有"始、中、终"之词,却非纵的关系,也就是说,它不是讲如何"原始要终"以"弥纶一篇",实为相对独立的三项要求。

第二,既论命意谋篇,就不能不知《文心雕龙》中确有论如何"弥纶一篇"的专篇《附会》。其中既有著名的"正体制"之论,且全篇都是论述如何"总文理,统首尾,定与夺,合涯际,弥纶一篇,使杂而不越"。所以,此篇明确提出,"附会之术"乃"命篇之经略也","命篇"就正是谋篇了。黄春贵等论谋篇,也联系到《附会》《章句》《熔裁》等篇的有关论述,这是可以的,但不能否定《附会》篇才是谋篇的正论。前面已经讲到,《文心雕龙》各篇各有不同的主旨,因而虽涉及其他有关问题,其立论的角度不同,则命意必有区别。对此,不妨做一点具体比较:

《熔裁》:是以草创鸿笔,先标三准:履端于始,则设情以位体;举正于中,则酌事以取类;归余于终,则撮辞以举要。然后舒华布实,献替节文。

《附会》:夫才量学文,宜正体制:必以情志为神明,事义为骨髓,辞采为肌肤,宫商为声气。然后品藻玄黄,摛振金玉,献可替否,以裁厥中。

三准和正体制都涉及情、事、辞,后者另有宫商,亦属辞采之事。三准既定,"然后舒华布实";体制既正,"然后品藻玄黄"。"献替节文"与"献可替否",也颇为近似。对此可以作两种解释:一是论谋篇的重复,一是形同实异,主旨有别。我以为只能是后者而不可能是前者。黄春贵有云:"名曰《附会》,即今之谋篇是也。"①名曰《熔裁》的主旨,就不可能仍是谋篇了。

其异何在呢?李曰刚曾说:"案彦和论熔,兼举情事辞,论裁则侧重字句。"②而"熔"乃"熔意",指"檃括情理"而言,李氏之论,亦明确分论熔意与裁辞,则三准中的"撮辞以举要"亦属熔意,既如此,用"情事辞"简称三准就很容易引起误解。"撮辞以举要"的侧重点不在用"辞",而在"举要",即要求撮辞能表达要意。只有如此,才可谓之"熔意"。明乎此,便知"撮辞以举要"和《附会》中的"辞采为肌肤",二者全然不同。"正体制"的四项,意、辞各二;"三准"的三项全是熔意。这是最明显的区别。

就以上两点来看,以"三准"为"谋篇"之论是颇有可疑的。台湾诸家对此持有异议者,就我所知,王更生一人而已。其《文心雕龙研究》一书,无"三准"之专论,只在《风骨论》一章中,因不同意刘永济之说而有所涉及。由于他注意到:"从'凡思绪初发'起,

---

① 《文心雕龙之创作论》第 7 页。
② 《文心雕龙斠诠》第 1466 页。

至'骈赘必多',专谈如何表达主题",从而发现刘永济以《风骨》篇的风、骨、气、采、情、辞等"统归三准"之说存在的问题,是其卓识。王更生在其后的另一本书中,便提出一个新的解释:三准乃"熔意的三个准则"①。我以为这是一个值得注意的新解。因谋篇之说既有可疑,而刘勰谓之"准",也只有释以"准则"才合于诂训。若作其他解释,是不能不考虑与"准"字是否相符的。

坦率地说,笔者欣赏其"准则"说是有个人偏见的,因为其说与鄙见有不谋而合之处。事有凑巧,笔者也是首先在研究风骨问题中有疑于刘永济之论而涉及三准论的。拙论略云:"《熔裁》是论熔意、裁辞二事,即'櫽括情理,矫揉文采'两个方面。而'三准'只是'櫽括情理'的三条准则。"②这样的巧合,我是引以为幸的,更佩服王更生之说先我而出。所感遗憾的是,王氏之论既太简略,又未按"准则"之意来解说"三准"的含意。他是这样讲的:

> 就裁辞、熔意而言,他除了说明熔意、裁辞的重要性以外,首先提出熔意的三个准则:……"设情以位体",就是"提出中心思想,作为写作本文的基础"。"酌事以取类",就是"根据本文的中心思想,去搜集资料"。"撮辞以举要",就是"运用适当的文辞来表达中心思想"。③

既以三准为"三个准则",何以其所阐释又并无准则之意?幸著者

---

① 《文心雕龙导读》第27页。
② 《从刘勰的理论体系看风骨论》,《古代文学理论研究丛刊》第四辑。对三准的具体解释,见拙著《雕龙集》第272页:"设情以能确立主干为准,酌事以和内容关系密切为准,撮辞以能突出要点为准。"
③ 《文心雕龙导读》第27页。王氏自注:"此采郭某《文心雕龙译注十八篇》的解释,见原书《熔裁》篇注释②。"

以诚实的态度自注其释,乃用郭晋稀先生之注。查郭书释"三准",乃是"三个程序"①,以"程序"释"准则",固不一矣。于此可见,王更生氏对"三准"之义,可能仍乏主见。以"三准"为"三项准则",早在1957年,刘永济便有此说②,王更生当时虽未见其论,"准则"虽出自己说,但在他的心底,也许并未视"三准"为"三个准则"。果如此,台湾对三准论的研究,便觉所获甚微了。

---

① 《文心雕龙译注十八篇》第142页。
② 见《释刘勰的"三准"论》,《文学研究》1957年第2期。

五、主要论著

台湾的三十部《文心雕龙》论著,这里只能简单地评介其中较为重要的七种。这七种以理论研究方面为主,校注释译方面只《文心雕龙斠诠》一种。凡前面已作专题评介过的内容,这里一般不再重复。每一论著,只介绍其基本面貌和主要特点,但也对各书较突出的问题,略予具体论述。

评介次序略以出版先后为据。

1. 王更生的《文心雕龙研究》

王更生,台湾师范大学文学博士,李曰刚教授的门生。此人是台湾龙学界的重要人物。他的著作除《文心雕龙研究》外,还有《文心雕龙导读》《文心雕龙范注驳正》和二十多篇论文(其中八篇收入《文心雕龙研究》)。此外还编选了一本《文心雕龙研究论文选粹》。台湾的《文心雕龙》研究者中,王更生是著述最多的一人。他在承上启下,推动台湾《文心雕龙》研究的发展上,是起了较大作用的。因此,自视不凡的情绪,往往溢于言表。如在《文心雕龙导读》这个小册子的自序中,自称是以"导航的立场"来写此书,要尽其"舵手的职责"。其中又自评其书云:"居今而言,想找一本专门对《文心雕龙》内容作深入而有系统性的研究者,舍王更生先生的《文心雕龙研究》以外,恐怕找不到第二部书了。"①如此自负之词,在他的书中是屡见不鲜的。

《文心雕龙研究》是王更生最早的一部书,也可说是他的代表作。其书始稿于1969年春,杀青1975年,翌春由台北文史哲出版社出版,前后历时八载。王氏从搜辑海内外大量资料,总结前人成果到完成此著,是花费了不小的力气而有其重要成就的。特别是通过多方的努力,搜集到大陆上一些研究情况和成果,一方面吸收入自己的著作,如有关《文心雕龙》的版本、著录,刘勰年谱等,显然吸收了杨明照等人的成果;"自然之道"的论述,采用了陆侃如的观点;文字的解释,则引用郭晋稀等的译注等。另一方面,也就向台湾读者介绍了一些大陆的《文心雕龙》研究情况。除在《文心雕龙研究》中常有评介外,其所编《文心雕龙研究论文选粹》,也选入大陆学者早期的一些优秀论文。所以,王更生对大陆研究情况虽然所知有限,或时有误解,但于沟通海峡两岸之学术研究,还是发挥了积极作用的。

《文心雕龙研究》共十四章,八十二节,其规模仅次于李曰刚的《文心雕龙斠诠》。首章绪论,总结海内外近六十年《文心雕龙》研究的概况,并展望今后的发展道路;第二至四章为刘彦和年谱、《文心雕龙》的史志著录平议及版本考略;第五至十三章分别为《文心雕龙》之美学、经学、史学、子学、文体论、风格论、风骨论、声律论和批评论的专题研究;最后殿以《文心雕龙在中国文学史上之地位》一章作结。第五章以下各章,大都前有引言,后有结语,对各专题"探源竟委",做了较为系统的论述。从这一基本内容来看,著者自谓本书为"深入而有系统性的研究"著作,在当时

---

① 《文心雕龙导读》第73页。

的台湾,可说是当之无愧的。在此书之前,台湾虽已出版十五六种有关论著,但大都是论文集或校注释译,个别略具系统性的论著,也只是对局部内容的研究。故较为全面而系统的《文心雕龙》论著,这确是第一部。

但所谓"全面",不仅指比之其前而言,也只是就其对《文心雕龙》的经学、史学、子学、美学等其所论及部分而言。其书最大的不足,是忽视了创作论部分的研究。这部分实为《文心雕龙》全书的精华所在,这是中外学者所公认的。王更生自己也曾说过:"创作论是《文心雕龙》中价值最高的一部分。"①但其书有关这方面的研究,只风格、风骨和声律三章,而略于《神思》《通变》《情采》《物色》等大量重要的论题。故其"系统性",也只是就已论及的部分问题而言。对《文心雕龙》这个整体来说,既缺少大量重要的内容,就不能不有损于它的"系统性"了。但此书虽失之东隅,也还是有它的独到之处,这就是对《文心雕龙》美学、经学、史学、子学的研究。这方面的研究虽不完全是对其文学理论的研究,也是为深入理解刘勰文学思想所必需的。本书把较大的篇幅用在这方面,正以此而形成其书的主要特点。这就不仅独步当时,至今仍无出其右者。所以,此亦可谓收之桑榆矣。

其实,一部学术著作,不应强求其面面俱到,而主要是应有自己的特色和独到之处。当然,也还要考察其特色的价值如何。这里值得商讨的一个问题,是《文心雕龙》这部书的性质。王书的特色是和著者对此书的性质的认识密切联系着的。著者着意从经学、史学、子学方面来研究,已透露出他对此书性质的倾向了。以《文心雕龙之史学》一章来说,王更生并不是从文学的历史观、发

---

① 《文心雕龙之创作论》序。

展观上进行研究,而是以纯粹历史学的立场着眼的。这只要从本章各节的论题便可一目了然:一为《史官建置与史学演进》,二为《阐明史著的义例》,三为《扬榷史书的利病》,四为《依经附圣的思想》,五为《史家责任与著述目的》,六为《学以练事的强调》,七为《史料的整理与鉴别》,八为《综论史法四原则》,九为《结语》。于此可见,其对刘勰史学的研究,虽然是全面的、系统的,但所论止于史学,而不涉文学。问题还在于,著者不仅仅是对《史传》一篇作如是之研究,而是从这样的研究中所得到的认识,即《文心雕龙》是一部什么性质的书。王更生查考了《隋志》以来的著录之后提出:

> 不幸的是若干学者太拘牵于西洋习用之名词,说它是中国最具系统的一部"文学评论"专著,而刘勰就自然的成了"中国古典文论专家"。往年,我也不求甚解,跟着别人呐喊,可是近来因为朝于斯,夕于斯,反复揣摩,仔细商量,用力愈久,愈觉得《文心雕龙》乃"子书中的文评,文评中的子书"。因为我国往昔对作品多谈"品鉴",无所谓"批评",此等西方习用的名词,用到我国传统的著述上,总觉有点"霸道"。即令是勉强可以借用,而《文心雕龙》亦决非"文学评论"或"文学批评"所能范围。(132—133页)

此论之后,王更生又在他的《文心雕龙导读》中,专立《文心雕龙的性质》一节,重申以上见解,显然自认为是他经过朝思夕想、长期研究之后的独得之秘。这种苦心孤诣的精神,我仍是衷心赞赏的。这个问题的提出也很重要。龙学的近代史已垂百年,而海峡两岸的学者对此都尚有程度不同的异议;前面所述《文心雕龙》全书为"文体论"的意见,即是研讨《文心雕龙》之性质的一个侧面。为了认清《文心雕龙》的庐山真面目,王更生提出此书的"性质"问题,本身就是必要而有价值的。不过这问题也相当复杂,非三言两语所能说清,笔者已在讨论风格问题中,就《文心雕龙》是不是一部有关"艺术形相"的专书略陈己见。这里,只拟就王氏以上论述,补其"反复揣摩"之所未及者。

首先要知道的是,"文学评论""文学批评"是不是什么西洋名词。我们的祖国是一个文明古国,特别是在文学艺术方面,是很值得引以自豪的。所以,有两种不同的数典忘祖都是应该反对的:一是瞧不起自己的祖先,而以洋书洋话为高;一是把自己祖先的东西送给洋人,反过来埋怨自己一无所有。"文学"一词是不会被疑为舶来品的。"评论"一词亦屡见古书。如《后汉书·范滂传》:"自相褒举,评论朝廷";范晔《狱中与诸甥侄书》:"详观古今著述及评论,殆少可意者";《颜氏家训·文章篇》:"学为文章,先谋亲友,得其评论者,然后出手",其后便有《评论出像水浒传》之类,岂是来自西洋?"批评"一词虽出现较晚,但至少在明代批点之风盛行后,合"批""评"为一词就很自然了,如李卓吾的《批评三国志》《批评西游记》等,非"文学批评"而何?如果一定要说我国古代"无所谓批评",岂非把它转送给洋人了?

西方有"Literary Criticism",被译为"文学批评",并不等于我国古代早就有的"文学批评"来自西洋;它的本意是"文学裁判",其义甚狭。从1927年出版陈钟凡的第一部《中国文学批评史》以来,用"文学批评"为名的论著已不下数十部,大都无取于西方的"文学裁判"之义,而是用我国传统的"文学批评"。其显著区别就在吾国传统的"文学批评"是广义的"文学",不限于西方的纯文学;又是广义的"批评",文学理论和欣赏也包括在内。所以,通常所称"文学批评史",或以《文心雕龙》为"文学批评",正是在中华大地上土生土长的传统"文学批评"。古代文史哲不分,传统的"文学批评"概念,正具有这种特点,也正能体现古代文论的本来面目。但一般说来,各种古书的内容必有主次之分:《论衡》中虽涉及诗赋之论不少,仍不能改变其为子书的性质;《史通》中论及文学的甚多,亦不失为一部史论。《文心雕龙》五十篇中有一篇《诸子》,岂能全书就成了"文评中的子书"? 王更生氏一方面否认"文学批评"为吾国所固有,一方面又说《文心雕龙》绝非"文学评论"或"文学批评"所能范围,其实是用西洋"文学批评"的标准来衡量《文心雕龙》,而又未究传统"文学批评"的固有特点所致。

《文心雕龙研究》之略于创作论,正与著者不承认《文心雕龙》是一部文学评论的著作有关。正因如此,一方面影响著者未能对刘勰的文学理论进行深入研究,一方面又不可避免地造成种种自相矛盾之论。如反对"文学批评"等所谓"西洋名词",自己却用了不少"西洋名词",并不能不立《文心雕龙批评论》的专章;既认为《文心雕龙》是"文评中的子书",而《文心雕龙之子学》一章却只论《诸子》一篇,反不如《经学》一章,能连贯全书立论;《文心雕龙》既不是文学评论的专书,却又以其全书之旨趣,"就在昌明文章的风格"。

但就《文心雕龙研究》全书来看,其首创之功及其独到的成就还是主要的。这里要特别提到的,是王更生的研究态度。著者在《文心雕龙导读》的自序中曾说:"我认为学问之道,贵求自得。"这并非空话,确是王更生做学问的一大特色,也是台湾龙学家中最可宝贵之处。在很多具体问题的研究中,王更生都显示了他师心自见的特点。上举他对《文心雕龙》一书的性质的见解是如此,它如论风格、论三准等,也是如此。又如《文心雕龙文体论》一章,首述"本文写作的缘起",就是出于不同意刘大杰的观点而谓:"如果要说刘勰的文体论,在全书中是价值最低的一部分,我们也同样不敢轻易赞成。所以,就由于这一个思想上的冲击,引起了我写本文的动机。"(263页)经过他的具体研究,最后在"结语"中说:

> 我们可以说,要想了解《文心雕龙》文术论与文评论的理论依据,则文体论不可不读;如欲探讨彦和文原论"原道""宗经"的精神所在,亦必视文体论为它的渊薮。所以我们固不敢臆断这是《文心雕龙》价值最高的部分,但至少它应该获有与文原论、文术论、文评论同等的地位。(286页)

我以为此说是正确的。《文心雕龙》的文体论,几占全书篇幅的二分之一,而一向不太受研究者的重视,王更生则不仅讲出了一些值得重视的理由,《文心雕龙研究》其书的实际做法,就是充分重视文体论的。它不但以专章论文体,又有《史学》《子学》两章(主要是论《史传》《诸子》两篇),也是文体论的范围,这就真和文体论(创作论)具有同等的地位了。

总之,这本成书较早的《文心雕龙研究》,虽有某些问题尚待作进一步的研究,但从设篇到立论,是一部独具特色而又有独到之处的研究著作。要了解台湾的《文心雕龙》研究,此书是值得一读的。

2. 黄春贵的《文心雕龙之创作论》

本书是著者在台湾师范大学国文研究所的硕士学位论文。除书前有简略的绪论外,全书共四章:一《论文章之组织》,二《论文章之修辞》,三《论文章之内质》,四《论文章之对象》。每章各四节，如第三章由《思想》《情感》《想象》《气力》四节组成；每节各四小题，如《思想》一节分"意授于思，言授于意""江左偏安，思想颓废"等四题。每节的第一小题为释义和概述这一内容在文学创作中所处的地位，再以第二至四题分论若干有关内容。全书各章的结构都是这样，所以，此书可说是一本纲举目张、条理清晰的著作。

本书的优点，除条理清晰如上所述外，这种写法还有利于初学者。行文简要而不空谈理论，多能联系实例来论创作，是本书的又一优点。如第一章之第一节《谋篇》，其第三个小题是"附辞会义，务总纲领"，提出"谋篇命意，要以严守主题为最高准绳"，首举《史记·平津侯主父列传》，是"以恢奇多诈为全篇之主题，从正面旁面写，皆以此四字为归宿"；次举贾谊《过秦论》"只重仁义不施四字"；柳宗元《梓人传》"只言体要二字"；韩愈《平淮西碑》"只论一断字"等。通过这些实例，对说明如何掌握文章的主题，是比讲空道理更为有益的。

本书另一特点是虽以《文心雕龙》之论为基础，但不局限于《文心雕龙》，而多联系唐宋以后的有关著作以佐其论。如第三章第二节《情感》，论"写情说理，两相需济"，除引《文心雕龙》中《体性》《情采》等篇之论外，又引白居易的《与元九书》、黄宗羲的《论文管见》、谢榛的《四溟诗话》以及英美和日本诸国的有关论述，最后说："以上诸家所述，皆足以证明情感为创作文章之根本要素。"这样做，对指导文章的写作或认识某些写作理论，自然是很有帮助的。只是某些论题完全脱离刘勰原著而尽谈他人之论，就难再充"文心雕龙之创作论"了。如第二章之论"放大缩小，穷形尽态"；"隐约闪烁，烘托本事"等题，竟无只字提到刘勰有何意见，这就完全是喧宾夺主了。

本书之论,也时有独得见解。如罗根泽《读诗品》和梁绳祎《文学批评家刘彦和评传》二文认为刘勰未能论及社会人生与作家思想感情的关系。黄春贵不同意此说,在《情感》一节中也提出罗、梁二文只从《物色》篇去"缘木求鱼,东墙西望,其不得也宜矣"。黄氏除举《时序》篇的"歌谣文理,与世推移"等以证"舍人重视文学与时代环境之关系"外,又举《明诗》篇的"逮楚国讽怨,则《离骚》为刺";《哀吊》篇的"自贾谊浮湘,发愤吊屈"等,以证"作家对于现实人生之际遇,亦可缘情托兴"。此说甚是。《才略》篇云:"敬通雅好辞说,而坎壈盛世,《显志》自序,亦蚌病成珠矣";"刘琨雅壮而多风,卢谌情发而理昭,亦遇之于时势也。"这类论述在《文心雕龙》中甚多,说刘勰未论及社会人生对作者思想感情的影响,是不符合事实的。黄春贵之驳罗、梁二说,不仅在于它的正确性,值得注意的,是能突破台湾的一般见解。台湾研究者多以《时序》篇为批评论,因而论创作时只谈《物色》而不及《时序》(《物色》篇本在《时序》篇之后,这两篇的篇次和性质都还有待研究,参见下文评李曰刚《斠诠》)。黄春贵在其书的绪论中,虽然也列《时序》为文衡论(批评论)之一,却未囿于此而在论创作中大讲《时序》篇,从而得到超越众论的正确认识。又如第二章论比兴。《比兴》篇的"皆比义也"和"皆比类也"二句,常为研究者所忽视,而未明其区别何在。黄氏继李曰刚说而明确解为"所谓比义者,取外物以比义理,有说明之作用。所谓比类者,取外物以比状态,有形容之作用"。于此可见其精审。

　　本书的可酌之处,一是侧重于文章作法,不仅以起承转合比拟"三准"论之类,颇觉不伦,且津津乐道者,是谋篇、裁章、造句、用字之类,而未能突出刘勰论创作之精华。二是现行章节安排,虽具整齐划一之形,却有失刘勰论创作之本旨和原貌。《文心雕龙》论创作是从《神思》开始的,篇中明言:"此盖驭文之首术,谋篇之大端",黄书至第三章第三节,始有《想象》之论。而《神思》不仅论"思接千载""视通万里"的想象,且是"规矩虚位,刻镂无形"的虚构,古人所谓"凭虚构象"是也。刘勰以想象虚构开始论创作,则其创作论之性质可明,殆非一般文章作法也。又《神思》以下各篇,先后有序,自有其创作理论之脉络可寻,黄书以谋篇裁章开始,失其旨矣。

著者在《绪论》中说,他写此书"旨在研究《文心雕龙》创作论之原委,拨寻舍人论文之指归……求能契合作者之初心"。这个用意是很好的,但从上述情形来看,著者主观上可能做了一定的努力,在实际效果上,却正是这方面做得不够理想。

3.4. 沈谦的《文心雕龙批评论发微》和《文心雕龙之文学理论与批评》

沈谦是台湾师范大学国文研究所的文学博士。1977年出版其硕士学位论文《文心雕龙批评论发微》,在此基础上继攻博士,乃扩充《发微》而成《文心雕龙之文学理论与批评》,即是著者的博士学位论文,于1981年出版。《发微》专论刘勰的文学批评,计五章:《绪论》《批评原理》《批评方法》《批评实例》《结论》,共十一节。《理论与批评》扩大为八章:一、《文心雕龙之文论体系》,二、《文心雕龙之文学原理》,三、《文心雕龙之文学类型》,四、《文心雕龙之创作理论》,五、《文心雕龙之批评态度》,六、《文心雕龙之批评方法》,七、《文心雕龙之批评实例》,八、《结论》,共十八节。其中除第三、四两章为新增外,余皆由前书增修而成。除增补前书外,也有部分删削,如原《绪论》之第一节《刘勰传略》即全部删去。故此书除未介绍刘勰生平事迹外,基本上是对《文心雕龙》的全面论述。下面便以《文心雕龙之文学理论与批评》为主来介绍。

本书有两个较为显著的特点:一是以批评论为重点,二是以今人的文艺观来衡量《文心雕龙》的成就和理论意义。

《文心雕龙之文学理论与批评》既然由原来的《批评论发微》增修而成,则关于文学批评和批评理论方面的研究占有较重要的位置,是很自然的。从上举本书章目可知,其创作论只一章共三节,批评论方面则有三章共八节。所以,以批评论为重点是本书的特色之一。

从其增修的批评论部分看,比之前书有明显的提高。除一般论析更为加强外,章节的调整也较前合理一些。如前书《批评方法》章,分批评的态度、标准、方法三节,态度和标准列为方法就很不相宜;后书改为《批评态度》和《批评方法》两章,不仅较前合理了,还涉及一个较大的改变,就是前书把"六观"列入"批评标准",后书则改属"批评方法"了。台湾诸家之论,多以《知音》篇的"六观"为批评标准,《发微》的《批评之标准》一节,就是专论"六观"。按刘勰乃谓:"将阅文情,先标六观……斯术既形,则优劣见矣。"他并未称此"六观"为标准,而是谓之"斯术","术"者,进探文情之方法也,故云"先标六观";所谓"先",乃指其为"阅文情"的着手之处,是由这六个方面入手以进探作品之优劣,非谓以六观为衡量优劣之准绳。若为标准,必有其明确而具体的尺度,始能据以衡其轻重,量其高低,定其优劣。而"位体""置辞"云云,并无可作凭据的规定性。故所谓"观",即观审、考察,"六观"之术就是从六个方面考察作品的方法。刘勰所说"观文者披文以入情",就是对这种批评方法的最好注脚。

由上述可知，沈谦改"批评标准"为"批评方法"，应该说是他的一大进展。其论云："或明白揭示批评之方法，则《知音》篇所谓'将阅文情，先标六观'是也"；"彦和于此揭举六种批评方法，言文学批评，从此六端予以整体观察评鉴，披文入情……"，都是接近刘勰原意的。但惜著者仍未完全摆脱旧说，既云"有此六观，准的得依"，又谓"以此六种标准批评作品，裁判优劣"；而节目又是《衡鉴作品之六种观点》，若此，"六观"就既是方法，又是标准，亦为观点，一身而三任。这说明著者的认识虽有了显著的发展与提高，却又还有模糊的一面存在。

有的地方，纲目虽仍其旧，却对前书之失做了必要的补正。如前书《批评态度》一节中分论三种态度：一、客观公正，二、深入熟玩，三、谦虚诚敬。刘勰对后一内容有什么论述呢？《发微》中只有著者的意见，却没有提到任何刘勰的论点。此为一失。增修后的此处，则作了这样的说明：

> 以上品格之诚敬，知识之谦虚二端，彦和《文心雕龙》书中，虽未条举纲目，反复申论，然其书中立论，多以此为准。如《序志篇》云："及其品评成文，有同乎旧说者，非雷同也，势自不可异也；有异乎前论者，非苟异也，理自不可同也。同之与异，不屑古今，擘肌分理，唯务折衷。"且夫谦虚诚敬，深入熟玩，客观公正，为一脉贯串之批评态度，故此一并论列之。（209页）

这样的补充，其理虽觉不很充分，至少说明了著者意图，不然，照《发微》之原论，会使人读后怀疑其是否论《文心雕龙》之书。

用今人的观点来研究或衡量《文心雕龙》，沈谦采用了多种方式。如第二章《文心雕龙之文学原理》，首先按今人的观点提出：

"文学原理探讨文学之基本特质及作用。举凡文学之界说、本质、起源,文学之内容、形式与目的,文学观念之演进,价值与作用……均属焉。"文学原理的研究范围如此,便据以检视《文心雕龙》:"其有关文学原理之阐述,最重要的主张有三:论文学之起源与功用,则曰'文原于道';论文学之内容与形式,则曰'文质并重';论文学之传统与创新,则曰'通古变今'。"此章即分三节论述这三个问题。因此,本书不是从"文之枢纽"中探寻刘勰的基本文学观,而是据现代"文学原理"的要求,从全书中找有关"文学原理"的论述。

又如第六章第二节《各种批评方法之运用》,首先提出"近世之言批评方法者",英人圣茨白雷归纳为十一种,李辰冬(台湾师大教授)列举二十四种,"两者合计,文学批评方法已有三十五种"。因而提出,《文心雕龙》"虽未明列各种批评方法,而批评作品,采用方法多端,以上述之批评方法衡量之,重要者多已囊括"。故从《文心雕龙》全书中找出十种批评方法:归纳之批评、演绎之批评、科学之批评、判断之批评、历史之批评、考证之批评、比较之批评、印象之批评、修辞之批评等。

再一种方式是多数论题都引用当代或西方之论以相印证。如论"文原于道"之末,便先引英国文学批评家波普《论批评》中的"类似之见"以为印证,再比较亚里斯多德之论而谓:"至于彦和所谓文学之作用在于摹拟自然,前于波普者,亚里斯多德有'艺术模拟自然'之语……以此与彦和文原于道比较而观,可见其说法虽不一致,道理其实相通,正英雄所见略同,相得益彰之论也。"

这样来研究《文心雕龙》,如果是为了衡量其价值或成就的高低,固不失为一种研究方法;用现在高度发达的理论认识去检验它的成就,或者以之与西方的古今名著相比较,确有利于认识刘勰的理论意义和历史价值。但这种研究方式,最容易产生的弊病是忽略《文心雕龙》的原貌和原意。不遵循其固有的理论体系,不依据它自身的理论脉络,不把它的种种具体论点放回它自己的理论体系中去考查,就很难认清它的原意。原意不准,则任何孤立的衡量或比较,都是徒劳无益的。如以刘勰的"文原于道"和亚里斯多德的"模拟自然"说相比较,而侈谈什么"英雄所见略同",实在是刘勰之谓"轻言负诮"耳。前论"自然之道"已经做过具体阐述,《原道》篇之谓"自然",与亚里斯多德所讲的"自然"全然不同。刘勰只是说天地万物都有其天然的文采,何曾有"文学之作用在于摹拟自然"之论?所以,"文原于道"和"模拟自然"两说,是风马牛不相及的,根本无从相比。原意未明而妄加比较,在所谓中西文学比较中是常有的,"自然之道"和"模拟自然"之比,应该引以为戒。第二种方式所论之批评方法,也多有牵强附会之处,如所谓"演绎之批评""科学之批评""判断之批评"等,无不如此。

本书常取黄侃、刘永济等前人之说以富其论,这是无可非议的。但著者往往囿于成说而乏独立思考,有时竟同时引用两种相互矛盾之说而不辨。如首章第二节既引郭晋稀析创作论诸篇为"剖情""析采"和兼有情采三类,同时又引范文澜《神思》注之创作论体系表。二家之说并不一致:如《附会》篇郭列入"析采"类,范表却列入"剖情"类;《体性》《风骨》二篇,郭列"剖情"类,范表却分属情采。这种明显的矛盾,著者未置一辞而同时照录。又如《比兴》篇的赞词中说:"物虽胡越,合则肝胆。拟容取心,断辞必敢。"李曰刚注云:"外在之事物虽若北胡南越,远不相涉,但以比兴牵合作意,则如肝胆之贴切,休戚相关。……比拟形容,求取合乎人心。"①此注可疑者甚多:若准其说,则"牵合作意"与"求取合乎人心"显然是"一意两出";反对"骈拇枝指"的刘勰,岂容在其高度凝练的赞语中存在?而"合则肝胆",不过喻所比事物之贴切;"拟容取心"乃拟其外貌而不止于形,还求表达其神,都非意在要求合于"作意"与"人心"。沈氏不察而照抄李注曰:"外在事物虽若胡越之远隔,但以比兴牵合作意,则如肝胆之贴切,休戚相关。比拟形容求取合乎人心,决断文辞必须果断。"(126页)

但本书也有不少经过自己深入研究之后的师心自见。如论《原道》:"以现代文学观点论之,天文地文人文实可析为文学创作之两项基本源泉:一为自然环境,一为社会环境。"继而举《物色》《时序》两篇以论证两种环境,认为刘勰"于此二端,颇有阐发"。最后复归结于《原道》篇的"观天文以极变,察人文以成化",所指正是这两个方面。这说明,著者借助于现代文学观点来研究刘勰,亦可以居高临下之势,对问题作较深入的认识。

又如论"气",著者通过对《孟子》以下有关论述的考察,最后提出:"《孟子》《管子》《淮南子》所言气,皆就人身之气力而言;自曹丕以下,所谓'气'则就作家之气质而言,气质由先天禀赋之情性熔铸而成,发为文章,则形成作家之风格。此二者之异,不可不辨。而彦和论创作之准备功夫,贵在养气者,此所谓养气,尤重在人身之气力也。"(131页)我认为此辨是对的。"气"是整个古代文论研究中既重要又复杂的问题之一,做一些认真的考查而辨别其在不同情况下的不同涵义,是很有必要的。

---

① 《文心雕龙斠诠》第1657页。

5. 王金凌的《文心雕龙文论术语析论》

著者 1976 年曾撰有《刘勰年谱》问世。《文心雕龙文论术语析论》出版于 1981 年,全书共五章。本书的《结论》说:"《文心雕龙》是一本探讨文学理论的书,简括地说,其内容包含人与文学两大端。"再联系其第二章之首所说:"前章所论是人的问题,以下四章则为文学本身的问题。"可知此书内容分为人和文学两大部分。前者之论虽只一章,然其篇幅适为全书之半。盖文学有"人学"之称,其作者是人,其表达者也主要是人。本书主要是就作者之人而为言,故第一章《才质》即分论作者的气、才、性、情、志、神、心等共八节。在阐明作者的主观诸因素之后,进而以第二章《事义》析作品的内容,以第三、四章《辞采》《声律》析作品的形式,最后以第五章《体势》论作品完成后总的风貌。所以,本书虽析论各种术语,亦形成一个颇为完整的体系。

本书每析一术语,大都首明其本义,次论其引申义,然后考察《文心雕龙》在具体运用中的不同含意。如释"气":

> 气的本义是云气,从云气流动的特性引申,而有呼吸、力气、气味、气候、情感、风气、禀气、正气等。这些意义在刘勰的《文心雕龙》中多数都用到了……刘书中,气的意义共有十种:一为景物的气势。二为北风。三为风尚。四为声气。五为元气。六为情意。七为个性。八为才能。九为正气。十为生命力。(13 页)

根据这十种意义,逐一举出《文心雕龙》中的实例,并加具体分析。其所举例,有一、二条至数十条不等。最后再作必要的综述。如将此十种含义归纳为三类:"一为普通词语,包括景物的气势、北风、风尚和声气。二为禀赋词语,包括元气、情意、个性、才能,和以上四者的综合表现,即生命力。三为陶炼禀赋而成的正气。其中以禀赋和正气对文学的影响最大。"(32页)

析义之细是本书的重要特点之一。著者注意到:传统的诗文评多是"把文学批评也当作文学作品来写",为了避免修辞上的重复而借用许多同义词,这正是《文心雕龙》在使用术语上的一个重要特点。正因如此,著者虽未忽视词语的本义,却并不拘守古训,而是从实际出发,根据上下文的理论意义来探索其具体命意。这是解释《文心雕龙》术语的必由之路,若舍此而死守章句,很多术语的意蕴是难得而明的。如以"风尚""情意""个性"释"气"就是如此。

但由于这样做的灵活性较大,据著者对文意的体会作解析,是难免无失的。如《祝盟》篇的"气截云蜺"、《时序》篇的"梗概而多气",本书解此二"气"字为"情意",是大有可疑的。又如解《乐府》篇"气爽才丽"的"气"为"才能",则此句成了"才爽才丽",显有未安。由于著者过重分类之细,固有其可取之处,但也带来一些勉强的解释。如分"辞采"为事义美和视觉美两类,而谓《檄移》篇的"文不雕饰",是讲"辞意"的不雕饰;谓《章表》篇的"求其靡丽,则未足美矣",乃"指其事义不须繁复、浮华"。又如《封禅》篇的"华不足而实有余",其"华实"对举,所指甚明。此乃评张纯为汉光武所写《泰山刻石文》,刘勰认为此文"计武功,述文德,事核理举",内容很丰富,但其"华不足",著者却认为此"华"字是就"辞意"的表达技巧而言,因而是"事义美"。若此说可立,则一切作品之文词无不为达意而设,也都可说是为表辞意而用的技巧,岂不是都可归之于"事义美"?

但本书的析论,也有一些精到之处。如"情"字的一义为"情实",举《明诗》篇、《颂赞》等的九条用例。如其中《书记》篇"以备情伪"的"情伪"指真伪;"陈列事情"的"事情"解为事实等,是显而易见的。但如《明诗》篇的"故铺观列代,而情变之数可监",《风骨》篇的"洞晓情变,曲昭文体",《物色》篇的"以少总多,情貌无遗""窥情风景之上,钻貌草木之中"等,这些"情""情貌""情变",就常被误解为感情的情。如王更生析《风骨》篇的"洞晓情变"云:"立文之道有三,而情文为其中之一。《情采》篇云:'情者文之经……'所以文家必须铺观列代,洞晓情变之数。"①这显然是把"情者文之经""情文""情变"的"情"混为一谈,而都为情感的情了。李曰刚解《物色》篇的"情貌无遗"为:"诗人之感情与风物之面貌,已和盘托出,无所遗漏矣";又解"窥情风景之上"为:"窥察风光景色,以觅取创作情感。"②也是把这两处的"情"字作感情解。

王金凌则解以上诸例之情为"情实":

> 《周礼·天官·小宰》说:"以叙听其情",即以情为事实。事实有真假,刘勰便以"情伪"表示真假。又事情有发展性,会演变,于是以"情变"表示此义。(67页)

这是一个总的说明,各例都分别做了具体析论。如论《风骨》篇的"洞晓情变"说:"所谓'情变'指经典子史中的情实变化,可泛指内容、文辞的变化。"论《物色》篇的"情貌无遗"云:"这段话旨在说明辞简而形昭,情貌即实貌,指上文桃花、杨柳、出日、雨雪、黄

---

① 《文心雕龙研究》第347页。
② 《文心雕龙斠诠》第1898、1903页。

鸟、草虫等物貌,则情有情实的含意。"解同篇的"窥情风景之上"则云:"此处情与貌互文,都就形似而言,形似重写实,所以,情在此有情实的含意。"(68—69页)这些解释是很有见地的。其能将常人以至注家也容易混淆之处明辨若此,显然是与此书对《文心雕龙》作通盘考虑而细析词义分不开的。

本书的不足之处,是《文心雕龙》中的不少重要术语未能论及,如"道""自然""神理""数""术""通变""奇正""熔裁""比兴""隐秀""文笔",以至"文""物"等都没有。而有的并非文论术语,却解析甚多,如《才略》篇的"偏浅无才"、《序志》篇的"浅而寡要"、《铭箴》篇的"简而深"、《练字》篇的"趣幽旨深"等,这些"浅""深",既是普通文词而非文论术语,其词意也清楚明白,并无加以列论的必要。类似情形尚多,所以,何谓文论术语,还是一个须要研究的问题。

6. 龚菱的《文心雕龙研究》

本书分上、中、下三编,上编七章:一、作者刘勰,二、写作背景,三、写作动机,四、《文心雕龙》书名的涵义,五、成书年代与其他著述,六、版本著录,七、文论体系。中编二章:一、枢纽论,二、文体论。下编二章:一、创作论,二、批评论。总计全书十一章,二十八节。每章之前有概说,章末有结语,全书之末有"总结论"。其章节安排大小不一,少则两节,多则九节;有的章如《文论体系》则不分节。从实际内容出发而不强求划一,固然是可取的,但如《文心雕龙命名的涵义》章,分《取名"文心"的用意》和《取名"雕龙"的用意》二节,便觉勉强而实无特立章节的必要。

从上述概貌可知,本书以全面系统为其主要特色。和王更生的《文心雕龙研究》相比,虽就全书来看,还未必是后来居上,但在论述的全面系统上,却是有所发展的。王著在当时是可称全面系统的,它对某些问题的探讨也较为深入,但未论及《文心雕龙》的一些重要内容,特别是对创作论的研究过于单薄已如前述;龚书之《创作论的研究》虽只一章,却有《谈神思与养气》《谈体性与风骨》《谈通变与定势》《谈情采与声律》《谈丽辞》《谈文章的组织》《谈文章的修辞》《谈物色》《谈总术》共九节,几达全书二十八节的三分之一。本书不仅重点突出,内容全面,且基本上是按原书的体系逐次析论的。这样做似乎平淡无奇,却是十分必要的。用台湾学者的话来说,至少可避免"把自己的意思去代替古人的意思"。接着又说:

> 我曾看到某学术机构,出版一厚册研究《文心雕龙》的著作,对原作的基本概念,及由基本概念所形成的结构、系统,毫无理解,却代刘彦和安上许多项目,标出许多名称,不知道把问题扯到甚么地方去了,真令人难以忍受。①

今人研究古人,这是很容易出现的弊病。如果研究《文心雕龙》而"不知道把问题扯到甚么地方去了",那又虽究何益?所以,老老实实尊重原著的结构、系统去研究,庶可不违原意而得其真蕴,然后才能发其精义。笔者赞成龚氏的这种做法,即在于此。

但龚书在遵循和探究原著的本来面目上,也有尚可斟酌之处。如论创作首论《神思》《养气》二篇,却未说明这两篇要首先合论的理由何在。《神思》原列第二十五篇,《养气》原为第四十二篇。两篇的内容是有一定联系的。黄侃《札记》论《养气》篇

---

① 徐复观《中国文学论集续篇自序》。

曾讲到:"此篇之作,所以补《神思》篇之未备,而求文思常利之术也。"然黄侃并未提出《养气》篇当移于《神思》篇后之论。与《神思》篇的内容有联系者,何只《养气》一篇?其篇末即云:"刻镂声律,萌芽比兴",这比黄侃之说更为有力,则是否要把《声律》《比兴》二篇提前与《神思》篇并论呢?龚氏全书皆准刘勰原著次第而循其体系之原貌,若无充分理由和可靠的根据,便轻率作此变动,适与本书总貌不协。且著者在《文心雕龙文论体系》一章中释刘勰的"摛神性"云:"摛神性,就是抒布文章的《神思》和《体性》。"刘勰自论其书体系如此,著者也明明有识于此,但具体论述却如彼,岂非自相抵牾①?这种情形在龚书中虽非绝无仅有,但也只是局部的,就全书来看,基本上是按原著的枢纽论、文体论、创作论、批评论的原貌,循其理论上的脉络而加申论。在台湾诸书中,我以为这是极可称道的一点。研究古人著作,最忌失其原貌和本旨;台湾研究者面临强大的西方思潮之袭击,在研究实践中能注重保持民族本色如此,就尤为难能可贵。其论《宗经》篇有云:

> 经书是古圣先贤垂范后世的常典,我国民族文化的精神产物。我国文章,首载群经,在浩瀚的书籍中,经为四部之首,万学之源。何以周孔相传儒家典籍名之为"经",因为典籍中所载都不外民生日用的常道。(85页)

此于国学,可谓知言,正得章学诚主张结合"天下事物人伦日用"以究大道之旨(《文史通义·原道下》)。龚氏未忘怀于发扬我国

---

① 沈谦《文心雕龙之文学理论与批评》亦并此二篇为一节,但一则他是从《创作之准备》着眼的,二则沈书并非按原著体系列论,故有所不同。

民族文化传统,这是一个很好的认识。

然龚书既准原著而又求其全,就难免出现这样的情形:面面俱到的平实陈说,虽言简意赅却多点到即止。其具体论述如《神思》,便完全按原文次第,首引"形在江海之上"二句以明"定义",继录"寂然凝虑"以下十句以释"心灵活动的情态";再引"陶钧文思"四句、"积学以储宝"四句,直到篇末的"视布于麻"四句、"思表纤旨"以下十一句,逐一疏解。如此论析,全则全矣,简亦简矣,却鲜有发挥而欠深度。因此,本书虽时有高见,也因其点到即止的论述方式,而给人以语焉不详之憾。如论《通变》云:"刘勰认为文章的'情志、事义、辞采、宫商'四体的要求是不变的,所以说'设文之体有常',把文章这四体的要求组合起来,要求各种体裁不变,这即所谓'体要'。"(197页)此论也许有著者自己的理由,但他明明是据"诗、赋、书、记,名理相因,此有常之体也"以立论,这个"有常之体"既指诗赋书记的"名理相因"而言,则与"情志""事义"等所谓"四体"有何联系呢?著者既未明言,读者就不得其解了。这种情形,无论是所论虽简未赅,或其论难立,都是本书的不足之处。

龚菱确认《文心雕龙》的性质为文学理论,书前即肯定是书"诚为论文学之圭臬",最后的《总结论》又讲到:"他对文学界说而言,采广义观念:经、史、子、集、诗、乐府、赋……统称为'文',他认为凡以情与理,或情志与事义为内容,外加优美形式(辞采、宫商)即为文学。"正因如此,龚氏此书既注意从文学理论的角度,对《文心雕龙》的文学理论做了较为全面的论述,这是长于王更生的《文心雕龙研究》之处;又能遵循《文心雕龙》自身的理论体系来研究,因而也有长于沈谦《文心雕龙之文学理论与批评》之处。但龚书的这些优点,又正是吸取了王、沈二家的某些研究成果而形成的。如上面所引关于文学界说的一段话,就取自沈书。沈云:"就文学之界说而言,采广义观念,经、史、子、诗、骚、乐府、铭箴……统称为文。……凡以情与理,或情志与事义的内容(神明、骨髓),外加优美形式(辞采、宫商)者,即为文学。"①上引龚论,即这段话略加变化而成。又如关于理论体系的论述(龚氏之论,已在本书第四部分《理论体系》中有了评介),龚菱有一段较好的话,其实出自王更生之论。现将王、龚二家之说对照如下:

  我们可以说要想了解《文心雕龙》文术论与文评论的理论依据,则文体论不可不读,如欲探讨彦和文原论《原道》《宗经》的精神所在,亦必视文体论为它的渊薮。②
  我们要知道要探讨刘勰《文心》中《原道》《宗经》精神所在,必视文体论是他的渊薮;要了解《文心》创作论和批评论的理论依据,则文体论就不可不读。(177页)

这两段话略作比较,其关系自明。关于台湾的抄袭之风,后面还要另作述评,这里可从另一角度来看,即沈谦的《文心雕龙研究》是吸收了前人或时人的一些研究成果的。

  本书还有一个特点是用表解的方式特多。如刘勰重要事略表、引用《周易》次数表、文体论各篇选评作家作品表等共十八种(其中转用王更生、李曰刚各一种),总计篇幅接近全书的三分之一。著者于此是用力甚巨的,不少表解对读者都有一目了然之效。唯觉其表过多,而并非全属必要。表格方式可以清晰地反映

---

① 沈谦《文心雕龙之文学理论与批评》第21页。
② 王更生《文心雕龙研究》第286页。

某些事实或情况，但很难直接说明理论上的问题，而《文心雕龙》的内容主要是讲文学理论。此书析论过简而列表过繁，显然是两不相宜的。

7. 李曰刚的《文心雕龙斠诠》

李曰刚，字健光，江苏盐城人，台湾师范大学教授。《文心雕龙斠诠》自序称："笔者蚤岁肄业南雍（指南京中央大学），选读是书于蕲春黄季刚师，即入其滋味，醰醰心脾，欲罢不能"，则知李曰刚教授出自名师，研治《文心》已达数十年之久了。李氏执教于台师大期间，以《文心雕龙》一书"初授诸生选修，继导硕博专研，逐篇编撰讲义"，前后近二十年而完成此书。在1982年正式出版之前，早已以名为《文心雕龙讲疏》《文心雕龙校释》之讲义广为流传，在台湾影响甚大。故在此书尚未正式出版之前，台湾的《文心雕龙》论著引用此书者很多。可以说，台湾对《文心雕龙》的研究，从文字的理解到理论的阐发，大都源出于李氏此书。因此，这是研究台湾《文心雕龙》学的一部重要著作。

有关本书校、注、论的得失，已分别在前面谈到很多了，这里只对全书概貌略予介绍。总的来说，这是一部相当宏富的综合性论著，虽名为"斠诠"，校、注、解译、理论研究各个方面都很全备，实为博大精深之巨著。

本书体例，是按原文逐篇逐段校注，每篇分"题述"和"文解"两大部分。首"题述"，对以该篇为主的内容作理论分析，必要时也联系它篇有关论点，以期对此一专题作较为系统的论述。著者在本书的"例略"中说明这部分的任务是：

"题述"所以训释篇名义界,阐明论列要旨,指陈文章体用,辨证选材得失,并提供重点比较,譬如于文原论中,期于依经附圣,正末归本;文体论中辨乎名实异同,格意正变;文术论中强调文质相辅,雅俗与共;文衡论中务求才器兼重,今古会通。……最后更检核结构段落,俾学者易于掌握其全盘大意。

"文解"部分是分段注解原文。首录原文,次作"直解",即用浅近的文言文解述大意,近于翻译而又不是严格的直译,故较灵活。如《原道》篇"文之为德也大矣"至"此盖道之文也"一段,其"直解"为:

文章之德业至为盛大矣!其能与天地同生并存,究何缘故乎?盖夫天玄地黄,颜色错杂;戴圆履方,体用分明。日月往来,如璧圜之重迭,以悬示其附丽天体之景象;山川砺带,若绮彩之焕发,以铺陈其条理地面之形势:此乃天地大道之表征而蔚为自然之文采也。

"直解"之后为"斠勘",详校有关字句。最后是"注释",凡出典、词义及义理均作较细致之注。引文有难懂之处,又加录原注及疏文。凡评论涉及的有关作品,也根据需要随注摘录部分或全文,以便读者参读审览。

此外,书前除自序、例略外,还列有原校姓氏及斠勘据本;书末有附录六种:一、刘勰著作二篇,二、杨明照《梁书刘勰传笺注》,三、蒙传铭《刘毓崧书文心雕龙后疏证》,四、范文澜《刘彦和身世略考》(按:此即《序志》篇注文),五、李曰刚《梁刘彦和世系年谱》,六、李曰刚《文心雕龙版本考略》。最后录本书引用书目三百余种。

此书分上下两册,长达 2580 页。如此宏构,实为海内外龙学之第一巨制。其博大如此,主要就是它在校、注、释、论各个方面,都相当详尽而又力图各方面皆集前人之大成。黄侃之论、范文澜之注、刘永济之释、王利器之校、杨明照的校笺,以及台湾诸家、日本的斯波六郎等,各家之精论妙解,几毕集于是书。王更生评此书说:"他这部巨著实具有黄札、范注、刘释、杨校的优点"[1],这是并不为过的。特别是黄札、刘释,差不多已被全转录于《斠诠》之中。偶有一篇之内,黄刘二家之说并不一致,亦取一说而兼录另一说以备参考。像李曰刚先生这样一位颇负盛望的学者,其能若此,固与其虚怀若谷的态度有关,而目的却是为我中华民族文化的发展。故其自序有云:"笔者末学肤受,明知蚊力不足以负山,蠡瓢不足以测海,然不揣谫陋,勉成斯编者,冀能存千虑之一得,为复兴中华文化、发展民族文学,而略尽其绵薄耳!"这种精神是令人钦佩而值得发扬的。

拟献疑于《斠诠》者,即《文心雕龙》通行本的篇次是否原貌。著者疑其有误而加以调换,在自序和有关篇中做了具体说明,而《斠诠》一书,即已按著者调整后的篇次重新编排。对此,范、杨诸家,曾疑《物色》等一、二篇的次第有误,然范、杨二书均仍其旧,并未遽改原书。至郭晋稀《文心雕龙十八篇》,始对《文心雕龙》的下篇有所调整。李书即主要据郭说改篇而又有新的增益。查郭书只改下篇(1982 年出版的《文心雕龙注译》也是如此),李著则扩大到上篇之《杂文》《谐隐》二篇。现将郭、李二家调整后的下篇与通行本的篇次对照如次:

---

[1] 《文心雕龙导读》第 84 页。

通行本	郭书	李书
神思	神思	神思
体性	体性	体性
风骨	风骨	风骨
通变	养气	养气
定势	附会	附会
情采	通变	通变
熔裁	事类	定势
声律	定势	情采
章句	情采	熔裁
丽辞	熔裁	章句
比兴	声律	声律
夸饰	练字	丽辞
事类	章句	比兴
练字	丽辞	夸饰
隐秀	比兴	事类
指瑕	夸饰	练字
养气	物色	隐秀
附会	隐秀	物色
总术	指瑕	指瑕
时序	总术	总术
物色	时序	时序

（下同原书）

李曰刚的改编，有的是根据郭晋稀的理由，有的与郭改不同，又提出许多自己的理由。但二家主改的新旧理由不外两点：一是刘勰在《序志》篇的论述，二是各篇上下之间理论上的脉络。李氏之改，或可证下篇的篇次真有错乱，但也可证另一点，由于对《序志》篇论全书结构的一段话和各篇之间的脉络有不同理解，因而所改各异。上举两点主改的理由，都是研究者如何理解的问题。没有可靠的史料或版本作根据，只凭研究者不同的理解而加以改编，各是其所是而改，就会改得原貌不存而面目全非。笔者对此早有所疑，已撰《文心雕龙理论体系初探》一文略述己见①。其后幸得日本龙友安东谅教授的共鸣，撰《文心雕龙下篇的篇次》加以补证②。鄙见以为，这问题固可继续研讨，但不在如何改而在可否改。主改的理由、根据，以至上下篇全改，都可充分讨论，但对《文心雕龙》原书，则以慎重为宜，在未得确证之前，不必遽改。

上述拙文曾举到一个具体例子来说明可否改的问题，即《物色》篇："范文澜认为应在《附会》之后，刘永济认为当在《练字》之下，杨明照又主张在《时序》之前，郭晋稀则列于《夸饰》之后。"张立斋以为"当在《总术》篇之下为宜"（此说与杨明照或同）③，李曰刚又主张在《隐秀》与《指瑕》之间。各家之说都有自己的理由，如果都据自己的"理由"而改原书，一部《文心雕龙》将改成什么样子呢？因此，所谓不同的"理由"，实为不同的"认识"而已。《物色》只有一篇，位置只有一处，不可能诸家的"认识"或"理解"全是对的。因此，我以为审慎的态度应该是退而思考：自己的"认

---

① 见拙著《雕龙集》第 151—179 页。
② 见《中华文史论丛》1985 年第 2 辑。
③ 《文心雕龙考异》第 313 页。

识"或"理解"是否符合原意？进一步说，现行本的篇次是否本来不错，而是研究者应如何去"认识"其原貌的问题？

台湾学者大多重视传统文论的本来面目，李曰刚先生尤其著者。其改篇的目的，或正是为了复其原貌，所以，从郭晋稀到李曰刚诸家的努力，是完全可以理解的。但欲达此目的，必须有一个严谨的、科学的态度。《斠诠》成书已久，"稿草屡更，不愿轻易出版，虽经诸生再四敦促，总以内容未备婉辞"①。这说明著者的治学精神是极为严谨的，却不幸而将和唐写本的篇次一致的上篇也作了个别更易。这是否为智者一失，窃有疑焉。若现行本篇次有误，何以自唐写残本以来，各种元明刊本都错得如此整齐？何以既无一本未错，又无一本有其他错乱？海内诸本如此，何以日本的尚古堂本、冈白驹本也是如此错法而一篇无异？而日本9世纪末的《日本国见在书目》便有《文心雕龙十卷》了，岂是9世纪以来传入日本的本子也全是错的？《文心雕龙》在唐代已流传甚广，当时的抄本绝非一种，何以宋元刻本正好都据一种制版？而所有这些刻本，又何能与近世才发现的敦煌本正好一致？这些疑问如果没有确切的史料可证，任何研究者仅凭一己的"认识"或"理解"都是没有说服力的。

就我在《初探》一文的考察，所谓"原道第一""征圣第二"至"序志第五十"，从唐写本到元明清现存各种版本，都作如此标志，而著书自标以某篇第几，汉魏以来已夥，则《文心雕龙》之"原道第一"等，就很可能是刘勰自己标明的。倘如此，《文心雕龙》便无错篇的可能。通行本的篇次，今人看来自有不当之处，但这只是今人的观点，或为误解刘勰行文设篇的原意，或是刘勰的安排本非

---

① 王更生《文心雕龙导读》第84页。

尽善。无论是他自己的不妥或是研究者看来未当,在没有确凿的根据之下,今人是无权擅改古书的。

笔者亦无力排除通行本《文心雕龙》篇次有误的可能性,但在未得确证之前,为慎重计,只可各摅己见进行讨论,而不应径改原书。

六、发展民族文学

台湾省的《文心雕龙》研究,能够形成一种"显学",还有一个重要的因素,就是为了发展民族文学。这虽然不是所有研究者一致的心愿,但可毫无疑问地说,大多数《文心雕龙》研究者,都是怀着发展民族文学的良好愿望而努力的。

这是我们共同关心的重要问题。我们民族的文学艺术,具有光辉灿烂的悠久历史和优良传统,怎样继承和发扬这一优良传统,有很多问题尚待深入研究。《文心雕龙》是古代文学理论批评方面的瑰宝,通过对这部宝典的研究,一定能总结出发展民族文学的重要经验。台湾在这方面的经验和教训,是值得我们关注并加以研讨的。

(一)

发展民族文学是台湾《文心雕龙》研究的重要动力之一,从台湾龙坛代表人物李曰刚的《文心雕龙斠诠·自序》可知。他说:

> 夫斠诠古籍,本非易事……人之所已言,既为中庸之常理,不妨沿用,何须乎戛戛独造以自鸣高;人之所未尝言,苟为玄胜之妙谛,固当措宜,无忌于铮铮细响而甘缄默……笔

者末学肤受，明知蚊力不足以负山，蠡瓢不足以测海，然不揣谫陋，勉成斯编者，冀能存千虑之一得！为复兴中华文化、发展民族文学，而略尽其绵薄耳！

李曰刚自三十年代受业于黄侃，治《文心雕龙》已垂五十年。他著《文心雕龙斠诠》一书，不图自鸣其高，不分人我之见，就是为了发展民族文学而尽一己之力。这种精神是值得钦佩的。显然，振兴中华文化、发展民族文学，是他数十年来研治龙学的重要动力之一。但发展民族文学何以会成为研究《文心雕龙》的动力，这和台湾文坛的具体情况有密切联系。

台湾的文坛情况，笔者所知甚微。但从他们自己的文章中可以略见一斑："在现代诗的世界中，整个宇宙，只剩下极端化了的诗人的自我。因此，在现代主义中，除了'天下至大，唯有我一个'这样一种庸俗、浅薄的思惟外，别无思惟。"这是台湾一位著名青年作家的评论。风靡一世的现代主义既为台湾的作家所不满，古文论家们岂能袖手旁观。正是在这样的环境中，《文心雕龙》研究者们高举"民族文学"的旗帜，为发展民族文学而努力。

沈谦在他的《文心雕龙之文学理论与批评》中，引用了林以亮《美国文学批评选序》中的一段话，可说明他们重视民族文学的原因：

> 五四以来的文学，最主要的成就，恐怕就是彻底否定和破坏旧的文学传统，以致这些年来我们的创作和批评，不像是一个有二千年优良传统的产品。而西洋的现代文学，看上去好像来势汹汹，而且非常急进，但其中主要人物却念念不忘于"传统"。这是一个极其鲜明的对比，同时也是值得我们

深思的。①

此话虽有偏激之处,但其基本精神是正确的。几千年来的优良传统,在现代主义冲击之下的台湾文坛,无论是创作和批评,看不见传统的踪迹了,"不像是一个有二千年优良传统的产品"了,这是任何一个尚有民族意识的炎黄子孙所不能容忍的。沈谦在论《文心雕龙》"通古变今"中引用此话,正是意在说明继承传统的必要。沈云:"此皆针对当世文坛实况之争论也",斯可谓之"一语道破"。显然,他们研究《文心雕龙》,强调民族文学的传统,是有所为而发的。

周何在给沈谦的另一著作《文心雕龙批评论发微》写的序中说:"中国的文学,应该有中国自己的理论分析线路,有中国自己的批评标准,有中国自己的一套综合归纳的研究方法,这样才能真正获致精确而有实效的研究成果。"善哉此言。研究中国古代的文学理论,怎样才算是有真正的、精确而有实效的成果呢?新的思想和研究方法固不应拒绝,但若古人的本来面目尚不清楚,其理论的意蕴还未明晰,便追新逐异,饰以洋装,缀以洋语,新则新矣,吾不知其真实价值何在。研究古代文论固宜求其精深,但所谓精深,首在于准,在于"精确"。我们的目的在于发展民族文学,不准不确,就不知其为何民族之文学了,又还有什么"实效"可言。欲求其精确,就不能不建立自己的分析线路,运用自己的批评标准,有一套自己的研究方法。故周何之序继而讲到:认真研究"中国第一部文学理论和文学批评的专书"《文心雕龙》,"循此既有途径开拓下去,相信不难建立我们自己的文学理论分析条例

---

① 转引自沈谦《文心雕龙之文学理论与批评》第53页。

和批评原则。不必老是仰人鼻息,处处借重别人拟成的模式,硬往自己祖先头上套,还认为那才能合乎现代化的要求"。

于此可见,重视我们民族文学的优良传统,建立一套自己的、具有民族特点的文学评论体系,是台湾《文心雕龙》研究者的普遍要求。如王更生著《文心雕龙研究》一书,就自谓试图"抉发其精深的妙境,俾此一部旷古绝今的宝典,真能实际应用于今日,作为发展民族文学的张本"①。龚菱的《文心雕龙研究》也说:此书"可撷取其精华,加以阐扬发挥,作为中国现代文艺理论的借镜"②。

根据以上种种意见,可以得到一个重要的认识:就是台湾省的《文心雕龙》研究,和祖国大陆的《文心雕龙》研究,有很大的一致性。海峡两岸的文坛艺苑,都程度不同地面临着现代派的挑战。我们都尊重自己的民族和文化传统,我们都有责任发扬民族文化之精英,为丰富人类文化做出自己的贡献,岂能数典忘祖而仰人鼻息。因此,在文学理论上必须建立起我们自己的"分析线路""批评标准"和"研究方法",一句话,就是要走我们自己的道路,使我们的作品、批评和理论,都具有中国作风和中国气派。大半个世纪以来,文学艺术在如何对待我们的民族传统上是有深刻教训的。台湾文艺工作者的具体处境,可能比我们有更深的体会,他们的历程,提供了更深的教训。《文心雕龙》研究,正是在这种背景下形成"显学"的,因而很有其值得我们注意之处。

---

① 王更生《文心雕龙研究·例略》。
② 龚菱《文心雕龙研究》第 304 页。

（二）

　　台湾的《文心雕龙》研究，在大多数论著中，现代思潮是水泼不进的。用传统的观念和传统的方法来研究传统文论，这是他们的主要研究特点。这样的研究虽有一定的保守性，但在台湾的具体环境下却有其一定的必要性。

　　可否用现代的文艺观念来研究古代文论，台湾也有所讨论。有人认为："应用现代的文观来重新安排作者的意见，固可使其意见为现代人接受，然而经过改头换面，是否会走失了此书立说精神？……如是敷论，固无妨直称之为今人的新论，似不须冒以《文心雕龙》的旧题。"[1]有的与此相反，认为古代文论研究最基本的任务是解释，"而解释都是以今译古……所以应用'现代的文观'以解释此书，不仅是无可避免的，而且是非常困难，又非常必要的；我们只应指出应用的是否得当"[2]。两说都各有其理。用今天的观点而对古人著作做"改头换面"的研究，走失原著的精神，这种研究，本身就不在研究古人，所以是毫无实际意义的。但用今人的观点以解释古人的观点，又确是不可避免的，关键确在运用的是否得当。如果无违于古代文论的原旨原貌，而更有利于阐明其固有的精神，更能发扬传统文论的民族精华，则"现代文观"就无完全拒绝的必要了。

　　在理论上虽如上述，但在台湾还有其实际情况不可忽视。所谓"现代文观"的具体内容是什么？如果只能是西洋货，问题就另

---

[1]　王梦鸥《刘勰论文的观点试测》，《中外文学》第8卷第8期。
[2]　徐复观《中国文学论集续篇》第167页。

当别论了；何况现代主义已在台湾泛滥成灾，这就不仅有以洋治洋的困难，还有以洋助洋的副作用。所以，台湾的《文心雕龙》研究，固也有"运用西方语意学的眼光去研究《文心雕龙》的"，如王梦鸥①，有在论述中自称"以现代文学观点论之"的沈谦②，但大多数研究者都取传统的方式，用传统的观点来研究传统文论。

我们读台湾的大量《文心雕龙》论著，不仅很难见到诸如现实主义、浪漫主义、形象思维之类概念，甚至称"论文叙笔"部分为"文体论"，也被斥为"数典忘祖"。他们按照传统观念，称《文心雕龙》的"文之枢纽"部分为"文原论"，"论文叙笔"部分叫"文类论"，创作论部分则称"文术论"，批评论部分谓之"文衡论"。当然，其中也有用"文体论""创作论""批评论"的，只是以前者为正统观念。不仅概念术语的运用是这样，对整部《文心雕龙》的研究，也是传统式的。如王更生的《文心雕龙研究》，全书十四章：绪论、年谱、史志著录、版本考略、《文心雕龙》的美学、经学、史学、子学、文体论、风格论、风骨论、声律论、批评论，及《文心雕龙》在中国文学史上的地位。这个大纲说明，它基本上是传统式的，特别是经、史、子学诸章，传统性更为浓厚。著者在经学章的"结论"中说："在我们全力推动复兴中华文化，建立民族文学的今天，研究《文心雕龙》的经学思想，作为我们温故知新的张本，不但是有必要，而且是迫切的。"③这说明，他们用传统的观念和方法来研究《文心雕龙》，是和发展民族文学的目的密切联系着的。

---

① 王更生《近六十年来文心雕龙研究概观》，《中华文化复兴月刊》第7卷第3期。
② 《文心雕龙之文学理论与批评》第26页。
③ 《文心雕龙研究》第236页。

在台湾的《文心雕龙》论著中,我以为传统性最浓的,是黄春贵的《文心雕龙之创作论》,其全部内容为:《论文章之组织》《论文章之修辞》《论文章之内质》和《论文章之外象》。首章四题为:《谋篇》《裁章》《造句》《用字》。仅此可见,著者是用什么观念、以什么方式来论述《文心雕龙》的什么"创作论"了。据说黄侃当年在北大讲《文心雕龙》,主要是当做"文章作法"来讲的。黄春贵乃李曰刚的门生,也可谓黄侃的再传弟子了,则其《文心雕龙之创作论》,当是"文章作法"的一脉相传,自然是较为典型的传统方式。

这种传统方式,其实是和他们的传统思想分不开的。若从根上说,就是台湾的部分研究者,特别是传统思想较浓的研究者,并不认为《文心雕龙》是一部文学评论的专著,其所谓"创作论"就只能是讲谋篇、造句之类的"文章作法"。王更生研究的《文心雕龙》,也不是当做文学理论来研究的。王更生不仅如上所说,以经学、史学、子学等为其重点研究对象;他在《文心雕龙导读》中,还专立《文心雕龙的性质》一节来研究这是一部什么书。他说:"目前由国内到国外,整个学术界人士,对它(指《文心雕龙》)的研究也有了突破性的发现;不幸的是大家太牵拘西洋习用的名词,向《文心雕龙》乱贴标签。说它是中国最具系统的一部'文学评论'专著,刘勰是'中国古典文论专家'。"[1]王更生不同意这种说法,而认为《文心雕龙》是一部"文评中的子书,子书中的文评"[2]。这种观点是否正确是另一个问题,却突出地反映了著者对"西洋名词"疾恶如仇的态度和坚守传统的立场。

---

[1] 《文心雕龙导读》第9页。
[2] 《文心雕龙导读》第14页。

以上事实说明，台湾《文心雕龙》研究的一个重要特点，就是坚守传统方式。这虽然存在一些问题（下面再讲），但如上所述，在台湾的具体环境下，是有一定的必要性的。如果古代文论研究也变得洋气十足，言必希腊，论必欧美，就很可能失掉民族文学的最后一个重要阵地。台湾学者坚守这个阵地，并使之发展而为"显学"，就其功不小了。另一方面，他们对发展民族文学，不是空谈，而是在实践，古代文论研究本身就是传统式的、民族式的，本身就是在为发展民族文学而努力；形式和内容一致，行动和目标一致，这就不仅有现实意义，对探究古代文论的民族特点，也是很有好处的。

（三）

台湾在《文心雕龙》研究中，虽然还未见有关其论民族特点的专题研究，但他们确如以上所述，在实践中做了大量工作，取得了许多成绩。如前所论徐复观、李曰刚等对中国古代"文体"（风格）论原貌的研究，就是台湾研究《文心雕龙》的重要成果之一。又如王更生对《文心雕龙》美学的研究，他讲自己的态度和方法是：

> 我一向坚持东西方文学在自然界虽然是两个孪生的宠儿，原本无所谓国界之别，但由于后天的环境、学习、习染，以及语言结构、表情方式的不同，使我们无法亦不必要（除非专门研究西洋文学）拿异国的审美尺度，来建立自己文学的艺术标准。所以我研究刘勰《文心雕龙》的美学基础，本国的资料既不可多得，西洋的成说也无意依恃；只希望就《文心》来

论《文心》,还给刘勰在文学谈美上一个真面目。①

这段话有两层意思说得很好:一、不同的民族,由于生活环境不同,思想感情及其表达方式各异,就各有不同的艺术特征。因此,用异国的审美尺度来建立自己的艺术标准是不行的,勉强搬用人家的一套,往往会改变古人的原貌,而难得民族文艺的精华。彼民族以为美的,未必尽为自己的民族所能接受;一定要用他人的尺度来衡量我们的古代文艺,纵可于只言片语得其形,必在根本实质上失其神。二、因此,研究《文心雕龙》的美学,必须就《文心》论《文心》。刘勰的美学思想,可谓集先秦以来中国古代美学之大成,儒学和先秦以来经史百家的学说,才是形成其美学思想的渊源,构成其美学体系的细胞,舍经史百家特别是《文心雕龙》本身,而欲从西方美学大师中寻求依据,只能缘木求鱼,必无所获。若能以之成篇,亦非中国古代的、刘勰的美学,这对研究中国古代美学的特点是虽多无益的。

王更生正是依循《文心雕龙》自身的理论来探讨其美学的。他首论刘勰的美学建立在"自然"的基础之上,继论自然美与人文美的关系,也就是"原道"观和"征圣""宗经"的关系。在最后的"结语"中讲到:

综观《文心雕龙》的美学理论,虽然没有夸夸之谈,惊人之语,但是它为我们解决了两个问题:一、是人们总以为经典只是哲学思想的要籍,而刘勰著《文心》,却拓广了经典的范围,确认它还是文学的创作典范。二、是有了它的出现,才使

---

① 《文心雕龙研究》第208页。

中国固有的美学知量,初具统绪。①

王氏对刘勰美学理论的研究,虽觉深度和广度都还不够,但他所研究的美学,确是地道的中国古代美学、刘勰的美学;特别是所论儒家经籍与美学的关系。这正是中国古代美学的一大特色。在中国古代,与儒家思想无关的美学是不多的,各种各样的美学观,无不程度不同地留下儒家思想、儒家美学观的印记。刘勰的美学思想就更是如此。王书在论美学一章之后,就继以《文心雕龙之经学》章,结合起来看,对此会得到更全面的理解。

又如王金凌著《文心雕龙文论术语析论》,专研《文心雕龙》中的各种术语。著者不是按现代文学理论的概念来解释或加以对照,而完全按《文心雕龙》的实际运用情形作归纳分析,以探寻其本意。不仅如此,著者还从刘勰的用语中,发现《文心雕龙》的术语运用有一套自己的体系,就是"以人喻文学"。其第一章《才质》为全书篇幅之半,就是着眼于文学创作的主体——人来设篇立论的。其第一节《述原》,概述秦汉以来以气、性论人的传统,说明刘勰以人为喻的源流。下分《气》《才》《性》《情》《志》《神》《心》七节,分别论析这些术语的使用在全书各种情况下的不同含意。每节前有总论,概述这一具体术语的传统意义及刘勰的用意。如第六节《志》:

> 志从心之,之亦声,其本义可说与心有关。心为思之官,则与认知当有密切关系。《毛诗传》说:"诗者,志之所之也。在心为志,发言为诗。"……据此则志是感物时的认知,但尚未形诸语言……传统上对志的了解都以情意为主,刘勰亦

---

① 《文心雕龙研究》第 198 页。

然。在《文心雕龙》中,志随上下文而有五种意义:元气、专心、意见、情意、信念。其中元气是因互文而产生的意义;专心则由名词的情意转为动词;意见为泛称,与文学无关;只有情意和信念是志的主要意义。①

于此可知,本书解释术语,不是用解释现代术语的方式,立界说,下定义,给理论术语以固定不变的统一解释,而是从《文心雕龙》的实际出发,有多少种含义就是多少种,即使其义与文学无关也照样全部列出。然后用《文心雕龙》中的大量实例逐一作具体分析,有的多达七十余条。这种方法就能较准确地解释各种术语,也显示了古代文论术语应用的民族特点。

以人为喻的特点,其说亦见于李曰刚《文心雕龙斠诠》,著者在《总术》篇的"题述"中说:"彦和论文,悉以人之生理为喻。"其例甚多,如《神思》篇的:"陶钧文思,贵在虚静,疏瀹五藏,澡雪精神";《风骨》篇的:"辞之待骨,如体之树骸;情之含风,犹形之包气";《附会》篇的:"必以情志为神明,事义为骨髓,辞采为肌肤,宫商为声气"等等,举不胜举。李曰刚据以提出:《文心雕龙》"整个文术之理论体系,亦系按照人体部位而设计"②。所以,李曰刚研究《文心雕龙》创作论的理论体系,就主要是按人体部位来制图列论的。这种理解是否尽当,虽还有待研究,却反映了古代文论中相当普遍存在的一个特点,《文心雕龙》则尤为突出。

---

① 《文心雕龙文论术语析论》第90页。
② 《文心雕龙斠诠》第1994页。

（四）

台湾《文心雕龙》研究者为了发展民族文学而坚守自己的阵地，做了多方面的努力，不仅其精神可贵，他们对发扬民族文学的优良传统，是有积极贡献的。但也有某些做法值得商酌，有某些教训值得注意。

如黄春贵研究的"创作论"，其论述方式固然是典型的传统方式，但首先是未能揭示《文心雕龙》创作论的精要，从"谋篇""裁章"讲起，也不是《文心雕龙》的原貌。刘勰论创作以《神思》为首而结以《总术》，是自成体系而有其深刻用意的。《神思》篇明明讲："此盖驭文之首术，谋篇之大端"，则即使讲文章作法、讲"谋篇"，也应从构思开始才是刘勰的本意，何况他所谓"神思"，是可以"思接千载""视通万里"的艺术想象，是"规矩虚位，刻镂无形"的艺术虚构。就这一点已足说明，把刘勰的创作论仅仅当做文章作法来讲，就大大降低了它固有的理论意义。所以无论采取什么方式，必须在不违原貌的基础上扬其精华，这是对有志于发展民族文学者最起码的要求。如果应该从这里总结必要的教训，就是过分拘守传统观念，甚至落后于刘勰，这种传统就是有害的了。至少应从刘勰的实际出发，既不夸大，也不缩小，这是研究古人的基本原则。

至于现代的文学观念和研究方法是否可用，我以为也应从能否如实地揭示古人的成就为准。不顾其实地追新逐异，为新而新，为洋而洋，是应坚决反对的。但把现代文学观念视为邪恶而一概禁绝，是既无必要，也不可能的。如王更生认为《文心雕龙》的性质不是"西洋名词"之所谓"文学评论""文学批评"（其实这并非"西洋名词"已如上述),但在他自己的书中,却不能不用这种"西洋名词",其第一章第一节就是《略论文心雕龙在中国文学批评史上之地位》。该书又有《文心雕龙之美学》一章,"美学"就不仅是货真价实的"西洋名词",虽在西方,也是近三两百年内才有的新产品。但在这个"名词"出现之前,无论西方或中国,都已有美学之实的存在。所以,问题并不在名词是否国产,即如王更生所研究的《文心雕龙》之美学,其内容确是刘勰的美学,亦可谓之宜矣。

徐复观对这问题有一段较好的论述:

> 有的情形,古人已经体验到,但不能作解释,而今日心理学可加以解释的……有的结论古人已经得到,而达到结论的历程古人未曾说明,也未尝不可假借西方的理论架构来加以说明。"一般性中有特殊""特殊性中有一般",这是研究人文方面所必须考虑的问题,在研究文学时也必然如此。①

方法是为目的服务的,用现代医学的解剖法来解剖汉尸,可以更好地了解到汉尸的真实,为什么不可洋为中用呢?用现代心理学的研究成果来解释刘勰的《神思》篇,确有可能说明刘勰已体验到而未能解说清楚的一些问题。如《神思》篇屡言"辞令统其关键""驯致以绎辞""意授于思,言授于意"等,如果研究者掌握了现代语言学的理论,懂得语言与思维的关系,就可发现刘勰的认识是相当深刻的。否则,研究者就事论事,便难得其奥堂之秘,而所获之真,也只能是表面的真而已。

徐氏所言一般和特殊的关系尤为重要。不同民族的理论有

---

① 《中国文学论集续篇》第169—170页。

不同民族的特点,是为"特殊";但凡是文学,凡是文学理论,就必有其共通的东西,是为"一般"。无论古今中外的文学艺术,都有其相通相同之处。正如刘勰所谓"九代咏歌"的情形,一代一代都各有其"特殊"之表现,即所谓"淳""质""辨""丽""雅""侈""艳""浅""绮""讹""新"等。但"序志述时,其揆一也"。不仅九代文学不出此理,古今中外的文学艺术,都不外是抒发情志和描述时事二端,不同的作家可以各有所偏,但不表达任何情志的作品是没有的,不反映任何现实的作品也是没有的。这就是"一般"。明乎此,则西方或现代的文学观念可否用于古代文论研究自明。

台湾有的研究者,我虽不敢臆断其为有意或无意,却可说实际上有的已结合"特殊"和"一般"之理,来研究《文心雕龙》了。以王金凌的《文心雕龙之文论术语析论》来说,他所研究的术语,如上所述确是"特殊"的《文心雕龙》的术语,但他却是从文学艺术的"一般"性着手的。其书自序说:

> 人所以创造文学乃循其表现之本能……文学既以表现为本质,而表现者为人,则人一身所具有者也将表现无余。人一身所具有者,笼统地说是才质;详细地说,则为情志、个性、才能。

由此可见,著者抓住"以人喻文学"特点来论析《文心雕龙》的术语,既符合刘勰的"特殊",又符合"表现者为人",和人的"表现之本能"等一般规律,这就是"一般"。因此,"一般"和"特殊"是可以统一,也应该统一的。

正确的态度应该是:既要总结古代文论的民族特点,又不忽视其普遍性。如果违反文学艺术的普遍规律,这样的特点就不可能具有多大的价值和意义。因此,古代文论研究既反对全盘欧化,把古人变得面目全非,也没有必要在方式方法上死守传统。只要有利于总结古代文论的精髓,能够促进民族文学的发展,就既可洋为中用,也可酌以新的观念和方法。

我们的任务,不应停留在"复兴中华文化"上,而是振兴和发展中华文化。因此,必须重视传统,但又不能在方式方法上拘守传统,只有如此,方能舍其糟粕而扬其精华。

七、赘　语

　　作为这本小书的赘语,已是一些可说可不说的话了。只是一方面出于知无不言的态度,既有所知,何不开诚相见,一并提出？另一方面,有些是以上诸题的题外话,笔后之感,有欲诉诸海峡两岸读者的,亦赘于此。

1. 知无不言

　　"知无不言,言无不尽"是先哲遗训,笔者自当信守,惟所知既微,"言无不尽"又不可能。这里只能择其要者,略述所闻。

　　台湾论著的有些粗疏是极不应有的。有的可能是误排失校,但因著者的疏忽而形成自相矛盾之论,确也屡见不鲜。李曰刚先生是较为严谨的学者之一,其著虽远较他书为慎,仍未可免。其论《体性》,"题述"长达三万言,当是他用力最巨之一。该篇的中心议题就是"风格",其中讲到《议对》篇的"风格"一词,谓"此处之'风格'或即同于彦和之所谓'风矩'(《章表》篇)或'风轨'(《奏启》篇)",但在《议对》篇解其本文时,却解作"一己之风格"。前一解说是慎重的,后说只"直解"而无注,正是顾此失彼而两说不一。

　　另一种粗疏就更不应有。如王更生在其《文心雕龙研究》(46

页)、《文心雕龙导读》(93页)、《近六十年来文心雕龙研究概观》两书一文中,三次讲到日本林田慎之助"现任日本广岛大学教授,毕生从事《文心雕龙》的研究。林田君的著作有《文心雕龙范注补正》《文心雕龙文学原理诸问题》,而以《范注补正》最具系统……"。所讲三事皆误:第一,林田慎之助并非亦从未任广岛大学教授,他于1963年在九州大学文学院学完博士课程后,一直在该校任教,1983年秋,笔者和他见面时,刚转神户女子大学不久,至今仍为神户女大教授。第二,《文心雕龙范注补正》并非林田之作,而是斯波六郎之文,原文于1952年11月由广岛大学中国文学研究室印行,笔者有《文心雕龙的"范注补正"》评介此文①。第三,林田慎之助出生于1932年,王更生在1974年便说他"毕生从事"《文心雕龙》研究岂不太早? 其实,林田氏早在1961年就有《颜之推的生活与文学论》研究报告,1966年参加"六朝艺术论的综合研究",其后著有创文社出版的《中国中世文学评论史》;最近,林田教授又惠寄给笔者一本研究鲁迅论古典文学的新著。所有这些,岂能用"毕生从事"《文心雕龙》研究来概括? 这种情形,就不免令人怀疑著者是否信口编来了。"知之为知之,不知为不知"是先圣遗训,既然不知,却如此言之再三,其著述立说,又怎能取信于读者? 是为笔者"知无不言"之一。

台湾的学风,略有汉儒严守家法、师法的遗习。尊重师说是应该的,但学术研究必须在前人的基础上不断发展,而不能停滞不前。台湾龙学固然也有发展,但在不少问题上是不敢改变师说的。不仅观点如此,甚至文字也照抄不误。试读台湾龙著三本以上,其间论、述,便每有似曾相识之感;略加检核,就会发现是在不

---

① 见《社会科学战线》1984年第4期。

断重复一些旧说。

这样的实例是举不胜举的。如释《神思》篇的"积学以储宝"四句,李曰刚《斠诠·神思篇》论云:

> 前三句论平时准备工夫:谓平日总须多读书,累积学识,以储蓄宝藏;多体验,斟酌情理,以丰富才力;多观察,研精阅历,以穷彻照鉴。此三者相需相济,有其一贯性。后一句,论临时兴感要领。言及至准备有素,耳目所沿,感物兴怀,则当顺应心灵情致之自然,以畅发其言辞,不必苦思力索,矫揉矜饰,出之勉强,流于生硬也。①

黄春贵之《创作论》便称:"本师李健光先生《讲疏》曰:'前三句论平时之准备……流于生硬也。'"②沈谦的《理论与批评》则分论"平时准备"与"临文要领",虽未明引李文,但释前三项之词全同李说,论后一项则曰:"言临文写作之时,则当顺应情致之自然,以畅发其言辞,不可矫揉矜饰,出乎勉强,流于生硬也。"③这就是略有变化的了。但稍加对照可知,从文辞到观点均出李说是无庸细辨的。又如张立斋《文心雕龙注订》中有这样一段话:

> 盖吾国文章,首载群经。经者,常也。守其常,达其理,见乎语言文章之间,无背于情,乃尚其德。此文章之所以贵也。宗经者,即所以衔华佩实,以正文之本也。

李曰刚《斠诠·宗经篇》明引这段话,但到沈谦的《发微》,除略去

---

① 《文心雕龙斠诠》第1118页。
② 《文心雕龙之创作论》第126页。
③ 《文心雕龙之文学理论与批评》第126页。

"盖""文章"和"之"四字,完全照抄,却变成沈氏之论了①。

　　有的抄袭变化较大,但其一脉相承之旨,仍昭然可见。如王更生《研究》中的《刘彦和是古文经家》一节,和李曰刚《斠诠》之《宗经》篇"题述"就是如此。两家都是初引《南史·儒林传序》:李说"而彦和独于此时,敷赞圣旨而成《文心雕龙》";王说"而彦和就在这个时候,赞圣述经而成《文心雕龙》"。继而两家都引杨明照《从文心雕龙原道、序志两篇看刘勰的思想》一文,举其六例,而王谓"只此六端,就可以看出刘勰所受古文经学派的影响而予以认定";李谓"只此六端,固可看出彦和所受古文经学派之影响而予以认定"。接着两家皆补证以"群经次第",其例如《庄子·天运》等五条,二家所引全同。最后,两家的结论都是:刘勰是"古文经学家"②。

　　这样的例子甚多,本书前面所论"自然之道""三准论"等有关内容中已涉及不少。总的来看,他们不仅是学生抄老师的,也有老师抄学生,也抄大陆之论,也相互抄袭,因而习惯成自然,已形成一种风气了。我不知他们是习以为然,还是久而未察。笔者以为不能不言者,就是这种风气对读者既无益,对学术发展亦不利。王更生谓"学问之道,贵求自得",我则以为:既非自得,便非学问。《学记》有云"记问之学,不足以为人师",其理一也。若著者、为人之师者本无所得,虽有抄袭之功、记问之能,又将何以使读者、受者有所得呢? 学问之道又怎能从孔夫子发展到今天呢?

　　前人的成果,确是要继承的,他人的精论,也完全可以援引,但第一,不能忽略一个研究者自己应有的责任;第二,援引有别于

---

① 见《文心雕龙批评论发微》第 52 页。
② 见《文心雕龙斠诠》第 85—87 页;《文心雕龙研究》第 232—236 页。

抄袭，援引主要是佐证己论，仍以自己的见解为主，抄袭则是以他人之所得冒充自得；援引不没他人之功，抄袭则是揭箧探囊，化他人为己有；第三，吸取前人之说，必辨其是非精粗，切不可盲目照抄。前论"自然之道"便是一大教训。这种情形还不少，如《神思》篇的"积学以储宝"四项，本是不可分而为二的。原文明明在讲此四项之后，继谓"然后使玄解之宰，寻声律而定墨；独照之匠，窥意象而运斤"。所谓"运斤"，乃指提笔书写，既谓"然后"运思命笔，可证四项皆临文前之事，不得强分为临文前后二端。这就说明，未经细审而轻用前说，是可能以讹传讹，贻误后学的。是为笔者"知无不言"之二。

以上两点，因属"题外"，故赘于此。

2. 笔后之感

首先甚感遗憾的是，笔者未能窥见台湾省的"全龙"，尤其是单篇论文读得太少。很可能还有一些精研高论为本书所遗，这就只好以待来日了。但就以目前台湾之三十部专书，二百篇论文来说，纵能齐集案头，也是难以全部拜读的。所幸已得其主要著作，特别是近年出版的新著已得寓目。照台湾的一般情况来看，后继者多吸取前人的成果，则后来居上，他们的主要成就，大致不会埋没太多了。

在阅读台湾诸论和写这个小册子的过程中，我一直存在这样的看法：台湾和大陆的学术工作者，尽管思想有别，观点或异，但从《文心雕龙》研究这一具体事实可见，两岸学者的共通处是很多的。该书的全部内容，显然与持何种政见并无关系，研讨这些问题，是不因论者的政见而异的。如论刘勰的"原道"观，其所原何道,无论是海峡两岸或海内海外学人,都是可以共同讨论的。既然如此,又出于发展民族文学的共同目标,是没有理由互不通气的。我相信两岸龙学家坐在一起来共同研究这一祖国宝贵遗产,已为时不会太久了。但为什么要坐待来日呢?所以,本书便图成为引玉之砖,为中国的全龙鸣锣开道。

我的评论,和台湾的文风相较,可能会严厉一些,故不妨视为我的挑战,因而期待着台湾诸君"报之以李"。这就是我们的学风。大陆有的情况曾被台湾学者所误解,把我们持不同意见者的争鸣,视为对某某先生的批判或围攻。虽然有的争鸣文章,火药味浓一些,那是个别人的事,这种个别文章,台湾也是有的。而我们对学术问题,一向提倡百家争鸣,提倡互相批评,这是对学术,而不是对人。我们尊重前辈,但在学术问题上有不同见解,完全可以公开讨论。故本书对李曰刚先生等前辈学者,或有不恭之辞,也不是对人,而是对学术。只是笔者学识浅陋,未敢自信所论必是,诚愿洗耳聆教。

最后要说的是,限于所知,本书对台湾的《文心雕龙》研究情况只介绍到1982年为止。截至是年,大陆各省市共发表论文六百余篇,比之台湾一省的二百余篇是并不为多的;而大陆出版的研究专著只二十部,台湾却有三十部。这个比例就显得很悬殊了。尤可称道者,是台湾有第一个全译本《文心雕龙新解》,有第一部系统的《文心雕龙研究》和第一部《文心雕龙文论术语析论》,特别是有集大成的第一部巨著《文心雕龙斠诠》。于此可见,大陆上有人近年来不断埋怨:《文心雕龙》的文章太多了,书出得太多了。其实不是太多,而是太少。笔者十分欣赏黄春贵之言:"以为舍人之作,年岁已久,无可听采,则徒为有识者所嗤耳。"此话乃对台湾人而发,我愿借以转奉叫"多"诸君。所以,笔者写此书的又一奢望,是图对大陆研究者起到一点促进作用。

但平心而论,台湾龙著虽量多而质低。固不必说大陆所有尚为台湾所无者甚多,台湾的主要论著取资于大陆者,亦不可胜数。具体内容,本书已讲到很多了。总的看来,他们在校注译论各方面都有一定的成就,但其深入独到之处却是有限的。

我的结论是:台湾的这一"显学"是很值得重视的。大陆和台湾各有不同的成就、不同的特色,所谓"一般之中有特殊"是也。故两岸学者若真从学术着眼,便应加强交流,取长补短,为我中华全龙的发展而努力。

愿借彦和一言为赘语的赘语:

  文果载心,余心有寄。

附录一　台湾省《文心雕龙》研究专书目录

（以出版先后为序）

文心雕龙专号（苏易民编）1967年台北昌言出版社出版（大学文选第九、十期）

文心雕龙注订（张立斋）1967年台北正中书局出版

文心雕龙评解（李景溁）1967年台南翰林出版社出版

文心雕龙新解（李景溁）1968年台南翰林出版社出版

文心雕龙通识（张严）1969年台北商务印书馆出版

文心雕龙研究论文集（黄锦鋐等）1970年台北惊声文物供应公司出版

唐写文心雕龙残本合校（潘重规）1970年香港新亚研究所出版

文心雕龙论文集（郑蕤）1972年台中光启社出版

文心雕龙析论（李中成）1972年台北大圣书局出版

文心雕龙文术论诠（张严）1973年台北商务印书馆出版

文心雕龙考异（张立斋）1974年台北正中书局出版

译注文心雕龙选（陈弘治等三人）1974年台北文津出版社出版

文心雕龙缀补（王叔岷）1975年台北艺文印书馆出版

文心雕龙论文集（陈新雄、于大成主编）1975年台北木铎出版社出版

文心雕龙的枢纽论与区分论（蓝若天）1975年台北商务印书馆出版

文心雕龙释义（彭庆环）1976年台北华星出版社出版

文心雕龙研究（王更生）1976年台北文史哲出版社出版

语译详注文心雕龙（黄锦鋐等十五人合著）1976年台北弘道文化事业有限公司出版

刘勰年谱（王金凌）1976年台北嘉新水泥文化基金会印行

文心雕龙导读（王更生）1977年台北华正书局出版

文心雕龙批评论发微（沈谦）1977年台北联经出版事业公司出版

文心雕龙之创作论（黄春贵）1978年台北文史哲出版社出版

文心雕龙范注驳正（王更生）1980年台北华正书局出版

文心雕龙研究论文选粹（王更生编）1980年台北育民出版社出版

文心雕龙论文集（黄锦鋐编）1980年台北学海书局出版

文心雕龙之文学理论与批评（沈谦）1981年台北华正书局出版

文心雕龙文论术语析论（王金凌）1981年台北华正书局出版

文心雕龙与诗品之诗论比较（冯吉权）1981年台北文史哲出版社出版

文心雕龙斠诠（李曰刚）1982年台北"国立编译馆"中华丛书编审委员会印行

文心雕龙研究（龚菱）1982年永和市文津出版社出版

附录二 台湾省《文心雕龙》研究论文目录

(以发表先后为序,时间不明者附后。1979年以后暂缺)

答李翊书的养气和文心雕龙的养气(童寿)大陆杂志第3卷第11期(1951年12月)

刘勰的风格论(廖蔚卿)大陆杂志第6卷第6期(1953年3月)

文心雕龙与辞赋起源(罗敦伟)畅流第7卷第11期(1953年7月)

刘勰论时代与文风(廖蔚卿)大陆杂志第9卷第10期(1954年11月)

刘勰的创作论(廖蔚卿)文史哲学报第6期(1954年12月)

刘勰论文学与时代的关系(唐亦男)文字月刊第3卷第10期(1955年10月)

刘勰(熊公哲)中国文学史论集一(1958年)

文心雕龙的文体论(徐复观)东海大学报第1期(1959年6月)

文心雕龙与南朝文学(孟戈)文学世界第24期(1959年12月)

刘勰身世考索(张严)大陆杂志第20卷第4期(1960年2月)

刘勰风骨论发微（吴振民）学粹第 2 卷第 4 期（1960 年 6 月）

文心雕龙版本考（张严）大陆杂志第 20 卷第 1 期（1960 年 6 月）

文心雕龙五十篇编次及隐秀篇真伪平议（张严）大陆杂志第 23 卷第 8 期（1960 年 8 月）

从文心雕龙知音等篇看刘勰之文学批评论（王煜）东方第 11 期（1961 年 3 月）

沈约、刘勰、钟嵘三家诗论之比较关系（舒衷正）政大学报第 3 期（1961 年 5 月）

宗经的文学思想（吴怡）建设第 10 卷第 1 期（1961 年 6 月）

文心雕龙校勘新补序（张严）大陆杂志第 23 卷第 2 期（1961 年 7 月）

文心雕龙的基本理论（向琅）中国世纪第 109 期（1961 年 12 月）

历代文心雕龙品评概举（张严）大陆杂志第 24 卷第 2 期（1962 年 1 月）

刘勰文学观探源（张严）大陆杂志第 24 卷第 6 期（1962 年 3 月）

文心雕龙著录归类得失考略（张严）大陆杂志第 24 卷第 12 期（1962 年 6 月）

文心雕龙札记（潘重规）新亚书院中文系（1962 年）

文心雕龙唐宋群籍袭用汇考（张严）大陆杂志第 26 卷第 4 期（1963 年 2 月）

文心雕龙"讹体"释义（谢正光）新亚生活第 6 卷第 11 期（1963 年 11 月）

文心雕龙与萧选分体之比较研究（舒衷正）政大学报第 8 期

（1963年12月）

　　明清文心雕龙序跋移录（张严）大陆杂志第28卷第7期（1964年4月）

　　文心雕龙斠记（王叔岷）新加坡大学中文学会学报第5期（1964年）

　　文心雕龙五十篇指归考微（张严）大陆杂志第29卷第9期（1964年11月）

　　文心雕龙原道辨（李宗慬）大陆杂志第30卷第12期（1965年6月）

　　文心雕龙文学批评研究（李宗慬）师大国文研究所集刊第10期（1966年5月）

　　王充论衡与刘勰文心雕龙（黄孟驹）联合书院学报第5期（1966年5月）

　　老庄告退而山水方滋——文心雕龙随笔之三（李直方）东方第17期（1967年3月）

　　文心雕龙要义申说（华仲麐）大学文选第9、10期合刊（1967年10月）

　　文心雕龙书后（曹昇）大学文选第9、10期（1967年10月）

　　文心雕龙考评（张严）大学文选第9、10期（1967年10月）

　　刘勰神思篇译注（钟露昇）大学文选第9、10期（1967年10月）

　　丽辞篇译注（王忠林）国语日报1967年12月9日古今文选

　　刘勰论文的特殊见解（王梦鸥）政大学报第17期（1968年5月）

　　刘勰的文学思想（王宗林）中国文化学院华风第3期（1968年5月）

论刘勰的原道说(柯庆明)台大大学论坛第 23 期(1968 年 5 月)

风骨篇译注(廖蔚卿)国语日报 1968 年 12 月 22 日古今文选

文心雕龙缀补(王叔岷)斑苔学报第 4 期(1969 年)

文心雕龙创作论(文)探讨(默君)中华日报 1969 年 8 月 13 日

释文心雕龙"虚静"说(古添洪)现代学苑第 6 卷第 9 期(1969 年 9 月)

文心雕龙声律论(王更生)中山学术文化集刊第 4 期(1969 年 11 月)

易与文心雕龙(邓仕梁)崇基学报第 9 卷第 1 期(1969 年 11 月)

刘毓松书文心雕龙后疏证(蒙传铭)香港新亚书院学术年刊第 11 期(1969 年)

文心雕龙之文学本原论(张雁棠)中华文化复兴月刊第 3 卷第 3 期(1970 年 3 月)

文心雕龙批评论(杜松柏)中央日报副刊 1970 年 4 月 10—18 日

文心雕龙质疑(王梦鸥)图书季刊第 1 卷第 1 期(1970 年 7 月)

刘勰的本体论(张素贞)学粹第 12 卷第 5 期(1970 年 8 月)

刘勰宗经"六义"试诠(王梦鸥)中华学苑第 6 期(1970 年 9 月)

从序志篇看文心雕龙的体例(蒙传铭)中国学人第 2 期(1970 年 9 月)

关于文心雕龙的几点(意)创见(王梦鸥)图书季刊第 1 卷第

2 期(1970 年 10 月)

刘勰和文心雕龙(梁容若)国语日报 1970 年 10 月书和人第 147 期

文心雕龙之文论重点(李曰刚)师大国文系文风第 18 期(1970 年 12 月)

刘勰的文原论(庄雅州)文风第 18 期(1970 年 12 月)

文心雕龙英译本序言(施友忠撰,梁成节译)国语日报 1970 年 12 月书和人第 150 期

评文心雕龙英译本(J. R. Higntcwe 梁成节译)国语日报 1970 年 12 月书和人第 150 期

评施译文心雕龙(D. Hawhes 梁成节译)国语日报 1970 年 12 月书和人第 150 期

文心雕龙所述辞格析论(王忠林)南洋大学学报第 4 期(1970 年)

刘勰提出的文心二字试解(王梦鸥)文教论丛(1970 年 1 月)

从辨骚篇看文心雕龙论文的重点(王梦鸥)中华文化复兴月刊第 4 卷第 5 期(1971 年 1 月)

文心雕龙英译本再版序(郑骞)国语日报 1971 年 3 月书和人第 156 期

文心雕龙对于中国文论的影响(王韶生)民主潮第 21 卷第 10 期(1971 年 10 月)

文心雕龙风骨论(王更生)中山学术文化集刊第 8 期(1971 年 11 月)

文心雕龙知音篇探究(王赞源)中华文化复兴月刊第 4 卷第 12 期(1971 年 12 月)

文心雕龙专书研究缘起(李曰刚)文风第 20 期(1971 年

12月）

文心雕龙定势篇申论（沈秋雄）图书季刊第2卷第4期（1972年4月）

文心雕龙体例考辨（廉永英）女师专学报第1期（1972年5月）

文心雕龙神思篇疏释（唐亦男）成功大学学报人文篇第7期（1972年6月）

文心雕龙神思篇中虚静二字境界的探讨（郑蕤）文心雕龙论文集（1972年6月）

文心雕龙体性中的八体（郑蕤）文心雕龙论文集（1972年6月）

试论陆机的文赋与文心雕龙（郑蕤）文心雕龙论文集（1972年6月）

试论文心雕龙与昭明文选在文学体类上的区分（郑蕤）文心雕龙论文集（1972年6月）

文心雕龙时序篇研究（赖明德）国文学报第1期（1972年6月）

文心雕龙序志篇研究（王瑞生）学粹第14卷第5期（1972年8月）

文心雕龙体义笺证（廉永英）女师专学报第2期（1972年8月）

刘勰的宗经论（郑明俐）中华文化复兴月刊第5卷第9期（1972年9月）

由辨骚篇看刘勰的文学创作观（张淑香）幼狮月刊第37卷第1期（1973年1月）

文心雕龙风骨篇疏释（陈拱）学术论文集刊第2期（1973年

2月)

刘彦和先生年谱稿(王更生)师大国文学报第2期(1973年4月)

文心雕龙史传篇的考察(王更生)德明学报第1期(1973年5月)

文学创作与神思(陈慧桦)幼狮月刊第37卷第6期(1973年5月)

文心雕龙原道第一会笺(廉永英)女师专学报第3期(1973年5月)

文心雕龙之子学(王更生)教育与文化第407期(1973年9月)

谈日译本文心雕龙(思兼)中华日报1974年2月9日

文心雕龙征圣、宗经、正纬会笺(廉永英)女师专学报第4期(1974年3月)

近六十年来文心雕龙研究概观(王更生)中华文化复兴月刊第7卷第3期(1974年3月)

兴膳宏日译本文心雕龙评介(王更生)学粹第16卷第1期(1974年3月)

文心雕龙之想象论(黄春贵)中华文化复兴月刊第7卷第4期(1974年4月)

刘勰的赋比兴说(古添洪)今日中国第36期(1974年4月)

文心雕龙辨骚第五会笺(廉永英)女师专学报第5期(1974年5月)

刘勰知音篇之研究(田凤台)东方杂志第7卷第12期(1974年6月)

文心雕龙研究的回顾与前瞻(一)(二)(王更生)中华文化复

兴月刊第 7 卷第 6、7 期(1974 年 6、7 月)

文心雕龙评述(思兼)幼狮月刊第 40 卷第 1 期(1974 年 7 月)

从中西观点看刘勰的批评论(陈慧桦)幼狮月刊第 40 卷第 1 期(1974 年 7 月)

文心雕龙版本考略(王更生)中央图书馆刊第 7 卷第 1、2 期(1974 年 3、9 月)

文心雕龙考异序(张立斋)中央图书馆刊第 7 卷第 2 期(1974 年 9 月)

中国文学中气的问题——文心雕龙风骨篇疏补(徐复观)中国文学论集(1974 年 10 月)

自然与文学的根源问题(徐复观)中国文学论集(1974 年 10 月)

原道篇通释(徐复观)中国文学论集(1974 年 10 月)

能否解开文心雕龙的死结(徐复观)中国文学论集(1974 年 10 月)

文体论的构成与实现(徐复观)中国文学论集(1974 年 10 月)

知音篇释略(徐复观)中国文学论集(1974 年 10 月)

文心雕龙枢纽论(徐复观)中国文学论集(1974 年 10 月)

文之纲领(徐复观)中国文学论集(1974 年 10 月)

读王更生文心雕龙研究的回顾与前瞻(施友忠)中华文化复兴月刊第 8 卷第 1 期(1975 年 1 月)

文心雕龙乐府论研究(陈縻珠)淡江文学第 13 期(1975 年 1 月)

从文心雕龙谈起(思兼)纯文学第 9 卷第 4 期(1975 年 4 月)

文心雕龙神思论(曾一慈)台北商专学报第5期(1975年4月)

六十年来文心雕龙之研究(王更生)六十年来的国学五(1975年5月)

文心雕龙五十篇赞语用韵考(韩耀隆)淡江学院中文系文心雕龙研究论文集(1975年5月)

文心雕龙用易考(王仁均)同上

文心雕龙的文学审美(王甦)同上

刘勰对辞赋作家及作品的观点(傅锡壬)同上

从文心雕龙看传统与文学创作的关系(唐亦璋)同上

玄学与神思(施淑女)同上

文心雕龙论诗(胡传安)同上

空海的文镜秘府论与文心雕龙的关系(黄锦鋐)同上

文心雕龙的经学思想(王更生)畅流第5卷第7—9期(1975年5、6月)

神思前后的形上活动与物色的地位(刘源生)新潮第30期(1975年6月)

文心雕龙在中国文学史上之地位(王更生)师大学报第20期(1975年6月)

神思与想象(张淑香)中华文化复兴月刊第8卷第8期(1975年8月)

文心雕龙的宗经论(周弘然)大陆杂志第51卷第3期(1975年9月)

刘勰知音篇"六观"新探(蒙传铭)新亚学术年刊第17期(1975年9月)

文心雕龙与文笔说(吴元华)南洋大学中国语文学报第6期

（1975年）

　　文心雕龙声律篇疏释（陈拱）宇宙第5卷第12期、第6卷第1、2期（1975年12月—1976年2月）

　　文心雕龙熔裁篇疏释（陈拱）宇宙第6卷第7、8、10期（1976年7—10月）

　　文心雕龙通变观念诠释（胡森永）新潮第31期（1976年1月）

　　文心雕龙神思篇疏释（陈拱）再生杂志第6卷第3期（1976年3月）

　　文心雕龙成书年代及相关问题（王更生）中华文化复兴月刊第9卷第4期（1976年4月）

　　如何读文心雕龙（王更生）学粹第18卷第1期（1976年4月）

　　刘彦和撰写文心雕龙问题的新探测（潘重规）文化学院创新周刊第189期（1976年5月）

　　文心雕龙的文术论（周弘然）幼狮学志第12卷第2期（1976年5月）

　　文心雕龙体性篇疏释（陈拱）宇宙第6卷第4—7期（1976年4—7月）

　　"文心"发微（史墨卿）建设第25卷第3期（1976年8月）

　　文心雕龙原道篇的综合思想（周弘然）中华文化复兴月刊第9卷第8期（1976年8月）

　　文心雕龙比兴说的现代观（蔡慧怡）新潮第32期（1976年9月）

　　文心雕龙的文体论（周弘然）大陆杂志第53卷第6期（1976年12月）

当代文心雕龙著作评述(王更生)中国学术年刊第1期(1976年12月)

文心雕龙在中国文学批评上的价值(王更生)幼狮月刊第45卷第2期(1977年2月)

文心雕龙论批评原理(沈谦)中外文学第5卷第10期(1977年3月)

文心雕龙论批评之态度与标准(沈谦)中华文艺第13卷第2期(1977年4月)

文心雕龙隐秀篇疏释(陈拱)宇宙第7卷第2—4期(1977年2—4月)

文心雕龙之文论体系(沈谦)幼狮月刊第45卷第4期(1977年4月)

讲坛一得(潘重规)中国文化学院创新周刊第213期(1977年4月)

推介文心雕龙导读(王进祥)中华日报1977年5月30日

文心雕龙原道篇疏释(唐亦男)成功大学学报人文篇第12期(1977年5月)

文心雕龙采微(林祖亮)民族晚报1977年5月3—21日

文心雕龙之美学(王更生)幼狮学志第14卷第2期(1977年5月)

文心雕龙批评论发微序(周何)文心雕龙批评论发微卷首(1977年5月)

文心雕龙批评论发微序(王更生)文心雕龙批评论发微卷首(1977年5月。日本向岛成美《文心雕龙研究文献目录初稿》以此文刊于中华文化复兴月刊第45卷第6期,恐是第10卷之误?)

文心雕龙丽辞篇疏释(陈拱)学术论文集刊第4期(1977年

6月)

文心雕龙杂谈(丁当)新潮第34期(1977年6月)

文心雕龙颂赞篇祝盟篇析旨(王礼卿)文史学报第7期(1977年7月)

文心雕龙研究论文提要前言(王更生)出版与研究第2期(1977年7月)

文心雕龙祝盟篇斠诠(李曰刚)中华国学杂志第6、7、8期(1977年7、8月)

文心雕龙练字篇之修辞学考察(徐丽霞)鹅湖第3卷第2期(1977年8月)

文心雕龙论诗(胡传安)台北商专学报第10期(1977年10月)此文已见1975年淡江文集

文心雕龙养气篇疏释(陈拱)宇宙第7卷第10—12期(1977年10—12月)

文心雕龙道义笺证(廉永英)孔孟月刊第16卷第6期(1978年2月)

日藏明刊本王惟俭文心雕龙训故之价值(王更生)幼狮月刊第47卷第3期(1978年3月)

文心雕龙之创作论序(李曰刚)幼狮月刊第47卷第4期(1978年4月)

文心雕龙二元性的基础(纪秋朗)中外文学第6卷第12期(1978年5月)

文心雕龙范注补正(日本斯波六郎撰,黄锦铉译)师大国文学报第7期(1978年6月)

文心雕龙明诗篇会笺(廉永英)女师专学报第10期(1978年6月)

文心雕龙颂赞篇斠诠(李曰刚)师大学报第 23 期(1978 年 6 月)

文心雕龙诏策篇斠诠(李曰刚)国文学报第 7 期(1978 年 6 月)

文心雕龙文体论析例(王更生)东吴文史学报第 3 期(1978 年 6 月)

文心雕龙文体论的渊源及其内容(任日镐)成钧馆大学人文科学第 7 期(1978 年 7 月)

文心雕龙述书经考(王更生)孔孟月报第 36 期(1978 年 9 月)

试探文心雕龙在"国文教学"的适应性(王更生)幼狮月刊第 48 卷第 6 期(1978 年 12 月)

文原于六艺说——文心雕龙宗经思想阐要(李建昆)孔孟月刊第 17 卷第 4 期(1978 年 12 月)

刘勰文艺思想以佛学为根柢辨(潘重规)幼狮学志第 15 卷第 3 期

文心雕龙通变、夸饰通释(王礼卿)幼狮学志第 15 卷第 4 期

文心雕龙谐隐篇斠诠(李曰刚)华岗中华学术与现代化丛书第 2 册

文心雕龙校订(蒙传铭)庆祝瑞安林景伊先生六秩诞辰论文集

刘勰和他的文心雕龙(章江)自由青年第 42 卷第 2 期

文心雕龙与刘勰(华仲麟)中央月刊第 3 卷第 9 期

文心雕龙乐府第七会笺(廉永英)女师专学报第 11 期(1979 年)

文心雕龙研究书目(宋发隆)书目季刊第 13 卷第 1 期(1979

年6月)

文心与文赋之关系(刘之仁)文心雕龙研究论文选粹(1980年9月)

文心雕龙的程器论(李正治)文心雕龙研究论文选粹(1980年9月)

文心雕龙的历史分析(梁若容)文心雕龙研究论文选粹(1980年9月)

刘勰论文的观点试测(王梦鸥)中外文学第8卷第8期(1980年1月)

王梦鸥先生刘勰论文的观点试测一文的商讨(徐复观)中国文学论集续篇(1981年10月)

本目录资料依据：

一、台湾宋发隆《文心雕龙研究书目》(1979年)

二、日本向岛成美《文心雕龙研究文献目录初稿》(1983年)

三、日本伊藤漱平《近百年来中国文艺思想研究文献目录稿》(1983年)

四、台湾各《文心雕龙》专著所附参考书目

文学艺术民族特色试探

前　言

具有三千年悠久历史的中华民族,在文学艺术上有一套自己的民族形式和民族风格。社会主义文艺的发展,不应割断这个历史,也不可能割断这个历史。

无论诗文、绘画、音乐、戏曲等,为什么具有鲜明的民族特色的作品,往往深受群众的欢迎呢?为什么新诗创作,"几十年来,迄无成功",或成功甚微呢?这里说的"成功",当然主要指形式。割断了民族形式的历史,缺乏民族特色的作品,很难受到广大群众的欢迎,这绝不是群众的嗜古成癖。所谓民族特色,不可能是偶然出现的,它必然有一个漫长的形成和发展过程。文学艺术民族特色的形成,固然与广大文学艺术家在创作上的习尚以及老百姓的喜闻乐见有关,但这种特色何以能使众多的艺术家相沿成习,何以能为广大群众所喜闻乐见,并在历史长河的冲刷中持续数千年之久呢?

问题很明显,如果某种"特色"不是这个民族多数成员认为优秀可爱的,就是说,不是美的而是丑的,不是精华而是糟粕,则这种"特色"就既不可能被多数艺术家接受,也不可能为群众所喜闻乐见,更不会一代一代持续下来。只要对我国古代文学艺术的民族特色略加研讨,就不难发现,我们民族的文艺特色,常常是和一些古老的艺术传统分不开的。也可以说,文学艺术的民族特色,正是一整套传统的表现方法的集中反映。我们从这里可以知道：文学艺术的民族特色，是在广大作家长期的创作实践中，也是在广大群众长期的检验中，不断去粗取精，去伪存真，而淘洗镕炼出来的。它汇聚了无数艺术家、评论家、欣赏家的智慧，因而是我们民族文学艺术的结晶。这样看来，具有民族特色的文艺创作深为群众所爱好，正是理所当然的。

任何文艺创作，对老百姓的喜闻乐见，都不能不给以足够的重视。我们搞创作，并不是为个人的自我欣赏，要给人看，给人听，从而发挥文学艺术的作用，因此就不能不考虑老百姓是否喜闻乐见。人民群众是文学艺术的裁判员。自命高超的艺术家，自然有权不接受这种裁判；但人民群众也有权不买你的账。这样的艺术，高则高矣，其艺术价值又将安在？不能认为今天的老百姓只会欣赏"下里巴人"。根据上述对民族特色的理解，老百姓的"喜闻乐见"，其实很有道理，很值得重视。因为人民大众对民族特色的喜闻乐见，不仅含有民族艺术的精华的合理因素，还是一种强大的力量，它督促我们、鼓舞我们，在艺术创作中继承和发扬文学艺术的民族特色，从而创造出具有中国作风和中国气派的社会主义新文艺。

这样，我们就必须首先搞清中国文学艺术的民族特色是什么，有哪些优秀的传统值得我们继承和发扬。这个小册子，就是企图为探讨我国文学艺术民族特色而进行的一点尝试。对文学艺术民族特色的探讨，大体上有两个途径：一是从古代文艺作品的表现形式或风格特点，来进行归纳总结；一是就古代文学艺术家的认识或主张，来进行考察辨析。前一条路的优点是取第一手材料，对古代文艺作品进行直接分析，但要通过少数作品来概括三千年的任何艺术特色，都是有困难的；后一条路是根据古代诗论、文论、画论、乐论等来加以探讨，这些材料，大都是古代文学艺术家根据前人或自己的创作经验进行的总结，对总结的总结，虽是取第二手材料，却可能具有较大的概括性。

本书主要是取第二条途径，从情景交融、赋比兴和形神统一三个方面来进行探讨。这三个方面在我国古代文学艺术中，不仅具有较大的普遍性，也是源远流长的传统特色。因为文学艺术的民族特色，在很大程度上决定于艺术构思的特色，而这三个方面都和形象思维有着密切的关系，因此，除概括地清理了这三个方面的形成和发展过程外，更重点探讨了其艺术构思的民族特色。也可说，本书是以艺术构思为中心来探讨文学艺术的民族特色的。

要特别提到的是文学艺术民族特色的普遍性问题。民族特色虽然为多种文艺样式所共有，但某一具体的文艺样式的特色，或某一具体作家的创作特色，却不一定都可称之为民族特色。各种文学艺术、各种不同的作家，是各有其不同的特点的，但某种民族特色的形成，必须在多种文艺样式上，在众多的不同作家中，有着一定的共同特色。作为整个民族的文艺特色，它是在同一个民族之内，在同一块土壤之中，长期酝酿出来的，这就决定了：

一、各种艺术特色不可能互不相干，它们之间必有其相互的联系。如赋比兴，它既是一种独立的传统特色，也是实现另一特色——情景交融的手段和方法。又如"兴在象外"，它既是"兴"的特点，又与神韵的特点密切相关。而情景交融、赋比兴和神韵三者，在要求通过形象来反映现实或抒情言志上，都是一致的。因此，各种特色是在互为影响、相得益彰的过程中发展起来的。

二、凡是可称之为民族特色的，必然为多种艺术样式所共有。如情景交融，既是诗文的要求，也是绘画以至戏曲的要求。赋比兴虽主要用于诗词,在绘画艺术中也受到相当的重视。至于神韵,就更为诗文、绘画、音乐、戏曲以至书法艺术的共同要求。这就对我们探讨文学艺术的民族特色提出一个要求:要探索出具有普遍意义的、真正的民族特色,只对某一种文艺样式进行研究,是很难把握准确的,而必须对各种文学艺术进行综合研究。这本小册子是试图来作这样的努力的,不过,它是个人的力量所难及的,勉力做了一点,谬误自所难免,唯望以此引起方家的注意,以期较多的同志来共同努力,对此进行全面深入的研究。

这里收入的几篇文章,虽曾分别发表在上海、北京和山东的几家刊物上,但它原来就是一篇,是1978年春山东省创作办公室召开文艺理论讨论会时,我写的一篇发言稿。到79年春,教育部委托云南大学召开古代文论教材及学术讨论会,我应邀参加时,打算携稿前往向专家们请教,被几家刊物的编辑同志发现后,颇感兴趣,但因太长,无法作为一篇稿件处理,便就原稿所谈三个问题一分为三,瓜分了。其中形神问题一篇,有两家刊物想要,正好这个问题比较复杂,便又再来个一分为二,共成四篇。《文赋》一篇,也主要是谈艺术构思问题,它原是给研究生上课的讲稿,正好同时发表,也就凑在一起。

这几篇文章陆续发表中,霍松林先生、程千帆先生等,先后来函鼓励,并建议汇集出版,这增加了我拼凑成这个小册子的勇气。谨以致谢。

1980年3月5日

景无情不发,情无景不生

——关于情景交融

历史悠久的中华民族,在长达三千年的艺术创作实践中,逐步形成一套为中国老百姓所喜闻乐见的民族形式和民族风格。研究其特色,总结其规律,这对繁荣社会主义的文学艺术是必要的。文学艺术民族特色的形成,艺术构思有着重要作用。本文拟只就"情景交融"的传统要求,对我国古代文艺创作中艺术构思的特点作一试探。

一

艺术构思有自己的特殊规律,就是形象思维。探讨我国古代艺术构思的特点,不仅有助于对民族艺术特色的认识,也有助于对形象思维的认识和丰富形象思维的理论。

在我国文艺理论史上,可以说一开始就接触到文学艺术最基本的因素了。《尚书·尧典》中提出了"诗言志"的观点。《毛诗序》总结先秦各家诗论,对"诗言志"作了进一步发挥,明确为诗立界说:"诗者,志之所之也。"从此,"诗言志"便形成为我国诗歌的优秀传统。"诗言志"的"志",在先秦时期是有所专指的,主要是指人的怀抱、抱负,近于现在说的"志向"。但作为古代诗论的一个通用概念,则主要指作者的思想感情。《毛诗序》中也说过:"情动于中而形于言",诗歌创作是诗人内心有某种情的触动而形之于诗的。《左传·昭公二十五年》载子产的话,就把人的"好、恶、喜、怒、哀、乐"称为"六志";所以,孔颖达《春秋左传正义》作了这样的解释:"在己为情,情动为志,情、志一也,所从言之异耳。"这说明,"情"和"志"本身在当时就有它的共通性。汉以后,有的就直接说"诗以言情"①,有的则"情志"并称②。陆机提出"诗缘情而绮靡"③,钟嵘又直接把诗的特点概括为"吟咏情性"④。于是,"言情"成了诗的主要特点,在后来的诗论中,"诗言志"和"诗言情"就常常没有多大区别了。如刘勰在《文心雕龙》同一篇《情采》中,就既强调"为情而造文",又主张"述志为本"。

任何文艺创作,总是要表达作者一定的思想感情,没有任何感情的纯客观的艺术创作是不存在的。可是,只有主观的情仍不能产生任何艺术作品。艺术创作必须有它的创作对象,除了主观的情,还必须有客观的物。情与物是构成一切文学艺术的两个最基本的要素。在我国第一篇系统的乐论《乐记》中,就以朴素的唯物观点讲到这个问题:"凡音之起,由人心生也。人心之动,物使之然也。感于物而动,故形于声。"又说:"乐者,音之所由生也,其本在人心之感于物也。"音乐是人心感于物而产生的,一切文学艺术莫不如此。离开客观的物,从根本意义上来说,作者的思想感情就不可能产生;不借助于具体的物象,也无从形成艺术作品。

---

① 刘歆《七略》,《初学记》卷二十一。
② 见《后汉书·文苑传》《隋书·经籍志》。
③ 《文赋》。
④ 《诗品序》。

画家的思想感情,不通过对某种具体的物的描绘,自然无法表达;诗言志,也不是赤裸裸地直接披露其情志。刘熙载举到一个简单例子说明了这点:"'昔我往矣,杨柳依依;今我来思,雨雪霏霏。'雅人深致,正在借景言情。若舍景不言,不过曰'春往冬来'耳,有何意味?"①直接说"春往冬来",那就不成其为诗,至少不是好诗。这就说明,文学艺术的产生,不仅必须具备主观的情和客观的物两个基本方面,而且必须这两个方面有一定的结合。

情与物相结合才能产生"文",这是构成文学艺术的基本原理,也是文学艺术的基本规律。这个原理或规律,在我国古代的传统观念中,就是"情景交融"说。宋人范晞文评杜诗,曾谓其特点是"景无情不发,情无景不生"②。这评语正体现了我国古代文艺创作中"情景交融"的传统观念,它不仅表明了文艺创作中情景两个方面缺一不可的原理,更表示了情景相生及其不可分割的辩证关系。由此可见,"情景交融"是我国古代文艺理论中一个很值得研究的问题。除了它在理论上的重要性,还因为:

第一,情景交融的要求是我国文学艺术源远流长的优良传统。如前所述,早在秦汉之际的论者,便已初步认识到文艺创作中情与物两个重要方面及其关系。到齐梁时期的刘勰、钟嵘等人,就总结《乐记》《毛诗序》以来的基本观点而对情与物的关系有了进一步的认识。刘勰说:"人禀七情,应物斯感,感物吟志,莫非自然。"③钟嵘也讲到:"气之动物,物之感人,故摇荡性情,形诸

---

① 《艺概》卷二《诗概》。
② 《对床夜语》卷二。
③ 《文心雕龙·明诗》。

舞咏。"①他们不仅认识到文艺创作中情和物的密切关系,而且理解到正是这二者的结合才形成文学作品。

到了唐宋时期,文学艺术空前繁荣,文学艺术家们对情景交融的认识,又有所加深和发展。像杜甫《春望》中"感时花溅泪,恨别鸟惊心"这类被公认为"情景交融而不分"的描写大量出现了。唐代画家张璪,专以秃笔或手抹作画,人问其法,他说:"外师造化,中得心源。"②张璪的画法虽然与众不同,但艺术创作的基本原理,仍不外是客观的物和主观的心的结合。值得注意的是,唐人已常常从艺术构思的角度来认识心与物的结合在文艺创作中的作用了。现仅以王昌龄为例来看。他说:"搜求于象,心入于境,神会于物,因心而得,曰取思。"③说得更具体的是:"夫置意作诗,即须凝心,目击其物,便以心击之,深穿其境。"又说:"目睹其物,即入于心,心通其物,物通即言。"④这些都说明,文学艺术是由主观的心和客观的物相结合而产生的。神与物会、心与物通,或者以心击物的过程,就既是艺术构思的过程,也是情景相融的过程。这种认识,无疑是情景交融这一传统观念的重要发展,但作为一个完整的概念而有明确认识、在文艺创作中直接提出情景交融的主张或要求,则是从宋人开始的。除前面已提到过范晞文讲的"景无情不发,情无景不生"外,他还讲到杜甫有"景中之情""情中之景""情景相触而莫分"的一些

---

① 《诗品序》。
② 《历代名画记》卷十。
③ 见《唐音癸签》卷二。
④ 见《文镜秘府论》南卷,人民文学出版社1975年版第138页。据罗根泽《中国文学批评史》第2册第30页所论,这是王昌龄《诗格》中的话;即使不是王氏原话,视为唐人的文学观点是没有问题的。

诗句①。又如姜夔论诗,提出了"意中有景,景中有意"②的正面主张等。从此,文学艺术家们对情景交融的认识和运用,就从自然王国进入了必然王国。

明清时期,情景交融就被视为文学艺术的创作规律而予以普遍重视了。如:

> 作诗必情与景会,景与情合,始可与言诗矣。③
>
> 夫情景相触而成诗,此作家之常也。④
>
> 情景虽有在心在物之分,而景生情,情生景,哀乐之触,荣悴之迎,互藏其宅。⑤
>
> 词之诀,曰情景交炼。⑥
>
> 文学之事,其内足以摅己,而外足以感人者,意与境二者而已。上焉者意与境浑;其次或以境胜,或以意胜:苟缺其一,不足以言文学。……故二者常互相错综,能有所偏重,而不能有所偏废也。文学之工不工,亦视其意境之有无与其深浅而已。⑦

这类论述,举不胜举。仅以上数条可以看出,明清作家已明确认识到,必须情与景、意与境相融合,才能产生文学作品,这是任何作家在创作中必须遵循的规律;文艺作品的好坏,就与作者掌握

---

① 《对床夜语》卷二。
② 《白石道人诗说》,《历代诗话》。
③ 都穆《南濠诗话》引陈嗣初语。
④ 谢榛《四溟诗话》卷四。
⑤ 王夫之《薑斋诗话》卷一。
⑥ 张德瀛《词徵》卷一,《词话丛编》。
⑦ 《人间词语》附录樊志厚序,人民文学出版社标点本第256页。

与运用这一规律的程度如何有关。

上述简略的发展情况足以说明,情景交融的要求,是我国文学艺术的优良传统之一,它越来越受到文学艺术家的重视,也越来越显示出它的重要意义。今天,情景交融仍是我们指导和评论文学艺术的重要观点之一,这就不是偶然的了。

第二,作为文学艺术的基本规律来看,情景交融不仅是一个源远流长的传统,还必然在种种文艺创作中受到普遍的重视和运用。明代画家王履曾说:"画虽状形,主乎意,意不足,谓之非形可也。虽然,意在形,舍形何所求意?故得其形者,意溢乎形,失其形者,形乎哉!"①这里,形和意是辩证的统一。描绘物形,目的是表达作者的意;但不通过形,意就无从表达。只有二者有机地统一起来,才能产生画。清人黄图珌在《看山阁集闲笔》中讲到:"情生于景,景生于情,情景相生,自成声律。"②则音乐的产生也不例外。即使比较复杂的综合艺术戏曲,戏剧家李渔也说,它的创作,"总其大纲,则不出情景二字"。对情和景的关系,他以《琵琶记·赏月》中的曲子为例说:"同一月也,牛氏有牛氏之月,伯喈有伯喈之月,所言者月,所寓者心。"③这里,"月"和"心"的关系,就是情和景的关系。所以,无论诗文、绘画、音乐、戏曲创作的基本规律,都是一个情景交融问题。

---

① 《华山图序》,《中国画论类编》第 703 页。
② 《中国古代乐论选辑》第 423 页。
③ 《闲情偶记》卷一,《中国古典戏曲论著集成》第 7 册第 26—27 页。

二

情景交融既然是体现了一定民族特色的文学艺术传统,进而探讨它和艺术构思的关系,就不难看出艺术构思的民族特色了。相传扬雄曾说:"赋家之心,包括宇宙,总览人物。"①这话涉及两个重要问题:一是艺术家的对象十分广阔;一是艺术家的对象必须是进入作者心中(思想)之物。下面就从这两个方面来探讨物我二者是怎样结合的,形象思维是怎样形成的。

宇宙万物是一切文学艺术的基础。各种事物虽然都可成为艺术家的创作对象,但艺术家并不是随便把什么东西写进他的作品去的。客观事物要成为艺术创作的具体对象,有一个最基本的条件,就是必须和作者的内心世界发生一定的联系。所以,作为文学艺术创作的"物"是有其特定的含义的,它专指那种有所感于作者,或者与作者的思想感情有某种联系的物。刘熙载对这点有颇为明确的认识。他说:"在外者物色,在我者生意,二者相摩相荡而赋出焉。若与自家生意无相入处,则物色只成闲事,志士遑问及乎?"②要作者主观的情和客观的物发生"相摩相荡"的具体事物,才是艺术家的创作对象,才能成为文学艺术的"物"或"景"。否则,虽日月叠璧,山川焕绮,造化万物已无限美好,却"只成闲事",与作为意识形态的文学艺术无关。刘勰说:"物色之动,心亦摇焉。""物色相召,人谁获安?"③钟嵘说:"若乃春风春鸟,秋

---

① 《西京杂记》卷二。
② 《艺概》卷三《赋概》。
③ 《文心雕龙·物色》。

月秋蝉,夏云暑雨,冬月祁寒,斯四候之感诸诗者也。嘉会寄诗以亲,离群托诗以怨……凡斯种种,感荡心灵,非陈诗何以展其义?非长歌何以骋其情?"①在这种具有召感力量,能够"感荡心灵"的"物"面前,不借助于艺术创作以抒发作者被这些事物所引起的情,作者的心情就无法平静下来。只有这样的"物",才是文学艺术的物;也只有把这样的物写到文学作品中去,才有情景交融的可能。黄庭坚对这点已有一个模糊的认识,他说:"天下清景,不择贤愚而与之,然吾特疑端为我辈设。"②上面所讲那种能"感荡心灵"的"物",确可说是专为文学艺术家而设、为文学艺术所专有的。但是,这样的"物"是不可能自己跑进作者头脑中来的,它并不是"不择贤愚而与之",而是只择勤于体物者、"与造物为友"者而与之。

文学艺术中的"情",也和一般的情有所不同。首先,必须是感物而起的情,就是刘勰说的"情以物兴",或"情以物迁"。宋人包恢强调作诗必须有所感触或扣击以起情,曾用一个生动的比喻:

> 此盖如草木本无声,因有所触而后鸣;金石本无声,因有所击而后鸣,无非自鸣也。如草木无所触而自发声,则为草木之妖矣;金石无所击而自发声,则为金石之妖矣……。世之为诗者鲜不类此。盖本无情而牵强以起其情,本无意而妄想以立其意,初非彼有所触而此乘之,彼有所击而此应之者。故言愈多而愈浮,词愈工而愈拙,无以异于草木金石之妖

---

① 《诗品序》。
② 《冷斋夜话》卷三引。

声矣。①

草木金石无所扣触而自发声是怪事,诗人没有外物扣触起来的真情实感而要"吟咏情性",也是怪事。这个比喻是很能说明问题的。没有感物而起的情,要"牵强以起其情"来作诗,其所以会"言愈多而愈浮,词愈工而愈拙",根本原因就在于这种牵强出来的"情",不属于文学艺术的"情"。

其次,文学艺术的"情",必须通过物来表现,而不能直接道出。所谓"诗是无形画",就是要求用文字来表现形象,通过形象来表达思想。王国维说的"一切景语,皆情语也"②,正是寓情于景,以景抒情的说明。在文学艺术中,与表达作者思想感情毫无关系的景物描写是没有的。现以元结《酬孟武昌苦雪》的后半首来看:

> 兵兴向九岁,稼穑谁能忧。何时不发卒,何日不杀牛?耕者日已少,耕牛日已希。皇天复何忍,更又恐毙之!自经丧乱来,触物堪伤叹。见君问我意,只益胸中乱。山禽饥不飞,山木冻皆折;悬泉化为冰,寒水近不热。出门望天地,天地皆昏昏。时见双峰下,雪中生白云。③

这是一幅"安史之乱"造成的"天地皆昏昏"的丧乱图景。诗中写到的景物甚多,无一不是"触物堪伤叹"的,也无一不是为了表达诗人感时伤乱的思想感情而写到诗中来的。这里情景相触而不可分。值得注意的是,诗中众多景物,并非信手拈来、随意罗列而

---

① 《答曾子华论诗》,《敝帚稿略》卷二。
② 《人间词话》第225页。
③ 《元次山集》,上海中华书局排印本第31页。

成的。正如刘熙载所说:"要其胸中具有炉锤,不是金银铜铁强令混合也。"①要把一系列景物组织成一个有机的整体,生动形象地表达出诗人的情感,这就必须用作者胸中的"炉锤"进行艺术构思,使情景相融在饱和着作者情志的艺术形象之中,这就是进行形象思维了。

形象思维有其丰富的内容,当然不以做到情景交融为目的,为终极。但凡是形象思维,就必然是在情景交融的过程中进行的。形象思维最基本的特征就是情景交融。虽然,二者一指艺术构思,一指对艺术创作的要求,其差异是明显的;但情景交融所要求的,就必须是进行形象思维,而进行形象思维的结果,正可产生情景交融的文艺作品。所以,二者的关系又是很密切的。从上述文学艺术的对象"物"和文学艺术家的"情"的关系来看,既然"物"必须和"情"有一定的联系,"情"必须通过"物"来表达,则文艺作品中的"情"和"物"就必然有一定程度的结合。这个情物结合的过程,就既是情景交融的过程,也是形象思维的过程了。这样来看,形象思维毫不神秘,它普遍存在于文学艺术创作之中,凡是文艺创作,都必然要进行形象思维。

从情景交融的角度来认识形象思维,正可看到我国古代文学艺术家在长期运用形象思维中形成的民族特色。我国古代的文艺理论家,就往往是从情与景、物与我或意与境的相互关系这个传统认识来论述艺术构思的。

早在公元三世纪,陆机的《文赋》就接触到形象思维的基本特点了。其序有云:"放言遣辞,良多变矣。……恒患意不称物,文不逮意。"这就把怎样使"意"与"物"相称的问题,提到创作的重

---

① 《艺概》卷二《诗概》。

要地位上来了。他写《文赋》，就是企图解决这个问题，使诗文写得"情貌不差"。陆机认为文学创作不仅可以"笼天地于形内，挫万物于笔端"，而且要"课虚无以责有，叩寂寞而求音"。使无形的、抽象的东西，有声有色地呈现在作品之中。但这并不是轻而易举的，他说："体有万殊，物无一量；纷纭挥霍，形难为状。辞程才以效伎，意司契而为匠。"要把复杂多变的物写进作品，没有作主脑的"意"是无法完成的。这里，"意司契"的对象，就是"纷纭挥霍"的物。显然，这个创作活动的实质，就是物和意相结合的过程。陆机对艺术构思的论述，正是建立在物我结合这个基础上的。他说：

> 其始也，皆收视反听，耽思傍讯；精骛八极，心游万仞。其致也，情瞳昽而弥鲜，物昭晰而互进。倾群言之沥液，漱六艺之芳润。浮天渊以安流，濯下泉而潜浸。

在作者集中思想，展开想象的神翼而翱翔太空的运思过程中，随着情的逐渐明晰，物象也鲜明地涌进作者的头脑，因而浮藻联翩，创造出鲜明的艺术形象。这就是运用形象思维的情形。"精骛八极，心游万仞"，虽是讲运思的广阔，也是情景交融的形象说明。"情瞳昽而弥鲜，物昭晰而互进"，则是物我相融的具体过程。

陆机论艺术构思，虽接触到情景交融的规律，显示了一定的民族特色，但在"巧而碎乱"的《文赋》中，对艺术构思的系统性、准确性，都还论述得很不充分。到五、六世纪之交的刘勰，就在陆机的基础上向前迈进了一大步。

刘勰是在广泛研究前人创作的基础上来论"为文之用心"的，因此，他对文学创作的特点，比陆机有较为清楚的认识。在《文心雕龙》中,他多次谈到情与物的关系。如:"人禀七情,应物斯感"①;"情以物兴""物以情观"②;"情以物迁,辞以情发"③等。刘勰对情物关系的注意和重视,说明他抓住了文学艺术的根本问题。《神思》篇中对艺术构思的论述,正是在这个认识的基础上进行的:

> 文之思也,其神远矣。故寂然凝虑,思接千载;悄焉动容,视通万里;吟咏之间,吐纳珠玉之声;眉睫之前,卷舒风云之色:其思理之致乎。故思理为妙,神与物游。

这和《文赋》有明显的共通之处,也说在集中思考、飞驰想象的过程中,事物的声色状貌,逐渐展示在作者耳目之前。但刘勰把这种构思活动,概括为"神与物游"四字,问题就明确了,认识就比陆机提高了。"情景交融"这个命题本身,只是对文艺创作的基本要求,它要求进行形象思维,但并不是一个艺术构思的概念。"神与物游"就直接是讲艺术构思了。它符合"情景交融"的要求,概括了形象思维的基本特点:结合物的形象来进行想象活动。用刘勰自己的话来解释,"神与物游"就是:作者的心"随物以宛转",客观的物象"与心而徘徊"④。在这个物我相融的过程中,"神居胸臆,而志气统其关键;物沿耳目,而辞令管其枢机"。艺术家的思想活动,是在其"志气"的制约下进行的。所以,"神与物游"的活动,概括了艺术创作中物我相融的基本原理。

刘勰讲到艺术构思的具体情况说:"夫神思方运,万涂竞萌,

---

① 《文心雕龙·明诗》。
② 《文心雕龙·诠赋》。
③ 《文心雕龙·物色》。
④ 《文心雕龙·物色》。

规矩虚位,刻镂无形;登山则情满于山,观海则意溢于海:我才之多少,将与风云而并驱矣。"刘勰认为在艺术构思中,无论作者才气大小,他的思想都可"与风云而并驱"。在运思过程中,艺术家的情、意是和物的形象联系、交织着的:想到登山、观海,山海的形象就出现在眼前,艺术家的情、意就贯注于山海的形象之中。在这个基础上,就可进而"刻镂无形",把"无形"的艺术构思,"刻镂"成形象鲜明的艺术作品。

在《神思》篇的小结中,刘勰把形象思维的基本特点讲得更明确:"神用象通,情变所孕。物以貌求,心以理应。"作者的想象活动和事物的形象相结合而孕育出创作的内容,这是在物以其形象来打动作者,作者的内心便产生相应活动的过程中实现的。这就是形象思维,其基本特点就是物与心、情与景的融合。从刘勰的这些认识来看,我国古代虽然没有出现过"形象思维"这个词,但是,根据我们民族自己在长期的创作实践中对文学艺术特点的认识,用我们的传统观念,我们不仅早在公元五、六世纪,就用自己的语言总结了形象思维的基本特点,掌握了艺术构思的基本规律,而且初步形成了艺术构思的民族特色。

三

高尔基说:

文学者底工作,恐怕比学者专家们——例如动物学者底工作,还要困难的。动物学者在研究羊的场合,没有把自己再现为羊的必要,但文学者在描写吝啬汉的时候,便不可不以自己为吝啬汉,在描写贪欲的时候,又不可不将自己想为贪欲汉,在描写意志薄弱的时候,又不可不以坚强的意志去描写另一个人。①

这确是一段有关形象思维的精辟论述。把作者的思想感情渗透到他的描写对象中去,熟谙其所写对象的种种特点,并把自己设想为所写对象,进而设身处地地去构思其艺术形象。这当然是很好的形象思维了。而这样的形象思维,在我国丰富多彩的文艺史上却是屡见不鲜的。

早在顾恺之的画论中就提出了"迁想妙得"的主张②。"迁想"就是把作者的思想感情迁移到他所写的对象中去,深入了解、体会和思考其特点,然后才能创造出符合其描写对象的好作品——"妙得"。这也就是情景交融的结果。

这里必须加以辨别的是,"情景交融"或"迁想妙得"和资产阶级的"移情说"有着本质的区别。"移情说"的主要代表人物是德国的心理学家、美学家里普斯,他在《论移情作用》一书中讲得相当清楚:"审美欣赏的原因就在我自己,或自我""审美的快感是对于一种对象的欣赏,这对象就其为欣赏的对象来说,却不是一个对象而是我自己。"③审美的对象和原因都是一个"自我",要有我,才有"欣赏的对象",才有美的存在,因此,所谓"移情",就完全是把作者的主观思想强加给物了。"情景交融"说则基本上是建立在唯物的基础上的。"迁想"虽然也是要作者的思想迁入客体,但那正是由于重视物的客观存在,为了更好地表现客体;是设身处地地去代物立言,而不是把主观思想强加给物。明代画家唐

---

① 《关于创作技术》,《文学论》。
② 《历代名画记》卷五。
③ 《古典文艺理论译丛》第 8 辑第 43、45 页。

志契讲"山水性情",虽然说"山性即我性,山情即我情",但这并非主观的"移情作用",而是在深入观察掌握山水自身特点的过程中情景交融的结果。他一再强调"要看真山水",而且主张"亲临极高极深"之地,"于真山真水上探讨"山水的"性情"①。所以,他说的"山性即我性,山情即我情",实为深入"探讨"过程中的"迁想妙得"。苏轼《书晁补之所藏与可画竹三首》中有云:

与可画竹时,见竹不见人。岂独不见人,嗒然遗其身。其身与竹化,无穷出清新。②

"身与竹化"的境界,就是物我二者"妙合无垠"造成的。文与可以善画墨竹知名于时。他守洋州时,构亭于筼筜谷,其地多产竹,他便朝夕游处其间,对竹的形态是有深入细致的观察的,所以,《宣和画谱》称他"胸中有渭川千亩"(指千亩之竹)③。这就是他的画能"身与竹化"的原因。

古代画家,即使画微小的草虫,也是十分注意深入观察的。如:

曾云巢无疑,工画草虫,年迈愈精。余尝问其有所传乎?无疑笑曰:"是岂有法可传哉?某自少时取草虫笼而观之,穷昼夜不厌。又恐其神之不完也,复就草地之间观之,于是始得其天。方其落笔之际,不知我之为草虫耶,草虫之为我也。"④

---

① 《绘事微言》卷一。
② 《苏东坡集》前集卷十六。
③ 《画史丛书》第 2 册第 253 页。
④ 罗大经《画马》,《鹤林玉露》人集卷六。

描绘一个小小的虫子,要达于物我相融的境地,也不是轻而易举的。曾无疑对草虫所作长期观察,在笼子中看,昼夜不厌,还要到草地间看,主要是为了"得其天"。"天"就是虫子的自然神情。这种自然神情,从观察到、把握住,直到把它表现出来,没有思想感情上的联系,不经过一个情景交融的过程是不可能的。曾无疑落笔作画时,已分不清自己是虫,还是虫是自己,这就是情景交融、迁想妙得的境界。

艺术家再现为自己创作的对象,和上述物我相融、迁想妙得的原理是一致的。再现为"物",就是艺术家自己融会于"物"。这在我国古代艺术创作中也是常见的。如唐代韩幹,以善画马称著。相传他画马,不仅长期对真马作细致的观察,临画马时,还要自己"身作马形,凝思之极,理或然也",然后作画①。宋代包鼎画虎,也是这样。首先要"扫溉一室,屏人声,塞门涂牖,穴屋取明",布置了这样一个特别的环境后,自己便"脱衣据地,卧起行顾,自视真虎也",然后就自己的切身体会,挥笔作画②。这就是艺术家把自己再现为他所描写的对象了。

画竹、虫、马、虎,画家可再现为他所画的对象,描写人物的戏曲、小说,作者更可再现为他描写的对象了。如李渔论戏曲中的人物描写:

> 我欲做官,则顷刻之间便臻荣贵;我欲致仕,则转盼之际又入山林;我欲作人间才子,即为杜甫、李白之后身……言者,心之声也,欲代此一人立言,先宜代此一人立心。若非梦往神游,何谓设身处地。无论立心端正者,我当设身处地,代

---

① 王又华《古今词论》,《词话丛编》。
② 陈师道《后山丛谈》卷二。

生端正之想；即遇立心邪辟者，我亦当舍经从权，暂为邪辟之思。务使心曲隐微，随口唾出，说一人肖一人。①

要描写仕宦、才子、端正者、邪辟者各种各样的人物，就必须"梦往神游""设身处地"地把自己再现为各种各样的人。要把各种不同人物形象写好写活，做到"说一人肖一人"，"再现"的关键在于"代其立心"，然后才能代其或端正或邪辟、或仕宦或才子之心以立言。怎样才能"代其立心"，这是个复杂问题，比如说，作者无饥寒之感、无李杜之才，而要代劳苦者立言，代李杜辈说话，那是困难的。但如不"代其立心"，作者的思想感情和所写人物形象无联系、不交融，那就不可能"说一人肖一人"了。写小说中的人物同样如此。金圣叹评《水浒》，曾谓"非淫妇定不知淫妇，非偷儿定不知偷儿"。施耐庵虽然并非淫妇偷儿，但当他在写淫妇偷儿时，"实亲动心而为淫妇，亲动心而为偷儿。既已动心，则均矣"②。这个"动心"，就是把自己设想为淫妇偷儿。

诗歌创作虽以抒情言志为主，但须因物达情，在物我沟通、情景交融的艺术构思原理上和其他艺术创作是一致的。就如上述韩干画马的方法，《古今词论》中紧接着说："作诗文亦必如此始工。"刘熙载论诗，有一段讲得很不错：

> 代匹夫匹妇语最难，盖饥寒劳困之苦，虽告人人且不知，知之必物我无间者也。杜少陵、元次山、白香山不但如身入间阎，目击其事，直与疾病之在身者无异。颂其诗，顾可不知

---

① 《闲情偶寄》卷三，《中国古典戏曲论著集成》第 7 册第 54 页。
② 《第五才子书水浒传》卷六十。

其人乎?①

刘熙载认为杜甫等人其所以能把穷苦人的生活写好,就在于他们对这种生活的理解,"直与疾病之在身者无异"。这种理解程度,就是他说的"物我无间"。在王国维的《人间词话》中,这方面的论述更多。他主张诗人要"能与花鸟共忧乐"、要创造"不知何者为我,何者为物"的"无我之境"等。艺术创作中物我不分的情形是存在的,前人已讲得不少了,但绝对的"无我之境"却并不存在。王国维讲的"有我""无我",实际上是相对而言。"无我之境"实指融情于景而物我不分,所谓"不知何者为我,何者为物",就是这个意思。物我不分的"无我之境",的确是对艺术境界一个较高的要求,但所谓"有我之境",是"物皆着我之色彩",不过是融景于情,也要有一定的物我相融。"有我""无我"的区别,除融情于景和融景于情略有不同外,主要还是"情景交融"的程度不同。前引樊志厚序,认为文学的工与不工,就决定于意境的有无与深浅。这看法虽然过于绝对,但诗文以至一般文学艺术作品的工拙,和情景交融的有无深浅,是不能无关的。

我国古代明确提出"情景交融"的要求虽在隋唐以后,但从《诗经》开始的创作实践,已产生大量情景交融的作品,并显示了引人入胜的巨大艺术力量。因此,我国最早的诗论、乐论,便注意到情与物两个构成文学艺术的重要方面及其相互关系,并沿着咏物抒情以及如何处理情物关系这个体系,逐步形成了系统的"情景交融"这个传统观念。这个观念当然是来自创作而又指导创作的。由于在各种文艺创作中有意识地追求情与物的结合,因而在

---

① 《艺概》卷二《诗概》。

艺术构思上逐渐形成了显著的民族特色。从上面讲到的情形来看,我国古代文学艺术的巨大成就,和情景交融这个优良传统是有关的,因此,值得我们加以重视和发扬。

杜甫的《春望》

——情景交融一例

一

> 国破山河在，城春草木深。
> 感时花溅泪，恨别鸟惊心。
> 烽火连三月，家书抵万金。
> 白头搔更短，浑欲不胜簪。

这首诗写于至德二年（公元 757 年）的春天。安史之乱爆发后，杜甫把家人辗转送到鄜州的羌村。至德元年八月，杜甫拟由羌村投奔灵武的肃宗，途中被俘，押送到已经沦入敌手的长安。《春望》这首千古传唱的名篇，就是杜甫在长安的俘虏生活中感时伤物而写的。

南宋范晞文论杜诗曾说："老杜诗……'水流心不竞，云在意俱迟。'景中之情也；'卷帘唯白水，隐几亦青山。'情中之景也；'感时花溅泪，恨别鸟惊心。'情景相触而莫分也。……故知景无情不发,情无景不生。"①杜诗以善于情景交融称著,范晞文更以这首诗的"感时"二句,为"情景相触而莫分"的典型句子,这是不错的。古来论杜诗者,称道这两句的特多。这两句好就好在"情景相触而莫分"。不过不只这两句,《春望》全诗也正以情景交融为其主要特点。

试看:"国破山河在",岂是客观的陈述?"城春草木深",亦非春景的漫赏。就字面上看,是由"国破"而引出"恨别",由"城春"而产生"感时";再由"烽火"以应"感时",由"家书"以应"恨别"。至于其间感情上的联系,就不是简单的起承转合、顶接照应之类所能解释的了。因为全诗是情景交织成的浑然一体,所以,"烽火"一联,既是前四句的原因,又是前四句的发展。正由于战火从至德元年的春天,漫延到第二年的三月,家人存亡不知,音信久绝,才有"国破""城春"之痛,才有无心赏春而怕见花鸟之情。又正因为国已破,城再春,在"感时""恨别"中,自然就产生了又是三月而家书难得的急切心情。这首诗的好,更可从尾联得到说明。"白头搔更短,浑欲不胜簪。"杜甫写此诗时不过四十六岁,不仅头白了,且白发短少得简直戴不上发簪!这自然是夸张的写法,但我们读来,不仅毫无虚夸不实之感,反而觉得真切感人,以为在上述情况之下,真会令人如此。这就是对全诗艺术力量的检验了。这两句本身固然也写得不错,但很显然,从诗的感情发展来看,它是全诗的集结;其艺术力量,则是由通篇的情景交融凝聚而成的。

下面就来具体探讨这首诗在情景交融方面的特点。

---

① 《对床夜语》卷二。

二

《春望》中写到的山河、草木、花鸟等,如果不和诗人在当时当地的具体情感相联系,它本身是不能表明什么的。杜甫也写过这样的春景:

仰面贪看鸟,回头错应人。(《漫成》)
春来花鸟莫深愁。(《江上值水如海势聊短述》)
迟迟江山丽,春风花草香。(《绝句二首》)

在这些诗里,春天的"江山"是美丽的,"花草"是馨香的;春鸟是那样令人"贪看";在春天的花鸟之前,怎会有"深愁"呢?但在《春望》中,同样是春天的"山河",同样是春天的"草木"和"花鸟",却是使人"溅泪",令人"惊心"的了。这种区别说明,以上所举诗中的山、水、花、鸟,并不是纯客观的景物,而是饱和着诗人不同心情的艺术形象。这种艺术形象,景即情,情即景,情景交融而不分;因此,其中的"景"已不再是纯客观的自然景物,其中的"情",也不再是完全主观的情了。

一切文学艺术作品中的形象,无不是经过作者主观的思想感情对客观的物象加工改造之后而铸造出来的。因为诗人、文学艺术家的写物,并不是为写物而写物,也不可能完全是为艺术而艺术;他们的写物,总是为了抒发某种情志,或歌颂什么,或批判什么,这就必然要把作者的感情糅合在他所写的物象之中,通过形象来传情达意。杜甫写《春望》当然也是这样。葛立方曾说:"老杜寄身于兵戈骚屑之中,感时对物,则悲伤系之,如'感时花溅泪'

是也。"①讲的正是这个道理。所谓"悲伤系之",就正是把诗人的主观感情系之于所写的物象。如杜甫对国事的忧虑,对长安的痛惜,对家人的怀念,以及对个人的不幸遭遇,就系之于山河、草木、花鸟等物象而表达出来,就成为情景交融的艺术形象了。

客观的"物",主观的"情",这是文学艺术的两个基本要素。但物和情本身不能构成文学艺术作品,它们相触相融之后,还必须结成某种形式,也就是说,还必须通过一定的符号表现出来,才能成为文艺作品。音乐要通过声音来表现,绘画要通过线条和色彩来表现,诗歌则要通过语言文字来表达。无论什么情与景,没有语言文字,就不可能有诗歌。许多著名的文学家、诗人,也被称为语言大师,这说明怎样运用语言在诗文创作中的重要意义。文学艺术创作中怎样使物与情相结合而构成形象,主要就是个如何组织运用语言文字的问题。在物、情和言的三角关系中,语言固然是表达物情相融之形的媒介,但在文学创作中,它并不单纯是起一个媒介的作用。因为语言既是表现"物"的符号,也是表现"情"的符号,"情"与"物"都必须通过并凝结为"言"来表现,所以,在文学创作中,怎样铸造语言或运用语言,实际上承担着怎样使"物""情"结合的重要作用。

直陈实录的语言,不是文学语言,这就因为直接表达的情,或直接摹写的物,都不能成其为文学艺术。只有使情与物有一定程度结合的语言,才是文学的语言。而情景相融的程度,又往往是创造艺术形象成就高低的重要标志。我国古代文学艺术家所追求的理想境界,就是情景交融、物我不分;说杜甫的《春望》已写得"情景相触而莫分",这是一个很高的评价。因此,怎样运用语言

---

① 《韵语阳秋》卷一。

来实现情景交融,就成为文学创作上的一个重要问题。

三

在文学创作中怎样运用语言,是个相当复杂的问题。这里先从写什么和怎么写的角度,来看《春望》的写作特点。

写诗,首先存在一个写什么的问题。在安禄山乱军统治下的长安,当时可写的东西很多,杜甫为什么要写些山水花鸟,他又是怎样把这些山水花鸟和自己的思想结合起来、表现出来的呢?宋代陈善曾讲到:

> 天下无定境,亦无定见,喜怒哀乐,爱恶取舍,山河大地皆从心生。……杜子美曰:"感时花溅泪,恨别鸟惊心。"至于《闷》诗,则曰:"出门惟白水,隐几亦青山。"山水花鸟,此平时可喜之物,而子美于恨闷中惟恐见之,盖此心未净,则平时可喜者,适足与诗人才子作愁具尔。是则果有定见乎?①

陈善持论以释氏为宗,这段话对主观因素的强调虽然绝对化一些,但它在一定程度上接触到文学创作的特点和写什么、怎么写的问题。一方面,诗人的取舍,和他的喜怒哀乐之情有关,这是写什么的问题;一方面,"天下无定境,亦无定见",客观景物本身不一定能说明什么,更不能对任何人、在任何时候,都能说明同一道理。在文学创作上,是"山河大地皆从心生",关键在于这些景物怎样由作者"心生"出来。所以,山水花鸟这些平时可愉之物,却被杜甫用作"愁具"。这就是怎么写的问题了。由此可见,无论作

---

① 《扪虱新话》上集卷四。

家选取什么对象,以及他怎样来描写这些对象,都和作者的思想感情有关,都是从表达作者的思想感情出发的。

《春望》中所写"山河""草木""花鸟"等,都是些习闻常见的一般景物。为什么选取这些普通景物而又能感人至深呢?司马光对此诗的论述,为历代注家所重视,颇能说明一些问题:

> 古人为诗,贵乎意在言外,使人思而得之。……近世诗人,惟杜子美最得诗人之体。如"国破山河在,城春草木深。感时花溅泪,恨别鸟惊心":"山河在",明无余物矣;"草木深",明无人矣;花鸟平时可娱之物,见之而泣,闻之而悲,则时可知矣。①

选用最普通的景物,正是为了说明最基本的事实,概括更深广的内容。"国破"之后,"山河"总还算存在着!只说"山河在",就表明山河之外,已破坏无余了。这就对胡人践踏下的长安,作了高度真实的概括。此外,"山河在"还可引起读者更多的联想,如在谁之手,怎样存在等等。春天的山水花鸟,本来是令人愉悦,引人"贪看"的,杜甫却"见之而泣,闻之而悲",这就足见当时的整个长安是如何令人伤痛。清代诗人袁枚说得好:"人人共有之意,共见之景,一经说出,便妙。"②这对司马光的分析是一个补充。从这个角度,更可进而看到《春望》所写普通景物的妙用。因某种沉重的心情而无心观赏花鸟,甚至厌烦花鸟,或者在抑郁的深思中突然被鸟鸣犬吠所惊,这也是人之常情。《春望》的感人力量,也和它表达了人所共见之景、共有之情有关。

---

① 《司马温公诗话》。
② 《随园诗话》卷十二。

司马光的分析虽然不错,却未能从根本上说明这首诗的艺术力量由何而生。他是从"意在言外"的角度来讲这首诗的,因此,只说明了"无余物"等言外之意。但诗中明明说了诗人是在"国破"之中的"感时""恨别",则这首诗的表现方法,并不以含蓄蕴藉、意在言外为其主要特点。"山河在",确能"明无余物";"草木深",也确能"明无人"。如果我们在这个基础上,进而探知其何以会有这些言外之意,《春望》的艺术特点就更为清楚了。

当时的长安,还不可能是"山河"之外,别无他物,也不可能荒芜到只有"草木"而"无人"。这本来不是写实,却谁也不认为是歪曲现实。其所以如此,就因为这是艺术创作,艺术创作本身就不允许纯客观地写实。诗人以极度悲愤的主观感情来看当时破坏极大的长安,就真是"无余物",也"无人"迹了。这种强烈的感情,又非纯主观的东西,也不是凭空而生,它正是当时的长安春色触发起来的。"山河在""草木深"等等,不过是把这种情和景融化而成的艺术形象。这种情景交融的艺术形象,就具有丰富的言外之意了。"山河在""草木深",岂止是"明无余物"和"明无人"迹?其中没有诗人对敌人的愤怒和谴责?没有对大好的河山和春光的惋惜?没有诗人要求改变现状的急切心情?特别是"花溅泪"和"鸟惊心",要写当时长安的可悲可恨,即便是一百韵、一千韵的排律,又能写其几何?可是这六个字,概括无余了;诗人看待长安一切的心情、态度,也全部表达出来了。所以,意在言外只是情景交融的形象所产生的艺术效果。如果不用情景交融的艺术形象,而绝对真实地记录长安实景,就既非短短四十字的五律所能写完,写完了也不成其为诗歌艺术,更不可能有什么言外之意。情景分家,则说爱便是爱,说恨就只能是恨;而山、水、花、鸟之类,就什么也不能说明。所以,《春望》之所以有言外之意,根本原因是其中创造了情景交融的艺术形象。

四

有人说:"世间好语言,已被老杜道尽。"①如用这话来称扬杜甫善于运用语言,是未尝不可的;但用来说杜甫已把好的语言用完,后人再没有什么好语言可用了,这在古代就遭到许多文人的反对。如袁枚所论:

> 自古文章所以流传至今者,皆即情即景,如化工肖物,着手成春,故能取不尽而用不竭。不然,一切语古人都已说尽,何以唐、宋、元、明,才子辈出,能各自成家而光景常新耶?②

的确,不仅"好语言",一切语言古人都已用过了。但一方面天地万物的景是取之不尽,用之不竭的;一方面各个作者思想感情不同,即使同是春天的山水花鸟,不同的作者在不同的时间和地点,也可用同样的语言文字,也用"山、水、花、鸟"等字,铸造成不同的形象。这样,就永远可以"各自成家而光景常新"了。《春望》的"山河在""草木深"等等,的确是"好语言",但也不过是用古人已无数次用过的"山河""草木""在""深"等普通文字,结合作者自己的具体情景而创造出来的。这就有一个运用语言的技巧问题。清代吴见思论《春望》说:

> (杜诗)有点一字而神理俱出者,如"国破山河在","在"

---

① 《陈辅之诗话》引王安石语。
② 《随园诗话》卷一。

字则兴废可悲;"城春草木深","深"字则荟蔚满目矣。①

"在""深"二字,是最普通不过的文字了,但在这两句中确是用得神妙。杜甫的善于运用语言,也于此可见。这两个字的好,显然并不是它本身是什么"好语言",而是用得好,在整个句子中配合得好。少此二字,全联就黯然失色;有此二字,则如画龙点睛,使两句变活。其作用无他,主要就是这两个字把情和景融成一个整体而成了艺术形象。大好河山在"国破"之后,犹"在",岂不"兴废可悲"? 长安古都的春天,自然有草有木,着一"深"字,就变得"荟蔚满目"、凄凉可怖了。二句之中,虽无"情"字,却情溢其间,这就是"在""深"二字的作用了。

有人认为:"杜诗好处无他,但是入手来重,如'国破山河在'一句便重。"②什么是"重"呢?当然要关涉重大,分量才重。但仅仅是题大意广,虽道尽沧桑之变,不一定就能给人以"重"的感觉。"国破山河在"给人的感受,主要是感情的深重,但这又和杜甫对整个国事的关怀分不开。系一己之情于"国破",寓个人之感于"山河",这就有万钧之重了。这个"重",仍是由情与景的结合而生的。"入手重"也是杜诗的一种表现方法,虽然未必是全部杜诗的"好处",至少是《春望》一诗的显著特点之一。

前人总结杜诗经验中,还有所谓"加一倍写法"。清代施补华曾说:"感时花溅泪,恨别鸟惊心"二句,"是律句中加一倍写法"③。意思是把本来可喜可乐的花鸟,写得不仅不可喜乐,反而使人溅泪、惊心。运用这种"加一倍写法",就更须情和景的高度

---

① 《杜诗论文·总论》。
② 《环溪诗话》。
③ 《岘佣说诗》。

结合。自然的花鸟是"无定境""亦无定见"的,要把作者的情融入花鸟,使其声容变得令人可惊可怖;作者又见而增其悲感,更觉花鸟是使人溅泪、惊心的。在这个过程中,人和花鸟融为一体了,写人即写花鸟,写花鸟即写人。只有这样,才能用"加一倍"的语言手段,把可爱的花鸟写得可惊可怖。杜甫的"好语言",就是这样创造出来的。

以上是试图解剖《春望》这只麻雀,说明文学创作中情、物、言三者的关系。古人论及这首诗的很多,他们虽不是直接讲情、物、言的关系,但如以上所引部分论述,对我们探讨这问题是有参考意义的。其实,他们所讲的,也不外是这三个问题。如何处理情、物、言三者的关系,既是文学创作上的重大问题,也是文学理论上的重大问题,情况是很复杂的。这篇小文,只是结合《春望》略作初步探讨。

诗学之正源,法度之准则

——关于赋比兴

近来读到论赋比兴的文章甚多。对赋比兴的理论、概念,在诗歌创作中的运用,赋比兴的发展历史及其与形象思维的关系等,各家已作了精辟的论述。我很赞成胡念贻同志的意见:"无论是对于诗歌创作或对于文艺理论批评来说,开展一场对于赋、比、兴问题的讨论,都是有意义的。"①当然,单纯在概念上继续纠缠已没有必要了,如能从这份在古代诗歌创作和理论批评中运用了长达数千年的宝贵遗产中,总结出某些可取的经验或规律性的东西来,以利于发扬民族传统和繁荣社会主义的文学艺术,则继续深入讨论,就很必要了。

赋比兴和形象思维有着密切的关系,又是我国古代诗歌创作的重要传统,因此,在赋比兴的使用发展过程中,必然体现出我国古代诗歌创作中艺术构思的某些民族特色。本文就试图从这方面作些探讨。

---

① 《论赋、比、兴》,《文学评论丛刊》第1辑第55页。

一

　　元代诗人杨载称赋比兴为"诗学之正源,法度之准则"①。从《诗经》开始的一部三千年中国诗歌史来看,这种说法是有道理的,由此可见赋比兴在我国古代诗歌创作中的重要地位。赋比兴作为我国古代诗歌创作的一个优良传统,其重要性是有一个发展过程的。

　　汉儒对赋比兴的解释,虽互有出入而不尽正确,但这不仅是认识赋比兴的开始,而且对后来的创作和理论都发生了长远的影响,对赋比兴这一传统的形成,起着相当重要的作用。即如《毛传》和郑玄等以讽谕说诗,其穿凿附会之解,虽然大多不是《诗经》民歌的原意,但对后世诗人有意写讽谕诗却不无影响。汉儒说诗者甚多,仅现在所能看到的,就有《毛传》、孔安国、郑众、郑玄诸家,对赋比兴作过不同的解说。同是解经而各说不一,这并不奇怪。文学创作本来是一种复杂现象,要用任何一种简单说法来解释全部《诗经》都是困难的,何况他们不是把《诗经》当做诗歌艺术来认识,而是当做儒家封建政治的教科书来进行说教,文不对题,怎不弄得支离破碎而矛盾百出呢?但从汉代出现对赋比兴种种不同的解释这一现象,却至少可以说明:汉代已较普遍地注意到赋比兴的诗歌表现方法,并初步接触到我国古代诗歌的表现特点了。《礼记·学记》中讲到:"不学博依,不能安诗。"郑注:"博依,广譬喻也。"孔疏:"此教诗法也……若不学广博譬喻,则不能

---

① 《诗法家数·诗学正源》,《历代诗话》本。

安善其诗,以诗譬喻故也。"①不直说,而以各种各样的譬喻来抒情言志,这是我国古代诗歌很早就具有的显著特点。汉人对比兴的解释,无论是郑众的"比方于物"或"托事于物",还是郑玄的"取比类以言之"或"取善事以喻劝之"②,都涉及诗歌创作的这一基本特点。汉以后的诗作和诗论,主要是沿着这一基本特点而逐步丰富和发展的。

对赋比兴的认识,到齐梁时期是一个重要发展阶段。刘勰在《文心雕龙》中对比兴作了专篇论述。沿着汉人的基本观点,刘勰对比兴的特点、要求、运用范围作了比较全面的论述,提出了"触物圆览""拟容取心"等重要见解。钟嵘继刘勰之后,除在《诗品序》中对赋比兴的解释有新的发展外,又提出赋比兴三者应综合运用的重要主张。这些论著的出现,标志着赋比兴在汉魏以来的新发展。

到了唐代,赋比兴的运用得到了相当普遍的重视。如白居易称张籍是"风雅比兴外,未尝著空文"③。他自己"关于美刺比兴"的讽谕诗也多达一百五十首④。至于李白、杜甫等诗人,用比兴方法写的诗就更多,这从《诗比兴笺》中可以看出:陈沆选汉魏到隋唐用比兴写成的诗共四百余首,其中唐代二百七十多首,约为全书的百分之六十,这就可见唐人用比兴的一斑了。值得注意的是柳宗元提出的如下观点:

  文有二道:辞令褒贬,本乎著述者也;导扬讽谕,本乎比

---

① 世界书局影印阮刻《十三经注疏》第 1522 页。
② 《周礼·春官·大师》注,同上第 796 页。
③ 《读张籍古乐府》,《白氏长庆集》卷一。
④ 《与元九书》,《白氏长庆集》卷四十五。

兴者也。……比兴者流,盖出于虞夏之咏歌,殷周之风雅,其要在于丽则清越,言畅而意美,谓宜流于谣诵也。兹二者,考其旨义,乖离不合,故秉笔之士,恒偏胜独得,而罕有兼者焉。①

柳宗元所说这两种"乖离不合"的"文",显然一指学术论著之文,一指文学艺术之诗。他用"比兴者流"来代指诗歌,这很足以说明:在唐代一些诗人的心目中,比兴是诗歌创作的主要方法。唐宋以后,以比兴为特征的诗歌创作方法,就被视为"诗学之正源,法度之准则"了。到了清代,不仅有人认为"文无比兴,非诗之体也"②;陈廷焯还认为:"伊古词章,不外比兴"③,这就把比兴方法扩大为一切词章的写作特点了。于此可见比兴方法对我国古代文学影响之深远。

柳宗元和陈廷焯的说法,应该说都是有识之见。不仅是诗,一般文学艺术创作,都会直接或间接、有意识或无意识地运用比兴方法。从广义的诗来看,如汉代的辞赋,就不是单纯的"直陈其事"。刘勰认为赋的特点是"铺采摛文,体物写志";"原夫登高之旨,盖觌物兴情。情以物兴,故义必明雅;物以情观,故词必巧丽"④。刘熙载论赋,主张"赋兼比兴,则以言内之实事,写言外之重旨。……不然,赋物必此物,其为用也几何!""赋之为道,重象尤宜重兴。兴不称象,虽纷披繁密而生意索然,能无为识者厌

---

① 《杨评事文集后序》,《柳河东集》卷二十一。
② 冯班《钝吟杂录》,《清诗话》中华书局排印本第39页。
③ 陈廷焯《白雨斋词话·自叙》。
④ 《文心雕龙·诠赋》。

乎？"①洪迈曾举杜牧《阿房宫赋》中"明星荧荧，开妆镜也。绿云扰扰，梳晓鬟也。渭流涨腻，弃脂水也。烟斜雾横，焚椒兰也。雷霆乍惊，宫车过也。辘辘远听，杳不知其所之也"。而谓"比兴引喻，如是其侈"②。所以，赋中是可以、也应该用比兴的。在诗的基础上发展起来的词，就更强调比兴了："词原于诗，即小小咏物，亦贵得风人比兴之旨。"③"诗有赋比兴，词则比兴多于赋。"④"词与诗之不同虽匪一端，而大较诗则有赋比兴三义，词则比兴为高，才入赋体，便非超诣矣。"⑤这说明：诗、赋与词，虽然各有特点，但从文学艺术的基本创作规律看，都和比兴方法密不可分。

"诗画本一律"⑥。不仅诗、词、赋通用比兴，和诗歌艺术特点相近的绘画，也常用比兴方法：

> 故诗人六义，多识于鸟兽草木之名，而律历四时，亦记其荣枯语默之候；所以绘事之妙，多寓兴于此，与诗人相表里焉。⑦

> 郑思肖……工画墨兰。尝自画一卷，长丈余，高可五寸许，天真烂熳，超出物表。题云："纯是君子，绝无小人。"⑧

> 顾翰……画山水出入董、米、倪、吴间，多不署名。至题

---

① 《艺概·赋概》，上海古籍出版社排印本第97—98页。
② 《容斋随笔》，上海古籍出版社排印本第882页。
③ 蒋敦复《芬陀利室词话》卷三，《词话丛编》本。
④ 沈祥龙《论词随笔》，《词话丛编》本。
⑤ 蒋兆兰《词说》，《词话丛编》本。
⑥ 苏轼《书鄢陵王主簿所画折枝二首》，《苏东坡集》前集卷十六。
⑦ 《宣和画谱·花鸟叙论》，《画史丛书》第2册第163页。
⑧ 夏文彦《图绘宝鉴》卷四，《画史丛书》第2册第126页。

《荆棘》曰:"都无君子,纯是小人。"①

作诗须有寄托,作画亦然。旅雁孤飞,喻独客之飘零无定也。闲鸥戏水,喻隐者之徜徉肆志也。松树不见根,喻君子之在野也。杂树峥嵘,喻小人之暱比也。江岸积雨而征帆不归,刺时人之驰逐名利也。春雪甫霁而林花乍开,美贤人之乘时奋兴也。②

以上仅从宋、元、明、清各举一例,已足说明:在我国古代绘画中,"托物寓兴"③的比兴方法是屡见不鲜的。画家进行创作,如果要表达一定的思想感情,而不是纯客观地模写物形,自然就会采用"托物寓兴"的比兴方法,这确是"与诗人相表里"的。元初以画无根兰表现强烈爱国思想的郑所南,曾以不杂他物而题以"纯是君子,绝无小人"的巨幅墨兰,表现其高洁雅正的情怀,这是人所熟知的画史佳话。明英宗时期,阉人王振揽政,威福刑赏,不由人主。画家顾翰,便作荆棘一丛,题以"都无君子,纯是小人",令人读之称快。郑、王二人,一正一反,都以托物寓兴的方法,在绘画中十分巧妙而有力地表现了他们的思想感情。

以上事实说明,赋比兴是我国古代诗歌创作的一个重要传统。这个传统不仅有长达三千年的历史,而且在诗、赋、词和绘画中,都得到广泛的运用,发挥了良好的作用。

---

① 徐沁《明画录》卷三,《画史丛书》第 3 册第 29 页。
② 盛大士《溪山卧游录》卷二,《画论丛刊》第 410 页。
③ 《宣和画谱》卷二十,《画史丛书》第 2 册第 253 页。

二

从当前对赋比兴的研究情况来看,有两个问题须要加以探讨:第一,赋比兴是一个逐步发展变化着的诗歌表现方法,其发展变化的基本趋势是什么? 第二,赋比兴是否仅仅是一个表现技巧? 明确这两点,对我们进一步认识这一优秀传统的重要性,是有必要的。

照汉人以"比方于物"和"托事于物"释比兴的观点,似乎比兴方法主要是个技巧问题;再据刘勰"比显而兴隐"的说法,视"比"为明喻,"兴"为暗喻,也未尝不可。但如果把我国古代赋比兴这一传统整个理解为明喻暗喻之类修辞手段,那么,这个传统就没有多大价值了;当然,更主要的是,这是否符合历史事实。近来有同志对此提出新解,认为比"就是明喻和隐喻,指的是修辞手法",兴则"既指艺术手法,又指艺术境界"[1]。这就不同意比兴都仅仅是修辞手法的观点了。对"比"的解释,突破前说,实为高见。对"兴"的解释却有可疑:如"境界"指通常说的艺术境界之"境界",那是从艺术创作过程所产生的结果,"艺术手法"则是创造这种结果的手段,能否说手段是"兴",结果也是"兴"? 所以,这样理解,仍觉或有未妥。赋比兴是个历史概念,复杂多变,要为它明确立界说而通用于三千年来的诗歌创作,是有困难的。我对此既是知难而退,也觉没有纠缠于此的必要。但既要讨论赋比兴,总得有个称谓,只好姑以"方法"称之。这不过为了避免把赋比兴仅仅说成是个技巧问题,因两汉以后诗论中讲到的"比兴",常常不

---

[1] 林东海《说"兴象"》,《文学评论丛刊》第 1 辑第 36—37 页。

单指技巧,而和思想内容密切联系着。称"方法",就既不排斥技巧,而作为艺术方法的概念,也是可以包括思想的。

赋比兴的发展变化,情况虽很复杂,但有一个基本倾向是值得注意的,就是它由简单的表现技巧逐渐向侧重思想内容的方向发展,特别是三唐以后,"比兴"一词常常和思想内容密不可分。这个传统之可珍贵,除了它为古代诗歌创作提供了一套符合艺术规律的表现技巧外,更在于它重思想内容的要求,而具有把诗歌创作的艺术性和思想性熔为一炉之功。下面就重点探讨它的这一变化情况。

晋代挚虞对赋比兴的解释是:"赋者,敷陈之称也;比者,喻类之言也;兴者,有感之辞也。"①这和汉人的解释开始有所不同了,以"有感之辞"释"兴",显然就不再指单纯的艺术技巧。到齐梁时期的刘勰、钟嵘,这个发展趋向就逐渐明显起来:"起情,故兴体以立;附理,故比例以生。比则蓄愤以斥言,兴则环譬以记(托)讽。"②"文已尽而意有余,兴也;因物喻志,比也;直书其事,寓言写物,赋也。"③这里,不仅"起情""附理""喻志"和作者的思想有联系,而且要"蓄愤以斥言""环譬以托讽",要使"文已尽而意有余",这就是要求用比兴方法来表现充实的思想内容了。

这个发展趋向,到唐代为一大变。首先是陈子昂在高倡"汉魏风骨"中提出的:"齐梁间诗,采丽竞繁,而兴寄都绝。"④随后,

---

① 《文章流别论》,《全上古三代秦汉三国六朝文》中华书局影印本第1905页。
② 《文心雕龙·比兴》。
③ 《诗品序》。
④ 《修竹篇序》,《陈子昂集》中华书局排印本第15页。

白居易更大力加以提倡：

> 诗之豪者,世称李、杜。李之作,才矣奇矣,人不逮矣,索其风雅比兴,十无一焉。杜诗最多,可传者千余首,至于贯串今古,觙缕格律,尽工尽善,又过于李。然撮其《新安吏》《石壕吏》《潼关吏》《塞芦子》《留花门》之章,"朱门酒肉臭,路有冻死骨"之句,亦不过三四十首。杜尚如此,况不逮杜者乎！①

他们所强调的"兴寄"或"比兴",就是要求继承《诗经》的传统,用比兴方法来表达有现实意义的思想内容。两家所说的"比兴",都不仅和思想内容有关,甚至被直接当做思想内容的代词了。特别是白居易,他认为即使李、杜的作品,称得上"比兴"的也为数不多;要像"朱门酒肉臭,路有冻死骨"这种有强烈现实意义的诗歌,才是"比兴"。由此可见,在唐人心目中,"比兴"不仅是要求有充实的思想内容,而且成了他们对诗歌创作所追求的最高理想。于此,"比兴"这一传统方法在我国诗歌史上的地位就更加巩固、更为提高了。

重内容的发展趋势,唐代以后出现又一新的倾向:更侧重于"兴"。在古代诗论中,有时只说"兴",实为"比兴"的省称;有时虽讲"比兴"而实指"兴"。为什么不用"比"来代"比兴"、不用"比兴"来代"比"呢？这就和"兴"的特点有关。从赋比兴整个发展变化的历史来看,其所以有它的发展变化,不外两个原因:一是基于诗歌创作的不断发展,一是谈诗歌理论的人对诗歌艺术的认识逐步提高加深。赋比兴由表现技巧到重内容,再由重内容到侧重

---

① 《与元九书》,《白氏长庆集》卷四十五。

"兴",就是这两个原因的折射。

对"比"和"兴"的偏重,有一个曲折的发展过程。汉以后曾出现过"日用乎比,月忘乎兴"的时期,刘勰认为这是"习小而弃大",他是十分不满的。这种情形的出现,刘勰认为是由于:"炎汉虽盛,而辞人夸毗,诗刺道丧,故兴义销亡。"①这里也透露了刘勰重兴的原因:汉人倾心于形式主义的辞赋,却丢掉了《诗经》的美刺传统。这段曲折的历史说明:重兴和重内容的倾向是一致的。但重兴还不仅仅是重内容。

刘勰之前,有《毛传》独标兴体。这被一般人理解为是由于"比显而兴隐"。如果不局限于解经,而从文学艺术的特点着眼,可能正由于"兴隐"才是被后人重视的原因。单是"比",文学艺术的特点是不明确的。先秦诸子善用"比"的很多,当时的外交辞令也常用比喻,却不一定是文学创作。"兴"在解经上固然曾带来不少麻烦,那不过是庸人自扰;在文学上,它却以其托物寓情而构成兴象的特点,为后世文学艺术家所注目。所以,重兴,是在重内容的基础上,又具有要求通过一定的艺术形象来表现其内容的意义。下面先看宋人重兴的原因:

自古工诗未尝无兴也,觊物有感焉则有兴。②

圣人于诗言,曾不专其中;因事有所激,因物兴以通。③

两家所论,说明一个共同的道理:诗歌创作必须由感物起兴而产生。由感物起兴而写成的诗,既有真情实感而内容充实,又能情

---

① 以上引文均见《文心雕龙·比兴》。
② 李颀《古今诗话》,郭绍虞《宋诗话辑佚》燕京本卷上第273页。
③ 梅尧臣《答韩三子华韩五持国韩六玉汝赠述诗》,《宛陵集》卷二十七。

物相通,情景交融。所以,杨万里说:"大氐诗之作也,兴上也,赋次之,赓和,不得已也。"①赋诗与和诗之所以次于兴诗,就因为没有对物的直接感受,诗人的情感就很难"因物兴以通"。特别是南宋罗大经,更具体地比较了兴优于赋、比的特点。他说:

> 诗莫尚乎兴。……盖兴者,因物感触,言在于此,而意寄于彼,玩味乃可识,非若赋、比之直言其事也。故兴多兼比、赋,比、赋不兼兴,古诗皆然。②

因感物起情的"兴"有寄意言外的特点,它可兼有赋、比之义;"直言其事"的赋、比,就不具备这种特点。所以,他认为"诗莫尚乎兴"。

到了清代,对兴的特点就认识得更为清楚,因而更为重兴了。方东树沿罗大经说又有了新的发展。他认为:"又有兴而兼比者,亦终取兴不取比也。若夫兴在象外,则虽比而亦兴。然则兴,最诗之要用也。"③照方东树这种说法,用比兴方法做到"兴在象外",那就"虽比而亦兴";可见用"比"也是可以"兴在象外"的。这样说是不是比、兴毫无差别呢?照方东树的说法,比和兴只不过是程度的不同:能够做到"兴在象外"就虽比亦兴,比、兴一致;做不到"兴在象外",只能"以物相比"的仍然是"比"。罗大经的"兴兼赋、比"说、方东树的"虽比亦兴"说,正是唐宋以后比兴合用趋势的反映。把比兴作为一个总的表现方法运用于诗歌创作,那就意味着"比"的方法虽可以用,但不能满足于简单的以此比

---

① 杨万里《答建康府大军库监门徐达书》,《诚斋集》卷六十七。
② 《诗兴》,《鹤林玉露》地集卷四。
③ 《昭昧詹言》卷十八,汪绍楹校点本第419页。

彼,而要有兴象,要通过生动的形象来表达丰富的思想感情。这就正是唐宋以后重兴的底蕴之所在。

在清代诗词论著中,类似罗、方主张的甚多。清人重兴,还不仅在于这种表现方法,可以通过"兴在象外"的手段来形象地表达思想感情,他们对兴还有更深的理解和更高的要求。如陈廷焯在论词中提出的:

> 或问比与兴之别,余曰:"宋德祐太学生《百字令》《祝英台近》两篇,字字譬喻,然不得谓之比也。以词太浅露,未合风人之旨。如王碧山《咏萤》《咏蝉》诸篇,低回深婉,托讽于有意无意之间,可谓精于比义。若兴则难言之矣。托喻不深,树义不厚,不足以言兴。深矣厚矣,而喻可专指,义可强附,亦不足以言兴。所谓兴者,意在笔先,神余言外,极虚极活,极沉极郁,若远若近,可喻可不喻,反复缠绵,都归忠厚。……"①

既然"字字譬喻",为什么"不得谓之比"呢?如果从上面所讲唐宋以后比兴融合的发展趋向来看,他这样说就不是没有原因了。按陈氏要求,要"低回深婉,托讽于有意无意之间"的写法才是"比"。这种"比",也就是方东树说的"虽比而亦兴"了。当然,这是"精于比义"者才能做到的。也就是说,这是他对"比"的最高要求。而这个要求,实质上是向"兴"靠拢,也就是使"比兴"融合。陈、方都从不同的角度,说明比兴之别,只是形象化的程度不同。对于"兴",陈廷焯的要求就更高了。不仅没有深厚的喻意算不上"兴","喻可专指,义可强附",仍然不是理想的"兴"。意义

---

① 《白雨斋词话》卷六,杜未末校点本第158页。

深厚而不专指某一具体事物,也不能把某一具体思想强附上去,这样的"兴",就是指具有高度概括性的艺术创作了。论"比兴"于此,又是一大发展。

从"比兴"的这种发展演变情况来看,显然不能把它仅仅视为一个艺术技巧,它还要求用生动的物象、高度概括的描写,来表达深厚的思想内容和丰富的现实意义。当然,这是就其精华来说,就其发展的成熟阶段来说;如果只着眼于它的原始意义,不扬弃那些儒家的狭隘教义,是无法认识我国古代这份优秀遗产的可贵之处的。

三

毛泽东同志在给陈毅同志论诗的信中提出:"诗要用形象思维,不能如散文那样直说,所以比、兴两法是不能不用的。"赋虽侧重于直叙,但"其中亦有比、兴"。这不仅指杜甫的《北征》,也概括了一般以赋为主的优秀诗歌;纯粹直说,那就不是诗。这说明赋比兴的表现方法和形象思维有着密切的关系。诗歌创作的形象思维,为什么必须用比兴两法,形象思维和比兴两法的具体关系何在,这是研究赋比兴这一重要传统所必须加以探讨的。下面打算从两个方面来看比兴两法和形象思维的关系。

首先从比兴方法怎样使情与物相融而成诗来看。

宋人胡寅称:"赋比兴,古今论者多矣,惟河南李仲蒙之说最善。"[①]李说如下:

---

① 《致李叔易》,《斐然集》卷十八。

> 叙物以言情,谓之赋,情物尽也;索物以托情,谓之比,情附物者也;触物以起情,谓之兴,物动情者也。①

此说一出,宋代王应麟《困学纪闻》、明代杨慎《升庵诗话》、王世贞《艺苑卮言》、清代刘熙载《艺概》等有影响的论著,均予著录。这说明李仲蒙对赋比兴的解释,是颇为后人所重视的。其说之可取,主要就在他是从情与物的关系来论赋比兴。怎样处理情与物的关系,这是文艺创作的根本问题。一切文学艺术都是由情与物相结合而产生的。古代有识于此的文学家已经很多了。叶适论诗歌创作曾说:"故善为是者,取成于心,寄妍于物,融会一法,涵受万象……此唐人之精也。"②诗,就是作者的思想感情借助于物象,使情物相融而成。所以,谢榛就直截了当地讲:"夫情景相触而成诗,此作家之常也。"③李仲蒙论赋比兴,正把握住文学创作的这两个基本环节。前人论赋比兴,也在不同程度上接触到这个问题,如钟嵘所讲"因物寓志""寓言写物"等,但不如李仲蒙集中和明确。李仲蒙认为"赋"是叙物言情,使诗歌情物皆备。"比"是"索物以托情","兴"是"触物以起情",这就对文学创作的情物关系作了最基本的概括。在文学创作中,情与物的关系不外这样两种:或者是"情附物",作者有了某种思想感情,便索取适当的物象来表达;或者是"物动情",一定的事物触发起作者的某种情感,因而通过对这种事物的描写来表达其情。"索物以托情"和"触物以起情"的比兴两法,讲的就是这两种情况。"叙物以言情"的

---

① 《致李叔易》,《斐然集》卷十八。李文各本略有出入,此据《四库全书珍本初集》本。
② 《徐道晖墓志铭》,《水心文集》卷十七。
③ 《四溟诗话》卷二,宛平校点本第121页。

"赋",在实际创作中,不属于前者就属于后者。

李仲蒙论赋比兴的价值就在这里,它概括了诗歌创作的基本规律,明确了无论是用赋或比兴,都是通过物象来表达思想感情。运用比兴两法必须进行形象思维,原因就在这里。因为用物象来表达思想感情,必须把思想融会在事物的形象之中,这个思想和物象相融合的活动过程,就是进行形象思维了。所谓形象思维,就是把思想感情融会在形象之中进行的思维活动。比兴两法实际是把这种活动具体化了,就是说,在艺术创作中可以由两个途径来进行形象思维:一是"索物以托情",一是"触物以起情"。

就"索物以托情"来说,自然首先是要有情,没有情就不会去"索物以托情"。王叔武作过一个很好的对比:"夫文人学子,比兴寡而直率多。何也?出于情寡而工于词多也。"相反,"此唱而彼和"的民歌,却"无不有比焉兴焉"。为什么民歌的比兴比文人多呢?"无非其情焉"[1]。要有丰富的情才能用比兴,丰富的情也必须用比兴才能表达出来。吴乔所论就说明了这点:

> 人有不可已之情,而不可直陈于笔舌,又不能已于言:感物而动则为兴,托物而陈则为比,是作者固已酝酿而成之者也。所以读其诗者,亦如饮酒之后,忧者以乐,庄者以狂,不知其然而然。[2]

文学艺术是完全可以产生使"忧者以乐,庄者以狂"的艺术效果的。比兴方法就是创造这种效果的重要手段,而且能把作者欲罢不能的强烈感情充分表现出来。但是,用比兴方法来表达这种

---

[1] 李梦阳《诗集自序》引,《李空同全集》卷五十。
[2] 《围炉诗话》卷一。

情,必须通过形象思维。当作者心中有了"不可已之情"而无从表达时,他"感物而动",就找到表达其强烈感情的途径了。这个"感物而动",就是李仲蒙所说的"触物以起情"。这里需要研究的是,已有"不可已之情",再"触物以起情",是不是有矛盾呢?当然不矛盾。第一,李仲蒙说的"触物以起情"是兴,吴乔讲的"感物而动"也是兴,吴说只不过是"感物而动情"的省略。第二,艺术创作的认识过程是在由物而情,由情而物;再由物而情,由情而物的不断循环、逐步加深之中进行的。当艺术家的认识过程经若干次循环而再进入"触物以起情"时,他头脑中的这个"情",已不是抽象的情,而是结合物象的"情"了。这样,他才能够"托物而陈",用物的形式把情表达出来。艺术创作的特殊思维规律——形象思维,就是这样形成的。这就是用比兴方法来表达思想感情必须运用形象思维的根本原因。

再从"触物以起情"来看,所谓"触物",并不是偶有所触就能写出好诗。古人确是写过不少偶感或即兴式的诗,也有不少是写得很出色的。但凡是能写出好诗的,诗人的偶触偶感,不过是上述物情循环不已的认识过程的一个阶段,没有在整个认识过程中积累的对物的认识基础,只凭一时的偶触偶感,是不可能写出好诗来的。进行形象思维,必须建立在对物的深入观察了解的基础之上。所以刘勰讲比兴,就特别强调"触物圆览"。贺方回更提出"比兴深者通物理"的主张[1]。王夫之曾讲到:

> 《小雅·鹤鸣》之诗,全用比体,不道破一句,三百篇中创调也。要以俯仰物理,而咏叹之,用见理随物显,唯人所感,

---

[1] 《王直方诗话》引,《宋诗话辑佚》燕京本卷上第963页。

皆可类通；初非有所指斥一人一事，不敢明言，而姑为隐语也。①

其所以要用比兴，并不是不愿明言，根本原因是为了创造出可使人"类通"的艺术形象。这就必须"俯仰物理"，随客观事物的具体特点来思考。要"俯仰物理"，必须首先精通物理，然后才能把作者的思想融会于物，以求"理随物显"。这个由"俯仰物理"到"理随物显"的过程，就既是用比兴方法的过程，也是进行形象思维的过程。王夫之讲的是运用比兴方法的情况，却正好反映了进行形象思维的特点。这说明，比兴两法之所以必须运用形象思维，就因二者常常是密不可分的。

下面再从诗歌创作中怎样创造"含蓄无穷""兴在象外"的艺术境界，来看比兴方法和形象思维的关系。

"诗贵含蓄"是我国古代诗歌的传统观点之一。"诗之至处，妙在含蓄无垠"②；若"诗无言外之意，便同嚼蜡"③。在诗歌创作上，如果把所写事物实录无余，或者把作者的心意和盘托出，话尽意止，那就毫无诗味。应该说明：这里说的"含蓄"，不能仅仅视为诗歌风格之一的含蓄。"古人说雄深雅健，此便是含蓄不露也。"④以"雄深雅健"释"含蓄"，虽未必当，却可说明，含蓄并非仅属诗歌风格之一，而是我国古代对诗歌创作的一个基本要求。一定要说是诗歌风格，就应该说是我国古代诗歌的民族风格。就以司空图所论"含蓄"一格来看，所谓"不著一字，尽得风流"，所谓

---

① 《薑斋诗话》卷二，夷之校点本第159页。
② 叶燮《原诗》内篇下，《清诗话》第584页。
③ 袁枚《随园诗话》卷二，朱坎校点本第41页。
④ 《漫斋语录》，《诗人玉屑》卷十引。

"浅深聚散,万取一收",也显然具有诗歌艺术的共同因素。孙联奎云:"纯用烘托,无一字道着正事,即'不著一字';非无字也。""万取,取一于万;即'不著一字'。一收,收万于一;即'尽得风流'。"①翁方纲说:"夫谓'不著一字',正是谓函盖万有也。"②由此可见,诗贵含蓄实指诗歌艺术要求高度凝炼概括的共同特点。

其实,一切文学艺术,都要求通过有限的描写,表达丰富的内容。这种认识在古代已很普遍了:"天下之文,莫妙于言有尽而意无穷。"③绘画也要求"笔有尽而意无穷"④,"画有尽而意无穷"⑤。诗歌创作是以更有限的篇幅来表达欲言难尽的思想感情,这就需要更为含蓄的表达方法。所以,对"言有尽而意无穷"这话⑥,苏轼特别赞赏,曾谓:"言有尽而意无穷者,天下之至言也。"⑦要把诗歌写得含蓄无穷,"其妙不外寄言而已":

> 含蓄无穷,词之要诀。含蓄者,意不浅露,语不穷尽,句中有余味,篇中有余意,其妙不外寄言而已。⑧

所谓"寄言",就是比兴方法。把作者的思想感情寄寓在物象之中,而不是直接明言,就有可能产生"含蓄无穷"之妙。如杜甫《春望》中的:"国破山河在,城春草木深。感时花溅泪,恨别鸟惊心。"

---

① 孙昌熙、刘淦校点《司空图〈诗品〉解说二种》第26—27页。
② 《神韵论》下,《复初斋文集》卷八。
③ 袁中道《淡成集序》,《珂雪斋文集》卷二。
④ 王昱《东庄论画》,《画论丛刊》上卷第261页。
⑤ 方薰《山静居画论》卷下,《画论丛刊》下卷第459页。
⑥ 此语原出钟嵘《诗品序》中的"文已尽而意有余"。到宋代经苏轼、吕本中、严羽等引用而广为流传。
⑦ 姜夔《白石道人诗说》引,《历代诗话》本。
⑧ 沈祥龙《论词随笔》,《词话丛编》本。

司马光分析说:"山河在","明无余物矣";"草木深","明无人矣";"花鸟平时可娱之物,见之而泣,闻之而恐,则时可知矣"①。诗人感时伤乱之情,用这种"寄言"的方法来表达,就"意不浅露,语不穷尽"而余味无穷。

以上所述说明:诗贵含蓄,并非吞吞吐吐,不敢直言,主要是为了把诗歌写得既富诗味而又余意无穷;在形式和内容方面,都有较高的要求。实现这种要求的基本方法,"不外寄言而已",亦即用比兴方法来寄意言外而已。

寄意言外是古代诗歌创作中普遍使用的一种表现方法。这种方法出现于《诗经》而盛行于唐代。唐代诗人曾多次提出这一要求和总结这方面的经验:一是"兴在象外"说。清代冯班谓:"盛唐之诗,如空中之音,相中之色,水中之月,镜中之象,种种比喻,殊不如刘梦得云'兴在象外'一语妙绝。"②刘梦得的原话是:"诗者其文章之蕴耶! 义得而言丧,故微而难能。境生于象外,故精而寡和。"③"境生象外"和"兴在象外"的基本含意相同。一是"兴象"说。殷璠为反对形式主义而主张"兴象",曾讲到:"理则不足,言常有余,都无兴象,但贵轻艳。"④再一种是颇为近人重视的"象下之意"说,即皎然论比兴所讲:"取象曰比,取义曰兴,义即象下之意。凡禽、鱼、草、木、人物、名数,万象之中,义类同者,尽

---

① 司马光《续诗话》,《历代诗话》本。
② 《严氏纠谬》,《钝吟杂录》卷五。
③ 《董氏武陵集纪》,上海人民出版社《刘禹锡集》第173页。
④ 《四部丛刊》本《河岳英灵集·序》。其中"兴象"二字,《全唐文》卷四三六作"比兴"。《文镜秘府论·定位》中引作"兴象",当以"兴象"二字为准。又,朱自清认为"比兴"即"兴象"。见《诗言志辨·赋比兴通释》注十九。

入比兴。"①到了晚唐,则有司空图提出的"象外之象""景外之景"②、"韵外之致""味外之旨"③等。诸说虽各不尽同,但可概言,都是唐人重比兴的产物;其着眼点各异,但实质上讲的是一个问题。

先看"兴象"。《说文》:兴者,起也。《集韵》:兴者,象也。但"兴象"显然不指单纯的物象。孔颖达是看到这点的。他说兴是"取譬引类,起发己心,《诗》文诸举草木鸟兽以见意者,皆兴辞也。"④要起发己心而能"见意"的形象,才是"兴象",所以,"兴象"和"意象"的概念是近似的。"意象"这个词出现得较早。刘勰在《神思》篇曾讲到:"独照之匠,窥意象而运斤。"这个"意象"指意想中的形象,和后来的"意象"虽略有不同,但它明显地是一个艺术构思的范畴。早于刘勰的王弼曾谈到过意和象的关系:"夫象者,出意者也。……象生于意,故可寻象以观意。"⑤"意象"这个词正是由这种关系构成的。由此可见,"意象"或"兴象"是在形象和思想相结合的艺术构思活动中产生的;这种构思活动,就是进行形象思维了。

"兴象"既是创造借"草木鸟兽以见意"的形象,这种"兴象",也就是"兴在象外"了。他如"象外之象"诸说,也是一个道理。不过,"象外之象"的后一个"象"就不可能是单纯的形象。在艺术创作中,如果不是为了表达某种思想感情,形象之外的形象就

---

① 《诗式·用事》,《历代诗话》本。
② 《与极浦书》,《司空表圣文集》卷三。
③ 《与李生论诗书》,《司空表圣文集》卷二。
④ 《毛诗序》疏,《十三经注疏》第271页。
⑤ 《周易略例·明象》。

毫无意义,即使以象形为主要表现方式的绘画,也无不如此:"画固以象形,然不可求之于形象之中,而当求之于形象之外。"① 形象之外的东西,就是通过画面透露出来的思想。"象下之意"的说法之所以受人重视,就因为它比较明确地讲出了这种特点:思想是透过形象表现出来的。

用比兴方法来实现"言有尽而意无穷"的艺术手段,就是要创造富于概括性的艺术形象,"取一于万",然后才可能"不著一字"而"函盖万有"。因为这种形象是从众多事物中提炼出来的,是饱和着作者的思想感情而又具有一定共性特征的生动形象,这种形象的含意自然就不限于它本身,而是"兴在象外",它就具有诸如"象外之象""味外之旨"一类特点。这样来进行创作,在构思中"万取一收",当然不能没有逻辑思维,却又具有不同于逻辑思维的显著特点,就是紧紧结合着具体形象的形象思维。所以,创造"兴象""象外之象"和"兴在象外"之类的比兴方法,就是我国古代诗歌创作中运用形象思维的具体方法。

四

和形象思维密不可分的赋比兴,它的发展过程已显示出我国古代诗歌创作中艺术构思的基本特色了。根据这种特色,最后谈几点粗浅认识。

任何一个民族的文学艺术,都有其传统的表现形式和独特的艺术风格。这种民族形式和风格的形成,是与它在艺术创作中怎样构思分不开的。赋比兴既然是和形象思维密不可分的传统方

---

① 董棨《养素居画学钩深》,《画论丛刊》下卷第468页。

法,则运用赋比兴来进行诗歌创作,就必然表现出我们民族在诗歌创作中的构思特色。别的民族在诗歌创作中,也会有直叙、比喻或借物抒情等表现方法,但是,要形成赋比兴这样一个完整体系,被视为"诗学之正源,法度之准则",并长期在诗、赋、词和绘画中普遍使用,又为广大读者所喜闻乐见,这就是我们民族所独有的了。因此,由赋比兴所决定的艺术构思特点,就是我国古代诗歌创作构思的特点。"然诗有恒裁,思无定位"①;"物有恒姿,而思无定检"②。诗歌创作的构思活动和一切艺术创作一样,是复杂而多变的。用赋比兴方法来进行创作和构思,同样没有"定位"和"定检"。但就一般情况来说,仍有一定的基本规律可循,那就是前面说的"情附物"和"物动情"两个途径。沿着这两个途径所进行的构思活动,无论以兴为主、以比为主,或比兴兼用;也无论怎样"比"、怎样"兴",都不出"索物以托情"和"触物以起情"两条基本道路。此外,再联系赋比兴这套传统方法在整个发展过程中重比兴的倾向,特别是重兴的倾向来看,至少有这样三个基本特点:一、轻直言正叙;二、重托物寓情;三、兴在象外。在明、清时期的不少诗论中,已对这些基本特点有所总结了:

> 诗有三义,赋止居一,而比兴居其二。所谓比与兴者,皆托物寓情而为之者也。盖正言直述,则易于穷尽,而难于感发。惟有所寓托,形容摹写,反复讽咏,以俟人之自得,言有尽而意无穷,则神爽飞动,手舞足蹈而不自觉。此诗之所以贵情思而轻事实也。③

---

① 《文心雕龙·明诗》。
② 《文心雕龙·物色》。
③ 李东阳《麓堂诗话》,《历代诗话续编》。

事难显陈,理难言罄,每托物连类以形之;郁情欲舒,天机随触,每借物引怀以抒之;比兴互陈,反复唱叹,而中藏之欢愉惨戚,隐跃欲传,其言浅,其情深也。倘质直敷陈,绝无蕴蓄,以无情之语,而欲动人之情,难矣。①

上面所讲三个基本特点,这两段话都涉及了。其中所谓"正言直述""质直敷陈",都指赋的特点。完全用平铺直叙的赋来写诗,确如他们所说,是易穷尽,难感人,更无含蓄蕴藉之美的。我国古代诗歌不重正言直述的赋,这也是艺术构思上的一个特点。与此有关的一点,就是"轻事实"。本来,任何比喻都是很难完全准确的,诗歌创作中的"比",要以简单的物象,比委婉复杂的情思,自然不能过分拘于事实的原貌。至于"兴"的托物寓情,那是言在于此而意寄于彼,它的不顾事实,就可说是有意为之了。谢榛曾说:"凡作诗,不宜逼真。"②但比兴方法绝不是不要真,正如谢赫论画所说:"纤细过度,反更失真。"③古人为诗,大都是注重艺术的真实的。陆时雍曾讲到这点:"诗贵真。诗之真趣,又在意似之间。认真,则又死矣。柳子厚过于真,所以多直而寡委也。三百篇赋物陈情,皆其然而不必然之词,所以意广象圆,机灵而感捷也。"④过于求真、求实,则易死,死则"易于穷尽,而难于感发"。陆时雍讲的"诗之真趣",就是艺术的真实了。只有求艺术的真实,才能创作出"意广象圆"的诗篇。按"意广象圆"的要求来进行艺术构思;就必须"轻事实",就不能原原本本地刻绘事物形貌,而必须

---

① 沈德潜《说诗晬语》卷上,《清诗话》第523页。
② 《四溟诗话》卷三。
③ 《古画品录》,《中国画论丛书》本第19页。
④ 《诗镜总论》,《历代诗话续编》。

"在意似之间"去捕捉物象的某些特点。苏轼说过:"求物之妙,如系风捕影。"①如果拘原貌而谨毫发,依样画葫芦,那就无须"系风捕影"之劳了。所以,不拘事实而求物于意似之间,正是用比兴方法所形成的艺术构思特点。清代吴乔对此作过简要的概括:"比兴是虚句、活句,赋是死句。""实做则有尽,虚做则无穷。"②正因为虚做可无穷,用比兴方法就有可能写出"言有尽而意无穷"的诗来。重比兴而轻赋,重虚而轻实的表现方法,就成为我国古代诗歌创作的显著构思特色之一。

所谓"贵情思而轻事实",和"轻事实"相反的特点就是"贵情思"。用比兴方法来进行艺术构思,无论是"索物以托情",或者是"触物以起情",都是重在情思的表达。在我国古代长期来的传统观念上,作诗,就是为了抒情言志。是"郁情欲舒",而"借物引怀以抒之"。赋比兴和诗言志两个密不可分的传统,在古代诗歌发展过程中正起着互为表里、相得益彰的作用。所以,李东阳说的"所谓比与兴者,皆托物寓情而为之者也",正说明了比兴方法的基本特点;"托物寓情",就是用比兴方法进行艺术构思的特色。

以抒情言志为主,就注重诗的感人力量。如"以无情之语而欲动人之情,难矣"。要诗能动人,必须有深厚的寄托。"寄托不厚,感人不深;厚而不郁,感其所感,不能感其所不感。"③诗歌创作要能以深厚沉郁的寄托做到"感其所不感",则怎样"托物",就成为艺术处理上一个十分重要的问题。在"托物寓情"这个方式上,"托物"是手段,"寓情"是目的。因此,"托物"只能是思想感

---

① 《答谢民师书》,《苏东坡集》后集卷十四。
② 《围炉诗话》卷一。
③ 陈廷焯《白雨斋词语·自叙》。

情托附于物。在艺术构思中,虽然必须着眼于物,但不能心为物役,只能物为心役。为了把物写活,使物能传情,诗人必须通过深入细致的观察分析以精通物理物性,从而抓住事物的某些特征,来进行构思和塑造形象;但不仅要以这种形象能表达作者思想感情为出发点,在整个构思过程中,还必须"物动情"和"情附物"相交织,即所写之物必须是触动作者思想感情之物,作者的情又必须随时寄托在物象之中。"雕镂物类,探讨虫鱼,穿凿愈工,风雅愈远"①,这种情形在古代诗歌创作中是常有的,正所谓"玩物丧志",是为写物而写物,不是"索物以托情",这就与比兴方法无涉了。在中国诗歌史上,从《诗经》《楚辞》到唐诗、宋词,正面记叙事物原委、描述事物外部形貌的叙事诗是不多的。清代施补华曾讲到:

> 《奉先咏怀》及《北征》是两篇有韵古文,从文姬《悲愤诗》扩而大之者也。后人无此才气,无此学问,无此境遇,无此襟抱,断断不能作。然细绎其中,阳开阴合,波澜顿挫,殊足增长笔力。百回读之,随有所得。②

说《奉先咏怀》和《北征》是两篇"有韵古文",这是古人轻视叙事诗的偏见。但不能不承认其中有诗人的"襟抱",有诗人的"境遇"等,并能令人百读不厌而反有所得。其实,凡是写得好的叙事诗,其中无不有比兴,亦无不有作者深厚的思想感情。施补华所举两首杜诗和蔡琰的《悲愤诗》都正说明了这点。

比兴方法在艺术构思上形成的另一特色,就是通过"兴在象

---

① 陈廷焯《白雨斋词语·自叙》。
② 《岘佣说诗》,《清诗话》第979页。

外"来表达含蓄无尽的思想。叶适曾说:"束字十余,五色彰施,而律吕相命,岂易工哉!"①诗的一联,不过十几个字,全诗也大多只有数十字,要在这样短小的篇幅中求工,已很不易了,要"言有尽而意无穷",这就给艺术构思上带来相当复杂的问题。可是,"含蓄无垠"正是中国古诗的显著特色。这就说明,古代诗人是在长期的创作实践中积累了丰富经验的。"兴在象外"就是其中得到普遍重视和运用的表现方法。"兴在象外"的基本特点,上一部分已经讲到了,这里只作两点补充说明:一、"兴在象外"在艺术构思上的特色何在;二、"兴在象外"不是死法,而是活法。

先说第一点。"兴在象外"必须通过形象思维来实现,当然不出艺术构思的范围。李东阳说:作诗不是"正言直述",而要"有所寄托"以"俟人之自得"。司马光也说过:"古人为诗,贵于意在言外,使人思而得之。"②这说明古人写诗,是有意识地创造意在言外的形象,让读者自己从形象中去体会其思想意义。这种形象,自然必须经过一番细致的艺术构思,才能创造出来。但这是塑造形象的共同要求和普遍方法,其艺术构思的民族特色何在呢?第一,这里是用"兴在象外"来概指古代诗歌创作中创造"兴象""象外之象""味外之旨"等的共同特点,它虽有用形象的概括性来显示深广的思想意义的一面,还有含蓄蕴藉、意在言外以至温柔敦厚之类用意,因而与西方塑造人物形象的意义大不相同。第二,"兴在象外"是通过比兴方法来完成的,它和比兴的整个特点有联系。这里的"象",一般不指人物形象,而

---

① 《徐道晖墓志铭》,《水心文集》卷十七。
② 司马光《续诗话》,《历代诗话》本。

主要是鸟兽草木、风花雪月等自然景象;通过对这类"象"的描写,一般不是说明什么道理,而是达情言志。所以,这里说的"兴",主要是思想感情。由于对象和目的都有一定的特殊性,因此,在表现方法上就必然有自己的民族特色。"兴在象外"的实质,就是借物抒情,不过它是从艺术构思上提出的要求。

作为艺术构思的要求或方法,"兴在象外"的优越性就是这里要说的第二点:它是活法,不是死法。这只要对古代诗歌创作的实际情形略予考察就清楚了。"兴在象外",有的只是当做一种简单的比喻:"比物以意,而不指言一物,谓之象外句。如无可上人诗曰:'听雨寒更尽,开门落叶深。'是落叶比雨声也。"[1]有的是用一定的画面来烘托出诗人的感情:"温庭筠'鸡声茅店月,人迹板桥霜。'贾岛'怪禽啼旷野,落日恐行人。'则道路辛苦,羁旅愁思,岂不见于言外!"[2]有的是用形象给人以暗示,使人思而得之:"南唐李后主游宴,潘佑进词云:'楼上春寒山(《词林纪事》作"三")四面,桃李不须夸烂熳,已失了春风(《词林纪事》作"东风")一半。'盖谓外多敌国,地日侵削也。后主为之罢宴。"[3]有的是用一种表面现象来表达作者的难言之情:"诗有句中无其辞,而句外有其意者……'东归贫路自觉难,欲别上马身无力。'上有相干之意而不言,下有恋别之意而不忍。"[4]有的则以概括虚写的形象,使不同的读者从中得到不同的感受:"王子击好《晨风》,而慈父感悟;裴安祖讲《鹿鸣》,而兄弟同食;周盘诵《汝坟》,而为亲从征。

---

[1] 《冷斋夜话》,《诗人玉屑》卷三引。
[2] 欧阳修《六一诗话》引梅尧臣语。
[3] 沈祥龙《论词随笔》,《词话丛编》。
[4] 杨万里《诚斋诗话》,《历代诗话续编》。

此三诗别有旨也,而触发乃在君臣、父子、兄弟,唯其可以兴也。"①这样的例子,还举不胜举;不同的用法,还列不胜列。这种事实说明:"兴在象外"的构思方法,不是死法,而是活法。这样来进行艺术构思,就把形象思维的方法具体化了,使作者有一个可循的基本途径;它不仅灵活多变,没有堵塞思路、限制思维的坏处,相反,却能促人敞开思路,在形象思维的广阔天地中,去捕捉那令人神往的象外之象,写出情景交融而富有感人力量的诗章。

---

① 沈德潜《说诗晬语》卷上,《清诗话》第523页。

中国古代文学艺术的形神问题

毛泽东同志一向重视文学艺术的民族形式和民族风格,最近发表的《与音乐工作者的谈话》又讲到:"中国的语言、音乐、绘画,都有它自己的规律";"应该学习外国的长处,来整理中国的,创造出中国自己的、有独特的民族风格的东西。"音乐、绘画如此,一切文学艺术亦无不如此。要掌握我国文学艺术自己的规律和民族特色,必须从清理、总结传统的文学艺术特点着手。因此,研究中国文学批评史、美学史、文艺理论史,其重要任务之一,就是要总结三千年来我国文学艺术自己的规律、自己的民族特色。文艺创作,主要就是创造艺术形象,通过形象来反映现实或抒情言志。可是,我国古代创造艺术形象的规律是什么?有什么独特的民族形式和民族风格?翻开解放前后已出版的七、八种文学批评史来看,这个问题是得不到回答的。但在三千年的历史实际中,传形之神的作品,传形之神的主张,触目皆是,传形之神,是不是我国古代文艺创作的民族特色呢?这是个很值得研究的问题。王士禛自称是神韵说的创始者,他是骗了不少人的。虽然,今天谁也不承认他的首创,但几乎所有的文学史、批评史,在漫长的封建社会中,不仅都要讲到清代的王士禛才讲神韵,且无论是肯定或批判,都是按王士禛式的"神韵"来讲神韵。这样,在一部中国文学史中,对于创造艺术形象的民族特色这个重要问题,就再也没有它的容身之地了。

近年来,中国古代文论学会、中国美学学会相继成立,这方面的研究工作,正在大力开展。新的中国文学批评史、美学史、文艺理论史,有的正在编写,有的即将问世。我想,趁此提出我国古代文学艺术中的形神问题加以讨论,也许是有益的。

一

怎样写形,这是文学艺术的共同问题。注重传形之神,则是我国古代文学艺术中具有普遍意义的特殊现象。除本文拟重点探讨的诗文绘画外,如音乐:"弹筝奋逸响,新声妙入神。"①音乐不仅求声的入神,也求传形之神:"凡如政事之兴废,人身之祸福,雷风之震飒,云雨之施行,山水之巍峨洋溢,草木之幽芳荣谢,以及鸟兽昆虫之飞鸣翔舞,一切情状,皆可宣之于乐,以传其神而会其意者焉。"②又如书法:"体有六篆,要妙入神"③;"书贵入神"④等。以上举汉代和清代各一例,以见一斑。又如戏曲,这种比较复杂的综合艺术,更强调"重机趣":"机者,传奇之精神;趣者,传奇之风致:少此二物,则如泥人土马,有生形而无生气。"⑤戏曲创作要求表现人物形象的"精神""风致",也就是要传形之神,否则,戏剧中的人物形象,就如泥人土马,没有生气。

---

① 《古诗十九首·今日良宴会》。
② 祝凤喈《制琴曲要略》,《与古斋琴谱》卷三。
③ 蔡邕《篆势》,《全后汉文》卷八十。
④ 刘熙载《艺概》卷五。
⑤ 李渔《闲情偶记》卷一。

既然诗文、绘画、音乐、书法以至戏曲等多种文艺样式,都有传神的要求,这问题就不能不有其复杂性。在文学艺术史上,不仅出现过诸如传神、写神、入神、神情、神气、神韵、气韵、风神等许多不同的说法,更有各种各样的用法和解释:或以"积墨"为神韵,或以"烟润"为神韵,或以"绝灭烟火""色相俱空"为神韵;或者认为"神也者,心手两忘,笔墨俱化……仁者见仁,智者见智,所谓一切而不可知之谓神也"①。这种情形的出现,有的是由于论者对这种复杂现象并不理解,有的是"借此以自文其陋"②,有的则是神乎其神,故弄玄虚。这样,"神"和"神韵"的意义就由复杂而玄虚,以至叫人难以捉摸了。但拨开重重迷雾,其本来面目终归是个形神关系问题。从形神关系看,它本身并不神秘。

对文学艺术的神形关系,我国古代很早就有所注意了。《淮南子》中讲到:"画西施之面,美而不可说;规孟贲之目,大而不可畏:君形者无焉。"③不满足于单纯形貌的描写,而要求有统其形的东西,这就涉及到形神的关系了。用什么来"君形"呢?高诱注云:"生气者,人形之君,规画人形无有生气,故曰君形亡。"④这个"生气",也就是上述戏曲人物形象所要求的生气。南齐诗人袁嘏也曾自称:"我诗有生气。"⑤从《淮南子》论画的说法来看,这个"君形"的"生气",对艺术形象是十分重要的。既已表现了西施的美,突出了战国时猛士孟贲的大眼睛,其所以不能使人感到可

---

① 方咸亨《读画录》,《中国画论类编》第 145 页。
② 李易修《小蓬莱阁画鉴》,《中国画论类编》第 273 页。
③ 《淮南子·说山训》。
④ 《淮南子·说山训》。
⑤ 钟嵘《诗品》卷下。

悦可怕，就因为只描写了他们的外形，而没有"君形"的生气。《淮南子》中还讲到演奏音乐的"君形"问题："使但吹竽，使工厌窍，虽中节而不可听，无其君形者也。"①这里说的"形"，主要是指声。这是个很好的比喻。一个人吹竽，而让另一个人来按窍，即使中节，也很难奏出动人的音乐。这不仅把"君形"的必要性讲得更清楚了，从绘画和音乐都需要"君形"中，还使我们看到这样一个重要问题："君形"是文学艺术的一个共同要求。任何艺术形象，如果只有形而无主其形的灵魂，它就必然是有生形而无生气的"泥人土马"。

文学艺术中的形神关系，就是神是"形之君"。用"神"这个概念来概括文学艺术的"君形"的东西，除了它具有"生气"在内的更为广泛的含意外，还有两个主要原因：

第一，和心是"神明之主"这个古老认识有关。《黄帝内经》中已讲到："心者，君主之官也，神明出焉。"②神明指人的精神，古代认为人的精神产生于心，因此，心是人的主脑器官。由于认为心是整个人体的主脑，所以，早在战国末期，就出现了这样的认识："心者，形之君也，而神明之主也；出令而无所受令。自禁也，自使也，自夺也，自取也，自行也，自使也。"③这就是说，人的禁、使、夺、取、行、止等，一切活动都由自己的心指挥，因此，心是"形之君"。这个认识发展而为神是"形之君"，就因为心是"神明之主"。到了汉代，扬雄在以上认识的基础上，对心和神的关系作了进一步论述："或问神，曰：心。请问之（心），曰：潜

---

① 《淮南子·说林训》。
② 《黄帝内经·灵兰秘典论》。
③ 《荀子·解蔽》。

天而天,潜地而地。天地,神明而不测者也,心之潜也,犹将测之。"①因为心能测天地之神明,心又是人的"神明之主",所以扬雄认为神就是心。这样,自然就可说:神者,形之君也。后人常常强调传神必写心,正与这种认识有关。如宋代陈郁曾说:"盖写其形,必传其神;传其神,必写其心。"②必写心,就是要深入人物的思想感情,体现其精神面貌,这样才能传神。神出于心,则以神为形之君,就既表示了其主形的作用,也能概括人物形象的精神特点。

第二,和古代人物画有关。画人难工是古今画家的共同认识。其所以难工,就因为人物画不能不求似,可是:"虽得其形似,则往往乏韵。"③没有神韵的人物形象,就成为泥人土马,没有生气。因此,古代人物画特别强调传神,而"传神"这个概念,就常被用作人物写真的专用语。如苏轼的《传神记》、蒋骥的《传神秘要》等,都是专讲人物写真的。画人必传神,古代画论中讲得很多。沈宗骞曾说:

> 不曰形,曰貌,而曰神者,以天下之人形同者有之,貌类者有之,至于神,则有不能相同者矣。作者若但求之形似,则方圆肥瘦,即数十人之中,且有相似者矣,乌得谓之传神?今有一人焉,前肥而后瘦,前白而后苍,前无须髭而后多髯,乍见之或不能相识,即而视之,必恍然曰:此即某某也。盖形虽变而神不变也。④

---

① 汪荣宝《法言义疏》卷七:"之"字当作"心"。
② 《藏一话腴·论写心》。
③ 《宣和画谱·人物绪论》。
④ 《芥舟学画编·传神》。

这段话讲出了人物画必须传神的道理。只是求之于表面的形似，是写不出人物形象的特点来的。传神的本义，就是要把所写人物形象与众不同的独特之处表现出来。所谓传神写真，这个"神"又必须建立在"真"的基础上。为什么要表现人物形象的特点呢？就正是为了更真实地描绘人物形象；否则，"天下之人形同者有之，貌类者有之"，表面形貌虽能刻画入微，其方圆肥瘦之形，却可能在数十人中就有相似者。因此，传人之神，表现出人物形象与众不同的精神特点，正是为了高度真实地、更准确地来创造艺术形象。人物画必传神的道理，和其他艺术形象的创造是一致的。正因为如此，"传神"这个概念，不仅逐渐扩大到一切绘画，也为各种文学艺术所接受和重视。

以上说明：文学艺术创作对"神"的要求，其基本意义是艺术形象要有"形之君"。它最初用于人物画。人物画要求传神，就是要表现出人物形象的精神特点。但出现在汉以前的一些零星论述，还仅仅是文学艺术对神形关系认识的萌芽。魏晋以后，把这种初步的认识具体运用到文学艺术的论著中去，并使之确立为一种传统的艺术观点，还有其具体的历史条件。

二

我国古代在艺术理论上第一个提出"传神"的，是东晋著名画家顾恺之。他说："凡生人无有手揖眼视而前无所对者，以形写神而空其实对，荃生之用乖，传神之趣失矣。"相传他画人尝数年不点睛，人问其故，他说："四体妍蚩，本无关于妙处，传神写照，正在阿堵之中。"①这虽然还是初步的传神论,但他有两个基本观点对后来的影响是很重要的。一是"以形写神":通过形来写神,则"形"是基础,"神"是要表现的重点;一是妙在阿堵:要能抓住传神的要点,因此,不必在"四体妍蚩"上花费过多的力气。要能传神,并不是轻易可得的,为什么要数年不点睛呢?不外是要作深入的观察和思考,轻易下笔,就难得"传神之趣"。

继顾恺之之后,南齐谢赫在《古画品录》中提出了绘画方面系统的"六法"论。六法的第一条"气韵生动"是谢赫论画的核心。他在《古画品录》中,就常用这一条作为衡量作家作品的重要尺度。如说顾骏之"神韵气力,不逮前贤;精微谨细,有过往哲"。说司马绍"虽略于形色,颇得神气"。其他用"体韵""情韵""生气"的还很多。中国古代文学艺术中常用的"神韵"一词,这是第一次出现。谢赫所讲"神韵"的意义是什么,这里有必要略加探讨。

首先,既然"神韵""神气""情韵""生气"等,都是"气韵生动"的具体运用,"气韵生动"是什么意思呢?俞剑华注《历代名画记》、王伯敏注《古画品录》,都曾作过详细的解释。"气韵生动"的含意是很丰富的,但其基本意义,就是"传神"。元人杨维桢有云:"故论画之高下者,有传形,有传神;传神者,气韵生动是也。"②这是讲得很明确的,"气韵生动"就是传神。

其次,杨维桢的说法对不对,还可用谢赫对这些概念的实际运用情形来检验。谢赫以"神韵气力"和"精微谨细"对举,以"略于形色"和"颇得神气"对举,都是从神形两个方面着眼,都是一指神,一指形,则"神韵""神气"正是和"形色"相对的神。唐代张彦

---

① 《历代名画记》卷五。
② 《图绘宝鉴·序》,《画史丛书》第2册。

远对"六法"的具体阐发也说："今之画，纵得形似而气韵不生，以气韵求其画，则形似在其间矣。"①得形似而失气韵，有气韵则神形兼备，显然，气韵即神似或神韵。

最后，从谢赫所评具体对象来看，这是认清我国古代神韵说的一个重要问题。我国古代绘画，唐以前都以人物画为主。人物画早在周秦时期就相当发达了。孔子观周，就见到周代庙堂壁画中大量的人物画，"有尧舜之容，桀纣之象，而各有善恶之状，兴废之诫焉"②。屈原的《天问》，也讲到他曾看到楚国先王庙堂中的壁画，有尧、舜、鲧、禹等很多人物画③。到汉魏六朝时期，人物画更为发达。这时期的著名画家，多以人物画为主。谢赫自己就是"中兴之后，象人莫及"④的人物画家。他所评论的陆探微、曹不兴、卫协、顾恺之等二十七位画家，绝大多数以人物画见称。正如童书业先生所说："在谢赫的时代正式的绘画只有人物画"，因此，"'气韵生动'本是指人物画而言的"⑤。当时既以人物画为主，谢赫的画论主要是在人物画的基础上建立起来的，则他所谓"气韵生动"也好，"神韵"也好，"神气"也好，自然都主要是指人形之君的"神"。

"传神""神韵"和"气韵生动"这些在我国古代文学艺术中被长期而普遍运用的概念，都最先出现于六朝时期，这不是偶然的。建安伊始，文学创作出现了被鲁迅称之"为艺术而艺术"的时期，

---

① 《历代名画记》卷一。
② 《孔子家语》卷三。
③ 王逸《楚辞章句叙》，《全后汉文》卷五十七。
④ 姚最《续画品》，《丛书集成》本第7页。
⑤ 《唐宋绘画谈丛》第20页。

"文学的自觉时代"①；佛教的大量传入，佛像画成了当时绘画艺术的重要内容之一；哲学方面对于人的形神关系的辩论等，对于绘画艺术的发展，都有一定影响。而直接影响到人物画注重传神的，则是汉末以来的人物品评风气：

> 夫色见于貌，所谓征神。征神见貌，则情发于目。……故曰：物生有形，形有神精。②
>
> 而世人逐其华而莫研其实，玩其形而不究其神……。③

从这里可以看到，区别形神而又特别重神，是当时品评人物的突出风尚。《世说新语》品人，强调"神"的地方更多。如"神气""神情""神色""神貌""神姿""神宇""风神""风韵""风气韵度"等，举不胜举。这足以说明，当时人物画的重神，和汉末以来的人物品评，有着较为直接的关系。崇尚人物风神，是汉末以来世族地主阶级的特殊产物。它是世族地主才具有、才欣赏、才提倡宣扬的东西。正由于六朝期间在政治、经济、文化各个方面都居垄断地位的世族地主的大力宣扬，重视人物风神的思想意识，便在神为人形之君的传统认识的基础上，出现了人物画对神或神韵之类的要求。

三

六朝时期确立了绘画艺术传形之神的观念，到唐宋时期，就

---

① 《魏晋风度及文章与药及酒之关系》。
② 刘劭《人物志·九征》。
③ 《抱朴子·正郭》。

发展成为文学艺术创作所普遍重视的传统思想。

唐宋时期,出现了我国古代文学艺术空前繁荣的局面。这个时期的优秀画家,无不以"传神"称著。唐宋时期大量出现的画史画论,如《历代名画记》《笔法记》《图画见闻志》《宣和画谱》等,也无不强调传神、神韵、气韵生动等。画必传神的思想,更为突出了。邓椿认为绘画要能"曲尽其态,而所以能曲尽者,止一法耳。一者何也?曰:传神而已矣"①。把传神视为唯一正确的画法,这说明艺术家们对传神的认识更为深刻了。

在这个发展过程中,传神的运用范围逐步扩大了。首先是绘画方面的扩大。被称为唐朝"山水第一"的山水画家李思训,曾为唐玄宗画掩障,后来玄宗对李思训说:"卿所画掩障,夜闻水声,通神之佳手也。"②画山水能使人感到"夜闻水声",说明画技之精,山水画也能传神;因而"传神"由人物画扩大到山水画以至其他绘画,是很自然的。值得注意的是,在这个扩大的过程,唐代诗人参加进来,并发挥了一定作用。如杜甫赞"韩幹画马,毫端有神"③;称曹霸"将军画善盖有神"④;白居易对张敦简所画动物、植物,总评以"形真而圆,神和而全"⑤;元稹说"张璪画古松,往往得神骨"⑥。这样,不仅人物画、山水画应传神,画马、画松,画一切动物、植物,无不要求传神。宋代董逌曾说:"大抵画以得其形似为难,而人物则又以神明为胜。苟求其理,物各有神明也,但患未知

---

① 邓椿《画继》卷九。
② 朱景玄《唐朝名画录》,《美术丛书》二集六辑。
③ 《画马赞》,《读杜心解》第 290 页。
④ 《丹青引赠曹将军霸》,《读杜心解》第 289 页。
⑤ 《记画》,《白香山集》卷二十六。
⑥ 《画松》,《元氏长庆集》卷三。

求于此耳。"①这个认识是很深刻的。人有神明,物也各有其神明,因此,各种绘画都应传形之神。

其次,传神的要求扩大到诗文创作。清代翁方纲论神韵曾说:"盛唐之杜甫,诗教之绳矩也,而未尝言及神韵。"这只能说杜甫还未讲到"神韵"一词,而神韵的基本精神,杜甫已多次讲到了。所以,翁方纲接着也说:"且杜云'读书破万卷,下笔如有神',此'神'字即神韵也。"②翁方纲下面还讲到"神韵之正旨",可能认为"下笔如有神"的"神",还不是"神韵之正旨"。但杜甫还讲过:"篇什若有神"③;"文章有神交有道"④;"诗成觉有神"⑤等等,这些"神"字,和杜甫自己讲的"韩幹画马,毫端有神",固然相同;和画家的所谓"下笔有神"的"神",也是一致的。杜甫所说诗文的"神",是由"读书破万卷"而来,能"破万卷",就有可能准确地表达出事物的精微之处,就可能"有神"。这正是"神韵之正旨"。

杜甫之后,唐末司空图大力提倡"韵外之致""象外之象"等主张。唐宋时期诗歌绘画主"象外"说的很多,以司空图为最突出。"象外"说也源出于谢赫的画论:"若拘以体物,则未见精粹;若取之象外,方厌膏腴,可谓微妙也。"⑥在诗歌的形象化有了高度发展之后,不满于表面形似的刻画,而要求于形似之外,含有更深远的意义,这也是诗歌发展的正常现象。清代况周颐曾说:"所

---

① 《广川画跋·书崔白蝉雀图》。
② 《神韵论》,《复初斋文集》卷八。
③ 《赠太子太师汝阳郡王琎》,《读杜心解》第149页。
④ 《苏端薛复筵简薛华醉歌》,《读杜心解》第245页。
⑤ 《独酌成诗》,《读杜心解》第367页。
⑥ 《古画品录》,《丛书集成》本第4页作"若取之外"。王伯敏注本第9页注,认为应作"若取之象外"。

谓神韵者,即事外远致也。"①这种说法虽然过于绝对,但神韵和"象外"说的关系是密切的。能够传神的形象,它的"神"往往不在形象本身,而是由形象显示出来的形象之外的意义。如司空图在《诗品》中说的"离形得似",就正是"象外之象"的注脚。离形的"似",就是神似。"离形",就是"象外"。所以,"象外之象",实际上就是于象外求神。司空图的诗论,是接触到传形之神的一些特点的,但由于他的生活道路及其唯心主义的思想,使他不能正确理解和总结这一诗歌现象,因而自己也说:"不知所以神而自神。"②

到了宋代,严羽就提出:"诗之极致有一,曰入神。诗而入神,至矣,尽矣,蔑以加矣。"这就把"入神"视为诗歌创作的最高理想了。但这种"极致"之境,就是他说的:"羚羊挂角,无迹可求","空中之音,相中之色,水中之月,镜中之象"③。可见他所说的"入神",主要是要求把诗歌写活,而不要太具体、太坐实。这和司空图的"象外"说有某些近似之处,把形象写得过细过死,确是难得传神之趣的。但严羽同样由于出自唯心主义的观点,不是立足于"君形",而过分强调了形的"无迹可求"。无迹之形,就近于无形,至少是一种不可捉摸的形。形既不可捉摸,正如严羽强调的所谓"不可凑泊",这对于传形之神,即表达物象本身的精神特点,就不是有益,而是有损了。

就传形之神在唐宋期间的发展情况来看,绘画方面已进入相当成熟的阶段了;诗文方面虽然才进入要求传神的初期,它的重

---

① 《蕙风词话》卷一。
② 《与李生论诗书》,《司空表圣文集》卷二。
③ 《沧浪诗话·诗辨》。

神,却相对地超过了绘画。从杜甫到严羽,都单独强调一个"神"字,由于重神而略形,走了一段弯路。这固然和诗画的不同特点有关,但绘画的传神和诗文的入神,并不是风马牛不相及的两回事。有待研究的是,对诗文传神的认识,为什么到唐代才出现?

诗文创作要求传形之神,这本来是文学艺术固有的特点所决定的。苏轼有一段论述颇能说明这个特点:

> 诗人有写物之功:"桑之未落,其叶沃若",他木殆不可以当此。林逋《梅花》诗云:"疏影横斜水清浅,暗香浮动月黄昏",决非桃李诗。皮日休《白莲花》诗云:"无情有恨何人见,月晓风清欲堕时",决非红梅诗。此乃写物之功。①

苏轼在这里并未讲到形似、神似问题,而是讲一般的"写物之功",也就是文艺创作的一般要求。咏梅的诗句要不致被误会为咏桃花,咏白莲的话更不能移于咏红梅,这就要求描写不同事物,必须表现出不同事物的独特之处。这和人物画一样,只绘其方圆肥瘦,长短老少,是表现不出人物的精神特点的。梅花和桃花、李花,大小相近,都是五瓣,桃李有红白二色,梅花也有红梅白梅;在诗歌中只绘其形,那就很有可能把桃李诗误为梅花诗了。所以,表现物象的独具特点,是文学艺术所固有的要求。而传形之神,主要就是表现物象的独特精神。

正因为传形之神是文学艺术的固有特点,所以,早在《诗经》《楚辞》中,传神之作已出现不少了。如苏轼讲到的"桑之未落",《诗经》中不仅不乏这种"写物之功"的描写,也有"写人之功"的佳作。如:"《卫风》之咏硕人也,曰:'手如柔荑'云云,犹是以物

---

① 《评诗人写物》,《东坡题跋》卷三。

比物,未见其神。至曰:'巧笑倩兮,美目盼兮',则传神写照,正在阿堵……千载而下,犹如亲其笑貌。此可谓离形得似者矣。"①

文学艺术的理论认识,是在创作的基础上逐步总结出来的。但从传神之作的出现,到在理论上提出明确的认识和主张,还有一定的过程。从诗歌艺术的具体特点来看,它虽然要求通过形象来抒情言志,但毕竟不如造型艺术的绘画对形象描写那样直接。所以,在"诗言志"的传统观点影响之下,汉魏以前对诗歌艺术的形象性,还没有明确的认识。到陆机在《文赋》中提出"期穷形而尽相"的时期,才开始注意和重视诗歌创作的形象性。六朝时期,才进入注重"形似"的时期。如:"何逊诗实为清巧,多形似之言"②;张协"巧构形似之言";谢灵运"尚巧似"③等。在理论上,当时也对此多所肯定和提倡。如:

> 自近代以来,文贵形似。窥情风景之上,钻貌草木之中。吟咏所发,志惟深远;体物为妙,功在密附。故巧言切状,如印之印泥,不加雕削,而曲写毫芥。故能瞻言而见貌,印(即)字而知时也。④

> 五言居文词之要,是众作之有滋味者也,故云会于流俗;岂不以指事造形,穷情写物,最为详切者耶?⑤

"文贵形似"和"指事造形,最为详切",在当时还正是一种方兴未艾的风气,以形似之言来"巧言切状",是诗人们才发现不久的妙

---

① 孙联奎《诗品臆说》,《司空图〈诗品〉解说二种》第40页。
② 《颜氏家训·文章第九》。
③ 钟嵘《诗品》卷上。
④ 《文心雕龙·物色》。
⑤ 钟嵘《诗品序》。

用。在这个时候,和"形"相对立的"神"的观念是不可能产生的。只有在尚形的文学创作有了充分发展的基础上,才能产生要求君形之神的思想。唐代诗文的大发展,正是在既批判六朝又继承六朝之中出现的。从李谔开始对六朝追求"月露之形""风云之状"的文风提出猛烈的批判,到殷璠在继续批判之中提出"神来,气来,情来"①的主张,正反映了文学发展的这一进程。

人物画的传神,在唐宋时期扩大到各种绘画的过程中,许多文人不仅在赞助、促进这种扩大中起了作用,很多文人自己也是画家。唐代如薛稷、王维、郑虔、顾况、张志和、皎然、杜牧等,宋代如司马光、文同、苏轼、王安石、晁补之、李清照、朱熹等,都是能诗善画。特别是王维和苏轼,在融合诗与画的共通点上,在文学艺术史上有着重要的贡献。如苏轼所说"诗中有画,画中有诗"②,"少陵翰墨无形画,韩干丹青不语诗"③,这类对诗画关系的精练概括,说明他对诗与画的共同特点,已有了深刻的认识;这种认识在我国诗画史上,也有着深远的影响。在这种诗与画的融化过程中,诗人把绘画的传神移用于诗歌创作和诗歌评论,这是很自然的。

苏轼曾说:"小坡今与石传神。"④他自己有为"石传神"的实践,就更有可能认清诗画都要求传神的相通之处了。所以他说:"论画以形似,见与儿童邻;赋诗必此诗,定非知诗人。诗画本一

---

① 《河岳英灵集序》,《全唐文》卷四三六。
② 《书摩诘兰田烟雨图》,《东坡题跋》卷五,《丛书集成》本第94页。
③ 《韩干马》,《苏文忠诗合注》卷五十。
④ 《题过所画枯木竹石》,《苏东坡集》后集卷六。

律,天工与清新。"①他明确认识到"诗画本一律",所以,这首诗既是论画,又是论诗,诗与画都反对形似而要求神似。在唐宋时期,像苏轼这样诗画兼通的人虽是少数,但却有很大的普遍意义。唐宋时期正是一个诗画大融化的时期。诗文方面要求"有神""入神",就是在它自己固有特点的基础上,在这个时期受到绘画普遍要求传神的启发而提出的。

四

唐宋时期,文学艺术已基本上全面确立了要求传形之神的观念。唐宋以后,在更为广泛深入的发展过程中,出现了纷纭复杂的混乱状态。如明代唐志契论气韵说:"盖气者有笔气、有墨气、有气色,而又有气势、有气度、有气机,此间即谓之韵。"②笔气、墨气等都是气韵,这种"气韵",就既不是对某种形象而言,更不是指形象的精神特点了。王世贞则认为:"人物以形模为先","山水以气韵为主"③。陆时雍就只强调五言古必须"神韵绵绵"④。到了清初,被目为"神韵家"的王士禛,则标"清远"为神韵,认为"尚雄浑则鲜风调,擅神韵则乏豪健"⑤。所以,翁方纲说王士禛是"专以冲和淡远为主,不欲以雄鸷奥博为宗"⑥。袁枚便说,神韵"不

---

① 《书鄢陵王主簿所画折枝二首》,《苏东坡集》前集卷十六。
② 《绘事微言·气韵生动》,《画论丛刊》第114页。
③ 《艺苑卮言·论画》,《中国画论类编》第115页。
④ 《诗镜总论》,《历代诗话续编》。
⑤ 《带经堂诗话》卷六。
⑥ 《七言诗三昧举隅》,《清诗话》。

过诗中一格耳"①。这种说法的影响很大,直到今天还给人一种模糊的印象,好像所谓"神韵",就是一种虚无缥缈的艺术风格。

王士禛的神韵说,其于"涤荡有明诸家之尘滓"②,也曾起过一些作用。但他虽名噪一时,自称是神韵说的首创者,却并没有给神韵说带来什么有价值的新东西。他以"清远"为神韵,主要还是继承司空图、严羽的"象外之象""羚羊挂角""镜花水月"之类而来;因此,强调诗歌的"色相俱空",要"不黏不脱,不即不离,乃为上乘"③。这种要求把诗歌写得吞吞吐吐、含糊其词的主张,在引导诗歌创作远离现实上,对清初诗坛的影响是很坏的。

王士禛所讲的神韵,还和当时的社会现实及其处世态度有关。康熙皇帝曾一面大兴文字狱,一面称许王士禛说:"山东人偏执好胜者多,惟王士禛则否,其作诗甚佳。"④我们不难由此窥见其中消息。王士禛在当时强调那种超逸绝尘的"神韵",是否与此有关呢?他自己说得很明白:

> 释氏言:羚羊挂角,无迹可求。古言云:羚羊无些子气味,虎豹再寻他不着,九渊潜龙、千仞翔凤乎!此是前言注脚。不独喻诗,亦可为士君子居身涉世之法。⑤

他用这种"居身涉世之法"来论诗写诗,又怎能不"如仙人五城十二楼,缥缈俱在天际"⑥呢?用这种态度来论"神韵",来讲"清

---

① 《随园诗话》卷八。
② 《神韵论》,《复初斋文集》卷八。
③ 《带经堂诗话》卷十二。
④ 《清史列传》卷九《王士禛传》。
⑤ 《带经堂诗话》卷三。
⑥ 《带经堂诗话》卷三。

远",固然是"无迹可求"了,却不能不偏离"神韵之正旨"。

郭绍虞先生论元好问《论诗三十首》曾说:"提倡唐诗,何以不会继承杜甫、白居易等人现实主义的优良传统,而偏要滑向神韵一边呢?"①这确是一个值得研究的问题。照郭绍虞先生的说法,"滑向神韵"和杜甫、白居易的现实主义传统是矛盾的。可是,不仅杜甫、白居易都称许过绘画的传神之作,且在诗歌创作方面最先大讲"有神"的,正是杜甫,可见"神"或"神韵"本身和现实主义并不矛盾。但由于"滑向神韵"而离开现实主义的事实,在文学史上并不是不存在,问题在于滑向什么样的神韵。如果滑向严羽、王士禛辈所讲的神韵,那确有可能离开现实主义;王士禛讲神韵,正是排斥杜甫、白居易而又有引人脱离现实的坏作用。只是这个"神韵",已远离"神韵之正旨"了。相反,历史上绝大多数文学艺术家,按照"君形"的本义来主张神韵,创造神形统一的艺术作品,却多是符合现实主义的精神的。

大凡符合文学艺术发展的客观规律的东西,是不可能突然出现和突然消失的。道理很简单,规律性的东西不可能出自个别天才人物的发明创造,它是客观存在着的,是众多文学艺术家在长期的作创实践中逐步认识和总结出来的。它一旦被人们所认识和掌握,就有其强大的生命力而不会突然消失。文艺创作要求传形之神,既然是文学艺术所固有的特点决定的,符合文学艺术的客观规律;因此,在唐宋以后传形之神这个传统的发展过程中,虽然出现了逆流和支流,但它的主流是不可能淹没无闻的。

明清时期绘画方面对传形之神的要求,有了更为广泛和深入的发展。不仅山水画、人物画出现了一些系统的传神专论,此期

---

① 《元好问论诗三十首小笺·后记》。

新兴的花鸟画、"四君子"画,也无不要求传神。如王概论画兰:"兰之点心,如美人之有目也。湘浦秋波,能使全体生动。则传神以点心为阿堵,花之精微,全在乎此,岂可轻忽哉!"①清代画家对抓住要点来表现整个物象特色的传神之法,王概的论述已能说明其认识的深度。更值得注意的,是沈宗骞的如下论述:

> 天有四时之气,神亦如之。得春之气者为和而多含蓄,得夏之气者为旺而多畅遂,得秋之气者为清而多闲逸,得冬之气者为凝而多敛抑。若狂笑、盛怒、哀伤、憔悴之意,乃是天之酷暑、严寒、疾风、苦雨之际,在天非其气之正,在人亦非其神之正矣。故传神者当传其神之正也。②

传神要"传其神之正",这是论传神的一个重要发展。沈宗骞讲到两层意思:一是某种具体条件下产生的物象,必有其相应的具体特点,"传神之正",就是要表现这样的特点;一是传人之神,要表现他在正常情况下的特点,而不应写他在某种特殊情况下暂时出现的"狂笑""盛怒"等不正常的表现:这两点,沈宗骞原是以前喻后,但他所要求的"神之正",和两个方面都是有联系的。人的"神之正",是由其特定的生活环境决定的,只有把握住这种由人的生活环境决定的特点,才能准确地表现出人的真实的特点。这种特点才是"神之正"。这个"神之正",也就是人物形象的本质特点了。

以上情形说明,明清时期绘画的传神,无论在运用的广度上或认识的深度上,都较前有了显著的发展。

---

① 《画兰浅说》,《中国画论类编》第1118页。
② 《芥舟学画编·传神》。

诗文创作方面虽较复杂,但传形之神的本义,仍为多数文人所掌握。如汤显祖说:"予谓文章之妙,不在步趋形似之间……米家山水人物,不多用意,略施数笔,形像宛然,正使有意为之,亦复不佳。故夫笔墨小技,可以入神而证圣。"①汤显祖是明代戏曲作家,前面曾讲到清代戏曲家李渔论"重机趣"的意见。反对形似而重视传神,已为戏曲家所接受和运用,这已能说明形神问题在这个时期的新发展了。

明代讲神韵讲得最多的是胡应麟。他有时以"神""貌"并举,有时则"形神"连用。如论杜诗:"形神意气,踊跃毫楮,如周昉写生,太史序传,逼夺化工。"周昉是唐代著名的传神家,司马迁的传记文学,也以善于描写人物形象称著,胡应麟用来比喻杜诗,说明他对传形之神的基本意义是没有忽视的。他讲神韵,常强调"蕴藉陶镕"②、"气象浑成""绝去斧凿""形迹俱融"③等。这和他以"形神"连用的用意相同,都是指不要过于斧凿形似,而要使形神统一,浑融一气。胡应麟论诗祖王世贞,这和王世贞反复强调的"兴与境诣,神合气完"④的观点,正是一脉相承。

清代如邹祗谟论词:"咏物固不可不似,尤忌刻意太似。取形不如取神,用事不若用意。"⑤许应芳论诗,主张"略形貌而取神骨"⑥等,所讲的"神"都指传形之神。"不可不似"的是形,则所取之神,正是形的神。

---

① 《合奇序》,《汤显祖集》卷三十二。
② 《诗薮》卷四。
③ 《诗薮》卷五。
④ 《艺苑卮言》卷一,《历代诗话续编》。
⑤ 《远志斋词衷》,《词话丛编》。
⑥ 《〈与李生论诗书〉跋》,《诗法萃编》卷六。

值得注意的是王士禛之后翁方纲和袁枚的某些论点。翁方纲讲到:"然则神韵者,是乃所以君形者也。"①袁枚也说:"画美无宠,绘兰无香,揆厥所由,君形者亡。"②这显然是《淮南子》"君形"说的发展。在王士禛之后,神韵说已如堕五里雾中,翁方纲和袁枚却明确提到神韵的"君形"作用,这就有力地说明,古代文学艺术中要求"君形"之神的传统,确有其不可破灭的强大生命力。用"画梅"要使人爱,"绘兰"要使人觉得香气扑鼻,来喻指诗歌创作要有"君形"之神,正生动而明确地体现了我国古代注重传形之神这一优秀传统的基本思想。

翁方纲写过三篇《神韵论》,在他的其他论著中讲到神韵的也不少,其中有些意见也是值得注意的。他曾多次讲到:"神韵乃诗中自具之本然,自古作家皆有之。"③可见他已朦胧地认识到神韵是诗歌艺术所固有的特点。正因他有了这种认识,才能进而认识神韵的"君形"意义;"君形"的神韵,正是"诗中自具之本然"。有了这样的认识基础,翁方纲就可再进而具体论述诗文创作要怎样才能得神韵了。他认为,一方面要"置身题上,则黄鹄一举见山川之纤曲,再举见天地之圆方"。只有从事物的总体着眼,而不拘于个别物象的局部面貌,才能准确地把握住物象的神韵。翁方纲借苏轼《题西林壁》中两句诗:"不识庐山真面目,只缘身在此山中。"正能说明这个意思。但只看到总的、概括的一面,而不从具体实在的东西出发,就很容易滑入"空寂"。所以,他又提到另一

---

① 《神韵论》,《复初斋文集》卷八。
② 《续诗品·葆真》,《小仓山房诗集》卷二十。
③ 《坳堂诗集序》,《复初斋文集》卷三。

方面:"所谓置身题上者,必先入题中也。"就是说,"诗必能切己、切时、切事,一一具有实地,而后渐能几于化也"①。这是表现神韵的重要基础。不从实实在在的具体事物出发而"遽议神化",那就只能造成神形俱失的空中楼阁。这两个方面,翁方纲是当着一个整体来看待的,它相当准确地说明了以形写神的基本要领。这种认识,应该说是明清时期诗文方面论神韵的重要发展。

以上事实充分说明,明清时期的形神论,虽然出现过一些混乱现象,但要求君形之神的传统不仅没有中断,而且发展得更深入、更具体、更广泛了。但也必须看到,无论是袁枚、翁方纲,以至古代一切优秀的传神论者,他们都不可能完全正确地认识到传形之神的实质,他们对此都有一些糊涂的,甚至自相矛盾的认识。如袁枚说过神韵是诗中一格,这和他的"君形"说就很难统一。翁方纲则不仅把神韵视为"非人人皆得以问津"②的神秘的东西,甚至他一面反对"以空寂言"神韵,一面却说:"神韵者,本极诣之理,非可执迹求之,而渔洋犹未免于滞迹也。"③若准此论,岂不比渔洋的"空寂"还要"空寂"?这种情形出现在他们身上是不奇怪的。本文一开始就提到,文学艺术上的形神问题是一种颇为复杂的现象,要从古代某一个文学艺术家的论著中找到全面正确的论述是不可能的。只有从各种文学艺术的总貌、从它发展的全过程、从历史上众多文学艺术家的实践情况,才能从一些现象中看清其实质,才能辨别其高下真伪,区分其精华糟粕。这样,研究神韵就不仅不能限死在王渔洋一家之说上,也很难仅从诗歌史、文

---

① 《神韵论》,《复初斋文集》卷八。
② 《神韵论》,《复初斋文集》卷八。
③ 《坳堂诗集序》,《复初斋文集》卷三。

学史上找到圆满答案。有人主张搞文学史应作一些必要的综合研究,我以为是很有必要的。

"神韵者,是乃所以君形者也。"在找出这一历史的主线之后,回过头来看王渔洋的神韵说,问题就清楚了。他强调"清远""色相俱空"之类,不过出于他个人的具体原因,而使神韵说在历史上出现了短暂的畸形发展。但王士禛的神韵说,并没有超越形神问题这个基本范畴。翁方纲曾说:

> 夫渔洋先生既不得不以杜、韩、苏、黄为七言之正矣,因于初唐诸作,仅取数篇,曰:此其气格高者。夫所谓"气格高者",以神乎?以貌乎?说者必曰以神,非以貌也。然则有明李、何之徒,文必西汉,诗必盛唐,必杜者,亦曰以神,非以貌也。吾安能必执以为渔洋是而李、何非乎?吾故曰:神韵者,格调之别名耳。①

翁方纲认为,王士禛的"神韵"说和明代李梦阳等人的"格调"说,都是重神而非貌。翁方纲自称这是"循其本"之论。所谓"本",指文学创作上无论主格调或神韵,从根本点上说,不外主神重貌两种倾向。他这样说,可明确两个最基本的问题:一、神韵是重神;二、这个"神"是和"貌"相对的概念。既然如此,王士禛讲的神韵,仍属"形神"范畴之内的东西。他讲的既然终归是形神问题,就不可能不接触到传形之神的特点。他在论书、画中,常用"风神""神气""气韵""气韵生动"等,也多指传形之神的本义。

---

① 《七言诗三昧举隅》,《清诗话》。

五

　　以上所述说明,要求传形之神,是我国古代文学艺术在创造形象上的显著特色之一。下面只略举一例,联系以上史实,这种特色就很清楚了。当西方艺术传入中国之后,清代不少画家曾论及国画和西画的不同特色,如郑绩所说:

> 或云夷画较胜于儒画者,盖未知笔墨之奥耳。写画岂无笔墨哉?然夷画则笔不成笔,墨不见墨,徒取物之形影像生而已。儒画考究笔法墨法,或因物写形,而内藏气力,分别体格。如作雄厚者,尺幅而有泰山河岳之势;作潇逸者,片纸而有秋水长天之思。又如马远作《关圣帝像》,只眉间三正笔,传其凛烈之气,赫奕千古,论及此,夷画何尝梦见邪?①

中画西画各有特点。郑绩这种妄自尊大的态度固然不对,但看不见自己的独特处而妄自菲薄,也是不对的。郑绩所讲国画的"笔墨之奥",和西方绘画的"徒取物之形影像生",就确是大异其趣。郑绩特别引以为荣的,是马远画人物于眉间加三笔的画法,这正是国画传神写照的独到之处。这种画法不只马远用过,顾恺之画人物,就曾于"颊上益三毛"而"如有神明"②。苏轼也说他曾亲见惟真画人物"于眉后加三纹"③的画法。可见这是我国古代人物画的传统方法之一。只简单三笔,就能"传其凛烈之气,赫奕千

---

① 《梦幻居画学简明·论意》。
② 《世说新语·巧艺》。
③ 《传神记》,《苏东坡集》续集卷十二。

古",确是西洋画所"未尝梦见"的独到之处。这个三笔,就是传神之笔。其所以能传神,就是抓住人物形象特征的要点,用精练的笔墨点画出来。这不仅是我国古代人物画的特色,也是文学艺术所共具的民族特色。

传神,有没有自己的规律可循呢?我认为是有的。前面已经提到,传形之神这个传统,其所以能为多种文学艺术所接受,并几乎贯穿于整个封建社会,就因为符合于文学艺术的一般规律,其中寓有它自己的特殊规律。要求传形之神,主要就是个形神关系问题。既反对单纯地追求形似,又反对离开形似的神化,而要求形与神的高度统一,这就是我国古代艺术家在长期的艺术实践中找到的一条"自己的规律"。

任何形象描写,不能不求似,问题在于是形似或神似。如果单纯追求形似,只是传移模写人物的表面形貌,则描写的愈是毫发不差,就愈没有艺术价值,甚至根本不成其为艺术品。张彦远曾批评过这样的画家:"得其形似,则失其气韵,具其彩色,则失其笔法,岂曰画也!"①他就不承认这是画,认为它算不得艺术作品。诗歌创作也是这样。明代于慎行有云:"近代之诗如写照,毛发耳目,无一不合,而神气索然。"②诗歌是借物象以抒情言志,如果像"写照"那样来写物,就会越写得"无一不合",愈不成其为诗。

无论诗与画,不能无"神气"、无"气韵"。但是,如果离开形似而求神韵,同样是违反艺术规律的。宋代葛立方评苏轼的论画诗说:"不以形似,当画何物?曰:非谓画牛作马也,但以气韵为主

---

① 《历代名画记》卷一。
② 《谷山笔麈》卷八。

尔。"①神必须建立在形的基础之上,没有形就无从产生神。如果离形而强求神,就只能是"画牛作马"或"刻鹄类鹜",这就完全失去创造艺术形象的意义了。王士禛神韵说之失,即在轻形而重神。

所谓"神似",是以"形似"为立足点。因此,神不仅不能离开形,且必须在高度真实地表现形的基础上,才能传其神。古代艺术家在自己的创作实践中对此是深有体会的。如工诗善画而与王士禛同时的笪重光,就讲过"真境逼而神境生"②。历来注重神似的艺术家,也都注意真。如顾恺之在《画云台山记》中所说:"山有面,则背向有影","下为涧,物景皆倒";由于"山高人远",所以在山水画中,"凡画人,坐时可七分,衣服彩色殊鲜微"③。山的向背,水中的倒影,人物高矮的远近比例,衣服颜色的明暗,都要如实表现出来。又如五代著名画家荆浩,虽一再强调气韵,却主张"度物象而取真",认为只有真,才能"气质俱盛"。荆浩在创作实践上求真的精神更为突出。他住于太行山之洪谷,在长期纵览其奇山异水的基础上,"携笔复就写之,凡数万本,方如其真"④。

神是形的神,形又必须是高度真实的形。因此,这个"真",就既不是烦琐的精雕细刻,也不是依样画葫芦,照抄照搬,而是高度概括的,能表现其精神特征的,"眉间三笔"式的传神写真。古代画家认为:"纤细过度,翻更失真"⑤;诗人认为:"咏物固不可不

---

① 《韵语阳秋》卷十四,《历代诗话》。
② 《画筌》,《画论丛刊》第171页。
③ 《历代名画记》卷五。
④ 《笔法记》,《画论丛刊》第6—8页。
⑤ 谢赫《古画品录》。

似,尤忌刻意太似"①,正是这个道理。这种既不失真而又能传神的形象,就是形神统一的形象。这种创造艺术形象或形象描写的特色,就是我国古代文学艺术的民族特色。而神形统一的规律,就是我国古代创造艺术形象的"自己的规律"。总结这种规律,发扬这种民族特色,在新的现实的基础上,创造具有中国作风和中国气派的艺术形象,这对繁荣社会主义的新文艺,是有补益的。

1978 年春初稿,1979 年秋改写

---

① 《远志斋词衷》,《词话丛编》。

意得神传,笔精形似
——关于形神统一

文学艺术的基本特点,是通过形象来反映现实或抒情言志。这种形象描写,既不是直观地、毫发不差地影写事物外貌,也不能离开生活的真实而"刻鹄类鹜"或"画牛作马",因此,怎样创造艺术形象或进行形象描写,是文艺创作上一个具有普遍意义的重要问题。

我国古代文学艺术家在创造形象上,常常是着眼于如何处理"形"与"神"的关系,反对单纯追求形似而强调神似;正如张九龄所说:"意得神传,笔精形似。"[1]以神形兼备为文艺创作的理想境界。这是我国古代文学艺术的又一优良传统。我在前文《中国古代文学艺术的形神问题》中,已初步探讨了这一传统源远流长的发展历史,及其在诗文、绘画以至音乐、书法、戏曲创作中所具有的普遍意义;从而说明传形之神是我国古代文学艺术显著的民族特色之一。本文打算进而研究的,是这种特色在文艺创作中是怎样构成的,即着重探讨传形之神在艺术构思上的民族特色。

---

[1] 《宋使君写真图赞并序》,《唐丞相曲江张先生文集》卷十七。

一

　　艺术创作的特色,在一定程度上决定于艺术构思的特色。在文艺创作中,要能传形之神,创造形神统一的艺术形象,必须通过一定的艺术构思才能实现。因此,要深入研究传形之神的民族特色,就有必要进而探讨它在艺术构思上的特点。
　　首先研究形神统一和形象思维的关系。
　　形象思维作为一种思维的特殊规律,是它始终具有结合形象来进行思维的特点。而形象思维在艺术构思中,主要就是一个如何处理形象的问题。因此,必须对客观的物象作主观的艺术加工,在人或物的原形的基础上,创造出生动的、有感人力量的艺术形象。这个过程,也就是由形似到神似,使形神统一的过程。可见:形神统一的艺术创造过程,也就是形象思维的过程。而在这个思维过程中,着眼于传形之神,这就是我国古代艺术构思的一个突出特点。下面就来看我国古代文艺创作的实际情况。
　　顾恺之论画曾讲到:"凡画,人最难,次山水,次狗马;台榭,一定器耳,难成而易好,不待迁想妙得也。"①这里说的"迁想妙得",已初步接触到形象思维的特点了。张彦远发挥其说云:"至于鬼神人物,有生动之可状,须神韵而后全。若气韵不周,空陈形似,笔力未遒,空善赋采,谓非妙也。"②画鬼神人物为什么必须"迁想妙得"呢?就因为画鬼神人物不能"空陈形似";只是直陈其表面形似的绘画,不仅鬼神人物,山水、台榭等,是都不可能生动感人

---

① 《历代名画记》卷五,《画史丛书》第1册第70页。
② 《历代名画记》卷一,《画史丛书》第1册第15页。

的,因此,"须神韵而后全"。鬼神人物或山水狗马诸画要有神韵,就必须"迁想"才能"妙得"。"迁想",就是作者的思想活动移入所写对象,即所谓设身处地地去想象,去深入体会所写对象的精神特点,也就是进行形象思维。这就把传形之神和形象思维的基本关系揭示出来了。

顾恺之又讲到作画要"神仪在心,而手称其目"①。"神仪"指人物的形,但不仅仅是表面的外形,还应有其精神特点。要表现这种"神仪",有一个必不可少的过程:"在心"。只有把客观的物形纳入作者心中,通过一定的酝酿加工,才能"手称其目",把"神仪"表现出来。而形之"在心",又不是凭空虚构的东西;"手称其目"者,是要表现作者目之所见的形象。这八个字,总结了艺术创作的丰富内容,对后来的艺术创作和理论,都有重要的启发。

顾恺之之后的宗炳,对这问题的论述就更深入细致了。他论山水画说:"夫以应会心为理者,类之成巧,则目亦同应,心亦俱会,应会感神,神超理得,虽复虚求幽岩,何以加焉!又神本亡端,栖形感类,理入影迹,诚能妙写,亦诚尽矣。"②这种真的山水之美也无以复加的艺术作品,是在心和目的"应会"过程中"栖形感类"、综合加工而成的。这里说的"目",是和目所见的物象密切联系着的。"神"则是在目与心的融会过程中领会到的,也是在物与心的应会过程中铸造出来的。文艺作品所传之神即由此而来。这说明,要传形之神,就要通过"应目会心"的形象思维过程。

诗歌创作也是这样。王昌龄曾讲到:"为诗在神之于心。处

---

① 《历代名画记》卷五,《画史丛书》第 1 册第 71 页。
② 《历代名画记》卷六,《画史丛书》第 1 册第 79 页。

心于境,视境于心,莹然掌上,然后用思,了然境象,故得形似。"①这个"形似",不同于和"神似"相对而言的"形似",它和司空图说的"离形得似"②的"似"相同,也和宋人赵蕃所说"论诗者贵乎似"③的"似"相同。赵蕃所讲的"贵似",谢榛认为就是"传神写照之法"④。直观的形似,就没有必要把物象"神之于心"。王昌龄所讲"神之于心"的构思过程,正是通过形象思维以求表现物象的神似。"神之于心"即神会于心,其"神会"者,就是下面说的"境"。"处心于境,视境于心",也就是心和境的"应会"交融。所以,这和顾恺之的"神仪在心"、宗炳的"应目会心"大致相同,都是要把物象纳入作者心思之中,在心境相融的过程中获得神似。

这些论述说明,我国古代文学艺术对传神的要求,在创作过程中是和形象思维密不可分的。要能传物之神,就必须通过形象思维。以上诸家,无论是顾恺之的"迁想妙得",宗炳的"应目会心",或王昌龄的"处心于境,视境于心",都是一个如何使心物相融的问题。古代文学艺术家,不少人就是沿着心和物这两个方面,来进一步论述在文艺创作中如何传形之神。

作为艺术创作对象的物是艺术构思的基础。离开客观的物,就谈不到形象思维,且根本就不可能有什么艺术创作。要表现物,首先就有一个了解物、熟悉物的问题。陈代姚最论画曾说:"岂可曾未涉川,遽云越海;俄睹鱼鳖,谓察蛟龙。凡厥等曹,未足

---

① 见胡震亨《唐音癸签》卷二,古典文学出版社排印本第6页。
② 《诗品·形容》。
③ 《诗人玉屑》卷一,中华书局排印本第7页。
④ 《四溟诗话》卷二,宛平校点本第45页。

与言画矣。"①他认为那种一知半解、不懂装懂的人,根本就没有资格讨论绘画艺术。这就把深入了解描写对象摆到一个十分重要的地位。所以南齐谢赫曾正面提出"穷理尽性,事绝言象"②的观点。谢赫以"六法"论画,认为古来画家,对于六法"罕能尽该","唯陆探微、卫协备该之矣"。因此,谢赫把陆探微列为第一品的第一人。而陆探微之所以有如此成就,就主要是他的画能"穷理尽性,事绝言象"。就是说,他能全面而深入地了解其描绘对象,从而充分有力地把这种形象表现出来。所以,张彦远谓"陆公参灵酌妙、动与神会"③;直到元代汤垕,还说陆画"望之神采动人,真希世之宝也"④。这都说明,传神之作,与艺术家对物象的深入观察了解是分不开的。

元好问论诗绝句之一有云:"眼处心生句自神,暗中摸索总非真。画图临出秦川景,亲到长安有几人!"⑤这也是说:要诗能传神,必须首先对所写事物进行直接观察。只有"眼处"才能"心生";要使物象"神之于心",生动鲜明地"心生"出来,"暗中摸索"是做不到的。所以,元好问强调要"亲到长安",才能绘出秦川美景。

须要进而研究的是,有了对物象的深入观察了解,是不是就能传形之神呢?明代画家莫是龙、唐志契都曾大同小异地谈到:"看得熟,自然传神。传神者必以形,形与心手相凑而相忘,神之

---

① 《续画品录》,《中国画论丛书》本第1—2页。
② 《古画品录》,《中国画论丛书》本第7页。
③ 《历代名画记》卷六,《画史丛书》第1册第77页。
④ 《画鉴》,《中国画论类编》第477页。
⑤ 《元好问论诗三十首小笺》第67页。

所托也。"①因为传神必以形,所以,"看得熟"是传神的基础。但"看得熟"何以能传神呢？这里先要注意一个"熟"字。"熟"者,熟之于心也。把形熟于心后,形与心"相凑",就是上面说的心与物的融合。形与心高度融合到"相忘"的程度,就达于物我不分的境界了。把这种物我不分的境界表现出来,就"自然传神"了。这说明,虽然说"看得熟,自然传神",实际上还有一个形与心的结合问题。文学史上称为"四灵"之一的赵师秀(字紫芝)有一个生动的比喻：

> 杜小山未尝问句法于赵紫芝,答之云："但能饱吃梅花数斗,胸次玲珑,自能作诗。"戴石屏云："虽一时戏语,亦可传也。"余观刘小山诗云："小窗细嚼梅花蕊,吐出新诗字字香。"罗子远诗云："饥嚼梅花香透脾",亦此意。②

据说古代传神高手能画出流水之声,马蹄之香；能够把诗写得"字字香""香透脾",也就可谓传神佳作了。怎样才能在诗中表达出梅花的香味呢？赵师秀的"一时戏言"却道出其中微妙。对"饱吃梅花数斗",有待考虑的是：第一,梅花怎么"吃"法；第二,"吃"到何处去；第三,为什么要"吃数斗"之多？这些问题原话都显示得很清楚。"饱吃梅花"者,精研细究梅花的形色神态；这种东西当然不能吞到肚子中去,而是装进"思想"的大库,"吃"到心中去；这样,"数斗"之多,就有其必要了。吃了这么多,怎样消化呢？"胸次玲珑"就是消化了大量梅花形象的结果。吃得少了,三、五只梅花,就未必能使诗人"胸次玲珑"。必须多吃饱餐,才能熟谙

---

① 莫是龙《画说》,《画论丛刊》第66页。
② 韦居安《梅磵诗话》卷中,《历代诗话续编》本。

梅花的形神,掌握梅花的特征;但也更须要好好加以消化,才能在诗人的心中出现玲珑鲜明的梅花形象,才能写出"字字香"的传神之诗来。因此,"吃"得多,"看得多",既须要"吃"到作者的"心"中去,又须要经过"心"的消化作用,才能产生传形之神的文艺作品。

"心"的消化过程,也就是对形象进行复杂的加工改造的形象思维了。任何艺术创作,离开"心"的这种作用是不能完成的。有的艺术创作,如绘画,很容易被误认为仅仅是个手法、技巧问题。古代很多艺术家已注意到,画家的手是受心支配的,心中无物,技巧虽高,不可能有传神之作。清代布颜图的《画学心法问答》,就着重论述了这点:

> 练之之法,先练心,次练手,笔即手也。古人有读石之法,峰峦林麓,必当熟读于胸中。盖山川之存于外者形也,熟于心者神也,神熟于心,此心练之也。心者手之率,手者心之用,心之所熟,使手为之,敢不应手?故练笔者,非徒手练也,心使练之也。①

这就不只是手由心支配的问题了。他说的"心",是把峰峦林麓的形象融会于作者思想之中的"心"。当客观物象"熟读于胸中"之后,其心中的形就产生了变化。正如郑燮所说:他"晨起看竹",而"胸中勃勃,遂有画意"。这时,他胸中已有竹的形象了。可是,"胸中之竹,并不是眼中之竹也"②。心中的形象虽来自客观的物,但当客观的物进入艺术家的思想之中以后,必经主观的思想

---

① 《画学心法问答·问练笔法》,《画论丛刊》第283页。
② 《板桥题画·兰竹》,《中国画论类编》第1173页。

感情加以改造。这种经过加工改造后的形象,不仅异于原形,且往往高于原形。这是艺术创作中的普遍现象。布颜图总结这种现象,提出"山川之存于外者形也,熟于心者神也"。同是山川之形,在外曰"形",在心曰"神",这就揭示了形和神的关系和区别:"形"指物象的原形,"神"指经艺术家的思想感情加工改造而提高后的艺术形象。这就更为具体地说明了传神与形象思维的关系,必须通过把形"熟于心"的形象思维,才能传形之神。

"心练"的主要内容之一是想象。艺术创作的想象是有它自己的特点的。我国古代文学艺术家曾创造过不少精练的语言来说明其特点,如刘勰的"神与物游"、萧统的"心游目想"等。萧统在《文选序》中讲到的"心游目想",还不指文学创作中的想象构思活动,但用来说明创作构思的想象却很恰当。值得注意的是这个"目"字,南朝人不仅用"目"来想,还用"目"来记。宋代画家王微自称他画山水"皆得仿佛",就因他能"盘纡纠纷,咸记心目"①。记于心的本来就指山水的形貌,记于"目",更突出了形象的意义。姚最评谢赫画人物,也说"目想毫发,皆无遗失"②。这个"目想",就指艺术创作中的想象活动了。"目"怎能想、怎样想呢?这从清代王昱所讲的"心游目想"中,可以看清"目想"的特点。王昱首先提到:"未作画前,全在养兴。或觏云泉,或观花鸟";作画之中,要"贯想山林真面目";"到得绝处,不用着忙,不用做作,心游目想,忽有妙会,信手拈来,头头是道"③。显然,王昱说的"心游目想",是在平素观察自然景物的基础上,进行创作时"贯想山林真

---

① 《历代名画记》卷六,《画史丛书》第1册第80页。
② 《续画品录》,《中国画论丛书》本第10页。
③ 《东庄论画》,《画论丛刊》第260页。

面目"的构思活动。在这个想象过程中,必须紧紧结合"山林真面目"的具体形象而"心游"其间;因为始终是眼不离形的想象,所以特称之为"目想"。这个"心游目想",十分巧妙地概括形象思维的基本特点。要创造出有神韵的艺术作品,就不能不通过这样的"心游目想"。王昱曾明确讲到:

> 运笔古秀,着墨飞动,望之元气淋漓,恍对岚容川色,是为真笔墨。须知此种神韵,全从朝暮四时,风晴雨雪,云烟变灭间贯想得来。①

山水画的神韵,没有对朝暮四时景色的细致观察是不可能创造出来的。如果只是面对眼前实景,直写其眼前所见局部景物,也不可能得到传神之作。要"心游目想"地进行"贯想",就是要对朝暮四时客观景色进行必要的取舍、综合、加工、改造;只有通过这种一系列深入细致的形象思维活动,才能创造出有神韵的艺术形象。

"心练"在艺术创作中的又一重要作用,是对形象的淘洗熔炼。清代许印芳对此有较为详细的论述:"凡我见闻所及……当运以精心,出以果力,眼光所注之处,吐糟粕而吸菁华,略形貌而取神骨,此淘洗之功也。"②这种活动,实际上不仅仅指动笔之前的选材或构思工作。从"见闻所及"开始,直到把艺术形象创造完成,在整个艺术创作过程中,一直要"运以精心"来取精华,传神骨。显然可见,整个取精华、传神骨的过程,也是进行形象思维的过程。

---

① 《东庄论画》,《画论丛刊》第260页。
② 《〈与李生论诗书〉跋》,《诗法萃编》卷六。

以上所述说明,传形之神和形象思维是密不可分的。因此,我们要研究怎样传形之神,就必须进而具体探讨,在文艺创作中是怎样进行艺术构思的。

二

在创造艺术形象中,以传形之神为特殊手段的艺术构思,体现了我国古代文艺创作中艺术构思的基本特色。因此,研究怎样传形之神,也就是研究我国古代艺术构思的具体特点的重要课题了。但表现在文学艺术中的"神"或"神韵",是十分复杂而丰富多彩的;怎样通过艺术构思来传形之神,怎样在艺术构思中孕育出丰富多彩的神韵,这就因人因物而异,千变万化,难以尽言。这里只能提出几种在古代文学艺术中常见的情形来研究。

先看以形写神,形神兼备的特点。

形神兼备是我国古代创造艺术形象的理想境地。张九龄说的"意得神传,笔精形似",就集中概括地表达了这种理想。此外,如白居易说的"形真而圆,神和而全"[1];陆时雍要求"形神无间"[2];松年主张"形全神足"[3]等,都反映了古代文学艺术家要求形神兼备、不可偏废的思想。《宣和画谱》论画虎,把形与神不可偏废的道理讲得很清楚:

盖气全而失形似,则虽有生意,而往往有反类狗之状;形

---

[1] 《画记》,《白香山集》卷二十六。
[2] 《诗镜总论》,《历代诗话续编》。
[3] 《颐园论画》,《画论丛刊》第 611 页。

似备而乏气韵,则虽曰近是,奄奄特为九泉下物耳。①

只就画虎的形神关系这个侧面来看:忽于形似,虽能神气十足,却画虎类犬;画虎而使人看不出是虎,于神何益?如果相反,忽于神韵,即使画来像虎,但生意索然,正如"规孟贲之目,大而不可畏"②,就毫无猛虎的特点。这个简单的道理,很能说明形神兼备在创造艺术形象中的必要。从根本上说,只有形,就不一定成其为艺术作品;而神不能独立存在,它必须是形的神,没有形,就无从产生出神来。我国古代文学艺术家注重形与神的统一;看来是很有道理的。

怎样才能创造出形神统一的艺术形象呢?顾恺之有云:"凡生人无有手揖眼视而前无所对者,以形写神而空其实对,荃生之用乖,传神之趣失矣。"③他根据人物形象有所视,就应有其视的对象才能传神的道理,提出了"以形写神"的方法。张彦远则说:"今之画,纵得形似而气韵不生;以气韵求其画,则形似在其间矣。"④这是认为,求得气韵,就有形似。细较两说,实为两种不同的方法:顾说重神,却要通过形来表现神,以求形神统一;张说也重神,却是因神得形,以求形神统一。质言之:一以形求形神统一,一以神求形神统一。

张氏论画,是形神并重的。他既明确主张"象物必在于形似",又讲到:"得其形似,则无其气韵……岂曰画也?"对有形似而无气韵的画,他根本就不承认是画。理论上,他是对的,问题在于

---

① 《宣和画谱》卷十四,《画史丛书》第 2 册第 158 页。
② 《淮南子·说山训》。
③ 《历代名画记》卷五,《画史丛书》第 1 册第 71 页。
④ 《历代名画记》卷一,《画史丛书》第 1 册第 15 页。

方法。有正确的理论而无正确的方法,往往会走向理论的反面。张彦远毕竟不是画家,他提出的"以气韵求其画",能否"形似在其间",做到形与神的统一,还有待实践的检验。这是一个具有相当普遍意义的问题。我国古代文学艺术家在轻形重神的过程中,曾走过不少弯路,留下了深刻的历史教训。

现以在诗文绘画方面都有较大影响的一诗一画来看。苏轼有几句在古代艺坛传诵极广的论画诗:"论画以形似,见与儿童邻;赋诗必此诗,定非知诗人。"①宋元以来,议论此诗者甚多,先看杨慎的意见:

> 东坡先生诗曰:"论画以形似……"言画贵神,诗贵韵也。然其言有偏,非至论也。晁以道和公诗云:"画写物外形,要物形不改;诗传画外意,贵有画中态。"其论始为定,盖欲以补坡公之未备也。②

杨慎为什么说只贵神韵的苏诗"其言有偏"呢?他用晁说之的诗来纠偏,主要精神是"要物形不改"。苏诗的"偏",就正在于单纯强调神韵,很难做到"形不改"。历史的发展完全证明,苏诗是确有"未备",而晁说之在苏诗之后马上和以补偏,是颇有见地的。这从金末王若虚的论述可见:

> 夫所贵于画者,为其似耳,画而不似,则如勿画。命题而赋诗,不必此诗,果为何语?然则坡之论非欤?曰:论妙于形似之外,而非遗其形似;不窘其题,而要不失其题,如是而已耳。世之人不本其实,无得于心,而借此论以为高。画山水

---

① 《书鄢陵王主簿所画折枝二首》,《苏东坡集》前集卷十六。
② 《论诗画》,《升庵诗话》卷十三,《历代诗话续编》本。

意得神传,笔精形似

者,未能正作一木一石,而托云烟杳霭,谓之气象。赋诗者茫昧僻远,按题而索之,不知所谓,乃曰:格律贵尔。一有不然,则必相嗤点以为浅易而寻常。不求是而求奇,真伪未知,而先论高下,亦自欺而已矣,岂坡公之本意也哉!①

苏轼的诗,王若虚认为"本其实"来理解,并不是完全不要形似,只是某些"不求是而求奇"的人,借题发挥,自欺欺人。但这虽然不是"坡公之本意",苏轼的诗对后世重神而忽形的倾向曾发生过一定的影响,这却是事实。不仅如王若虚所说,有人"借此论以为高",有的甚至"往往借此以自文其陋"②。王若虚的文艺观点虽然推崇苏轼,这里也有明显的辩护迹象,但在这个问题上,到底和苏轼的基本倾向不同;他不是否定形似,而是极力肯定形似。"画而不似,则如勿画。"这是个最简单也最有力的论点。同样,如果把诗写得"茫昧僻远",不知所云,那也是"不如勿诗"了。葛立方也说:"不以形似,当画何物?曰:非谓画牛作马也,但以气韵为主尔。"③要是把牛画成马,把虎画成犬,不仅谈不到形神兼备,反而形神俱失了。

有一幅传为王维所画的《袁安卧雪图》,和苏轼的论画诗一样,也常为后世轻形重神者的口实。首先是沈括提出,此画有"雪中芭蕉",是"不问四时"而"造理入神"④。从此,"雪中芭蕉"成了"不问四时"的根据,"不问四时"则成为"造理入神"的妙方。

---

① 《滹南诗话》卷二,《历代诗话续编》本。
② 李易修《小蓬莱阁画鉴》,《中国画论类编》第 273 页。
③ 《韵语阳秋》卷十四,《历代诗话》本。
④ 《梦溪笔谈》卷十七,胡道静校注本第 542 页。

而雪中是否可能有芭蕉,也成为宋元以来聚讼不休的话题①。如明代谢肇淛曾提出:"王右丞雪中芭蕉,虽闽广有之,然右丞关中极寒之地,岂容有此耶?"②如王维到过闽广,则"雪中芭蕉"正是写实之作,不足为奇;王维虽未曾到过闽广,作为艺术创作来看,也是未尝不可的。但历来讲"雪中芭蕉"者,却是把它认定为"岂容有此"的关中之作,从而突出其违反季节常识是有意为之。因此,它才成为强调神韵、反对形似者的借口。

王士禛论神韵,就曾大谈其"雪中芭蕉",并说他曾看到过一幅《袁安卧雪图》,只是"不知即此本否"③。这真是痴人说梦。早在沈括提出"雪中芭蕉""不问四时"之前,郭若虚已在《图画见闻志》中讲到《袁安卧雪图》的毁灭历史了。郭若虚是懂画的,却说此图"不书画人姓名,亦莫识其谁笔也"。且该画又早在宋真宗时由丁谓携往金陵,张于城西北之赏心亭,历久败裂,被人"窃以殆尽"④了。此图是宋真宗出自御府,宋真宗之后的沈括所见何图,已是大有可疑了,王士禛又从何见到王维的《袁安卧雪图》⑤?这当然不过是为其神韵说虚张声势。所以,王士禛说:"世谓王右丞画雪中芭蕉,其诗亦然。……大抵古人诗画,只取兴会神到,若刻

---

① 见钱锺书《谈艺录》第357—358页。
② 《文海披沙》卷三。
③ 《带经堂诗话》卷二十三,夏闳校点本第678页。
④ 《图画见闻志》卷六,《画史丛书》第1册第84页。
⑤ 宋人张敦颐《六朝事迹编类》卷上,谓张于赏心亭的《袁安卧雪图》,"乃唐周昉笔"。明末清初吴其贞《书画记》卷五说他曾见过一幅《袁安卧雪图》,疑为荆浩所作,均不可信。此画历代仿本甚多,是否王维始作,尚无确证。

舟缘木求之,失其指矣。"①这就把"雪中芭蕉"的画法扩大到"其诗亦然",再推而广之,"古人诗画",都是如此。这当然不是事实。传为王维所作《山水论》正与此论相反,主张"凡画山水,须按四时"②。《山水论》虽为后人伪托,但如王维的画确是"不问四时",伪托者就未免太傻了。而更主要的是,"须按四时"是古代多数画家的共同主张。"不问四时",则画芭蕉可称冬景,画牛也可谓画马,这就完全否定形似了。

以上二例说明,如果忽略了形似,不从形似来求神韵,是不可能有了神韵就能形神皆备的。清代画家总结自己的创作经验,认为:

> 要之画以象形,取之造物,不假师传。自临摹家专事粉本,而生气索然矣。今以万物为师,以生机为运,见一花一萼,谛视而熟察之,以得其所以然,则韵致风采,自然生动,而造物在我矣。譬如画人,耳目口鼻须眉,一一俱肖,则神气自出,未有形缺而神全者也。③

论者也不满于"生气索然"的形象而要求传形之神,但是,形不完则神不全,首先必须形的"一一俱肖",才能"神气自出"。这就是说,必须从形似来求神韵。但这种形似,又不能是临摹粉本或直陈物象"而生气索然"的形似,它必须从对现实万物的深入观察思考中,在掌握了万物的"所以然"之后,才"造物在我",随作者的主观意图创造出形象来。这样的形似,就自然有神。莫是龙说的

---

① 《带经堂诗话》卷三,第68页。
② 《中国画论类编》第597页。
③ 邹一桂《小山画谱》卷上,《画论丛刊》第748页。

"传神者必以形",王夫之说的"体物而得神"①,以及王概说的"因其形似,得其精神"②等,都是这个意思。所以,为众多文学艺术家的实践所证实的正确途径,是顾恺之的"以形写神"。能抓住形的特点,表现形的神,形与神自然得到有机的统一。

在艺术构思上,"以形写神"的方法,和单纯的摹写物貌,直陈形似自然不同;和反对形似,专求神韵的方法也不同。"以形写神"虽以形为基础,却不停留于形似;以传形之神为目的,又不能脱离形似,而创造超轶绝尘、虚无缥缈式的神韵。因此,"以形写神"的构思特点,主要是建立在形似的基础上,通过"吐糟粕而吸精华,略形貌而取神骨"的过程,就形象所固有的特点,提炼出它的神骨来;而其想象活动,主要就在如何把物象的精神特点,凝聚在精炼的形象上。创造出这样的形象,自然就形神兼备了。

三

再看羚羊挂角,象外求神的特点。

翁方纲论神韵,曾说:"其谓'羚羊挂角,无迹可求',其谓'镜花水月,空中之象',亦皆即此神韵之正旨也。"③况周颐论词也说:"所谓神韵,即事外远致也。"④这类说法甚多。神韵和"羚羊挂角""象外之象""韵外之致"之类是有一定联系的。虽然不能把神韵的意义缩小为仅仅是"象外之象"等,但也应看到,在艺术

---

① 《薑斋诗话》卷二,夷之校点本第155页。
② 《画花卉草虫浅说》,《中国画论类编》第1108页。
③ 《神韵论》,《复初斋文集》卷八。
④ 《蕙风词话》卷一,王幼安校点本第7页。

构思上,"象外"说确具有传形之神的重要特征。

于象外求神的方法,当然不是个别人物的创造发明,在我国古代文学艺术史上,也有其悠久的历史渊源和较大的普遍意义。袁枚认为:

> 孔子与子夏论诗曰:"窥其门,未入其室,安见其奥藏之所在乎?前高岸,后深谷,泠泠然不见其里,所谓深微者也。"此数言,即是严沧浪"羚羊挂角,香象渡河"之先声。①

孔子是否说过这几句话,且是否"论诗",当然都有问题②。袁枚所引这段话见于《韩诗外传》卷二,和"羚羊挂角"一类说法虽还不是一回事,但其中还讲到学诗的"已见其表,未见其里";诗有表里,和"象外"说也有某些近似之处。《韩诗外传》的作者韩婴是西汉前期人,这话虽然未必出于孔子,却至少反映了秦汉间人对诗的这一特点的认识。第一个在艺术论著中直接提出"象外"说的,是南齐画家谢赫。他说:"若拘以体物,则未见精粹;若取之象外,方厌膏腴,可谓微妙也。"③这就要求不拘于表面形似的描写,而要在形似之外取其神韵,这样的形象,才能表现更丰富的内容。

到了唐代,除张彦远的《历代名画记》、朱景玄的《唐朝名画录》都以"象外"说论画评画外,诗歌创作也提出了"象外"说。刘禹锡论诗,讲到"境生于象外"④;还有专名之为"象外句"的诗歌

---

① 《随园诗话》卷二,米坎校点本第36页。
② 《尚书大传》卷七、《孔丛子》卷上,也载此语,大同小异,但都是"问书",而非"论诗"。
③ 《古画品录》,《丛书集成》本第4页作"若取之外"。据王伯敏注本第9页,应为"若取之象外"。
④ 《董氏武陵集纪》,《刘禹锡集》,上海人民出版社标点本第173页。

创作:"唐僧多佳句,其琢句法,有比物以意,而不言物,谓之象外句。"①唐末司空图更大倡其说,提出"韵外之致""味外之旨"②、"象外之象""景外之景"③等说。到了宋代,"象外"说受到更大的重视和普遍的运用。梅尧臣认为:"必能状难写之景,如在目前,含不尽之意,见于言外,然后为至矣。"这就把诗有象外之意,视为诗歌创作的最高理想了。梅尧臣还举出一些具体例子,如温庭筠的"鸡声茅店月,人迹板桥霜";贾岛的"怪禽啼旷野,落日恐行人"。认为这种诗句,"道路辛苦,羁愁旅思,岂不见于言外乎?"④从温、贾诗句的形象来看,确是显示了象外的"道路辛苦,羁旅愁思"之意。宋人正是在总结这类创作中,提高了对"象外"说的认识的;因此,他们常常以此来评论诗文书画。仅以苏轼一人来看,如评文与可的画:"时时出木石,荒怪轶象外。"⑤称王维的画:"摩诘得之于象外,有如仙翮谢笼樊。"⑥又说:"予尝论书,以谓钟王之迹,萧散简远,妙在笔画之外……至于诗,亦然。"⑦于此可见,注意象外之旨,在唐宋时期的文学艺术中,已运用得相当广泛了。

明清以来,"画写物外形","诗传画外意"⑧,成了诗人画家的

---

① 蔡居厚《诗史·象外句》,郭绍虞《宋诗话辑佚》燕京版卷下第95页。《诗人玉屑》卷三《象外句》条录《冷斋夜话》略同。
② 《与李生论诗书》,《司空表圣文集》卷二。
③ 《与极浦书》,《司空表圣文集》卷三。
④ 欧阳修《六一诗话》引,《历代诗话》本。
⑤ 《题文与可墨竹》,《苏东坡集》前集卷十六。
⑥ 《王维吴道子画》,《苏东坡集》前集卷一。
⑦ 《书黄子思诗集后》,《苏东坡集》后集卷九。
⑧ 杨慎《升庵诗话》卷十三引晁说之诗。

普遍认识。明代提倡"文必秦汉,诗必盛唐"的李梦阳认为:"古诗妙在形容,所谓水月镜花,言外之言。宋以后,则直陈之矣。"①这就为七子的复古主张找到了根据。到胡应麟论诗,则称赞"盛唐绝句,兴象玲珑……无迹可寻"②,完全是严羽的腔调,甚至认为:

> 审言"风光新柳报,宴赏落花催";摩诘"兴阑啼鸟换,坐久落花多",皆佳句也。然"报"与"催"字极精工,而意尽语中;"换"与"多"字觉散缓,而韵在言外。观此可以知初盛次第矣。③

这就以有无"韵外之致"作为判别初盛唐诗作高低的标准了,于此可见其对"象外"说的重视。

到了清代,诗人则强调"诗无言外之意,便同嚼蜡"④。画家更深入认识到:"画固以象形,然不可求之于形象之中,而当求之于形象之外。"⑤特别是以神韵名家的王士禛,更大倡"羚羊挂角,无迹可求"之说,认为严羽的这些话"乃不易之论",是"发前人未发之秘"⑥等等。直到晚清刘熙载论艺,仍认为司空图、严羽的"美在酸咸之外"以及"镜花水月"等说,不仅论诗,"词亦以得此境为超诣"⑦。赋也应"写言外之重旨……不然,赋物必此物,其

---

① 《四溟诗话》卷二引,第60页。
② 《诗薮》内编卷六,中华书局排印本第114页。
③ 《诗薮》内编卷四,第68页。
④ 《随园诗话》卷二,牛坎校点本第41页。
⑤ 董棨《养素居画学钩深》,《画论丛刊》第468页。
⑥ 《带经堂诗话》卷二,第65页。
⑦ 《艺概》卷四,上海古籍出版社排印本第121页。

为用也几何?"①

　　这些情形说明,"象外之象"的表现方法,在我国古代文学艺术中,是运用得相当广泛而历史悠久的。创造象外之象的目的,就是为了"于象外摹神"②,或者叫做"离象得神"③。描绘艺术形象,如果作者的思想完全停留于所写事物本身,只是致力于物象表面形貌的传写,则正所谓"赋物必此物""赋诗必此诗",必然是写其形而止于其形,这样的形就无神可言了。

　　于象外摹神,固然是一种传神的方法,但这种方法是抽象的。怎样于象外摹神呢?古代论者往往语焉不详,或有难以言传之苦。清代画家郑绩自己提出这个问题,就说:

　　　　何为味外味?笔若无法而有法,形似有形而无形,于僻僻涩涩中,藏活活泼泼地;固脱习派,且无矜持。只以意会,难以言传,正谓此也。④

这里说的"味外味",仍是难以捉摸的。但他认为创作有味外味的画,"不可有法也,不可无法也,只可无有一定之法",这是对的。其所以"难以言传",就因为它没有"一定之法"。因此,我们只能探讨其最基本的途径。清代许印芳为司空图《与李生论诗书》所写的跋,曾对这个基本途径有所论述。他说:

　　　　功候深时,精义内含,淡语亦浓;宝光外溢,朴语亦华。既臻斯境,韵外之致,可得而言;而其妙处皆自现前实境得

---

① 《艺概》卷三,第97页。
② 《式古堂书画汇考》,《中国画论类编》第1073页。
③ 《诗镜总论》,《历代诗话续编》。
④ 《梦幻居画学简明》卷一,《画论丛刊》第555页。

来，表圣所云"直致所得，以格自奇"也。①

创造"韵外之致"的基本途径，就是"自现前实境得来"，这也就是求得"韵外之致"的"妙处"所在了。强调"现前实境"的本质意义，这里主要是突出直观的形象性。司空图所谓"直致所得"的"直致"，基本上和钟嵘所讲即目所见的"直寻"之义相同。作者首先要到"现前实境"中去"直寻"，并对闻见所及的直观形象，进行一番淘洗熔炼，才能创造出有"韵外之致"的艺术形象。

但许印芳还讲到一种复杂情况：

> 天地人物，各有情状。以天时言，一时有一时之情状；以地方言，一方有一方之情状；以人事言，一事有一事之情状；以物类言，一类有一类之情状。诗文题目所在，四者凑合；情状不同，移步换形，中有真意。②

对这种纷纭复杂、移步换形的情状，画家更为注意。他们不仅看到不同人物、不同时地，各有其不同的情状，而且注意到同一事物也有多种多样的情状。如同是一山，"近看如此，远数里看又如此，远十数里看又如此，每远每异，所谓山形步步移也"③。再从四面八方看，从朝暮阴晴和春夏秋冬不同的时间看，又各有不同。因此，"一山而兼数十百山之形状""一山而兼数十百山之意态"④。在这样的"现前实境"面前，艺术家又怎样去"直致所得"呢？这却是许跋所未能具体回答的问题。

---

① 《〈与李生论诗书〉跋》，《诗法萃编》卷六。
② 《〈与李生论诗书〉跋》，《诗法萃编》卷六。
③ 郭熙《林泉高致集·山水训》，《画论丛刊》第20页。
④ 郭熙《林泉高致集·山水训》，《画论丛刊》第20页。

其实，任何艺术创作对事物的描写，都不可能面面俱到，实录无余。这不仅是不可能，主要还是不必要。艺术家只能选取某些侧面来表达事物的特征，或者突出某些方面来表达一定的思想感情。这可从司空图"自举所得"的诗作，也就是他自认为"可以言韵外之致"的作品来考察。如自谓"得于山中"的："川明虹照雨，树密鸟冲人"；"得于塞下"的："马色经寒惨，雕声带晚饥"；"得于寂寥"的："孤萤出荒池，落叶穿破屋"①等。对山中、塞下或寂寥中所见众多景物，他为什么选择虹、雨、树、鸟、马、雕；孤萤、落叶等，又为什么要说"虹照雨"，而不言"虹照树""虹照鸟"？为什么不说"落叶满荒池""落叶满山村"这种更普遍的景色，而偏要说"落叶穿破屋"呢？显然，作者选取这些而又作如此处理：捕捉这些特征、突出这些情状、侧重这些角度、创造这些画面，无一不是"运以精思"而有其深刻用意的。"孤萤"而又出于"荒池"，"落叶"偏偏穿入"破屋"，这幅深秋景色，虽然着墨不多，但寂寥愁思之情却溢于言外。这就是司空图自己创造的"象外之象""韵外之致"了。

这就是处理"移步换形"的"现前实境"的方法。这种方法，有的叫做"比物以意"，有的叫做"寄言"，其实就是传统的比兴方法。刘熙载论词曾说："词之妙莫妙于以不言言之：非不言也，寄言也。"②"不言"，即不直言，也就是司空图说的"不著一字"。如果"孤萤"二句直以"寂寥""愁思"道出，自然言尽意止，索然无味，也就无所谓"韵外之致"了。借"孤萤""落叶"等形象来"寄言"，就正有其"不言"之妙了。

---

① 《与李生论诗书》，《司空表圣文集》卷二。
② 《艺概》卷四，上海古籍出版社排印本第121页。

总结古代文学艺术家的这些基本经验,象外传神的艺术构思特点就很明显了。所谓"象外摹神"或"离象得神",并非不要形似或离开形似去"摹神""得神",而必须从"现前实境"出发,在对事物情状的淘洗熔炼中,既要精研事物情状的特征,又要结合这种特征飞驰神思于此事、此物、此形、此理之外,然后就物象本身的特点,选取一定的角度,突出某些东西,从而赋予形象以深远的含义,使之显示出形象以外的丰富内容。这种形象,就能传神。这样的形象描写,当然不能太具体,太坐实,而要如"羚羊挂角,无迹可求"。严羽的这种说法,从不要把诗写得过细过死的意义来看,是有一定可取之处的。但它又有使形象含混不清、茫昧僻远的消极作用;所以,过分强调"无迹可求",就会忽于形而有害于神。

四

最后看以少总多,万取一收的特点。

创造艺术形象,必然要涉及形象的概括性。艺术形象如果只具有形象本身的意义,那就不可能是传神之作。而含有丰富的概括性的艺术形象,正是传神之作的要求,也是传神之作的重要特点之一。

注重形象的概括性,我国古代也有其源远流长的传统主张。《周易》中已讲到:"其称名也小,其取类也大,其旨远,其辞文,其言曲而中,其事肆而隐。"[1]这虽指《易经》的说理方法而言,却近于文艺创作的特点。这种认识对后世文学创作,也有其深远的影

---

[1] 《周易·系辞下》。

响。如司马迁评论屈原的作品说："其称文小而其指极大,举类迩而见义远"①,显然是用《周易》的说法来评论文学创作。又如"桃李不言,下自成蹊"两句谚语,班固说："此言虽小,可以喻大。"②这种人民群众创造的语言,确是用精练的形象,概括了丰富的内容。在古代民歌民谣中,这是屡见不鲜的。

魏晋以后,在文学创作空前繁荣,文人对文学艺术的特点逐步有所认识之后,晋代张华就从左思的作品中察觉到文学作品使"读之者尽而有余,久而更新"③的特点。在当时,这是一个相当重要的新认识。它不仅初步接触到文学艺术的形象性所产生的特点,还启发了刘勰、钟嵘等人对文学艺术的概括性的认识。

刘勰在《物色》篇既讲到："物色尽而情有余者,晓会通也";又讲到："善于适要,则虽旧弥新矣。"这显然是张华"尽而有余,久而更新"之说的发展。怎样才能"尽而有余,久而更新"呢？刘勰提出了"善于适要"的重要观点。所谓"晓会通",这里主要指继承《诗经》《楚辞》以来的优良传统。这个传统的特点,刘勰总结为："《诗》《骚》所标,并据要害。""据要害"也就是"善于适要",都指善于抓住物象的主要特征。这就说明,要使文学作品的内容有丰富的概括性,因此能够久而更新,其基本方法,就是"善于适要"。刘勰同时还讲到："物色虽繁,而析辞尚简"。这个"尚简"也并不单指文辞的精简,对于"移步换形"的复杂现象,只是文辞的简练是无济于事的,主要还是用"善于适要"的办法,来概括"物貌难尽"的物色。刘勰的这种认识,主要还是从古来优秀作品中

---

① 《史记·屈原列传》。
② 《汉书·李广传》。
③ 《晋书·左思传》。

总结出来的。他总结《诗经》写物的特点说:

> 故"灼灼"状桃花之鲜,"依依"尽杨柳之貌,"杲杲"为出日之容,"瀌瀌"拟雨雪之状,"喈喈"逐黄鸟之声,"喓喓"学草虫之韵。"皎日""嘒星",一言穷理;"参差""沃若",两字穷形。并以少总多,情貌无遗矣。①

桃花的鲜丽,杨柳的状貌,两个字就概括无余;日的明亮,星的微小,一个字就描绘出来了。这种概括性的描写,和刘勰在《比兴》篇所说"称名也小,取类也大"的以小喻大不同,而是用"善于适要"的方法,抓住形象的特点来"以少总多",所以更具有文学艺术的概括性的特点。

值得注意的是,这种"以少总多"的概括方法,在我国古代文艺史上并不是孤立出现的。"善于适要","以少总多"的方法,正是传形之神的重要手段。所谓"传神写照,正在阿堵",其主要精神就是要善于抓住人物形象的主要特征;而"四体妍蚩,本无关于妙处"②,就用不着多费笔墨了。要是抓不住要害而面面俱到,那就很可能造成"纤细过度,翻更失真"③的后果。相传顾恺之"画裴楷真,颊上加三毛,云:'楷俊朗有识具,此正是其识具。'观者详之,定觉神明殊胜。"④加三毛而使裴楷的画像传神,正是"善于适要"的说明。以三笔而使整个人物形象"神明殊胜",这当然是"总多"。这种方法和一般传形之神略有不同的,就是侧重于"总多";但不过是有别于"形神兼备""象外求神"的传神方法的又一

---

① 《文心雕龙·物色》。
② 《历代名画记》卷五,《画史丛书》第 1 册第 68 页。
③ 《古画品录》,《中国画论丛书》本第 19 页。
④ 《历代名画记》卷五,《画史丛书》第 1 册第 68 页。

特点,也是我国古代创造艺术形象的特色之一。

刘勰之后,钟嵘在《诗品序》中,也提到"文已尽而意有余"的要求。唐代刘知幾讲的:"一言而巨细咸该,三语而洪纤靡漏"①;刘禹锡讲的:"片言可以明百意"②;司空图讲的:"不著一字,尽得风流"③等,可以说是"以少总多"的发展。宋人则对"文已尽而意有余"多有发挥。梅尧臣、吕本中、杨万里、姜夔等人,都有论及此。苏轼更称:"言有尽而意无穷者,天下之至言也。"④严羽以"入神"为"诗之极致",用"羚羊挂角""镜花水月"等种种比喻来说明这种"极致",而其最终要求,就是"言有尽而意无穷"⑤。宋代以后,这句话成了文学艺术家的至理名言,以至清代画家也多称"画有尽而意无穷"⑥,戏曲家也讲"言有尽而意无穷"⑦。

清人讲神韵的较多,对文学艺术的概括性的认识也有新的发展。王士禛说:"表圣论诗,有二十四品,予最喜'不著一字,尽得风流'八字。"⑧这八字好在何处呢?翁方纲论神韵曾讲到:"夫谓不著一字,正是谓函盖万有也。"⑨"不著一字"何以能"函盖万有"呢?孙联奎认为:"不著一字,尽得风流",也就是"超以

---

① 《史通·叙事》,中华书局影印张之象刻本卷六,第13页。
② 《董氏武陵集纪》,《刘禹锡集》,上海人民出版社标点本第172页。
③ 郭绍虞《诗品集解》第21页。
④ 姜夔《白石道人诗说》引,《历代诗话》本。
⑤ 郭绍虞《沧浪诗话校释》第24页。
⑥ 方薰《山静居画论》卷下,《画论丛刊》第459页。
⑦ 黄图珌《看山阁集闲笔》,《中国古典戏曲论著集成》第7册第43页。
⑧ 《带经堂诗话》卷三,第72页。
⑨ 《神韵论》,《复初斋文集》卷八。

象外,得其环中"之意;"不著一字",并非一字不写,而是"无一字道着正事"①,这也就是象外摹神之意。无论抒情状物,正面实写则死,象外虚写则活;能活,就有可能"函盖万有"了。特别是孙联奎对"万取一收"的阐发,对文学艺术的概括性讲得相当精辟:"万取,取一于万";"一收,收万于一"②。这就是说,从众多的物象中进行概括集中,而收聚提炼成一个形象表现出来。这种形象的高度概括性,就是所谓"神"了。这些意见虽是对司空图《诗品》的阐释,但却未必是司空图已明确意识到的东西。应该说,这是从唐到清的漫长历程中,文学艺术家们对艺术形象概括性的认识,由朦胧到明晰的发展。

关于人物形象的概括描写,我国古代总结这方面的意见不多。但早在先秦时期,墨子就讲到颂扬好人要"聚敛天下之美名而加之";批判坏人则"聚敛天下之丑名而加之"③。这虽然不是讲综合概括地创造艺术形象,但要聚天下美丑之名而加于一人,也略具集中概括的萌芽思想。到明清时期,戏曲小说有了较大发展之后,李渔在讲戏曲创作"审虚实"的问题中,便提出了相当成熟的塑造人物形象的方法。

讲虚实,这也是我国古代论艺的传统观点之一。李渔认为"传奇无实",主要是虚构。他对虚和实的理解是:"实者,就事敷陈,不假造作,有根有据之谓也。虚者,空中楼阁,随意构成,无影无形之谓也。"④这种看法说明,虚实问题和神形关系是有其内在

---

① 《司空图〈诗品〉解说二种》第26页。
② 《司空图〈诗品〉解说二种》第27页。
③ 《墨子·天志中》。
④ 《闲情偶记》卷一,《中国古典戏曲论著集成》第7册第20页。

联系的。仅以胡应麟一家之言来看,他说:"盛唐气象浑成,神韵轩举,时有太实太繁处。"①可见"太实"的描写和神韵是矛盾的。又说:

> 盖诗惟咏物不可汗漫,至于登临、燕集、寄忆、赠送,惟以神韵为主……今于登临则必名其泉石,燕集则必纪其园林,寄赠则必传其姓氏,真所谓田庄牙人、点鬼簿、粘皮骨者,汉唐人何尝如此?最诗家下乘小道。②

其实,咏物诗虽必须符合物象特点而"不可汗漫",也应以神韵为主,也不能写得太实太死。至于登临、燕集之类,把泉石的实际名称、园林的具体地点,真名实姓,一一落实,纪之于诗,把艺术创作变成史地实录,这就不仅限死了艺术创作的意义,也无法离开实际而进行创造。南朝画家早就提出,山水画"效异山海",不能用山水画来"案城域,辩方州,标镇阜,划浸流"③。山水画不等于舆地图,文学作品也不等于历史记载,其显著的区别就是虚与实。胡应麟对这点也有所认识:

> 诗与文体迥不类,文尚典实,诗贵清空;诗主风神,文先理道。三代以上之文,《庄》《列》最近诗,后人采掇其语,无不佳者,虚故也。④

这就从文学艺术的特点上说明了虚和实的意义。从胡应麟的这些论述可以说明,完全写实,是不能传形之神的;要使艺术创作概

---

① 《诗薮》内编卷五,第92页。
② 《诗薮》内编卷五,第98—99页。
③ 王微《画叙》,《画史丛书》第1册第80页。
④ 《诗薮》外编卷一,第125—126页。

括深广的内容,就必须用虚构的方法。所以,李渔正是在论虚实中提出了创造典型人物的方法:

> 欲劝人为孝,则举一孝子出名,但有一行可纪,则不必尽有其事,凡属孝亲所应有者,悉取而加之,亦犹纣之不善,不如是之甚也。一居下流,天下之恶皆归焉。其余表忠、表节、与种种劝人为善之剧,率同于此。①

这种概括虚构,如果比之鲁迅讲的:"往往嘴在浙江,脸在北京,衣服在山西,是一个拼凑起来的脚色"②,在方法上就很有些相近了。我们从李渔在《审虚实》中提出这种综合虚构人物形象的方法,可以认为,近代塑造典型人物形象的艺术技巧,并非完全由西方输入,而有其土生土长的明显痕迹。它在自己的发展过程中,和种种传统的表现方法有着千丝万缕的联系,最明显的就是,这种综合虚构,和传形之神这个古老的要求是分不开的。

以上情形说明,我国古代文学艺术创作中,对形象的概括描写,一直是很注重的。但这种艺术概括性,有它自己鲜明的民族特色,它和传形之神的传统要求有着密切的联系。在处理形与神的关系上,或传神阿堵,或以少总多,或综合虚构,从而赋予形象以深远丰富的含义,都是传形之神。因此,从艺术形象的概括性来要求神,就成为传形之神的又一重要方式。在艺术构思上,创造这样的形象,就不是致意于烦琐的、面面俱到的精雕细刻,而主要用"善于适要"的方法,选取某些富有代表性的特点,来以少总多。这和以上两种特点在构思上略有不同的,是要进行一定的综

---

① 《闲情偶寄》卷一,《中国古典戏曲论著集成》第 7 册第 20 页。
② 《我怎样做起小说来》,《南腔北调集》。

合概括。要能"以少总多",必须首先掌握众多的物象,然后才能从中找出可以总多的"少"。这个"少",不是简单的选择。如"依依尽杨柳之貌","依依"二字如果不是从大量杨柳形象中综合出来的,它就没有多数杨柳的共同特点,它就不能"尽杨柳之貌",就写不出"杨柳依依"的名句。"少"固然是相对的,要一切形象都用"两字穷形""一言穷理"是不可能的。但如一出长戏,它的每一个情节、每一个程式、每一个动作,以及唱词、道白,都必须力求"少";多而烦,则"传神之趣失矣"。从"多"中概括出"少",最重要的办法是"善于适要";能从众多的物象中提炼出最突出的特征,就能创造出精炼传神的艺术形象了。我国古代这种着墨不多而意味深长的传神之作,不仅在寥寥数笔的写意画中,在三言两语的小令或绝句中可以看到,在长篇巨制的《三国》《水浒》,以至今天的戏剧舞台上,也是屡见不鲜的。

  以上从三个方面探讨了传形之神的特点。传形之神既然必须通过形象思维,则怎样传形之神,就反映出艺术构思的具体特点了。三个方面虽略有不同,但不仅都是讲如何传神,且都是在传神这一总的要求下形成其特点的;因此,三者之间有着必然的联系。虽然为了探讨其具体特点而作了分别论述,但在实际创作中,并无严格界限,往往是"宏斯三义,酌而用之"。传形之神作为艺术创作的一大民族特色,也是这三个方面的总合构成的。总上所述来看,这一民族特色,的确闪耀着我国古代文学艺术的精光。所以,对此认真加以清理总结,使之在新的文艺实践中继续发扬光大,这对发展社会主义的新文艺,是十分有益的。

《文赋》的主要贡献何在

《文赋》在历史上,长期被视为六朝形式主义文风的罪魁祸首,不仅认为它"重六朝之弊"①,"失诗人之旨"②,且六朝文风"自陆平原'缘情'一语,引入歧途"③,这就罪莫大焉了。近二三十年来,对《文赋》的评论虽还存在一些分歧,总的来看,肯定的渐多了。但肯定它什么呢?一篇"巧而碎乱"④的《文赋》,涉及问题相当广泛,如果我们也作"巧而碎乱"之评,即使逐一肯定其所谓创作修养、想象构思、修辞技巧、文质并重、辨析文体、重视独创,以及兴会感应等,仍是价值有限,也未必能使人信服它确非六朝形式主义文风的始作俑者。所以,到底怎样评价《文赋》,有必要研讨其主要贡献何在。

一

有人认为,《文赋》"在中国文学批评史上是第一篇完整而系

---

① 谢榛《四溟诗话》卷一。
② 沈德潜《说诗晬语》卷上。
③ 纪昀《云林诗钞序》,《纪文达公遗集》卷九。
④ 《文心雕龙·序志》。

统的文学理论作品"①,这是未尝不可的。若以《典论·论文》为第一篇,则《文赋》至少是第一篇系统的创作论。

汉以前曾出现一些对一般文章或言辞的零星论述,但由于对文学艺术的特点尚无认识,系统的文学创作理论是不可能产生的。孔子论诗的意见甚多,不仅没有谈到诗歌创作问题,且所谓"兴观群怨","事父""事君"②,所谓"诵诗三百,授之以政,不达;使于四方,不能专对;虽多,亦奚以为"③等,都是把诗歌视为政治道德的工具,而不是艺术作品。孔子即使曾讲到:"言之无文,行而不远",也是以"言以足志,文以足言"④为前提;他讲的"文",只以"足言"为目的,谈不到什么文艺创作。

两汉是独尊儒术的时代,儒家思想控制着学术文化的各个领域。在汉儒心目中,文学不过是经学的附庸,是他们用以为封建政教服务的工具。纯文学的观点,在汉代并未形成,因此,汉人虽有一些关于诗歌、辞赋的零星论述,却未能产生独立于经学之外的文学创作论。由于儒家重德不重文,认为"有德者必有言,有言者不必有德"⑤,所以,文章诗赋,长期被视为"末事"或"小道"。儒家虽不废文,甚至要求"君子博学于文",但必须"约之以礼"⑥;认为"凡言不合先王,不顺礼义,谓之奸言"⑦。所以,两汉时期,无论诗赋文辞,无不受到儒家思思的严重束缚,甚至儒家的道德

---

① 《中国历代文论选》第1册第185页。
② 《论语·阳货》。
③ 《论语·子路》。
④ 《左传·襄公二十五年》。
⑤ 《论语·宪问》。
⑥ 《论语·雍也》。
⑦ 《荀子·非相》。

观念和文学观念形成了尖锐的对立。顾炎武称:"东汉之末,节义衰而文章盛"①,正反映了这种对立。汉儒所讲那套"节义"若不衰弱,文章是盛不起来的。所以,南朝人作诗,就"罔不摈落六艺,吟咏情性"②。

具有美学意义的文学创作论,必须在突破儒家思想的牢笼,有了自觉的文学创作,形成了独立的文学观念之后才能产生。到了建安时期,两汉"户习七经"③的局面,转而为"家弃章句"④了;这时的诗歌创作,"甫乃以情纬文,以文被质"⑤,出现了中国文学史上所谓"文学的自觉时代"。陆机的《文赋》,正是在建安文学之后,在人们明确意识到诗歌创作是一种艺术的创造的基础上出现的。诗歌创作在建安时期形成"彬彬之盛,大备于时"⑥的局面之后,诗歌艺术的特点,逐渐被人们发现了。至于齐梁,"斯风炽矣,才能胜衣,甫就小学,必甘心而驰骛焉"⑦。这种情形出现于六朝时期,当然有多种原因,也显然与诗歌创作被人们认识到是一种美的创造有关。

当诗人们开始有意识地进行艺术创作之后,对其新的认识、新的经验、新的主张,从理论上提出探讨与总结,就有其必然性了。《文赋》正是在这种情形下的历史产物。魏晋南北朝期间出现的文学论著特多,正与时人对文学艺术的特点开始有所认识有

---

① 《两汉风俗》,《日知录》卷十三。
② 裴子野《雕虫论》,《全梁文》卷五十三。
③ 刘师培《中国中古文学史·论汉魏之际文学变迁》。
④ 沈约《宋书·臧焘传论》。
⑤ 沈约《宋书·谢灵运传论》。
⑥ 钟嵘《诗品序》。
⑦ 钟嵘《诗品序》。

关。《文赋》强调美的创造,重视形式,固然和太康文风,特别是和世族文人的阶级意识有一定联系,但汉代也有大地主阶级的文人,他们却未能提出一篇真正的文学创作论来,这就显然与文学艺术本身的发展规律分不开了。我们于此看到,《文赋》出现于建安之后,虽有作者个人因素在内,更主要的仍是历史的产物,它不仅是在前人创作经验的基础上产生的,没有汉末以来巨大的社会变化和思想变化,文学史上第一篇文学创作论,仍是不会在这个时候出现的。

当这种新的文学观念在历史上逐步形成,并在创作实践中有所反映之后,有两种不同的态度出现了:一是复古主义者的反对,一是形式主义者的赞赏。

儒家思想在这个时期虽已退居次要地位,但其潜在势力还是相当顽固的。死抱住儒家思想不放的人,必然要反对这一新的发展趋势。《抱朴子》中反映了这种人的部分意见。他们认为:"今世所为,多不及古,文章著述,又亦如之。"他们重新打出儒家旗号,大叫:"德行者本也,文章者末也。故四科之序,文不居上。"认为:"著述虽繁,适可以骋辞耀藻,无补救于得失,未若德行不言之训。"[1]这种人对建安以来的文学发展,完全持否定态度,而企图把文学创作拉回汉以前的老路上去。其后,如南朝的裴子野,北朝的苏绰等,都是坚决反对文学发展新趋势的代表人物。他们不满于当时"天下向风,人自藻饰"[2]的形式主义文风,未尝没有可取的一面,但如裴子野的反对"摈落六艺",而重新提出"止乎礼

---

[1] 《抱朴子·尚博》。
[2] 裴子野《雕虫论》,《全梁文》卷五十三。

义"①的要求；苏绰主张"一乎三代之彝典,归于道德仁义"②,要求用"佶屈聱牙"的《尚书》体来写文章,那就是一种阻碍文学艺术发展的复古主张了。

赞成新变者,在当时更是大有人在的。他们并不懂得什么文学艺术的特点,仅仅着眼于诗文形式的辞采,借文学艺术这一新的发展趋势,推波助澜,大搞形式主义、唯美主义。以陆机为代表的太康诗人,这种趋向已相当明显了,发展到南朝时期,便酿成形式主义的恶性膨胀。

在自觉的文学创作出现之后,无论在理论上或创作实践上,都随之出现了很多新的问题有待解决。陆机当然不可能、也来不及全面而正确地解决所有问题。当时的当务之急,主要就是如何对待上述两种针锋相对的意见。重文则助长形式主义的发展,否定文则使复古主义者得逞,扼杀文学艺术的新发展。这两方面在当时势难得兼。因此,从文学艺术发展的必然进程来看,从自觉的文学刚刚从儒家思想的长期桎梏下解放出来的历史条件来看,特别是从当时的反对者已打出"德行""六艺"的旗号,妄图扭转文学艺术的历史车轮来看,即使在强调艺术创造方面提出矫枉过正的主张,也是有其一定的必要性的。陆机虽然未必明确意识到这种历史形势,但我们就不能不根据这样的背景,来考察《文赋》出现于当时的历史意义。

裴子野在《雕虫论》中评六朝文学的重要罪状之一,就是"摈落六艺,咏吟情性"。陆机的《文赋》,正是抛开了六艺而力主"缘情"。在《文赋》中,"德行""礼义"一套儒家教义,确是被彻底摈

---

① 裴子野《雕虫论》,《全梁文》卷五十三。
② 《大诰》,《全后魏文》卷五十五。

除了。它除旗帜鲜明地提出"诗缘情而绮靡"外，所论整个创作过程，都贯穿着吟咏情性的观点："遵四时以叹逝，瞻万物而思纷；悲落叶于劲秋，喜柔条于芳春。"是作者在自然万物的变化中产生了某种感情，才开始进入创作的；无论是"感物吟志"的诗，或"觌物兴情"的赋，其创作就是要表达这种由客观外物所触发起来的情。因此，在具体创作过程中，就必然不能离开情。其构思，固然是"情曈昽而弥鲜，物昭晰而互进"；即使在"选义按部，考辞就班"中，作者也必须饱和着浓厚的情感，"信情貌之不差，故每变而在颜；思涉乐其必笑，方言哀而已叹"。所以，陆机认为："言寡情而鲜爱，辞浮漂而不归；犹弦么而徽急，故虽和而不悲。"没有强烈的爱憎感情，是写不出感人的艺术作品的。

陆机的"缘情"说，对后世是有其深远的影响的。我们这里要注意的，是它在当时的历史意义。全赋都强调"吟咏情性"，这就正是"摈落六艺"。这样强调"缘情"，就坚持和推动了文学艺术发展的新方向，而有力地抵制了当时用儒家思想来反对文学艺术的历史逆流。因此，对陆机所讲"诗缘情而绮靡"，如果不是曲解"绮靡"二字[①]，"绮靡"就有其必要了。所谓"缘情而绮靡"，不过是要求用美好的艺术形式来抒发感情。这种要求本身，何至于就把文学创作"引入歧途"了呢？

这里涉及一个老问题：陆机的创作实践，形式主义倾向是明显的，《文赋》中的主张，和他的创作实践是一致或相反呢？《文赋》的写作时间，诸说不一。夏承焘先生认为："若是诗篇在先，还可以肯定为他的认识后来有进步，若是《文赋》在先，那么晚年创

[①] 参看周汝昌《陆机〈文赋〉"缘情绮靡"说的意义》，《文史哲》1963 年第 2 期。

作却是倒退了。"①这话是有道理的。《文赋》的观点和陆机的主要创作倾向显然不一致,这只能从时间的前后来找原因。杜甫的"陆机二十作《文赋》"只是一句诗,很难据以判断其准确的写作时间。陆机二十岁是公元280年。279年冬,晋兵"大举伐吴",280年三月,吴灭。陆机在遭国破家亡之痛的二十岁这年,写成《文赋》的可能性是没有的。二十岁之前,更难设想一个没有丰富创作经验的青年,能写成深得创作甘苦而又总结了丰富创作经验的《文赋》。从陆机的生活道路来看,如果他在豪华的公子哥儿时期已写了《文赋》,遭国破家亡之痛以后的创作实践,却违反自己的观点而趋于形式主义的华丽或模拟,也是有碍于常理的。

陆云在《与兄平原书》中讲到:"省诸赋,皆有高言绝典。"所谓"诸赋"指他在这封信中提到的《叹逝赋》《述思赋》《文赋》等。信的最后说:"兄顿作尔多文,而新奇乃尔,真令人怖。"②可见这些赋都是同时所作。陆机在《叹逝赋》中曾明确讲到:"余年方四十。"③则《文赋》在内的"诸赋",都是陆机四十岁的作品了。陆机于晋太安二年(四十三岁)遇害,则《文赋》是他死前三年的晚年作品。这就说明,《文赋》是陆机总结其一生的创作经验之后写成的。这样来看,他在理论上的认识,并不是和创作的矛盾,而是提高。

从《文赋》的具体论述来看,全赋中心思想是要解决"意不称物,文不逮意"的问题。怎样写才能"逮意",自然是探讨如何表达内容的问题。陆机也明确讲到内容和形式的关系是:"理扶质以

---

① 《关于陆机〈文赋〉的三个问题》,《文艺报》1962年第7期。
② 《全晋文》卷一〇二。
③ 《全晋文》卷九十六。

立干,文垂条而结繁。"没有"理"所建立起来的主干,怎能产生有如枝叶的文采?此外,陆机还多次批判了"务嘈噆而妖冶,徒悦目而偶俗";"辞浮漂而不归""言徒靡而弗华",以及"寻虚逐微""遗理存异"等纯粹追求奇丽的形式主义倾向。由此可见,《文赋》的观点和陆机前期的创作,特别是和六朝时期专事涂泽,推波助澜的形式主义者是有区别的。陆机既从诗文的"称物""逮意"出发来"论作文之利害",又一再强调"贵妍""尚巧"等,这就正确地处理了当时的主要矛盾,承担了文学史上第一篇创作论的历史任务。

二

《文赋》注意到从如何表达内容出发来论创作,抵制了过分追求辞采藻饰的形式主义倾向;更注重文学艺术的美的创造,反击了复古主义的恶流,这虽是比较正确地处理了当时的主要矛盾,但并未解决当时文学艺术继续发展的根本问题。陆机之后,不仅形式主义愈趋猖獗,复古思想也未绝迹。当然,这两种倾向、两种斗争,在文学史上是永远没有停止过的。问题在于:要怎样才能巩固自觉的文学艺术这个阵地,并推动它始终沿着自己的道路继续发展下去。这是个更为重要的问题。陆赋的价值,主要还在这方面起到了一定的历史作用。它的主要历史贡献,就应从这方面来探讨。

章学诚曾说:"古人论文,惟论文辞而已矣。刘勰氏出,本陆机氏说而昌论文心。"[1]这话向我们透露了《文赋》有何重要贡献

---

[1] 《文史通义·文德》。

的消息。《文心雕龙·序志》说:"夫文心者,言为文之用心也。""为文之用心",就是文学创作的艺术构思问题。章学诚认为其说本于陆机,这是不错的。陆机正是在总结前人创作经验和自己在创作实践中的体会,"有以得其用心"而写《文赋》的。前人论文"惟论文辞",陆机第一个比较全面地提出了文学创作的艺术构思问题。他在文学史上的主要贡献,正在于此。

这里有必要回顾一下文学发展的一段曲折历史。长达四百多年的汉代,文学创作是应该继《诗经》《楚辞》之后而有新的发展的。"极声貌以穷文"①的汉赋,已开始运用大量艺术创作的手段:夸张、虚构、想象以及"拟诸形容"②的描写;"赋家之心"在创作中也是经过一番"控引天地,错综古今"③的艺术构思过程的。可见在创作实践上,汉赋在文学艺术的道路上,已迈出一个不小的步子了。如果当时能从理论上加以总结提高,肯定其有益于文学艺术发展的因素,纠正其有害于文学艺术发展的形式主义倾向,而引导它沿着文学艺术的正确道路发展,那么,中国文学史上自觉的文学时代,是不是有提前三四百年出现的可能呢?可是,一方面由于儒家思想窒息了当时文学观念的形成,一方面则由于统治者对辞赋作家以"俳优畜之"④,使汉赋创作走进了形式主义的死胡同。所以,有的作者就自称"为赋乃俳",而"自悔类倡(娼)"⑤;有的则视辞赋为"童子雕虫篆刻"而"壮夫不为"⑥了。

---

① 《文心雕龙·诠赋》。
② 《文心雕龙·诠赋》。
③ 《西京杂记》卷二。
④ 《汉书·严助传》。
⑤ 《汉书·枚乘传》。
⑥ 《法言·吾子》。

文学艺术的幼芽夭折于汉代的历史,很足以说明正确的文学理论在文学发展中的重要;特别是在文学发展的某种关键时期,对整个文学艺术的发展进程,都可能起到一定的作用。《文赋》的出现是适时的。这个"时",如果和汉赋的时代作某些对照,会更有利于说明问题。两汉和魏晋,儒家思想的地位是不大一样;魏晋以后,文学创作重蹈汉辙的可能性,也是微乎其微了。但是,一方面企图用儒家观念重新约束文学创作的逆流是存在的;另一方面,在六朝世族地主垄断文坛的情况下,文学创作存在着势难避免再度滚进形式主义深渊的危险。所以,《文赋》所面临的形势,和汉赋所处的时代是有些共同特点的。要怎样才能从根本上解决这个问题呢?也就是说,怎样才能使文学艺术的发展,不致被复古主义或形式主义所淹没而再度夭折,这就是当时文学艺术所提出的历史任务。无论《文赋》的作者本人是否明确意识到,它之所以能在这一历史重任之前做出一定贡献,主要就在于它提出了以艺术构思为中心的文学创作论。

　　就当时的客观形势看,形式主义是主要危险,这也是陆机所无能为力的。在六朝汹涌奔腾的形式主义浪潮中,《文赋》里面讲到内容的话,自然是微弱无力;即使刘勰大声疾呼"征圣""宗经",也起不到什么实际作用了。但陆机建立了以艺术构思为中心的创作论,却能因势利导,巩固了文学艺术的新阵地。这不仅堵塞了文学艺术后退的道路,即使形式主义泛滥成灾,也冲不垮这一新的阵地而使文学艺术再度夭折了。

　　艺术构思的提出,何以会有这样巨大的作用呢?这仍要从当时的历史情况以及它所起的实际作用来看。

　　第一,任何艺术创作,必须通过艺术构思。现在来看,这自然是个普通常识。但其重要意义在于:是否通过艺术构思的创作,是艺术创作和一般文史论著最基本的分界线。文学艺术不是照抄现实,也不是赤裸裸地直陈思想感情,而是通过艺术形象来反映现实或抒情言志。这个艺术形象,就必须通过艺术构思来创造。陆机提出艺术构思的重要意义,就在于明确了文学艺术的基本特征,确立了独立的文学观念,从而巩固了文学阵地。因为这一观念的形成,文学艺术就不致退而成为其他学术文化的附庸,也排斥了单纯铺陈形似、堆砌辞藻的演变。陆机之前的文学创作,并非不进行艺术构思,但那是不自觉的。所以,汉以前的文、史、哲,并无明确界限;这样,文学艺术的发展,就没有稳固的道路。《文赋》总结了艺术构思的特点,使作者逐渐认识、明确这一特点,就能在创作中有意识地通过艺术构思来进行创作。这对文艺创作的发展,对使文学从两汉时期的附庸地位,发展到六朝而"蔚成大国",是起到重要作用的。

第二,陆赋提出艺术构思问题后,引起了南朝文学艺术家的普遍重视。除刘勰"本陆机氏说而昌论文心",并把《神思》篇冠于《文心雕龙》创作论之首外,萧统编《文选》,也以"事出于沉思,义归乎翰藻"[1]为选文标准。这就说明,是否经过艺术构思,已被实际运用于区别文学作品和非文学作品的重要界限了。在文学创作上,萧子显认为:"属文之道,事出神思"[2],视艺术构思为文学创作的根本方法。不仅论诗、论文,当时的画论,也注意到艺术构思的必要了。宗炳的《画山水序》,已论及"应目会心……万趣融其神思"[3]的构思原理;谢赫论刘绍祖的画:"善于传写,不闲其

---

[1] 《文选·序》。
[2] 《南齐书·文学传论》。
[3] 《历代名画记》卷六。

思",因此评以"述而不作",又说:"时人为之语,号曰'移画'。"①不善于构思的传移模写,就不承认它是创作,只能谓之"移画",可见当时艺术家把艺术构思放在艺术创作中何等重要的地位。

南朝文学艺术家对艺术构思的如此普遍重视,当然不能完全归功于陆机的首创,而主要是文学艺术发展的时代使然,是文学艺术本身的发展规律使然。但也唯其如此,更能说明陆机首先提出艺术构思的重要意义。刘熙载论赋曾说:"按实肖象易,凭虚构象难。能构象,象乃生生不穷矣。"②不仅赋的创作是这样,一切文学艺术创作无不如此。"按实肖象",就是"移画",虽很容易,也无须什么构思,却只能绘其物而止于其物,也很难成其为艺术创作。要使形象能"生生不穷",必须"凭虚构象",只有通过艺术构思,才能创造无穷无尽的形象,也才能使形象生发出深远的意味。魏晋以来文学创作的繁荣,正与当时文学艺术家对艺术构思的普遍重视有关。

第三,在六朝文学的发展过程中出现了文笔之辨。清人梁光剑对文笔之义作了这样简要的概括:"沉思翰藻之谓文,纪事直达之谓笔。"③这话除说明了"文"和"笔"的基本特点外,还反映文学发展的一个重要里程。要通过"沉思翰藻"才能写成有别于"笔"的"文",说明文笔之辨是文学创作注意到艺术构思之后出现的,是自觉的文学创作相当繁荣之后的必然反映。在明确文笔之辨以前,也就是在尚未认识到文学艺术的特点的时候,则是以忠实地"纪事直达"为主的传统观念支配着一般文人的头脑。即

---

① 《古画品录》。
② 《艺概》卷三。
③ 《文笔考》,《学海堂集》卷七。

如和陆机同时的左思,他就主张:"美物者,贵依其本;赞事者,宜本其实。"而不满于汉赋的"考之果木,则生非其壤;校之神物,则出非其所"。要像他写《三都赋》那样:"山川城邑,则稽之地图,鸟兽草木,则验之方志"①等等。他自己的创作虽然未必如此,如《咏史》之称"作赋拟《子虚》""子虚""乌有"正是虚设;但如完全按照左思的观点来进行创作,那就无异于取消文学艺术。陆机所讲凭虚构象的艺术构思,和左思的上述观点正是对立的。六朝文学的发展,正是陆机的观点获得了优势。这个时期虽有严重的形式主义逆流,但更应看到文学艺术的主流有较大的发展,而陶、谢、鲍、庾诸家在文学创作上所取得的成就,确是哺育了唐代诗人,而为文学史上诗歌的黄金时代作了必要的准备。

三

臧荣绪说陆机"妙解情理,心识文体,故作《文赋》"②。看来这不是虚美之词。艺术构思在文学创作中的意义既如上述,陆机不仅能突破崇实主真的传统见解,首先提出这个问题,且能以艺术构思为中心来论述文学创作的全过程,这说明他对文艺创作的特点是确有所认识的。

在《文赋》中,除一开始就讲到"收视反听,耽思傍讯,精骛八极,心游万仞"的构思活动外,全赋所论文学创作的各个环节,也多从构思的角度着眼。如讲"选义按部,考辞就班",是关于辞义的安排问题,陆机也提到:"罄澄心以凝思,眇众虑而为言。"就是

---

① 《三都赋序》,《全晋文》卷七十四。
② 李善《文选·文赋》注引《晋书》。

要求对他上面讲到的"或因枝以振叶,或沿波而讨源"等不同情形,进行专心致意地思考,从而巧妙地安排各种思虑和言辞。又如论文体的运用,则针对"体有万殊,物无一量"的情况,提出:"辞程才以效伎,意司契而为匠,在有无而僶俛,当浅深而不让。"就是说,文辞的运用,是根据作者的才力来发挥作用的;什么该写,什么不该写;何处当深,何处当浅,完全由作者的命意来支配。这仍然是个艺术构思问题:由于物象的复杂多变,无论用什么文体,无论怎样写法,都必须经作者通过周密的思考来作适当处理。此外,如论作文利害,就强调:"考殿最于锱铢,定去留于毫芒。"论为文之弊,则要求避免"含清唱而靡应""应而不和""和而不悲"等情况,这都是构思过程中要考虑到的。最后讲"应感之会,通塞之纪",自然更是艺术构思之中思路的通塞问题了。《文赋》中有一段讲行文之乐的话,还值得注意:

> 伊兹事之可乐,固圣贤之所钦。课虚无以责有,叩寂寞而求音,函绵邈于尺素,吐滂沛乎寸心。言恢之而弥广,思按之而愈深,播芳蕤之馥馥,发青条之森森,粲风飞而猋竖,郁云起乎翰林。

"兹事",当然指文学创作。这段话所说的创作之乐,实际上主要说的是构思之乐。其所以"可乐",正是因为通过想象虚构,众多鲜明生动的意象,有声有色地从作者心头涌出,把这些意象进行一定的加工整理,于是创作出如"粲风"、如"郁云"般的文学作品。对一个艺术家来说,确是"兹事之可乐"的。这段话概括了创作的全过程,也概括了《文赋》的基本精神:整个文学创作过程,主要就是个艺术构思过程。从这里更可清楚地看到,陆机的创作论,正是以艺术构思为中心建立起来的。所以,全赋虽然论及许多具体的写作方法与修辞技巧,也大都从构思着眼或与构思密切相关的。

这里有待进一步研究的是:无论任何文章或学术论著的写作,都是要经过构思的。其所别于非艺术构思的,又在何处呢?

首先在于,《文赋》所讲的,是飞驰想象,凭虚构象,而不是按实处置,质直陈述。它是要作者"精骛八极,心游万仞",去"耽思傍讯",然后"笼天地于形内,挫万物于笔端"。这完全是通过自由广泛的想象而进行虚构,笼括天地万物而进行艺术的创造。所谓"课虚无以责有,叩寂寞而求音",就十分突出地概括了这种凭虚构象的特点。它既不是质直陈述现存的事实,也不是传移模写已有的固定形象。这就和非艺术创作的构思完全不同了。

其次,《文赋》所讲构思不同于非艺术创作的构思,还在于这种构思,具有形象思维的特点。陆机在序中就首先提到:"恒患意不称物,文不逮意。"怎样使意物相称,是文学创作所必须解决的重要问题。意物相称,就是要使主观的命意符合客观的物象;描写出来的形象,又要能表达作者的思想感情。要这样,在艺术创作中就必须进行形象思维,使意与物、情与景,在紧密结合中进行思考。《文赋》的开头就讲到:"遵四时以叹逝,瞻万物而思纷;悲落叶于劲秋,喜柔条于芳春。"可见所谓想象虚构,并不是毫无根据的胡思乱想。作者的创作情感或思绪,既然是客观事物触发起来的,这种情感或思绪,就不可能无所附丽而独来独往;也就是说,当作者触物兴情时,他的情思就和物象联系在一起了。因此,在具体构思活动中,必然是"情曈昽而弥鲜,物昭晰而互进",情和物是水乳交融地涌现出来的。这样写出来的物,当然就意物相称。这种构思,正是艺术构思的主要特点。

第三,陆机强调艺术构思要能"穷形尽相",使文学作品有鲜明的形象性,这更是文学艺术的基本特点。对于陆机有关文学的形象性的论述,郭绍虞先生早已作过充分肯定:"陆机《文赋》首先提到文学作品形象化的问题,这就是文学理论上一个重要的贡献。"①这是正确的。但如果从陆机讲的形象是一种艺术创造来看,从艺术构思的角度来看,其意义就更大了。当然这不是我们的主观愿望,《文赋》本身就是创作论,又是以艺术构思为中心来论述文学创作的,因此,应该从艺术构思的角度来研究陆机是怎样论述形象创造的。

单就形象来说,如前所述,左思讲的"山川城邑,则稽之地图"等,不能不说也是形象描写,却无多大艺术特点或艺术价值。刘绍祖的"移画",更是形象了,却不过是"述而不作",不是艺术创造。宋人陈造曾讲到两种不同的人物画:一种只取形貌的真,虽然画的"毫发不差,若镜中写影",但"未必不木偶也"。另一种是:"着眼于颠沛造次、应对进退、颦頞适悦、舒急倨敬之顷,熟想而默识,一得佳思,亟运笔墨,兔起鹘落,则气王而神完矣。"②要抓住人物在运动中自然流露出来的情态特点,进行熟想默识,以构"佳思",方能创造出传神的人物形象。两种画法的不同,关键就在是否通过艺术构思来进行艺术的创造。机械的"移画",是无须通过艺术构思的,虽也是形象,但却谈不到艺术创作。只有通过艺术构思的再创造,才能产生有艺术价值的艺术形象。从上述两种画法还可看出一个重要问题:通过艺术构思来进行的艺术创造,不仅不排斥真,却是为了高度的真。"毫发不差"的人物画,却成了木偶,这就反失其真了。能表现出人物生动的神态,虽不拘

---

① 《关于〈文赋〉的评价》,《文学评论》1963年第4期。
② 《中国画论类编》第471页。

于细节的形似,却更真切地表现了人物的神似。这就说明在形象创造中艺术构思的必要性。离开艺术构思来谈形象,这种形象的意义是不大的。

我们说陆机的创作论是文学艺术的创作论,这是一个重要标志。他反对模拟,要"杼轴于予怀";强调独创:"谢朝华于已披,启夕秀于未振。"这是他主张通过艺术构思来进行艺术创造的必然结果。离开艺术构思来孤立地肯定其注重独创之论,也同样是意义不大的。陆机反模拟,重独创,主要是从艺术地创造形象这个要求出发的。他之所以有"意不称物"之患,就因为在一定程度上认识到客观物象的"纷纭挥霍,形难为状"。要表现这种复杂而多变的物象,是简单地模拟前人、照抄现实所不能完成的。因此,他主张飞驰神思,"精骛八极,心游万仞";在捕捉形的过程中,"抱景者咸叩,怀响者毕弹",然后"罄澄心以凝思,眇众虑而为言,笼天地于形内,挫万物于笔端"。这就完全是通过想象虚构来创造形象,而不是直观机械地传移模写。陆机特地提出"虽离方而遁员,期穷形而尽相",更足以说明其形象的创造性。在陆机那个时候,传统观念对诗文创作的约束力还相当大,他主张创造艺术形象可以离方遁圆,打破常规,是很有必要的。这两句话的积极意义还在于,为了创造艺术形象,不仅是不惜离方遁圆,而且是必须离方遁圆;如果拘泥于传统的观点和正常的表现方法,是不可能做到"穷形尽相"的。怎样"离方遁圆"呢?主要就指《文赋》中所讲那种升天入地、无拘无束的艺术构思。艺术构思是不能用固定的程式来约束的。"或因枝以振叶,或沿波而讨源;或本隐以之显,或求易而得难;或虎变而兽扰,或龙见而鸟澜;或妥帖而易施,或岨峿而不安。"在种种变化莫测的情况下,只能"因宜适变",所以,不能为任何规矩方圆所限制。

"能构象，象乃生生不穷矣。"陆机这样来强调凭虚构象，就为文学艺术开辟了无限广阔的天地。而这种以艺术构思为中心的创作论，在为六朝文学艺术家所广泛地重视和运用之后，则无论什么传统的复古主义势力，新变的形式主义逆浪，就再也阻挡不住文学艺术滚滚向前的洪流了。

从《文赋》建立了以艺术构思为中心的创作论来看，它在文学发展史上的贡献是值得重视的。作为一篇创作论，其主要不足之处，在于忽视了文学创作和社会现实的关系。因此，赋中虽多次讲到情、物、理、意之类，就都缺乏具体内容而空泛无力。赋尾也讲了几句"兹文之为用"，只不过曲终奏雅，和它的创作论没有密切的联系。《文赋》虽然主要是讲文学创作的方法和技巧，它强调形式美的创造，在当时也有其必要性，但由于忽视了社会生活，未能正确解决文学创作的"扶质立干"问题，这就不可避免地要对六朝形式主义文风产生不良影响。但这和《文赋》在文学史上的重要贡献比较起来，应该说是很次要的。